suhrkamp taschenbuch 2738

Kimonos, Kirschblüten und Teezeremonien? Nichts dergleichen. Murakami Haruki stellt in seinem Bestseller ein anderes Japan vor, das moderne Japan der Gegenwart: phantastisch, absurd und real zugleich. Personen und Zutaten: der dreißigjährige namenlose Held, Mitinhaber einer Übersetzungs- und Werbeagentur in Tokyo, geschieden, intelligent und müde, mit einer Vorliebe für Junk-Food, Zigaretten, Bier und Rockmusik. Sein Partner: ein Trinker. Seine Freundin: ein etwas gewöhnliches Mädchen mit übersinnlich schönen Ohren. Außerdem: der Alte, gequält von einem golfballgroßen Gehirntumor; ehemaliger Kriegsverbrecher, Boß der Rechten und Ultrarechten, Herr über ein Imperium aus Politik, Finanzen und Massenmedien. Und dessen Sekretär: ausgebildet in Amerika und effizient bis zur Perfektion. Vor allem aber das Schaf.

Die *Wilde Schafsjagd* ist ein phantastischer und handlungsreicher Detektivroman mit einem Schuß Science-fiction.

Murakami Haruki, 1949 in Ashiya bei Kobe geboren, gehört zu den populärsten Schriftstellern des modernen Japan. Er wurde mit mehreren Literaturpreisen, unter anderem dem renommierten Tanizaki-Preis, ausgezeichnet. 1995 erschien im Insel Verlag der Roman *Hard-boiled Wonderland und das Ende der Welt*.

Murakami Haruki
Wilde Schafsjagd

Roman

Aus dem Japanischen übertragen
von Annelie Ortmanns-Suzuki
und Jürgen Stalph

Suhrkamp

Originaltitel: *Hitsuji wo meguru bōken*
German translation rights arranged with Murakami Haruki
through Japan foreign Rights Center
Umschlagfoto: Milan Horacek/Bilderberg

suhrkamp taschenbuch 2738
Erste Auflage 1997

Druck: Ebner Ulm
Printed in Germany
Umschlag nach Entwürfen von
Willy Fleckhaus und Rolf Staudt

4 5 6 7 8 – 04 03 02 01 00

Inhalt

Wilde Schafsjagd

Erstes Kapitel

25. 11. 1970

Mittwochspicknicks

Von ihrem Tod erfuhr ich durch einen Freund am Telefon. Er hatte es zufällig in der Zeitung gelesen. Langsam las er mir die Notiz aus der Morgenausgabe vor. Ein ganz gewöhnlicher Artikel. Hörte sich an, als hätte man einen frisch von der Uni gekommenen Volontär daran üben lassen.

Am soundsovielten Soundsovielten wurde an irgendeiner Straßenecke irgend jemand von einem Lastwagen überfahren. Gegen irgend jemanden wird wegen Verdachts auf fahrlässige Tötung im Dienst ermittelt.

Fast wie das Gedicht der Woche im Feuilleton.

»Wo ist denn die Beerdigung?« fragte ich.

»Hm, weiß ich nicht«, sagte er. »Hatte sie Familie?«

Natürlich hatte auch sie eine Familie.

Ich rief noch am gleichen Tag bei der Polizei an und bekam Adresse und Telefonnummer ihrer Eltern. Dort erkundigte ich mich nach dem Datum der Beerdigung. Höret, und es wird euch gesagt. Fragen ist alles.

Ihre Eltern wohnten in der Altstadt. Ich schlug meinen Plan von Tokyo auf und markierte den Häuserblock mit einem roten Kuli. Das Haus lag wirklich in einem typischen Altstadtviertel. Ein wirres Gespinst aus U-Bahn-, S-Bahn- und Buslinien, unter- und überzogen von Abwasserkanälen, Straßen und Gäßchen wie das feine weiße Netz einer Melonenschale.

Am Tag der Beerdigung nahm ich von Waseda aus die Straßenbahn. Kurz vor der Endstation stieg ich aus und öffnete den Stadtplan, aber der nutzte mir soviel wie ein Globus. Bis ich in die Nähe ihres Elternhauses kam, hatte ich einige Schachteln Zigaretten gekauft und zehnmal nach dem Weg gefragt.

Es war ein altes Holzhaus mit einem braunen Bretterzaun. Hinter dem Tor war links ein kleiner Garten, gerade so groß, daß man etwas damit anfangen konnte. In einem alten, unbrauchbaren Kohlebecken aus Keramik, das man in einer Ecke abgestellt hatte, standen über fünfzehn Zentimeter Regenwasser. Der Gartenboden war dunkel und feucht.

Die stille Feier fand im engsten Familienkreis statt, vielleicht, weil sie mit sechzehn von zu Hause weggelaufen war. Die meisten Gäste waren ältere Verwandte. Ein knapp über dreißigjähriger Mann, wohl ihr Bruder oder Schwager, hielt die Zeremonie ab. Ihr Vater war ein kleiner Mann Mitte Fünfzig. Mit einem Trauerflor um den Ärmel seines schwarzen Anzugs stand er fast bewegungslos neben dem Eingang. Irgendwie erinnerte er an regennassen Asphalt.

Als ich ihm zum Abschied schweigend zunickte, nickte er wortlos zurück.

* * *

Im Herbst 1969 hatte ich sie zum ersten Mal getroffen; ich war zwanzig und sie siebzehn. In der Nähe der Uni gab es ein kleines Café, wo ich mich oft mit Freunden verabredete. Der Laden war nichts Besonderes, aber man konnte dort Hardrock hören und den schlechtesten Kaffee der Welt dazu trinken.

Sie saß immer am selben Platz, die Ellbogen auf den Tisch gestützt, in ein Buch vertieft. Sie trug eine Brille, die einer Zahnspange ähnelte, und hatte knochige Hände, aber irgendwie war etwas Vertrautes an ihr. Ihr Kaffee war immer kalt, ihr Aschenbecher immer voll mit Zigarettenstummeln. Nur die Buchtitel änderten sich. Mal war es Mickey Spillane, mal Ōe Kenzaburō mal ein Gedichtband von Allen Ginsberg. Ihr schien alles recht zu sein, Hauptsache, es war ein Buch. Die Studenten, die im Café ein- und ausgingen, liehen ihr Bücher, und sie las sie vom ersten bis zum letzten Buchstaben, nagte sie förmlich wie Maiskolben ab. Damals verlieh noch jeder Bücher, deshalb gingen sie ihr nie aus.

Damals – das waren auch die Doors, die Stones, die Byrds, Deep Purple und die Moody Blues. Es knisterte in der Atmosphäre, und so gut wie alles, hatte man den Eindruck, würde augenblicklich in sich zusammenfallen, träte man nur etwas fester dagegen.

Wir tranken billigen Whiskey, hatten nicht gerade aufregenden Sex, redeten uns die Köpfe heiß und liehen uns gegenseitig Bücher aus. Und langsam, aber sicher senkte sich auch über die linkischen Sechziger quietschend der Vorhang der Weltbühne.

Ihren Namen habe ich vergessen.

Ich könnte den Zeitungsartikel über ihren Tod noch mal raussuchen und nachsehen, aber was nützt der Name jetzt schon noch. Ich habe ihn vergessen. Das ist alles.

Wenn ich Freunde von damals treffe und wir irgendwie auf sie zu sprechen kommen, können sie sich auch nicht an den Namen erinnern. Mensch, da war doch früher mal eine, die mit jedem ins Bett gestiegen ist, weißt du noch? Wie hieß die noch, hab den Namen total vergessen. Hab doch selbst oft mit ihr gepennt, was die wohl jetzt macht? Wär schon komisch, wenn ich sie mal zufällig auf der Straße treffen würde.

Es war einmal ein Mädchen, das mit jedem schlief.

So lautet ihr Name.

* * *

Genau genommen schlief sie natürlich nicht mit jedem. Sie hatte da ihre Prinzipien.

Trotzdem, objektiv und realistisch betrachtet, schlief sie mit *so gut wie jedem.*

Ein einziges Mal fragte ich sie nach diesen Prinzipien – aus reiner Neugierde. »Hmh ...« Sie dachte etwa dreißig Sekunden nach. »Natürlich schlaf ich nicht mit jedem. Manchmal ist es mir auch zuwider. Aber ich will möglichst viele Leute kennenlernen. Um, ja, um für mich die Welt zu begreifen.«

»Indem du mit jemandem schläfst?«

»Ja.«

Diesmal war es an mir nachzudenken.

»Und – hast du sie dadurch ein bißchen begriffen?«

»Ein bißchen, ja«, sagte sie.

* * *

Vom Winter 1969 bis Sommer 1970 sah ich sie kaum. Die Uni war ständig zu – entweder wegen Studentenblockaden oder wegen Aussperrungen –, und ich hatte sowieso mit persönlichen Problemen genug zu tun.

Als ich im Herbst 1970 das Café wieder besuchte, waren ganz andere Leute da. Sie war so ziemlich das einzige bekannte Gesicht. Es lief immer noch Hardrock, aber das Knistern in der Atmosphäre war verschwunden. Nur sie und der schlechte Kaffee hatten sich in dem einen Jahr nicht verändert. Ich setzte mich auf den Stuhl ihr gegenüber. Wir tranken Kaffee und redeten über die alte Clique.

Die meisten von ihnen hatten die Uni abgebrochen. Einer hatte sich umgebracht, ein anderer war spurlos verschwunden, und so weiter.

»Und was hast du das ganze Jahr gemacht?« fragte sie mich.

»So dies und das«, sagte ich.

»Und, bist du ein bißchen klüger geworden?«

»Ein bißchen, ja.«

An diesem Abend schlief ich das erste Mal mit ihr.

* * *

Ihre Lebensgeschichte kenne ich nicht genau. Das, was ich weiß, habe ich irgendwo aufgeschnappt, vielleicht hat sie es mir auch selbst im Bett erzählt. Als sie in der 10. Klasse war, hatte sie einen Riesenkrach mit ihrem Vater und lief von zu Hause (und von der Schule) weg. Das war im Sommer. Ja, so war's, glaube ich. Wo sie wohnte und wovon sie lebte, wußte niemand.

Sie saß den ganzen Tag auf ihrem Stuhl im Rock-Café, trank pausenlos Kaffee, rauchte eine Zigarette nach der anderen, blätterte die Seiten ihres Buches um und wartete, bis jemand auftauchte, der ihr den Kaffee und die Zigaretten bezahlte (und das war nicht gerade Kleingeld für uns damals). Mit dem schlief sie dann meistens.

Das ist alles, was ich über sie weiß.

Von jenem Herbst an bis zum darauffolgenden Frühling besuchte sie mich jeden Dienstagabend in meinem damaligen Zimmer in Mitaka, am Rande der Stadt. Sie aß mein einfaches Abendessen, füllte meine Aschenbecher und schlief mit mir, das Radio in voller Lautstärke auf Rock gestellt. Mittwochs morgens nach dem Aufstehen spazierten wir durch den Wald zum Campus der ICU und aßen dort in der Mensa zu Mittag. Nachmittags tranken wir in der Cafeteria dünnen Kaffee, und wenn das Wetter gut war, legten wir uns auf eine Wiese im Unigelände und schauten in den Himmel.

Sie nannte das »Mittwochspicknick«.

»Jedesmal, wenn wir hierher kommen, fühle ich mich wie bei einem richtigen Picknick.«

»Picknick?«

»Ja, überall Gras, so weit man sehen kann, und die Menschen sehen so glücklich aus ...«

Sie setzte sich auf und verbrauchte mehrere Streichhölzer, um ihre Zigarette anzuzünden.

»Die Sonne geht auf und unter, Leute kommen und gehen, die Zeit streicht vorbei wie ein Lufthauch. Wie bei einem Picknick eben.«

Damals war ich einundzwanzig und würde in ein paar Wochen zweiundzwanzig werden. Hatte keine Aussicht, in absehbarer Zukunft meinen Abschluß zu machen, aber auch keinen richtigen Grund, die Uni abzubrechen. Ich steckte in einer merkwürdig depressiven Phase und konnte mich einige Monate lang einfach nicht aufraffen, irgend etwas Neues anzufangen.

Die Welt nahm ihren Lauf, nur ich hatte mich festgefahren. Im Herbst 1970 sah alles irgendwie so traurig aus, als ob überall die Farbe ausliefe. Die Sonnenstrahlen, der Geruch des Grases, sogar das leise Nieseln des Regens – alles regte mich auf.

Ich träumte damals oft von einem Nachtzug. Es war immer der gleiche Traum: Ein Zug, in dem man kaum atmen kann vor Zigarettenqualm, Toilettengestank und menschlichen Ausdünstungen. So voll, daß man fast nicht stehen kann, an den Sitzen klebt Erbrochenes. Ich halte es nicht mehr aus, stehe auf und steige an irgendeinem Bahnhof aus. Eine verlassene Gegend, kein Haus, kein Licht. Nicht einmal ein Bahnbeamter. Keine Uhr, kein Fahrplan, rein nichts.

In dieser Phase habe ich sie hart angefaßt, glaube ich. Ich kann mich jetzt nicht mehr genau erinnern, wie. Vielleicht habe ich mich eigentlich auch nur selbst treffen wollen. Jedenfalls hat sie das in keiner Weise gekümmert. Oder (drastisch ausgedrückt) sie hat ziemlichen Spaß daran gehabt. Warum, weiß ich nicht. *Zärtlichkeit* war es demnach jedenfalls nicht, was sie von mir wollte. Wenn ich daran denke, befällt mich heute noch ein seltsames Gefühl. Eine Trauer und ein Schmerz, als stieße ich mit der Hand an eine unsichtbare, schwebende Wand.

* * *

Noch heute erinnere ich mich genau an jenen merkwürdigen Nachmittag des 25. November 1970. Vom heftigen Regen heruntergerissene Ginkgo-Blätter färbten die Waldwege gelb wie ausgetrocknete Bäche. Die Hände in den Manteltaschen, spazierten wir immer wieder dieselben Wege entlang. Außer dem Rascheln des Laubes unter unseren Schritten und Vogelgekreisch war nichts zu hören.

»Was beschäftigt dich eigentlich die ganze Zeit?« fragte sie mich plötzlich.

»Nichts Besonderes«, sagte ich.

Sie ging ein bißchen vor, dann setzte sie sich am Wegesrand hin und rauchte eine Zigarette. Ich setzte mich neben sie.

»Hast du immer Albträume?«

»Ich habe *oft* Albträume. Meistens geht es darum, daß Automaten mein Wechselgeld nicht rausrücken wollen.«

Sie lachte, legte ihre Hand auf mein Knie und zog sie dann wieder zurück.

»Du willst bestimmt nicht darüber reden, oder?«

»Ich kann bestimmt nicht gut darüber reden.«

Sie warf die halbgerauchte Zigarette auf die Erde und trat sie mit dem Turnschuh sorgfältig aus.

»Was man wirklich sagen will, läßt sich nie leicht ausdrükken, findest du nicht?«

»Weiß ich nicht«, sagte ich.

Zwei Vögel erhoben sich flatternd vom Boden und verschwanden, als würden sie vom leeren Himmel aufgesogen. Wir sahen ihnen eine Zeitlang schweigend nach. Dann ritzte sie mit einem dürren Zweig ein paar sonderbare Figuren in den Boden.

»Wenn ich mit dir schlafe, werd ich manchmal ganz traurig.«

»Tut mir leid«, sagte ich.

»Nein, es ist nicht deine Schuld. Es liegt auch nicht daran, daß du an eine andere denkst, wenn du mich in die Arme nimmst. Das ist mir egal. Ich ...« Sie verstummte plötzlich und zog langsam drei parallele Linien auf den Boden. »Ach, ich weiß nicht.«

»Ich will mich nicht absichtlich von dir abkapseln«, sagte ich nach einer Weile. »Ich begreife nur selbst noch nicht ganz, was los ist. Ich möchte verschiedenen Dingen möglichst gerecht werden. Ich möchte nichts übertreiben und auch nicht, daß alles übermäßig real wird. Aber das braucht Zeit.«

»Wieviel Zeit?«

Ich schüttelte den Kopf. »Kann ich nicht sagen. Ein Jahr, vielleicht auch zehn.«

Sie warf den Zweig auf den Boden, stand auf und klopfte sich das trockene Gras vom Mantel. »Zehn Jahre – das hört sich ja wie eine Ewigkeit an, findest du nicht?«

»Hm, ja«, sagte ich.

Wir gingen durch den Wald zum Campus, setzten uns wie immer in die Cafeteria und verdrückten Hot dogs. Es war zwei Uhr nachmittags, und im Fernseher zeigten sie ständig Mishima Yukio. Da die Lautstärkenregelung nicht funktionierte, konnten wir kaum verstehen, was gesagt wurde, aber das war uns sowieso egal. Nach den Hot dogs genehmigten wir uns noch eine Tasse Kaffee. Ein Student stieg auf einen Stuhl und fummelte eine Weile an der Lautstärke herum. Dann gab er auf, stieg herunter und verschwand.

»Ich will dich«, sagte ich.

»In Ordnung«, sagte sie und lächelte.

Die Hände in den Manteltaschen gingen wir langsam zu meinem Zimmer zurück.

Als ich aufwachte, weinte sie still vor sich hin. Ihre schmalen Schultern zitterten unter der Decke. Ich zündete den Ofen an und sah auf die Uhr. Zwei Uhr früh. Mitten im Himmel hing ein vollkommen weißer Mond.

Ich wartete, bis sie aufgehört hatte zu weinen, kochte Wasser und goß uns eine Tasse Beuteltee auf. Ohne Zucker, ohne Zitrone, ohne Milch, einfach nur heißen Tee. Ich zündete zwei Zigaretten an und gab ihr eine. Sie inhalierte tief und stieß den Rauch aus. Nach drei solchen Zügen mußte sie husten.

»Hast du schon mal den Wunsch gehabt, mich umzubringen?« fragte sie.

»Dich?«

»Ja.«

»Wieso fragst du das?«

Sie rieb sich mit den Fingerspitzen die Augen, die Zigarette noch im Mund.

»Nur so.«

»Nein, hab ich nicht«, sagte ich.

»Wirklich nicht?«

»Wirklich nicht. Warum sollte ich dich unbedingt umbringen wollen?«

»Auch wieder wahr«, mußte sie zugeben. »Ich dachte nur, wäre nicht schlecht, wenn mich jemand umbrächte. Wenn ich grad fest schlafe oder so.«

»Ich bin doch nicht der Typ, der Leute umbringt!«

»Nicht?«

»Ich glaube nicht.«

Sie lachte, drückte ihre Zigarette im Aschenbecher aus, trank in einem Zug den restlichen Tee und zündete sich eine neue Zigarette an.

»Ich lebe bis fünfundzwanzig«, sagte sie. »Dann sterbe ich.«

* * *

Sie starb im Juli 1978 mit sechsundzwanzig.

Zweites Kapitel

Juli 1978

1. *Sechzehn Schritte*

Ich wartete, bis das Zischen des Kompressors, mit dem sich die Aufzugtür schließt, hinter mir zu vernehmen war, dann schloß ich die Augen. Ich kratzte die Bruchstücke meines Bewußtseins zusammen und tat sechzehn Schritte über den Hausflur auf die Wohnungstür zu. Mit geschlossenen Augen sind es genau sechzehn Schritte, nicht mehr und nicht weniger. Vom Whiskey war mein Kopf so unbrauchbar wie eine überdrehte Schraube, im Mund hatte ich Teergeschmack von den Zigaretten.

Trotzdem, egal wie besoffen ich bin, die sechzehn Schritte kann ich mit geschlossenen Augen immer noch so gerade gehen wie auf einer mit dem Lineal gezogenen Linie. Die Frucht jahrelanger sinnloser Selbstzüchtigung. Jedesmal, wenn ich besoffen bin, nehme ich Haltung an, hebe den Kopf und atme tief die Morgenluft und den Betongeruch des Hausflurs ein. Dann schließe ich die Augen und gehe im Whiskeynebel sechzehn gerade Schritte.

In dieser Welt der Sechzehn Schritte kommt mir der Titel »Manierlichster aller Besoffenen« zu. Ganz einfach: Man muß nur die Tatsache des Besoffenseins als solche anerkennen.

Da gibt es kein »Wenn« und »Aber«, kein »Obwohl« und »Trotzdem«. Ich bin schlicht und einfach besoffen.

Auf diese Weise werde ich zum Manierlichsten aller Besoffenen. Ich werde zum allerersten Vogel am Morgen und zum allerletzten Güterwaggon, der über die Eisenbahnbrücke fährt.

Fünf, sechs, sieben...
Nach dem achten Schritt blieb ich stehen, öffnete die Augen und atmete tief ein. Leichtes Ohrensausen. Wie Seewind, der durch einen verrosteten Drahtzaun pfeift. Da fällt mir ein, am Meer bin ich schon lange nicht mehr gewesen.

24. Juli, 6.30 Uhr morgens. Die ideale Jahres- und Uhrzeit, ans Meer zu fahren. Der Strand ist noch von niemandem verdreckt. Dort, wo die Wellen anschlagen, die Spuren von Seevögeln, zerstreut wie vom Wind abgeschüttelte Tannennadeln.

Meer?

Ich begann wieder zu gehen. Komm, vergiß das Meer. Alles Schnee von gestern.

Nach dem sechzehnten Schritt blieb ich stehen und machte die Augen auf: Ich stand genau vor dem Türgriff, wie immer. Ich nahm die Zeitungen von zwei Tagen und zwei Umschläge aus dem Briefkasten und klemmte sie mir unter den Arm. Dann kramte ich meinen Schlüsselbund aus dem Labyrinth der Hosentasche und lehnte die Stirn eine Zeitlang an die kühle Eisentür, die Schlüssel in der Hand. Hinter meinem Ohr schien es leise zu klicken. Mein Körper war mit Alkohol vollgesogen wie ein Waschlappen. Verhältnismäßig klar war nur mein Bewußtsein.

Oh Mann.

Tür etwa ⅓ öffnen, Körper durchzwängen, Tür schließen. In der Diele war es still. Zu still.

Da bemerkte ich vor meinen Füßen die roten Pumps. Vertraute rote Pumps. Zwischen den verdreckten Tennisschuhen und den billigen Strandsandalen sahen sie aus wie ein vergessenes Weihnachtsgeschenk. Umhüllt von feinstaubiger Stille.

Sie saß vornübergebeugt am Küchentisch, die Stirn auf die Arme gelegt, das glatte schwarze Haar verdeckte ihr Profil. Zwischen den Haaren konnte ich ihren weißen Nacken sehen. Aus dem Ärmel ihres bedruckten Kleides, an das ich mich nicht erinnern konnte, schaute ein Träger ihres BHs heraus.

Während ich mein Jackett und die schwarze Krawatte auszog und die Armbanduhr ablegte, bewegte sie sich kein bißchen. Der Anblick ihres Rückens rief Erinnerungen wach. Erinnerungen aus der Zeit, bevor ich sie traf.

»Hallo«, versuchte ich sie anzusprechen. Das klang nicht nach mir, sondern hörte sich an, als ob jemand von irgendwo weit weg eigens herüberriefe. Wie erwartet, keine Antwort.

Sie sah aus, als ob sie schliefe, aber auch, als ob sie weinte, und außerdem, als ob sie tot wäre.

Ich setzte mich ihr gegenüber und hielt mir die Hand vor die Augen. Das helle Sonnenlicht teilte den Tisch. Ich war im Licht, sie im dünnen Schatten. Schatten ohne Farbe. Auf dem Tisch stand der Blumentopf mit der verwelkten Geranie. Draußen besprenkelte jemand die Straße. Geräusch und Geruch von Wasser auf Asphalt.

»Möchtest du Kaffee?«

Immer noch keine Antwort.

Als ich sicher war, daß keine Antwort kommen würde, stand ich auf, mahlte in der Küche Kaffeebohnen für zwei Portionen und stellte das Radio an. Dann, als das Pulver fertig war, fiel mir auf, daß ich lieber Eistee trinken würde. Mir fällt immer viel auf, wenn es zu spät ist.

Aus dem Radio plätscherte ein morgendlich harmloser Popsong nach dem anderen. Bei dieser Musik hätte man glauben können, die Welt hätte sich in den letzten zehn Jahren kein bißchen verändert. Nur die Sänger und die Titel hießen anders. Und ich war zehn Jahre älter geworden.

Das Wasser im Kessel kochte, und ich drehte das Gas ab. Ich ließ es dreißig Sekunden abkühlen und goß etwas auf das Kaffeemehl. Als das Mehl sich vollgesogen hatte und langsam aufzugehen begann, entfaltete sich ein wohliger Duft im Zimmer. Draußen waren schon ein paar Zikaden zu hören.

»Bist du seit gestern abend da?« fragte ich mit dem Kessel in der Hand.

Ihr Haar auf dem Tisch bewegte sich eine Idee auf und ab.

»Du hast die ganze Zeit gewartet, oder?«

Darauf antwortete sie nicht.

Durch den Wasserdampf und die starken Sonnenstrahlen wurde es im Zimmer langsam schwül. Ich schloß das Fenster über der Spüle, machte die Klimaanlage an und stellte zwei Kaffeetassen auf den Tisch.

»Trink doch«, sagte ich. Meine Stimme nahm langsam wieder ihren normalen Klang an.

»...«

»Der Kaffee tut dir bestimmt gut.«

Sie ließ volle dreißig Sekunden verstreichen, hob dann in einer langsamen, gleichmäßigen Bewegung den Kopf von der Tischplatte und starrte auf die verwelkte Geranie. Ein paar dünne Haarsträhnen klebten an ihren feuchten Wangen. Eine Aura von feuchtem Dunst umgab sie.

»Kümmer dich nicht drum«, sagte sie. »Ich wollte nicht weinen.«

Ich hielt ihr eine Packung Kleenex hin. Sie putzte sich damit lautlos die Nase und strich sich mit den Fingern umständlich die Haare aus dem Gesicht.

»Eigentlich wollte ich gehen, bevor du zurückkommst. Weil ich dich nicht treffen wollte.«

»Und hast es dir dann anders überlegt.«

»Nein. Ich hatte bloß keine Lust mehr, überhaupt noch irgendwohin zu gehen. – Aber ich geh jetzt, keine Angst.«

»Trink jedenfalls erst mal deinen Kaffee.«

Ich hörte mir den Verkehrsbericht im Radio an, schlürfte dabei meinen Kaffee und öffnete mit der Schere die zwei Briefe. Ein Möbelladen schrieb, ich bekäme 20% Rabatt, wenn ich dort bis dann und dann Möbel kaufen würde. Das andere war ein Brief, den ich nicht lesen wollte, von jemandem, an den ich mich nicht erinnern wollte. Ich knüllte beide zusammen, warf sie in den Papierkorb und aß ein paar übriggebliebene Käsecracker. Sie beobachtete mich, die Lippen am Tassenrand und beide Hände um die Kaffeetasse gelegt, als wolle sie sich wärmen.

»Im Kühlschrank ist Salat.«

»Salat?« Ich sah zu ihr auf.

»Tomaten mit grünen Bohnen. War nichts anderes da. Die Gurken waren schon schlecht, deshalb hab ich sie weggeworfen.«

»Ach so.«

Ich holte die blaue Schüssel aus Okinawa-Glas mit dem Salat aus dem Kühlschrank und goß die letzten fünf Milliliter Dressing, die ich noch hatte, darüber.

Die Bohnen und Tomaten schmeckten wie kalte Schatten. Auch die Cracker und der Kaffee hatten keinen Geschmack.

Wahrscheinlich wegen der Morgensonne. Die Morgensonne zerlegt alles. Ich ließ den Kaffee stehen, holte eine zerdrückte Zigarette aus der Tasche, entzündete ein Streichholz an einem Heftchen, das ich mich nicht erinnern konnte, je gesehen zu haben, und steckte sie an. Die Zigarettenspitze knisterte trokken. Dann formte sich der violette Rauch in der Morgensonne zu geometrischen Mustern.

»Ich war auf einer Beerdigung. Nach der Feier bin ich nach Shinjuku gefahren und hab mich die ganze Zeit alleine betrunken.«

Von irgendwoher kam der Kater, gähnte ausgiebig und sprang mit einem Satz auf ihren Schoß. Sie kraulte ihn ein paarmal hinter den Ohren.

»Du brauchst mir nichts zu erklären«, sagte sie. »Ich hab damit nichts mehr zu tun.«

»Ich erkläre nichts. Ich erzähle nur.«

Sie zuckte mit den Achseln und schob den BH-Träger unter ihr Kleid zurück. Ihr Gesicht war vollkommen ausdruckslos. Es erinnerte mich an die versunkene Stadt auf dem Meeresboden, die ich irgendwann mal auf einem Foto gesehen hatte.

»Eine flüchtige Bekanntschaft von früher. Jemand, den du nicht kennst.«

»So?«

Der Kater auf ihrem Schoß reckte sich ausgiebig und schnaufte.

Ich schwieg und schaute auf die brennende Zigarettenspitze.

»Todesursache?«

»Autounfall. Dreizehn Knochenbrüche.«

»Eine Frau?«

»Ja, eine Frau.«

Die Sieben-Uhr-Nachrichten und der Verkehrsbericht waren vorbei, im Radio lief wieder Softrock. Sie stellte ihre Kaffeetasse auf die Untertasse zurück und sah mir ins Gesicht.

»Wenn *ich* sterben würde, würdest du dich dann auch so betrinken?«

»Das Trinken hatte mit der Beerdigung gar nichts zu tun. Höchstens das erste Glas oder die ersten zwei.«

Draußen fing gerade ein neuer Tag an. Ein neuer heißer Tag. Durch das Fenster über der Spüle sah ich die Gruppe von Hochhäusern. Heute glänzten sie noch greller als sonst.

»Möchtest du was Kaltes trinken?«

Sie schüttelte den Kopf.

Ich holte mir eine gut gekühlte Dose Cola aus dem Kühlschrank und leerte sie in einem Zug.

»Sie ging mit jedem ins Bett«, sagte ich. Welch ein Nachruf: Die Verstorbene war eine Frau, die mit jedem ins Bett ging.

»Warum erzählst du mir das?« sagte sie.

Ich wußte selbst nicht, warum.

»Jedenfalls ging sie mit jedem ins Bett, nicht wahr?«

»Genau.«

»Aber mit *dir* war's was Besonderes.«

Ihre Stimme klang irgendwie anders. Ich hob den Kopf von der Salatschüssel und sah ihr über die verwelkte Geranie ins Gesicht.

»Glaubst du?«

»Ja, irgendwie«, sagte sie leise. »Du bist so ein Typ.«

»Was für ein Typ?«

»Du hast so was. Wie eine Sanduhr. Wenn der Sand durchgelaufen ist, kommt mit Sicherheit jemand, der sie umdreht.«

»Möglich wär's.«

Ihre Lippen öffneten sich eine Spur, dann schlossen sie sich wieder.

»Ich wollte eigentlich nur den Rest meiner Sachen holen. Wintermantel, Hüte und so was. Ich hab's in Kartons zusammengepackt. Bringst du sie bitte zum Paket-Service, wenn du mal Zeit hast?«

»Ich bring sie bei dir vorbei.«

Sie schüttelte still den Kopf.

»Laß nur. Ich will nicht, daß du kommst. Das verstehst du doch, oder?«

Sicher, sie hatte recht. Ich rede zuviel dummes Zeug.

»Meine Adresse hast du?«

»Ja, hab ich.«

»Das war alles. Entschuldige, daß ich so lange da war.«

»Und der Schriftkram, war alles in Ordnung?«

»Ja, alles erledigt.«

»Das ging ja ruckzuck. Ich dachte, es gäb viel mehr zu tun.«

»Das denken alle beim ersten Mal. Aber es ist wirklich ganz einfach. Wenn es vorbei ist«, sagte sie und kraulte dem Kater noch einmal den Kopf. »Bei der zweiten Scheidung ist man schon ein alter Hase.«

Der Kater schloß die Augen, reckte sich einmal und legte dann sacht den Kopf auf ihren Arm. Ich stellte die Kaffeetassen und die Salatschüssel in die Spüle und kehrte mit einer Rechnung die Crackerkrümel zusammen. Vom Sonnenlicht pochten mir die Augen.

»Die Kleinigkeiten stehen alle auf dem Zettel, den ich dir auf den Schreibtisch gelegt habe. Wo die Papiere sind, wann welcher Müll abgeholt wird und so was. Wenn du irgendwas nicht findest, kannst du mich ja anrufen.«

»Danke.«

»Hättest du gern Kinder gehabt?«

»Nein«, sagte ich. »Kinder – nein.«

»Ich hab lange überlegt und konnte mich einfach nicht entscheiden. Aber wie die Dinge sich entwickelt haben, war es vielleicht besser so. Oder glaubst du, es wäre anders gekommen, wenn wir Kinder gehabt hätten?«

»Es gibt jede Menge Paare, die Kinder haben und sich trotzdem scheiden lassen.«

»Ja, das stimmt«, sagte sie und spielte eine Zeitlang mit meinem Feuerzeug. »Ich liebe dich immer noch. Aber da liegt nicht das Problem. Das weiß ich selbst gut genug.«

2. *Sie, ihre Fotos und ihre Unterröcke – alles verschwindet*

Als sie gegangen war, trank ich noch eine Cola, duschte heiß und rasierte mich. Seife, Shampoo, Rasiercreme – alles ging mir langsam, aber sicher aus.

Ich stieg aus der Dusche, trocknete mir die Haare, trug Lotion auf und putzte mir die Ohren. Dann ging ich in die Küche und wärmte den übriggebliebenen Kaffee auf. Jetzt saß niemand mehr mit mir am Tisch. Als ich den leeren Stuhl anstarrte, fühlte ich mich wie ein kleines Kind, das man in einer sonderbaren, unbekannten Gegend, an einem Ort wie aus einem Bild von de Chirico, alleine gelassen hatte. Aber ich war natürlich kein kleines Kind mehr. Ganz langsam schlürfte ich meinen Kaffee und dachte an gar nichts. Als ich ihn schließlich ausgetrunken hatte, saß ich noch eine Zeitlang gedankenverloren da. Dann zündete ich mir eine Zigarette an.

Dafür, daß ich ganze vierundzwanzig Stunden nicht geschlafen hatte, war ich unwirklich wach. Mein Körper war zwar träge bis ins Mark, aber meine Gedanken trotteten wie dressierte Zirkustiere immer weiter ziellos durch die Irrgänge des Bewußtseins.

Während ich den leeren Stuhl anstarrte, fiel mir ein amerikanischer Roman ein, den ich vor etlichen Jahren gelesen hatte: Da ließ ein Mann, der von seiner Frau verlassen worden war, monatelang ihren Unterrock über dem Eßzimmerstuhl ihm gegenüber hängen. Je länger ich darüber nachdachte, desto weniger absurd erschien es mir. Gar keine schlechte Idee. Nicht, daß ich irgendeinen Sinn darin gesehen hätte, aber es wäre bestimmt geistreicher, als den Topf mit der verwelkten Geranie stehenzulassen. Und der Kater – es würde ihn vielleicht etwas beruhigen, wenn etwas von ihr da wäre.

Ich öffnete ihre Schubladen im Schlafzimmer, eine nach der anderen, doch alle waren leer. Ein von Motten angefressener alter Schal, drei Kleiderbügel und Mottenkugeln – das war das einzige, was übriggeblieben war. Sie hatte alles fein säuberlich mitgenommen.

Das auf engstem Raum im Badezimmer untergebrachte Sammelsurium von Kosmetika, Lockenwicklern, Zahnbürste, Fön, Gott weiß was für Medikamenten, Tampons und Damenbinden, sämtliches Schuhwerk von Boots bis zu Sandalen und Hausschuhen, Hutschachteln, eine Schublade voll Accessoires, Hand- und Schultertaschen, Koffer, Portemonnaies, die immer sorgfältig geordnete Unterwäsche, Strümpfe, Briefe – von den

Dingen, denen ihr Geruch anhaftete, hatte sie nicht ein einziges zurückgelassen. Mir war, als hätte sie sogar ihre Fingerabdrükke abgewischt. Ungefähr ein Drittel der Bücher und Schallplatten war ebenso verschwunden – die, die sie selbst gekauft oder die ich ihr geschenkt hatte.

Ich öffnete die Fotoalben: Sämtliche Aufnahmen von sich hatte sie entfernt. Bei den Bildern, auf denen wir beide zu sehen waren, hatte sie sich selbst sauber herausgeschnitten, so daß nur noch ich zurückblieb. Aufnahmen von mir alleine sowie Landschafts- und Tierfotos waren unberührt. Die drei Alben enthielten jetzt eine Bildersammlung perfekt retuschierter Vergangenheit: Immerzu ich allein, und dazwischen Berge und Flüsse und Rehe und Katzen. Mir war, als wäre ich von Geburt an mein ganzes Leben lang allein gewesen und würde auch von jetzt an immer allein bleiben. Ich klappte die Alben zu und rauchte zwei Zigaretten.

Sie hätte wenigstens einen Unterrock dalassen können! Aber das war selbstverständlich ihre Sache, ich durfte mich da nicht einmischen. Sie hatte sich entschlossen, nichts dazulassen, und ich mußte mich danach richten. Oder ich mußte mir, wie sie wohl beabsichtigte, einbilden, sie hätte von Anfang an nicht existiert. Und aufgrund ihrer Nicht-Existenz konnte auch ihr Unterrock nicht existieren.

Ich spülte den Aschenbecher aus, stellte Klimaanlage und Radio ab, und nachdem ich meine Gedanken noch einmal um ihren Unterrock hatte kreisen lassen, gab ich auf und ging ins Bett.

Schon ein Monat war vergangen, seit ich der Scheidung zugestimmt hatte und sie ausgezogen war. Ein Monat beinahe ohne jeden Sinn. Ein Monat wie laues Gelee, vage und substanzlos. Ich hatte nicht den Eindruck, daß sich irgend etwas verändert hätte, und es hatte sich auch nichts verändert.

Ich stand um sieben Uhr auf, schüttete Kaffee auf, toastete Toast, ging zur Arbeit, aß irgendwo zu Abend, trank zwei, drei Bier, ging nach Hause, las im Bett noch ungefähr eine Stunde, löschte das Licht, schlief. Samstags und sonntags machte ich, anstatt zur Arbeit zu gehen, von frühmorgens an meine Runden durch die Kinos, um die Zeit totzuschlagen. Danach ging ich wie immer allein zu Abend essen, trank etwas, las etwas, schlief. Ich verbrachte diesen Monat genau wie die Sorte von Menschen, die die Tage auf dem Kalender einen nach dem anderen schwarz ausstreichen.

In gewisser Weise empfand ich ihr Verschwinden als unvermeidlich. Was geschehen war, war geschehen. Es zählte nicht mehr, wie gut es in diesen vier Jahren zwischen uns gelaufen war. Genau wie bei den bereinigten Fotoalben.

Daß sie lange Zeit regelmäßig mit meinem Freund geschlafen hatte und eines Tages bei ihm eingezogen war, zählte ebensowenig. So etwas ist immer möglich und geschieht tatsächlich oft genug, und daß es ihr passiert ist, empfand ich gar nicht als etwas Außergewöhnliches. Letzten Endes war das ihre Sache.

»Das ist letzten Endes deine Sache«, sagte ich.

Das war an jenem Sonntagnachmittag im Juni, an dem sie mir plötzlich sagte, daß sie sich scheiden lassen wolle. Ich spielte gerade mit einem Bierdosenring.

»Das ist dir also egal?« fragte sie. Sie sprach äußerst langsam.

»Egal nicht. Ich sage nur, daß es deine Sache ist.«

»Wenn ich ehrlich sein soll, will ich mich gar nicht von dir trennen.«

»Du brauchst dich ja nicht von mir zu trennen.«

»Aber es führt zu nichts, wenn ich bei dir bleibe.«

Sie sagte nichts weiter, aber ich glaubte zu wissen, was sie meinte. In ein paar Monaten würde ich dreißig werden, sie sechsundzwanzig. Im Vergleich zu der Größe all dessen, was uns noch bevorstand, war das, was wir bis dahin aufgebaut hatten, in der Tat winzig klein. Beziehungsweise gleich Null. Wir hatten die vier Jahre damit verbracht, unsere Ersparnisse zu verfressen.

Zum großen Teil war es meine Schuld. Ich hätte nicht heiraten sollen. Zumindest nicht sie.

In der ersten Zeit hielt sie sich nicht für gesellschaftsfähig, mich dagegen für gesellschaftsfähig. Wir beide spielten unsere

Rollen verhältnismäßig gut. Doch in dem Moment, da wir beide dachten, daß es ewig so weiterginge, zerbrach irgend etwas. Eine Winzigkeit nur, aber es wurde nie mehr so wie früher. Wir befanden uns mitten in einer idyllisch verlängerten Sackgasse. Das war unser Ende.

Für sie war ich jemand, den sie schon verloren hatte. Auch wenn sie mich noch geliebt hätte, es hätte nichts daran geändert. Wir hatten uns zu sehr an unsere Rollen gewöhnt. Ich konnte ihr nichts mehr geben. Sie wußte das instinktiv, ich aus Erfahrung. Wie auch immer, es gab keine Rettung mehr.

Also verschwand sie zusammen mit ihren Unterröcken für immer aus meinem Leben. Es gibt drei Möglichkeiten: Vergessenwerden, Verschwinden und Sterben. Und das ist nicht einmal überaus tragisch.

24. Juli, 08.25 Uhr morgens.

Ich sah auf die vier Ziffern der Digitaluhr, schloß die Augen und schlief ein.

Drittes Kapitel

September 1978

1. Der Walpenis und die Frau mit den drei Berufen

Mit einer Frau schlafen kann man für ungeheuer wichtig halten oder, umgekehrt, für nichts Besonderes. Es gibt sozusagen Sex als Selbsttherapie und Sex als Zeitvertreib.

Es gibt solchen, der von A bis Z Selbsttherapie ist, und solchen, der von A bis Z Zeitvertreib ist. Außerdem gibt es Sex, der als Selbsttherapie anfängt und als Zeitvertreib endet und umgekehrt. Was ich sagen will, ist, daß sich unser Sexualleben grundsätzlich von dem eines Wals unterscheidet.

Wir sind keine Wale – eine überaus wichtige These für mein Sexualleben.

* * *

In meiner Jugend gab es ungefähr dreißig Fahrradminuten von zu Hause entfernt ein Ozeanarium. Es herrschte dort immer kühle Aquariumsstille, nur von Zeit zu Zeit hörte man von irgendwoher dumpfes Wasserplatschen. Es war, als unterdrückte in einem Winkel der halbdunklen Gänge ein Wassermann das Atmen.

Thunfischzüge kreisten in einem riesigen Becken, Störe schwammen einen engen Kanal entlang, Piranhas schlugen ihre scharfen Zähne in Fleischklumpen, Zitteraale brachten hin und wieder winzig kleine Glühbirnchen zum Leuchten.

Es gab dort unzählige Fische. Alle hatten sie andere Namen, andere Schuppen und andere Kiemen. Ich begriff überhaupt nicht, warum es auf der Welt so viele Arten von Fischen geben mußte.

Natürlich hatten sie dort keinen Wal. Ein Wal wäre viel zu groß gewesen, und selbst wenn man das Gebäude abgerissen und in ein einziges riesiges Wasserbecken verwandelt hätte, hätte man keinen halten können. Statt dessen war der Penis eines Wals ausgestellt. Als Ersatz sozusagen. Deshalb sah ich also während meiner sensiblen Jugendjahre anstelle eines richtigen Wals einen Walpenis. Immer wenn ich genug hatte vom Spazieren in den kühlen, aquariumähnlichen Gängen, setzte ich mich auf das Sofa in der Halle mit der hohen Decke, wo absolute Stille herrschte, und verbrachte gedankenverlorene Stunden vor dem Walpenis.

Einmal sah er aus wie eine vertrocknete kleine Kokospalme, ein anderes Mal wie ein überdimensionaler Maiskolben. Wenn das Schild mit der Aufschrift »Geschlechtsorgan eines Wals, männl.« nicht gewesen wäre, hätte sicher niemand bemerkt, daß es sich um einen Walpenis handelte. Er wirkte nicht wie ein Produkt der Antarktis, eher wie ein Fundstück von Ausgrabungen in der Wüste Zentralasiens. Er unterschied sich von meinem und auch von allen anderen Penissen, die ich bis dahin gesehen hatte. Außerdem umgab ihn diese gewisse, schwer zu beschreibende Melancholie, die abgeschnittenen Penissen eigen ist.

Dieser riesige Walpenis war es, der mir einfiel, nachdem ich zum ersten Mal mit einer Frau Geschlechtsverkehr gehabt hatte. Mir tat die Seele weh, wenn ich daran dachte, welches Schicksal ihn ereilt hatte und unter welchen Umständen er in den verlassenen Ausstellungsraum des Ozeanariums gekommen war. Diese Gedanken gaben mir ein Gefühl vollkommener Hilflosigkeit. Aber mit siebzehn war ich eindeutig zu jung, um an der Welt zu verzweifeln. Deshalb kam ich damals zu folgendem, bis heute gültigen Schluß: Ich bin kein Wal.

Während ich mit meiner neuen Freundin im Bett lag und mit ihrem Haar spielte, mußte ich ständig an den Wal denken.

In meinen Erinnerungen an das Ozeanarium ist es immer Herbstende. Das Glas der Becken ist eiskalt, und ich habe einen dicken Pullover an. Das Meer, das man durch das große Fenster im Ausstellungsraum sehen kann, ist bleischwarz, und die unzähligen weißen Wellen erinnern an weiße Spitzenkragen auf Mädchenkleidern.

»Woran denkst du?« fragte sie.

»An früher«, sagte ich.

* * *

Sie war einundzwanzig, hatte einen attraktiven, schlanken Körper und ein Paar makellose Ohren von fast magischer Anziehungskraft. Sie jobbte als Korrektorin in einem kleinen Verlag, war Ohren-Fachmodell für Werbefotos sowie Callgirl in einem exklusiven Privatclub. Ich wußte nicht, welcher von den dreien ihr Hauptberuf war. Sie auch nicht.

Betrachtet man das Problem jedoch unter dem Gesichtspunkt, welcher Beruf ihrer eigentlichen Erscheinung entgegenkam, so wirkte sie als Ohren-Fachmodell am natürlichsten. Sie stimmte mir in dieser Einschätzung zu. Aufträge in diesem Spezialbereich sind jedoch äußerst begrenzt, und Status und Lohn als Modell sind erschreckend gering. Die meisten Agenten, Kameraleute, Kosmetikerinnen und Journalisten behandelten meine Freundin einfach als »die mit den Ohren«. Mit Ausnahme der Ohren wurden ihr Körper und ihr Geist vollkommen ignoriert.

»Aber das stimmt nicht«, sagte sie. »Meine Ohren, das bin ich, und ich bin meine Ohren.«

Als Korrektorin und als Callgirl zeigte sie ihre Ohren keinem Menschen, nicht einen einzigen Augenblick.

»Weil ich dann nämlich nicht wirklich ich bin«, erklärte sie.

Das Büro des Callgirl-Clubs (der unter dem Namen »Talentschuppen« lief) befand sich in Akasaka. Besitzerin war eine grauhaarige Engländerin, die von allen »Mrs. X« genannt wurde. Sie lebte schon seit dreißig Jahren in Japan, sprach fließend Japanisch und konnte fast alle wichtigen Schriftzeichen lesen.

Nur fünfhundert Meter vom Club entfernt betrieb Mrs. X noch ein Damenseminar für englische Konversation, aus dem sie vielversprechende Mädchen als Callgirls rekrutierte. Umgekehrt nahmen auch einige der Girls Englischunterricht. Natürlich zu ermäßigten Gebühren.

Mrs. X sprach alle Callgirls mit »Dear« an. Weich wie ein Frühlingsnachmittag, so klang ihr »Dear«.

Etwa so: »Zieh dir ordentliche Spitzenunterwäsche an, Dear. Und Strümpfe, auf keinen Fall Strumpfhosen!« Oder: »Du trinkst deinen Tee doch mit Sahne, Dear, nicht wahr?« Ihre

Kundschaft hatte sie fest im Griff, die meisten waren reiche Geschäftsleute in ihren Vierzigern und Fünfzigern. Zwei Drittel waren Ausländer, der Rest Japaner. Mrs. X hatte eine Abneigung gegen Politiker, Greise, Perverse und Mittellose.

Meine neue Freundin sah von dem guten Dutzend Schönheiten im Callgirl-Club am unauffälligsten und durchschnittlichsten aus. Mit verdeckten Ohren machte sie in der Tat lediglich einen mittelmäßigen Eindruck auf andere Leute. Warum sie Mrs. X aufgefallen war und warum sie sie eingestellt hatte, war mir nicht ganz klar. Vielleicht, weil Mrs. X einen gewissen Glanz in ihrer Durchschnittlichkeit bemerkt hatte, oder auch, weil sie ganz einfach der Meinung war, daß ruhig ein durchschnittliches Mädchen mit in der Auswahl sein sollte. Wie auch immer, Mrs. X' Rechnung ging auf, und meine Freundin hatte bald ebenfalls einige richtige Stammkunden. Sie trug durchschnittliche Kleidung, schminkte sich durchschnittlich, zog durchschnittliche Unterwäsche an, roch nach durchschnittlicher Seife und ging ein- oder zweimal pro Woche ins *Hilton,* ins *Okura* oder ins *Prince,* um mit einem Mann zu schlafen und damit so viel zu verdienen, daß sie einen Monat davon leben konnte.

Die Hälfte der übrigen Abende verwandte sie dazu, kostenlos mit mir zu schlafen. Wie sie die andere Hälfte verbrachte, weiß ich nicht.

Ihr Leben als Aushilfskorrektorin in dem Verlag war noch durchschnittlicher. An drei Tagen der Woche ging sie in die Firma im zweiten Stock eines kleinen Gebäudes in Kanda und korrigierte von morgens neun bis abends fünf Druckfahnen, machte Tee oder stieg die Treppen hinunter (einen Aufzug gab es nämlich nicht), um Radiergummis oder ähnliches zu kaufen. Sie war zwar die einzige junge, unverheiratete Frau dort, aber niemand machte ihr je Avancen. Sie konnte je nach Ort und Zeit ihren Glanz entfalten oder unterdrücken, ganz wie ein Chamäleon.

* * *

Ich begegnete ihr (beziehungsweise ihren Ohren) Anfang August, kurz nachdem meine Frau und ich uns getrennt hatten.

Ich hatte gerade über eine Werbeagentur einen Auftrag für eine Software-Firma bekommen, da traf ich zum ersten Mal auf ihre Ohren.

Der Direktor der Agentur legte den Werbeplan und einige große Schwarzweißaufnahmen auf den Schreibtisch und sagte, ich solle dafür innerhalb einer Woche drei verschiedene Schlagzeilen vorbereiten. Alle drei Fotos zeigten riesige Ohren.

Ohren?

»Warum Ohren?« fragte ich.

»Was weiß ich! Es sind nun mal Ohren. Sie haben nichts weiter zu tun, als eine Woche über Ohren nachzudenken!«

Also verbrachte ich eine Woche damit, auf die drei Fotos mit den Ohren zu starren. Ich hatte die riesigen Aufnahmen mit Tesafilm an die Wand vor meinem Schreibtisch geklebt, und beim Rauchen, beim Kaffeetrinken, beim Sandwichessen und beim Nägelschneiden sah ich sie an.

Eine Woche später hatte ich den Auftrag irgendwie erledigt, aber die Fotos blieben weiter an der Wand. Einerseits, weil ich zu faul war, sie abzunehmen, andererseits, weil es mir zur Gewohnheit geworden war, die Fotos mit den Ohren vor mir zu sehen. Aber eigentlich nahm ich sie deshalb nicht ab und ließ sie deshalb nicht in einer Schublade verschwinden, weil die Ohren mich in verschiedenster Weise bezaubert hatten. Diese Ohren waren ein Traum! Hundertprozentige Ohren – und das ist wahrlich nicht übertrieben. Es war das erste Mal, daß mich ein vergrößerter Teil des menschlichen Körpers (die Geschlechtsorgane selbstverständlich eingeschlossen) derartig stark faszinierte. Sie ließen mich unweigerlich an riesige Strudel des Schicksals denken.

Eine Windung kreuzte mit schier unvorstellbarer Kühnheit die ganze Fläche des Bildes, eine andere schuf mit geheimnisvoller Sorgfalt kleine Schattierungen, und wieder eine andere erzählte die zahllosen Legenden eines antiken Wandgemäldes. Die Ebenheit der Ohrläppchen übertraf noch den Schwung der Windungen, und vor der üppigen Fülle ihres Fleisches verblaßte alles Leben.

Einige Tage später beschloß ich, den Fotografen anzurufen,

der die Bilder gemacht hatte, um mir Namen und Telefonnummer der Ohrenbesitzerin geben zu lassen.

»Wozu?« fragte der Fotograf.

»Interessiert mich einfach. Sind halt tolle Ohren.«

»Die Ohren schon, das stimmt«, brummte der Fotograf. »Aber die Frau haut einen nicht gerade vom Hocker. Es gibt bessere – zum Beispiel das Bikinimodell, das ich vor kurzem vor der Linse hatte. Ich könnte da was arrangieren.«

»Nein, danke«, sagte ich und legte auf.

* * *

Ich rief sie um zwei, um sechs und um zehn Uhr an, aber niemand meldete sich. Sie schien ein geschäftiges Leben zu führen.

Am nächsten Morgen um zehn erwischte ich sie endlich. Ich stellte mich knapp vor und erzählte ihr dann, ich müsse kurz mit ihr über die Werbefotos sprechen, die sie kürzlich gemacht hätte, ob wir nicht mal gemeinsam zu Abend essen könnten.

»Man sagte mir, die Arbeit sei für mich erledigt«, sagte sie.

»Ja, ist sie auch«, sagte ich. Sie schien etwas überrascht zu sein, fragte aber nicht weiter. Wir verabredeten uns für den nächsten Abend in einem Café auf der Aoyamadori.

Ich rief das beste französische Restaurant an, das ich je besucht hatte, und bestellte einen Tisch. Dann schlüpfte ich in ein neues Hemd, verwandte viel Zeit darauf, eine Krawatte auszuwählen, und zog einen Anzug an, den ich erst zweimal getragen hatte.

Wie der Fotograf vorgewarnt hatte, haute sie einen wirklich nicht gerade vom Hocker. Durchschnittliche Kleidung, durchschnittliches Gesicht – sie sah aus wie eine Chorsängerin einer zweitklassigen Frauenuniversität. Aber das war mir natürlich völlig gleich. Was mich enttäuschte, war, daß sie ihre Ohren unter den glatt herabhängenden Haaren völlig verborgen hielt.

»Sie verbergen ja Ihre Ohren«, bemerkte ich beiläufig.

»Ja«, erwiderte sie ebenso beiläufig.

Wir hatten das Restaurant früher als erwartet erreicht und

waren die ersten Gäste. Man dämpfte das Licht, und ein Kellner ging herum, um mit langen Zündhölzern die roten Kerzen auf den Tischen anzuzünden. Der Oberkellner inspizierte mit einer Art Heringsblick bis ins kleinste die Anordnung der Servietten, des Bestecks und der Teller. Das im Fischgrätenmuster verlegte Eichenparkett war auf Hochglanz poliert. Angenehm klapperten darauf die Kellnerschuhe – Schuhe, die bedeutend teurer aussahen als meine. Die Blumen in den Vasen waren frisch, und an den weißen Wänden hing *Modern Art* – Gemälde, die man auf den ersten Blick als Originale erkennen konnte.

Ich wählte aus der Weinkarte einen fruchtig-frischen Weißwein und bestellte als Hors d'œuvres *Pâté de canard*, *Terrine de daurade* und *Foie de baudroie à crème fraîche*. Sie entschied sich nach sorgfältigem Studium der Speisekarte für *Potage à la tortue*, *Salade verte* und *Mousse de sole*, ich bestellte *Soupe d'oursin*, *Rôti de veau garnie de persil* und *Salade de tomates*. Und sah mein Haushaltsgeld für einen halben Monat von dannen ziehen.

»Ziemlich gutes Restaurant«, sagte sie. »Kommen Sie oft hierher?«

»Nur geschäftlich von Zeit zu Zeit. Alleine gehe ich lieber in Kneipen. Ich esse dann beim Trinken, was gerade so angeboten wird. Das ist bequemer. Man braucht nicht lange zu überlegen.«

»Was essen Sie denn so in Ihren Kneipen?«

»Das ist verschieden, aber meistens Omelette und Sandwiches.«

»Omelette und Sandwiches«, sagte sie. »Sie essen also jeden Tag in einer Kneipe Omelette und Sandwiches?«

»Nicht jeden Tag. Alle drei Tage koche ich selbst.«

»Aber an zwei von drei Tagen essen Sie in einer Kneipe Omelette und Sandwiches.«

»Ja«, sagte ich.

»Warum gerade Omelette und Sandwiches?«

»In guten Kneipen gibt es hervorragende Omelettes und Sandwiches.«

»Mhm«, sagte sie. »Sie sind schon ein merkwürdiger Mensch.«

»Überhaupt nicht«, sagte ich.

Da ich nicht wußte, wie ich das Thema wechseln sollte, schwieg ich eine Weile und sah auf die Asche im Aschenbecher.

Sie kam zur Sache: »Sie wollten doch geschäftlich mit mir sprechen.«

»Wie ich gestern schon sagte, ist Ihre Arbeit bereits abgeschlossen. Schwierigkeiten gibt es auch nicht. Es gibt also nichts zu besprechen.«

Sie nahm aus dem Seitenfach ihrer Handtasche eine schlanke Mentholzigarette, zündete sie mit den Restaurantstreichhölzern an und schaute mich an, als wolle sie sagen »Und, weiter?«

Als ich gerade ansetzen wollte, kam sicheren Schrittes der Oberkellner auf unseren Tisch zu. Er lächelte, als hätte er vor, mir das Foto seines einzigen Sohnes zu zeigen, hielt mir das Etikett der Weinflasche hin, und als ich nickte, entkorkte er sie angenehm leise, um mir dann ein wenig einzugießen. Es schmeckte wie die Quintessenz der Rechnung.

Kaum hatte sich der Oberkellner zurückgezogen, kamen zwei andere Kellner und brachten drei große und zwei kleine Teller. Als auch sie verschwanden, waren wir wieder allein.

»Ich wollte unbedingt Ihre Ohren sehen«, sagte ich ehrlich.

Ohne etwas zu sagen, nahm sie sich von der Pastete und der Seeteufelleber und trank einen Schluck Wein.

»Fühlen Sie sich belästigt?«

Sie lächelte ein bißchen. »Köstliche französische Küche ist keine Belästigung.«

»Stört es Sie, auf Ihre Ohren angesprochen zu werden?«

»Auch nicht. Kommt darauf an, von welcher Warte aus darüber gesprochen wird.«

»Ich nehme die, die Sie mögen.«

Sie schüttelte den Kopf, während sie die Gabel zum Mund führte. »Seien Sie ehrlich. Das ist mir die liebste Warte.«

Wir tranken eine Zeitlang schweigend unseren Wein und aßen weiter.

»Ich biege um eine Ecke«, sagte ich. »Aber die Person, die

vor mir geht, verschwindet schon um die nächste. Ich kann sie nicht sehen. Das einzige, was ich flüchtig erblicke, ist der weiße Saum ihres Gewandes. Aber gerade die Weißheit dieses Saumes brennt mir immer weiter in den Augen, ich werde sie nicht los. Kennen Sie dieses Gefühl?«

»Ich glaube schon.«

»Genau dieses Gefühl vermitteln mir Ihre Ohren.«

Wieder aßen wir eine Weile schweigend. Ich schenkte ihr Wein nach und goß mir auch etwas ein.

»Die Szene an sich schwebt Ihnen nicht vor Augen, es ist nur ein Gefühl, nicht wahr?« fragte sie.

»Ja, genau.«

»Hatten Sie dieses Gefühl früher schon einmal?«

Ich dachte einen Augenblick nach und schüttelte dann den Kopf. »Nein.«

»Aber es ist wegen meiner Ohren?«

»Mit absoluter Sicherheit kann ich das nicht sagen. Absolut sicher ist man ja nie. Daß das Aussehen von Ohren bei irgend jemandem regelmäßig dieses bestimmte Gefühl hervorgerufen hätte, habe ich auch noch nie gehört.«

»Ich kenne jemanden, der immer niesen muß, wenn er Farrah Fawcett-Majors Nase sieht. Beim Niesen ist dieser psychische Faktor enorm. Sobald Ursache und Wirkung einmal verbunden sind, sind sie nur schwer wieder zu trennen.«

»Über Farrah Fawcett-Majors Nase kann ich zwar nichts sagen«, begann ich und trank einen Schluck Wein. Dann hatte ich vergessen, was ich sagen wollte.

»Es ist nicht genau das, was Sie meinten, nicht?« sagte sie.

»Ja, die Sache liegt ein bißchen anders«, sagte ich. »Das Gefühl, das ich bekomme, ist ausgesprochen vage und trotzdem stabil.« Ich breitete meine Arme aus, so daß die Hände zirka einen Meter Zwischenraum hatten, und ließ diesen dann auf fünf Zentimeter zusammenschrumpfen. »Ich kann es nicht gut beschreiben.«

»Ein auf vagen Motiven beruhendes, konzentriertes Phänomen.«

»Genau«, sagte ich. »Sie sind etwa siebenmal klüger als ich.«

»Ich hab an einer Fernuni studiert.«

»Fernuni?«

»Ja, Fernstudium: Psychologie.«

Wir teilten uns das letzte Stück Pastete. Ich hatte schon wieder vergessen, was ich sagen wollte.

»Sie können den Zusammenhang zwischen meinen Ohren und Ihrem Gefühl noch nicht ganz begreifen, nicht wahr?«

»Nein«, sagte ich. »Ich kann nicht eindeutig erkennen, ob es unmittelbar Ihre Ohren sind, die mich ansprechen, oder aber irgend etwas anderes, mit Ihren Ohren als Medium.«

Sie bewegte, beide Hände auf dem Tisch, kaum merklich ihre Schultern. »Ihr Gefühl, ist es von der guten oder von der schlechten Sorte?«

»Weder noch. Sowohl als auch. Ich weiß nicht.«

Sie hielt mit beiden Händen ihr Weinglas und sah mich eine Weile an. »Sie sollten lernen, Ihre Gefühle etwas besser auszudrücken.«

»Und ausdrücken kann ich mich auch nicht«, sagte ich.

Sie lächelte. »So schlimm ist es auch wieder nicht. Ich habe im großen und ganzen verstanden, was Sie meinen.«

»Und, was soll ich nun tun?«

Sie schwieg. Sie schien an etwas anderes zu denken. Auf dem Tisch standen fünf leere Teller. Fünf untergegangene Planeten.

»Hören Sie«, unterbrach sie ihr langes Schweigen. »Ich denke, wir sollten Freunde werden. Vorausgesetzt natürlich, Sie sind einverstanden.«

Ich nickte.

Auf diese Weise wurden wir sehr, sehr enge Freunde. Nur dreißig Minuten, nachdem wir uns das erste Mal gesehen hatten.

* * *

»Als enger Freund möchte ich dich etwas fragen«, sagte ich.

»Bitte.«

»Erstens: Warum zeigst du deine Ohren nicht? Und zweitens: Haben deine Ohren jemals auf jemand anderen als mich eine *besondere Wirkung* ausgeübt?«

Sie starrte wortlos ihre Hände auf dem Tisch an.

»Dazu gibt es viel zu sagen«, sagte sie leise.

»Viel?«

»Ja. Aber vereinfacht ausgedrückt, läuft es darauf hinaus, daß ich mich an das Selbst gewöhnt habe, das seine Ohren verbirgt.«

»Willst du damit sagen, daß du anders bist, wenn du deine Ohren zeigst, als wenn du sie verdeckst?«

»Ja.«

Zwei Kellner räumten unsere Teller ab und trugen die Suppe auf.

»Willst du mir nicht von dem Du erzählen, das seine Ohren zeigt?«

»Es fällt mir schwer, darüber zu reden; es liegt schon so lange zurück. Um ehrlich zu sein: Ich habe meine Ohren nicht mehr gezeigt, seit ich zwölf war.«

»Aber du zeigst sie doch, wenn du als Modell arbeitest?«

»Das stimmt«, sagte sie. »Aber das sind nicht meine echten Ohren.«

»Nicht deine echten Ohren?«

»Es sind blockierte Ohren.«

Ich aß zwei Löffel Suppe und sah dann zu ihr auf. »Das mußt du mir bitte etwas genauer erklären.«

»Blockierte Ohren sind tote Ohren. Ich töte sie ab. Das heißt, ich trenne bewußt die Verbindung zwischen mir und meinen Ohren ... verstehst du?«

Nein, ich verstand nicht.

»Dann frag«, sagte sie.

»Die Ohren abtöten, bedeutet das, daß sie dann nicht mehr hören können?«

»Doch, sie hören noch ausgezeichnet. Aber sie sind tot. Du kannst das sicher auch.«

Sie legte den Löffel auf den Tisch, richtete sich kerzengerade auf, hob beide Schultern etwa fünf Zentimeter und schob ihr Kinn energisch nach vorn. So verharrte sie zehn Sekunden und ließ dann ganz plötzlich ihre Schultern fallen.

»Jetzt sind sie tot. Versuchs mal.«

Langsam wiederholte ich dreimal genau, was sie gemacht

hatte, aber ich bekam nicht den Eindruck, daß irgend etwas gestorben wäre. Nur der Wein stieg mir schneller zu Kopf.

»Ich fürchte, meine Ohren können nicht richtig sterben«, sagte ich enttäuscht.

Sie schüttelte den Kopf.

»Das macht nichts. Da es für dich nicht notwendig ist, bringt es dir keine Nachteile, wenn du sie nicht abtöten kannst.«

»Darf ich noch etwas fragen?«

»Ja, sicher.«

»Wenn ich zusammenfassen darf, was du mir erzählt hast, kommt für mich folgendes dabei heraus: Bis zum Alter von zwölf Jahren hast du deine Ohren gezeigt. An einem bestimmten Tag hast du sie dann verdeckt und bis heute kein einziges Mal mehr freigemacht. Bei Gelegenheiten, wo du nicht umhin kannst, deine Ohren zu zeigen, blockierst du den Durchgang zwischen ihnen und deinem Bewußtsein. Das stimmt doch?«

Sie lächelte. »Ja, so ist es.«

»Was passierte mit deinen Ohren, als du zwölf warst?«

»Nicht so schnell«, sagte sie, streckte ihre rechte Hand über den Tisch und berührte sanft die Finger meiner linken. »Bitte!«

Ich verteilte den Rest des Weines auf unsere Gläser und trank meins langsam aus.

»Zuerst will ich mehr über dich wissen.«

»Was willst du denn wissen?«

»Alles. Wie du aufgewachsen bist, wie alt du bist, was du machst und so weiter.«

»Meine Geschichte ist ganz gewöhnlich. So gewöhnlich, daß du garantiert beim Zuhören einschläfst.«

»Ich mag gewöhnliche Geschichten.«

»Meine ist von der Sorte gewöhnlich, die niemand mag.«

»Das macht nichts, erzähl schon – nur zehn Minuten.«

»Ich wurde am 24. Dezember 1948 geboren, Heiligabend. Kein besonders günstiger Geburtstag. Man kriegt nämlich immer die Geburtstags- und Weihnachtsgeschenke zusammen. Alle versuchen, billig wegzukommen. Mein Sternzeichen ist der Steinbock, meine Blutgruppe A. Diese Zusammenstellung riecht nach Bankangestelltem oder Beamtem. Mit Schützen,

Waagen und Wassermännern soll sich der Steinbock nicht verstehen. Klingt das nicht nach einem langweiligen Leben?«

»Klingt eher interessant.«

»Ich bin auf gewöhnliche Art aufgewachsen und in eine gewöhnliche Schule gegangen. Als Kind war ich wortkarg, als Teenager langweilig. Ich lernte ein gewöhnliches Mädchen kennen – meine gewöhnliche erste Liebe. Mit achtzehn ging ich auf die Universität und zog nach Tokyo. Nach der Uni machte ich zusammen mit einem Freund ein kleines Übersetzungsbüro auf. Es reichte nach und nach zum Leben. Seit ungefähr drei Jahren haben wir unser Geschäft auch auf Werbebroschüren und andere Werbeaufträge ausgedehnt, und diese Sachen laufen ebenfalls immer besser. Eine Frau, die in unserer Firma arbeitete, lernte ich näher kennen, heiratete sie vor vier Jahren und ließ mich vor zwei Monaten von ihr scheiden. Warum, ist eine längere Geschichte. Ich habe einen alten Kater und rauche vierzig Zigaretten am Tag. Ich kann einfach nicht damit aufhören. Ich besitze drei Anzüge, sechs Krawatten und fünfhundert aus der Mode gekommene Schallplatten. Ich kenne sämtliche Ellery-Queen-Mörder. Ich nenne die vollständige Ausgabe von Prousts *Auf der Suche nach der verlorenen Zeit* mein eigen, habe sie aber nur halb gelesen. Im Sommer trinke ich Bier, im Winter Whiskey.«

»Und an zwei von drei Tagen ißt du in einer Kneipe Omelette und Sandwiches.«

»Genau.«

»Ein interessantes Leben!«

»Bisher war es langweilig, und es wird auch in Zukunft langweilig sein. Aber das macht mir gar nichts aus. So liegen die Dinge eben.«

Ich sah auf die Uhr. Neun Minuten und zwanzig Sekunden waren vergangen.

»Aber das, was du gerade erzählt hast, war doch nicht alles über dich?«

Ich sah eine Weile auf meine Hände auf dem Tisch. »Natürlich ist das nicht alles. Auch ein noch so langweiliges Leben kann man nicht in zehn Minuten erschöpfend abhandeln.«

»Darf ich meinen Eindruck äußern?«

»Bitte.«

»Wenn ich einen Menschen das erste Mal treffe, lasse ich ihn zehn Minuten reden. Dann beurteile ich ihn aus einer Perspektive, die der, aus der er erzählt hat, genau entgegengesetzt ist. Hältst du das für falsch?«

»Nein«, sagte ich und schüttelte den Kopf. »Vielleicht ist das genau die richtige Strategie.«

Ein Kellner kam und deckte Teller auf. Ein anderer servierte die Gerichte, und der Saucenkellner goß Sauce darüber. Paß vom Mittelfeld zum Linksaußen, Flanke an Mittelstürmer.

»In deinem Fall kommt mit dieser Methode folgendes heraus«, sagte sie, während sie ihr Messer in das *Mousse de sole* gleiten ließ. »Dein Leben ist gar nicht langweilig, du sehnst dich nur nach einem langweiligen Leben. Liege ich falsch?«

»Vielleicht hast du recht. Vielleicht ist mein Leben gar nicht langweilig, sondern ich sehne mich nur danach. Aber das ist letzten Endes das gleiche. Wie auch immer, ich habe mich jedenfalls schon so eingerichtet. Alle versuchen vor der Langeweile davonzulaufen, aber ich versuche hineinzukommen, genau so, als ob ich mich in der Rush-hour exakt gegen den Strom bewegte. Deshalb beschwere ich mich auch nicht, daß mein Leben langweilig geworden ist. Immerhin so langweilig, daß meine Frau davongelaufen ist.«

»War das der Grund für eure Trennung?«

»Wie ich vorhin schon sagte, das ist eine längere Geschichte. Aber um mit Nietzsche zu sprechen: ›Gegen die Langeweile kämpfen Götter selbst vergebens‹.«

Wir nahmen uns Zeit zum Essen. Sie ließ sich noch etwas Sauce nachreichen, ich aß eine Extraportion Brot. Bis wir das Hauptgericht aufgegessen hatten, war jeder von uns in seine eigenen Gedanken vertieft. Als das Geschirr abgeräumt, das Heidelbeersorbet gegessen und der Espresso serviert worden war, zündete ich mir eine Zigarette an. Der Rauch schwebte nur ganz kurz im Raum, um dann geräuschlos von der Lüftung eingesogen zu werden. An mehreren Tischen kamen Gäste an. Aus den Lautsprechern erklang ein Mozart-Konzert.

»Ich möchte noch etwas mehr über deine Ohren erfahren«, sagte ich.

»Du möchtest fragen, ob meine Ohren eine besondere Kraft besitzen oder nicht, nicht wahr?«

Ich nickte.

»Das sollst du selbst herausfinden«, sagte sie. »Selbst wenn ich dir etwas darüber erzählen würde, könnte ich das nur in sehr begrenztem Umfang, und ich kann mir nicht vorstellen, daß dich das befriedigen würde.«

Ich nickte noch einmal.

»Für dich lege ich sogar meine Ohren frei«, sagte sie, als sie ihren Espresso getrunken hatte. »Aber ich kann dir nicht sagen, ob das wirklich gut für dich ist. Du wirst es vielleicht bereuen.«

»Warum?«

»Weil deine Langeweile vielleicht nicht so stabil ist, wie du denkst.«

»In dem Fall sei's drum«, sagte ich.

Sie streckte ihre Hand über den Tisch und legte sie auf meine. »Und noch eins: Verlaß mich für eine bestimmte Zeit bitte nicht – sagen wir, von jetzt an, ein paar Monate, okay?«

»Okay.«

Sie holte ein schwarzes Haarband aus ihrer Handtasche, steckte es in den Mund, um mit beiden Händen ihre Haare hinten zusammenzuhalten, einmal ganz zu drehen und dann rasch festzubinden.

»Na?«

Ich hielt den Atem an und starrte sie an. Mein Mund wurde ganz trocken; ich brachte keinen Ton heraus. Mir schien, als habe die weiß verputzte Wand einen Augenblick lang Wellen geschlagen. Das Stimmengewirr im Restaurant und das Klappern der Bestecke verwandelten sich in flüchtige Wolken und wurden wieder real. Ich hörte Wellenbrausen und nahm den Geruch eines unvergeßlichen Abends wahr. Das alles war jedoch nur ein Bruchteil von dem, was ich in den paar Sekundenhundertsteln fühlte.

»Wahnsinn!« brachte ich endlich heraus. »Ein vollkommen anderer Mensch.«

2. *Die Ohrenoffenbarung*

»Ja, das bin ich auch«, sagte sie.

Sie war fast unwirklich schön. Diese Art von Schönheit hatte ich bisher weder je mit eigenen Augen gesehen, noch hatte ich sie mir je vorgestellt. Alles war weit wie das Universum und dicht wie ein ewiger Gletscher. Alles war überspitzt bis an die Grenze des Vermessenen und doch maßvoll. Es überstieg alle mir bekannten Begriffe. Sie und ihre Ohren wurden eins und glitten wie ein uralter Lichtstrahl in die Tiefe der Zeit hinab.

»Du bist der helle Wahnsinn!« sagte ich, als ich endlich wieder zu Atem gekommen war.

»Ja, ich weiß«, sagte sie. »Das ist immer so, wenn ich meine Ohren freimache.«

Einige Gäste drehten sich um und starrten zu uns herüber. Der Kellner, der gekommen war, um uns Kaffee nachzuschenken, war kaum dazu in der Lage. Niemand sagte ein Wort. Nur die Spulen des Tonbands drehten sich langsam weiter.

Sie nahm eine Mentholzigarette aus ihrer Tasche und steckte sie zwischen die Lippen. Ich beeilte mich, sie ihr mit meinem Feuerzeug anzuzünden.

»Ich möchte mit dir schlafen«, sagte sie.

Und wir schliefen miteinander.

3. *Die Ohrenoffenbarung (Fortsetzung)*

Dabei war ihre absolute Hochphase noch nicht einmal gekommen. In den nächsten zwei bis drei Tagen zeigte sie ihre Ohren nur zeitweise. Jedesmal verbarg sie diese strahlenden, wundervollen Skulpturen wieder hinter ihrem Haar und verwandelte sich in ein gewöhnliches Mädchen.

»Die richtige Zeit ist noch nicht gekommen«, sagte sie. »Ich kann meine Kraft selbst noch nicht recht fassen.«

»Ist schon in Ordnung«, sagte ich. Sie war nämlich auch mit versteckten Ohren gar nicht so schlecht.

* * *

Sie zeigte mir ihre Ohren des öfteren, meistens dann, wenn wir Sex hatten. Sex mit ihr schuf ganz sonderbare Stimmungen: Wenn es regnete, roch es deutlich nach Regen. Wenn Vögel sangen, hörte man sie ganz klar. Ich kann es nicht gut beschreiben, aber so ungefähr war es jedenfalls.

»Zeigst du deine Ohren auch, wenn du mit anderen Männern schläfst?« fragte ich sie einmal.

»Natürlich nicht!« sagte sie. »Sie wissen wahrscheinlich nicht einmal, daß ich Ohren habe.«

»Wie ist Sex ohne Ohren?«

»Wie Pflicht ohne Kür. Ich fühle nichts, so als ob ich auf einer Zeitung herumkauen würde. Aber das macht nichts. Pflichterfüllung ist ja nichts Schlechtes.«

»Dann muß es ja um so toller sein, wenn du deine Ohren freimachst?«

»Klar.«

»Ja, dann zeig sie doch«, sagte ich. »Mach dir doch das Leben nicht unnötig schwer!«

Sie sah mir lange in die Augen, um dann aufzuseufzen. »Du verstehst wirklich gar nichts.«

Vieles verstand ich tatsächlich nicht.

Zuallererst, warum sie gerade mich anders behandelte. Ich konnte mir beim besten Willen nicht vorstellen, daß ich im Vergleich zu anderen Männern etwas Herausragendes, Außergewöhnliches zu bieten gehabt hätte.

Als ich das sagte, lachte sie.

»Das ist doch ganz einfach«, sagte sie. »Weil du mich begehrst. Das ist das Wichtigste.«

»Und wenn jemand anders dich begehrte?«

»Zumindest jetzt bist *du* es, der mich begehrt. Außerdem bist du bedeutend besser, als du denkst.«

»Und warum denke ich dann so über mich?« fragte ich.

»Weil nur eine Hälfte von dir lebt«, sagte sie geradeheraus. »Deine andere Hälfte liegt noch irgendwo unberührt brach. In diesem Sinne sind wir uns gar nicht unähnlich. Ich blockiere meine Ohren, und du lebst nur zur Hälfte. Findest du nicht?«

»Selbst wenn dem so wäre, strahlt meine restliche Hälfte bestimmt nicht so wie deine Ohren.«

»Vielleicht.« Sie lächelte. »Du verstehst wirklich nichts.«

Und mit diesem Lächeln hob sie ihr Haar und knöpfte sich die Bluse auf.

* * *

Es war ein früher Nachmittag im September, der Sommer ging langsam zu Ende. Ich hatte mir in der Firma freigenommen, und während ich nun im Bett mit ihrem Haar spielte, mußte ich die ganze Zeit an den Walpenis denken. Das Meer war bleischwarz, und ein stürmischer Wind schlug gegen die Fensterscheiben. Die Decke war hoch, und außer mir war kein Mensch in der Halle. Der Walpenis hatte mit seiner endgültigen Trennung vom Wal seinen Sinn als Walpenis völlig verloren.

Dann versuchte ich mich noch einmal an Überlegungen zum Unterrock meiner Frau. Aber ich wußte nicht einmal mehr, ob sie überhaupt einen Unterrock besessen hatte oder nicht. ›Unterrock auf Küchenstuhl‹ – nur dieses träge, irreale Bild haftete in einem Winkel meines Gehirns. Was es für eine Bedeutung gehabt hatte, wußte ich auch nicht mehr. Mir war, als hätte ich lange, lange Zeit das Leben eines anderen Menschen geführt.

»Trägst du eigentlich keine Unterröcke?« fragte ich meine Freundin.

Sie hob den Kopf von meiner Schulter und sah mich träge an.

»Nein, hab gar keine.«

»Ach so«, sagte ich.

»Aber wenn dich so ein Unterrock reizt...«

»Nein, nein«, beeilte ich mich zu sagen. »Deswegen hab ich das nicht gefragt.«

»Du brauchst aber wirklich keine falsche Rücksicht zu nehmen. An so was bin ich von der Arbeit her zur Genüge gewöhnt, das bringt mich überhaupt nicht in Verlegenheit.«

»Ich brauche keine Extras«, sagte ich. »Du und deine Ohren, das genügt vollkommen. Sonst brauche ich nichts.«

Sie schüttelte gelangweilt den Kopf und ließ ihn zurück auf meine Schulter sinken, um ihn jedoch kaum fünfzehn Sekunden später wieder zu heben.

»Du, in ungefähr zehn Minuten kommt ein wichtiger Anruf.«

»Anruf?« Ich sah auf den schwarzen Telefonapparat neben dem Bett.

»Ja, das Telefon wird klingeln.«

»Das weißt du?«

»Ja.«

Sie hatte ihren Kopf auf meine nackte Brust gelegt und rauchte eine Mentholzigarette. Einige Zeit später fiel Asche auf meinen Bauch, neben den Nabel. Sie spitzte den Mund und blies sie aus dem Bett. Ich hielt ihr Ohr zwischen den Fingern. Ein tolles Gefühl. Ich döste, in meinem Kopf tauchten allerlei unförmige Bilder auf und verschwanden wieder.

»Irgendwas mit Schafen«, sagte sie. »Viele Schafe und ein spezielles Schaf.«

»Schafe?«

»Ja«, sagte sie und gab mir ihre halbgerauchte Zigarette. Ich nahm einen Zug und drückte sie im Aschenbecher aus. »Und dann beginnt das Abenteuer.«

* * *

Etwas später klingelte das Telefon. Ich sah sie an, aber sie war auf meiner Brust fest eingeschlafen. Ich ließ es viermal klingeln und nahm dann den Hörer ab.

»Kannst du sofort herkommen?« meldete sich mein Partner. Seine Stimme zitterte. »Es ist sehr wichtig.«

»Wie wichtig?« sagte ich.

»Das wirst du schon sehen, wenn du kommst«, sagte er.

»Es geht doch sicher um diese Schafgeschichte«, machte ich die Probe aufs Exempel. Das hätte ich nicht sagen sollen. Der Hörer gefror zu Eis.

»Woher weißt du das?« sagte mein Partner.

Damit begann die Schafsjagd.

Viertes Kapitel

Schafsjagd I

1. Der merkwürdige Mann (Prolog)

Es kann viele Ursachen haben, wenn ein Mensch beginnt, gewohnheitsmäßig große Mengen Alkohols zu trinken. Viele Ursachen, die aber fast alle zum gleichen Ergebnis führen.

1973 war mein Kompagnon ein fröhlicher Zecher. 1976 wurde er langsam schwierig, ein launischer Trinker, und im Sommer 1978 stand er schwankend am Rande des Abgrunds: Alkoholismus im Frühstadium. Wie viele Gewohnheitstrinker war er in nüchternem Zustand ein korrekter, angenehmer, wenn auch nicht gerade scharfsinniger Mensch. Alle hielten ihn dafür: für einen korrekten, angenehmen, wenn auch nicht gerade scharfsinnigen Menschen. Er selbst sich auch. Deshalb trank er. Denn mit Alkohol im Blut, dachte er, könnte er sich dieser Vorstellung von sich als korrektem, angenehmem Menschen vorbehaltlos anschließen.

Zu Anfang ging das natürlich gut. Mit der Zeit jedoch und mit steigendem Alkoholkonsum zeigten sich winzige Risse, und diese winzigen Risse taten sich schließlich zu einem tiefen Graben auf. Seine Korrektheit, sein angenehmes Wesen rückten immer weiter von ihm weg, so weit, daß er selbst sie nicht mehr einholen konnte. Ein ganz gewöhnlicher Fall. Allerdings glauben nur die wenigsten Menschen von sich selbst, sie seien ganz gewöhnliche Fälle. Schon gar nicht solche, die nicht gerade scharfsinnig sind. Beim Versuch, wiederzufinden, was er aus den Augen verloren hatte, verirrte sich mein Kompagnon immer tiefer in den Nebeln des Alkohols, und seine Lage verschlechterte sich weiter.

Immerhin war er bisher wenigstens tagsüber in Ordnung. Ich hatte schon seit Jahren bewußt vermieden, mich abends mit ihm zu treffen, und mir gegenüber verhielt er sich korrekt. Trotzdem wußte ich natürlich, daß er, sobald die Dämmerung einsetzte, eben nicht mehr korrekt war, und er selbst wußte das auch. Wir sprachen diesen Punkt nie an, aber wir waren uns beide im klaren darüber, daß wir Bescheid wußten. Wir kamen nach wie vor gut miteinander aus, aber die Freundschaft von früher war es nicht mehr.

Auch wenn wir uns nicht gerade hundertprozentig verstanden (selbst siebzigprozentig wäre fragwürdig) – immerhin war er mein einziger Freund aus Studentenzeiten, und es war bitter, aus nächster Nähe mitansehen zu müssen, wie dieser Mensch die Gewalt über sich verlor. Nun ja, so ist das wohl, wenn man älter wird.

Als ich ins Büro kam, hatte er schon einen Whiskey intus. Solange es bei einem blieb, war er okay, wenn das auch nichts daran änderte, daß er trank. Irgendwann werden es vermutlich zwei werden. Dann steige ich aus der Firma aus und suche mir eine andere Arbeit.

Ich stellte mich vor das Gebläse der Klimaanlage, um mir den Schweiß zu trocknen, und trank dabei den kalten Tee, den das Mädchen gebracht hatte. Er sagte nichts, und ich sagte auch nichts. Die kräftigen Strahlen der Nachmittagssonne zerstoben auf dem Linoleumboden wie imaginärer Wasserstaub. Vor meinen Augen breitete sich das Grün des Parks aus; klein waren auf dem Rasen liegende Leute zu sehen, die sich behaglich bräunen ließen. Mein Partner tippte sich ständig mit der Spitze seines Kugelschreibers auf die linke Handfläche.

»Du hast dich scheiden lassen?« fing er an.

»Das ist ein zwei Monate alter Hut«, sagte ich und schaute weiter zum Fenster hinaus. Als ich die Sonnenbrille abnahm, taten mir die Augen weh.

»Warum hast du dich scheiden lassen?«

»Aus persönlichen Gründen.«

»Das ist mir klar«, sagte er beherrscht. »Von einer Scheidung aus anderen als persönlichen Gründen habe ich noch nicht gehört.«

Ich schwieg. Wir hatten seit Jahren ein stillschweigendes Abkommen, private Probleme nicht anzusprechen.

»Ich will nicht neugierig sein«, entschuldigte er sich. »Aber sie war auch *meine* Freundin, ich war ziemlich geschockt. Außerdem dachte ich die ganze Zeit, daß ihr euch gut versteht.«

»Wir *haben* uns die ganze Zeit gut verstanden. Und wir sind auch nicht im Streit auseinandergegangen.«

Er machte ein ratloses Gesicht und sagte nichts mehr, tippte sich aber weiter mit dem Kugelschreiber auf die Hand. Er hatte zu einem neuen, dunkelblauen Hemd eine schwarze Krawatte umgebunden, und die Haare waren ordentlich gekämmt. Dazu roch er nach Eau de Cologne und Hautcreme. Ich trug ein T-Shirt – Snoopy mit Surfbrett unterm Arm –, eine alte, vom vielen Waschen völlig verblichene Levis und verdreckte Tennisschuhe. Jeder würde ihn, nicht mich, für den Korrekten halten.

»Weißt du noch, wie wir zu dritt gearbeitet haben, du und ich und sie?«

»Sehr gut sogar«, sagte ich.

»Das war eine schöne Zeit«, sagte mein Partner.

Ich löste mich von der Klimaanlage, ließ mich in das weiche Polster des himmelblauen schwedischen Sofas sinken, das mitten im Zimmer stand, nahm mir eine Pall Mall Filter aus dem Besucheretui und zündete sie mit dem schweren Tischfeuerzeug an.

»Und?«

»Wir sind, hab ich das Gefühl, einfach zu groß geworden.«

»Du meinst das Anzeigengeschäft und die Zeitschriften?«

Mein Partner nickte. Wenn ich mir überlegte, wieviel Selbstüberwindung es ihn gekostet haben mußte, das zu sagen, tat er mir ein bißchen leid. Ich wog das Tischfeuerzeug in der Hand und regulierte dann mit dem Stellschräubchen die Flamme.

»Ich weiß, was du sagen willst«, sagte ich und stellte das Feuerzeug wieder auf den Tisch. »Aber denk mal scharf nach: Wer hat denn diese Aufträge an Land gezogen? Wer hat denn vorgeschlagen, daß wir das machen? Ich etwa?«

»Wir konnten das damals nicht so einfach ablehnen, außerdem hatten wir nicht so viel zu tun...«

»Und es brachte Geld.«

»Und es brachte Geld, ganz recht. Wir konnten in ein größeres Büro ziehen und mehr Leute einstellen, ich meinen Wagen wechseln, eine Eigentumswohnung kaufen und meine beiden Kinder in eine teure Privatschule schicken. Nicht schlecht für dreißig.«

»Du hast das Geld selbst verdient. Kein Grund, sich zu schämen.«

»Von Schämen kann keine Rede sein«, sagte mein Partner, griff sich den Kugelschreiber, den er auf den Schreibtisch geworfen hatte, und piekste sich ein paarmal in die Handfläche. »Aber wenn ich so an früher denke, mein Gott. Wie wir zu zweit vor dem Bahnhof Werbezettel verteilt haben, ständig auf der Suche nach Übersetzungsaufträgen und nichts als Schulden auf der Bank.«

»Wenn du unbedingt Werbezettel verteilen willst, können wir das jederzeit wieder machen.«

Mein Partner hob den Kopf und sah mich an. »Ich mache keine Scherze, Mensch.«

»Ich auch nicht«, sagte ich.

Wir schwiegen eine Weile.

»Zu viel hat sich geändert«, sagte mein Partner. »Wie wir leben, wie wir denken. Wir wissen ja nicht mal mehr genau, wieviel wir eigentlich verdienen. Damit fängts an. Der Steuerberater kommt und produziert irgendwelchen Schriftkram – Abzüge, Abschreibungen, Steuertricks. Wir machen nichts anderes mehr.«

»Das macht man überall.«

»Ich weiß, und ich weiß auch, daß es gemacht werden muß. Deshalb mach ich es ja. Aber früher hatten wir einfach mehr Spaß.«

»Der Hölle Schatten werden, ach, mit jedem Tage länger«, zitierte ich aus einem alten Gedicht.

»Was heißt denn das nun wieder?«

»Nichts«, sagte ich. »Und, weiter?«

»Irgendwie komme ich mir jetzt wie ein Ausbeuter vor.«

»Wie ein Ausbeuter?« Erstaunt sah ich zu ihm auf. Wir waren etwa zwei Meter voneinander entfernt, und sein Stuhl war um die zwanzig Zentimeter höher als das Sofa. Hinter ihm, in

Höhe seines Kopfes, hing eine Lithographie. Eine neue, die ich noch nie gesehen hatte; das Bild zeigte einen geflügelten Fisch. Der Fisch sah nicht so aus, als ob er mit den Flügeln auf seinem Rücken besonders zufrieden wäre. Wahrscheinlich wußte er nicht genau, was er damit machen sollte. »Ausbeuter?« fragte ich noch einmal, diesmal mich selbst.

»Ausbeuter, ganz recht.«

»Wen beutest du denn aus?«

»Diesen und jenen, immer ein bißchen.«

Ich schlug auf dem himmelblauen Sofa die Beine übereinander und schaute unverwandt auf seine Hand und die Bewegungen des Kugelschreibers in der Hand, genau in Augenhöhe.

»Jedenfalls haben wir uns verändert, findest du nicht?« sagte mein Partner.

»Nichts hat sich verändert. Nichts und niemand hat sich verändert.«

»Glaubst du das wirklich?«

»Ja, das glaube ich. Ausbeutung? So was gibt's nicht, ein Ammenmärchen ist das. Oder glaubst du etwa, daß die Trompeten der Heilsarmee tatsächlich die Welt erretten können? Du denkst zu viel.«

»Okay, lassen wir das, wahrscheinlich denke ich wirklich zu viel«, sagte mein Partner. »Vorige Woche hast du – haben wir – eine Margarinewerbung getextet. Kein schlechter Text, ganz im Gegenteil. Kam auch gut an. Aber hast du vielleicht in den letzten Jahren irgendwann mal Margarine gegessen?«

»Nein. Ich mag keine Margarine.«

»Ich auch nicht. Genau da liegt der Hase im Pfeffer. Früher haben wir wenigstens gemacht, wovon wir Ahnung hatten, und wir waren stolz darauf. Heute ist das anders. Heute werfen wir nur mit leeren Vokabeln um uns.«

»Margarine ist gesund. Pflanzliches Fett, wenig Cholesterin. Belastet kaum den Körper, wird auch geschmacklich in letzter Zeit immer besser. Ist billig und hält sich.«

»Dann iß sie doch, Mensch!«

Ich ließ mich zurücksinken und streckte langsam die Glieder. »Das macht keinen Unterschied. Ob wir die Margarine essen oder nicht, kommt aufs gleiche raus. Ein banaler Übersetzungstext oder eine hanebüchene Margarinewerbung, im wesentlichen ist das das gleiche. Wir werfen mit leeren Vokabeln um uns, ohne Frage. Aber wo gibts schon Vokabeln, die nicht leer wären? Ehrliche Arbeit gibt es nirgendwo, das sag ich dir. Genausowenig wie ehrliches Atmen oder ehrliches Pinkeln.«

»Früher warst du unschuldiger.«

»Kann sein«, sagte ich und drückte meine Zigarette im Aschenbecher aus. »Irgendwo gibt es bestimmt ein kleines, unschuldiges Städtchen mit einem unschuldigen Metzger, der unschuldigen Schinken schneidet. Wenn du meinst, es sei unschuldig, schon mittags Whiskey zu trinken, dann trink, soviel du willst.«

Lange Zeit herrschte im Zimmer nur das Klopfen des Kugelschreibers auf dem Schreibtisch.

»Tut mir leid«, entschuldigte ich mich. »So wollte ich das nicht sagen.«

»Schon gut«, sagte mein Partner. »Du hast ja recht.«

Mit einem Klicken sprang der Thermostat der Klimaanlage an. Es war ein erschreckend ruhiger Nachmittag.

»Kopf hoch«, sagte ich. »Haben wir es nicht aus eigener Kraft so weit gebracht? Wir schulden niemandem nichts. Anders als die Typen, die mit stolzgeschwellter Brust herumlaufen, nur weil sie Verbindungen haben oder über ein paar Titelchen verfügen.«

»Früher waren wir Freunde«, sagte er.

»Das sind wir immer noch«, sagte ich. »Schließlich sind wir zusammen durch dick und dünn gegangen, die ganze Zeit.«

»Daß du dich hast scheiden lassen, tut weh.«

»Ich weiß«, sagte ich. »Aber willst du nicht langsam zu den Schafen kommen?«

Er nickte, legte den Kugelschreiber auf die Ablage zurück und rieb sich mit den Fingerspitzen die Augen.

»Der Mann kam heute früh um elf«, sagte er.

2. *Der merkwürdige Mann*

Der Mann kam morgens um elf. In einem kleinen Betrieb wie dem unseren gibt es zwei Arten von morgens um elf: Entweder haben wir furchtbar viel zu tun, oder wir haben furchtbar wenig zu tun, eins von beiden. Ein Dazwischen gibt es nicht. Um elf Uhr vormittags arbeiten wir also entweder wie die Verrückten, ohne an irgend etwas anderes zu denken, oder aber wir hängen, ohne an irgend etwas anderes zu denken, ein jeder unseren Träumen nach. Zwischenarbeiten (wenn es denn so etwas gibt) lassen sich auf den Nachmittag verschieben.

Der Mann kam an einem Elf-Uhr-Vormittag der letzteren Art. Zudem an einem von geradezu denkwürdiger Muße. In der ersten Septemberhälfte hatten wir jeden Tag wahnsinnig zu tun gehabt, und danach kam auf einmal nichts mehr. Obwohl drei von uns, ich eingeschlossen, in um einen Monat verspätete Sommerferien gingen, hatten die anderen kaum mehr zu tun, als die Bleistifte anzuspitzen. Mein Partner war auf der Bank, um Schecks einzulösen, und ein Kollege vertrieb sich die Zeit damit, im Showroom eines nahen HiFi-Herstellers stapelweise neue Platten abzuhören – im Büro blieb nur das Mädchen, das Telefondienst hatte; sie las in einem Frauenmagazin die Seiten mit den »Neuen Herbstfrisuren«.

Der Mann öffnete geräuschlos die Bürotür, und geräuschlos schloß er sie wieder. Nicht, weil er bewußt leise sein wollte. Er tat dies ganz gewöhnlich und natürlich – so gewöhnlich und natürlich, daß dem Mädchen nicht einmal recht zu Bewußtsein kam, daß jemand eingetreten war. Als sie es bemerkte, stand der Mann schon vor ihrem Schreibtisch und sah auf sie hinab.

»Melden Sie mich bitte dem Geschäftsführer«, sagte er. Der Mann sprach, als ob er mit einem Handschuh Staub vom Schreibtisch fegen würde.

Das Mädchen hatte nicht die leiseste Ahnung, was los war. Sie hob den Kopf und sah den Mann an. Für einen Kunden war sein Blick zu stechend, für einen Steuerbeamten trug er zu gute Kleidung, und für einen Polizisten wirkte er zu intellektuell. Andere Berufe fielen ihr beim besten Willen nicht ein. Der

Mann stand ihr im Weg wie eine veredelte Hiobsbotschaft, aufgetaucht aus dem Nichts.

»Er ist zur Zeit nicht im Hause«, sagte sie und schlug schnell ihre Zeitschrift zu. »Er sagte, er sei in etwa einer halben Stunde wieder zurück.«

»Ich warte«, sagte der Mann, ohne auch nur einen Wimpernschlag lang zu zögern. Es schien, als habe er von vornherein nichts anderes erwartet.

Das Mädchen wollte ihn zuerst nach seinem Namen fragen, führte ihn aber dann doch direkt ins Empfangszimmer. Der Mann setzte sich auf das himmelblaue Sofa, schlug die Beine übereinander, richtete den Blick auf die elektrische Uhr an der Stirnwand und verharrte dann in dieser Position. Er machte keine einzige überflüssige Bewegung. Als das Mädchen ihm später kalten Tee brachte, hatte er sich keinen Millimeter gerührt.

»Genau da, wo du jetzt sitzt«, sagte mein Partner. »Da hat er gesessen, geschlagene dreißig Minuten, immer in derselben Position, und auf die Wanduhr gestarrt.«

Ich betrachtete mir die Vertiefung im Sofa, auf dem ich saß, und dann sah ich zu der elektrischen Wanduhr hoch. Danach sah ich wieder zu meinem Partner.

Der Mann war trotz der für Ende September außergewöhnlichen Hitze draußen sehr korrekt gekleidet. Aus den Ärmeln des gut geschnittenen Anzugs schauten um präzise anderthalb Zentimeter die Manschetten des weißen Hemdes hervor, die Krawatte mit einem Muster farbig fein aufeinander abgestimmter Streifen war mit Sorgfalt so gebunden, daß sie einen Hauch von Asymmetrie vermittelte, und die Schuhe aus schwarzem Korduanleder waren auf Hochglanz poliert.

Der Mann war um die Mitte Dreißig bis Vierzig, über 1,75 Meter groß und hatte nicht ein Gramm Fett zuviel auf dem Leib. Seine schmalen Hände waren faltenlos glatt; die langen schlanken Finger ließen an Herdentiere denken, die sich trotz jahrelanger Dressur und Domestikation tief im Innern weiter ihrer wilden Abstammung erinnern. Die Nägel waren unter großem Aufwand an Zeit und Mühe bis zur Perfektion poliert, die Fingerspitzen beschrieben zehn sehenswerte Ellipsen. Schöne Hände in der Tat, die aber irgend etwas Merkwürdiges hatten. Sie wiesen auf eine hohe Spezialisierung in einem sehr begrenzten Fachbereich – in welchem, hätte niemand zu sagen gewußt.

Das Gesicht des Mannes verriet nicht so viel wie die Hände. Es war edel, aber einförmig und ausdruckslos. Der Nasenrükken und die Augen waren gerade, wie im nachhinein geschnitzt, die Lippen dünn und trocken. Der Mann war dunkel sonnengebräunt, aber nicht vom Spiel am Strand oder auf dem Tennisplatz; das sah man sofort. Seine Bräune stammte von einer anderen Sonne, die hoch über anderen Orten scheint.

Die Zeit verging erschreckend langsam. Dreißig Minuten, kalt und hart wie der sich gen Himmel herausschraubende Bolzen einer gigantischen Maschine. Als mein Partner von der Bank zurückkam, schien die Luft im Zimmer unerträglich schwer. Als ob, extrem ausgedrückt, alles im Zimmer am Boden festgenagelt worden wäre.

»Natürlich hatte ich nur diesen Eindruck«, sagte mein Partner.

»Natürlich«, sagte ich.

Das Mädchen, das allein den Telefondienst versehen hatte, war vor Anspannung bereits völlig erschöpft. Mein Partner ging ahnungslos ins Empfangszimmer und stellte sich als Geschäftsführer vor. Jetzt rührte sich der Mann zum ersten Mal, zog aus der Brusttasche eine schlanke Zigarette, zündete sie an und stieß umständlich den Rauch aus. Die Atmosphäre lockerte sich um eine Winzigkeit.

»Ich habe nicht viel Zeit, machen wir es kurz«, sagte der Mann ruhig. Dann schnippte er eine funkelnagelneue Visitenkarte aus seiner Brieftasche und legte sie auf den Schreibtisch. Die Karte war aus plastikähnlichem Spezialpapier, fast unnatürlich weiß; in kleinen, tiefschwarzen Lettern stand ein Name darauf. Kein Titel, keine Adresse, keine Telefonnummer. Nur ein Name, vier Schriftzeichen. Die Augen taten einem beim bloßen Hinsehen weh. Mein Partner drehte die Karte um, betrachtete, nachdem er nichts als eine weiße Fläche vorfand, noch einmal die Vorderseite und sah den Mann an.

»Der Name ist Ihnen bekannt, nicht wahr?« sagte der Mann.

»Ja.«

Der Mann schob seinen Unterkiefer ein paar Millimeter vor und nickte knapp. Seine Blickrichtung veränderte sich dabei nicht. »Verbrennen Sie sie.«

»Verbrennen?« Mein Partner starrte den Mann verblüfft an.

»Vernichten Sie die Karte, jetzt«, sagte der Mann abgehackt.

Mein Partner griff sich eilig das Tischfeuerzeug und hielt die weiße Visitenkarte in die Flamme. Als sie etwa zur Hälfte abgebrannt war, legte er sie in den großen Kristallaschenbecher, und die beiden sahen zu, wie sie sich in weißen Rauch auflöste. Als von der Karte nur noch Asche übrig war, erfüllte drückende Stille wie nach einem Massaker den Raum.

»Ich bin im Auftrag dieser Person hier, mit allen Vollmachten«, begann der Mann nach einer Weile. »Fassen Sie bitte alles, was ich Ihnen mitteile, als den Willen und den Wunsch dieser Person auf.«

»Wunsch ...«, sagte mein Partner.

»Wunsch ist das netteste Wort zur Bezeichnung prinzipieller Vorstellungen bezüglich eines bestimmten Zieles. Natürlich kann man das auch anders ausdrücken. Sie wissen, was ich meine?«

Im Kopf übersetzte sich mein Partner den Text des Mannes in klare Sprache. »Ich weiß.«

»Ich spreche jedoch nicht von Begriffen und nicht von Politik, sondern von Business, hundert Prozent Business.«

Der Mann prononcierte das Wort äußerst korrekt: *Bisniß*. Möglicherweise war er Amerikaner japanischer Abstammung.

»Sie sind Businessman, und ich bin Businessman. Realistisch gesehen haben wir außer Business miteinander nichts zu besprechen. Die unrealistischen Dinge können wir anderen überlassen. Stimmen Sie dem zu?«

»Dem stimme ich zu«, antwortete mein Partner.

»Unsere Aufgabe besteht darin, unrealistische Faktoren zu raffinieren, zu transformieren und auf realen Boden zu stellen. Der Mensch neigt zum Irrealismus. Er glaubt nämlich«, sagte der Mann und befingerte mit der rechten Hand den grünbesteinten Ring am Mittelfinger der linken, »das sei einfacher. Und in gewissen Fällen kann mitunter der Eindruck entstehen, das Irreale habe die Realität bezwungen. Im Irrealen findet jedoch kein Business statt. Wir bilden, kurzum, den Schlag Mensch, der sich am Schwierigen orientiert. Wenn Ihnen«, pausierte der Mann und befingerte noch einmal seinen Ring, »wenn Ihnen also das, was ich mitzuteilen habe, Probleme bereitet oder schwierige Entscheidungen abverlangt, bitte ich um Nachsicht. Es läßt sich nicht umgehen.«

Mein Partner nickte schweigend. Wovon die Rede war, wußte er nicht.

»Dann darf ich Ihnen nun die Wünsche des Herrn mitteilen, den ich vertrete. Erstens: Es wird gewünscht, daß Sie die Werbezeitschrift, die Sie für die Lebensversicherung P herausgeben, unverzüglich einstellen.«

»Aber das...«

»Zweitens«, unterbrach der Mann meinen Partner, »wird um ein persönliches Gespräch mit dem für diese Seite Verantwortlichen gebeten.« Der Mann zog aus der Innentasche seines Jacketts ein weißes Kuvert, entnahm ihm ein doppelt gefaltetes Blatt und überreichte es meinem Partner. Der entfaltete es und sah es sich an. Es handelte sich um die Fotokopie einer zweifellos von uns für die Lebensversicherungsgesellschaft hergestellten Fotoseite. Das Bild zeigte eine gewöhnliche Hokkaidolandschaft – Wolken, Berge, Wiesen und Schafe, versehen mit den Versen eines irgendwoher entlehnten mittelmäßigen Schäferliedes, weiter nichts.

»Das sind unsere beiden Wünsche. Was den ersten angeht, handelt es sich weniger um einen Wunsch als um eine bereits geschaffene Tatsache. Um genau zu sein: Eine unserem Wunsch entsprechende Entscheidung ist bereits gefallen. Falls Sie Zweifel hegen sollten, erkundigen Sie sich bitte nachher telefonisch beim Pressechef der Versicherung.«

»Verstehe«, sagte mein Partner.

»Die Einbußen, die eine Firma Ihrer Größe durch eine Unannehmlichkeit wie diese hinzunehmen hat, müssen enorm sein. Das sich vorzustellen fällt nicht schwer. Glücklicherweise spielen wir – wie auch Ihnen bekannt ist – in der Branche eine nicht unbedeutende Rolle. Wir sind, sofern Sie unserem zweiten Wunsch nachkommen und sofern der betreffende Verantwortliche uns zufriedenstellende Informationen liefert, darauf vorbereitet, Sie für Ihre Einbußen voll zu entschädigen. Möglicherweise mehr als zu entschädigen.«

Im Raum herrschte Schweigen.

»Sollten Sie unserem Wunsche nicht nachkommen«, sagte der Mann, »wird dies das Ende Ihrer Firma sein. Und Sie werden niemals wieder auf die Füße kommen, nicht in dieser Welt.«

Erneutes Schweigen.

»Haben Sie irgendwelche Fragen?«

»Das heißt, das Foto ist das Problem?« fragte mein Partner eingeschüchtert.

»Ja«, sagte der Mann. Dann fuhr er fort, jedes Wort wie handverlesen: »Es ist das Foto. Mehr kann ich Ihnen jedoch nicht sagen. Dazu ist mir nicht die Befugnis erteilt worden.«

»Ich werde den Verantwortlichen telefonisch verständigen. Um drei wird er hier sein können«, sagte mein Partner.

»Sehr schön«, sagte der Mann und warf einen Blick auf seine Armbanduhr. »Ich schicke um vier einen Wagen her. Ach ja, noch etwas sehr Wichtiges: Sprechen Sie mit niemandem über diese Angelegenheit. Haben wir uns verstanden?«

Dann trennten sich die beiden, *businesslike*.

3. Der Alte

»Das war's«, sagte mein Partner.

»Ist mir völlig schleierhaft«, sagte ich, eine noch kalte Zigarette zwischen den Lippen. »Erstens weiß ich überhaupt nicht, wer der Mann auf der Karte ist. Außerdem ist mir unklar, warum er sich wegen eines Fotos von Schafen so aufregt. Und drittens leuchtet mir nicht ein, weshalb er einfach eine unserer Publikationen stoppen kann.«

»Der Mann hat bei den Rechten das große Sagen. Er selbst tritt fast nie in den Vordergrund, auch sein Name taucht kaum auf, und deshalb ist er in der Öffentlichkeit wenig bekannt, aber in unserer Branche kennt ihn jedes Kind. Außer dir vermutlich.«

»Ich bin eben weltfremd«, verteidigte ich mich.

»Er ist rechts, gehört aber nicht zur sogenannten Rechten. Eigentlich ist er nicht mal rechts.«

»Jetzt verstehe ich gar nichts mehr.«

»Genaugenommen weiß niemand, was in ihm vorgeht. Er hat nichts geschrieben und hält auch keine öffentlichen Vorträge. Er gibt keine Interviews und läßt sich unter keinen Umständen fotografieren. Nicht mal, ob er lebt oder tot ist, läßt sich mit Sicherheit sagen. Vor fünf Jahren wollte ein Zeitschriftenreporter einen Finanzskandal, in den der Alte verwickelt war, groß herausbringen, aber die Sache wurde schon im Keim erstickt.«

»Du kennst dich aus, muß ich sagen.«

»Der Reporter war der Bekannte eines Bekannten von mir.«

Ich zündete mir mit dem Feuerzeug die Zigarette an. »Was macht er jetzt?«

»Er wurde in die Verwaltung versetzt und sortiert von morgens bis abends Belege. Die Medienwelt ist kleiner, als man denkt, und so ein Fall gibt eine fabelhafte Warnung ab. Wie ein Skelett am Eingang eines Eingeborenendorfs in Afrika.«

»Verstehe«, sagte ich.

»Bis zum Krieg sind allerdings ein paar Fakten aus dem Lebenslauf des Mannes bekannt. 1913 auf Hokkaido geboren, nach der Volksschule Umzug nach Tokyo, verschiedene Jobs, Hinwendung zur Rechten. Nur eine Gefängnisstrafe, soweit ich weiß. Nach der Haftentlassung ging er in die Mandschurei, schloß Bekanntschaft mit Stabsoffizieren der Kantō-Armee und gründete irgendeine konspirative Vereinigung. Über deren Ziele weiß man wieder nichts Genaues. Von da ab wird er zum Rätsel. Man munkelt, er hätte mit Drogen gehandelt, und einiges spricht tatsächlich dafür. Nach der Verwüstung des chinesischen Festlands, zwei Wochen vor Kriegseintritt der Sowjetunion, kam er auf einem Zerstörer wieder nach Japan – mit einem enormen Haufen Gold und Silber im Gepäck.«

»Gutes Timing, der Mann.«

»Sein Timing ist in der Tat bemerkenswert. Er weiß genau, wann man zuschlagen und wann man sich zurückziehen muß. Und er weiß, worauf es ankommt. Die Besatzungstruppen verhafteten ihn zwar als Kriegsverbrecher der Kategorie I, stellten die Untersuchung dann aber auf einmal ein und ließen die Anklage fallen. Aus gesundheitlichen Gründen, aber das liegt alles im dunkeln. Wahrscheinlich hat er mit den Amerikanern ein Geschäft gemacht. Immerhin hatte MacArthur damals China im Auge.«

Mein Partner nahm den Kugelschreiber wieder aus der Ablage und ließ ihn zwischen den Fingern tanzen.

»Als man ihn schließlich aus dem Gefängnis in Sugamo entließ, teilte er seinen Schatz, den er irgendwo versteckt hatte, in zwei Teile auf: Mit der einen Hälfte kaufte er einen ganzen Flügel der Konservativen Partei, und mit der anderen kaufte er die Werbebranche. Zu Zeiten, wohlgemerkt, als man bei Werbung noch im wesentlichen an Flugblätter dachte.«

»Das nenne ich Weitblick. Aber gab es denn keine Klage auf Vermögenshinterziehung?«

»Mach keine Witze. Der Mann hatte einen Flügel der Konservativen gekauft!«

»Trotzdem«, sagte ich.

»Jedenfalls beherrschte er mit seinem Geld die Politik und die Werbung, und dieses Netz hält heute noch. Der Mann tritt nicht ins Licht der Öffentlichkeit, weil er das gar nicht nötig hat: Wer die Werbebranche und die Regierungspartei in der Hand hat, der hat so gut wie alles in der Hand. Hast du eine Ahnung, was es heißt, Werbung zu unterdrücken?«

»Nein.«

»Werbung unterdrücken heißt, die meisten Verlage und den Rundfunk unterdrücken. Wo nicht geworben wird, wird nicht gedruckt und nicht ausgestrahlt. Programme und Zeitungen ohne Werbung sind wie ein Aquarium ohne Wasser. Fünfundneunzig Prozent der Informationen, die dir unter die Augen kommen, sind vorher schon bezahlt und ausgewählt.«

»Ich verstehe das immer noch nicht«, sagte ich. »Daß der Mann die Medien in der Hand hat, gut, bis dahin kann ich folgen. Aber wieso reicht sein Arm bis zu dem Werbeblatt dieser Versicherungsgesellschaft? Wir haben doch einen direkten Vertrag, das ging über keine große Agentur!«

Mein Partner hustete, dann trank er den lau gewordenen Rest seines Tees aus. »Aktien. Die Kapitalquelle des Mannes sind Aktien. Börsenmanipulationen, Aufkäufe, Übernahmen, Geschäfte dieser Art. Seine Nachrichtenorgane sammeln die nötigen Informationen, und er filtert sie. Nur ein Bruchteil davon gelangt in die Massenmedien, den großen Rest hortet der Alte für sich. Er erpreßt auch, natürlich nur indirekt. Wenn das nicht wirkt, gibt er entsprechende Informationen an seine Politiker weiter und läßt die Öl ins Feuer gießen.«

»Wenigstens *einen* schwachen Punkt hat ja jede Firma.«

»Und welche wollte schon, daß man ihn in der Aktionärsversammlung öffentlich hinausposaunt? Man gehorcht, in der Regel. Politik, Nachrichtenindustrie, Aktien – auf dieser Dreifaltigkeit thront unser Mann. Ein Werbeblatt kaputt- und uns arbeitslos zu machen fällt dem nicht schwerer, als ein hartgekochtes Ei zu pellen. Laß dir das gesagt sein.«

»Hm«, brummte ich. »Aber warum beunruhigt einen so mächtigen Mann eine läppische Landschaftsaufnahme von Hokkaido?«

»Das ist eine gute Frage, in der Tat«, sagte mein Partner ziemlich kühl. »Ich wollte sie *dir* gerade stellen.«

Wir schwiegen.

»Übrigens, woher wußtest du eigentlich, daß es um Schafe geht?« sagte mein Partner. »Geht da hinter meinem Rücken etwas vor?«

»Hinter den sieben Bergen, bei den sieben Zwergen, wird fleißig am Spinnrad gedreht.«

»Kannst du dich vielleicht ein bißchen klarer ausdrücken?«

»Sechster Sinn.«

»Jungejunge«, seufzte mein Partner. »Wie auch immer, lassen wir das. Ich habe den Zeitschriftenreporter, von dem ich eben sprach, angerufen. Es gibt zwei brandneue Informationen: Der Alte hat einen Gehirnschlag erlitten, und es besteht keine Aussicht auf Genesung. Das war die erste, allerdings offiziell noch nicht bestätigt. Die zweite betrifft unseren Besucher. Er ist der Erste Sekretär des Alten, de facto Manager der Organisation, die Nummer zwei also. Japanische Eltern, in Amerika aufgewachsen, Stanford-Abschluß; arbeitet seit zwölf Jahren für den Alten; undurchsichtig, aber absolut fähig und effizient. Mehr konnte ich nicht in Erfahrung bringen.«

»Dankeschön«, sagte ich aufrichtig.

»Keine Ursache«, sagte mein Partner, ohne mich anzusehen.

Solange er nicht zuviel trank, war mein Partner ein korrekter Mensch, weitaus korrekter als ich, ohne Frage. Er war freundlicher als ich, unschuldiger, und dachte in klareren Bahnen. Aber früher oder später würde er saufen. Ein bitterer Gedanke: daß viele, die besser sind als ich, noch vor mir den Bach hinuntergehen.

Nachdem mein Partner das Zimmer verlassen hatte, nahm ich seinen Whiskey aus der Schublade und genehmigte mir einen.

4. *Schafe zählen*

So wie der launische Frühlingswind den gefiederten Samen der Pflanzen mal hierhin, mal dorthin trägt, läßt sich ziellos durch das Land des Zufalls streifen.

Mit gleichem Recht läßt sich allerdings behaupten, daß so etwas wie Zufall gar nicht existiert. Was geschehen ist, ist ohne Zweifel schon geschehen, was noch nicht geschehen ist, ist ohne Zweifel noch nicht geschehen. Wir leben, mit anderen Worten, im Augenblick, mit dem »Alles« im Rücken und vor uns dem »Nichts«, ohne Zufälle, ohne Möglichkeiten.

In Wahrheit unterscheiden sich diese beiden Auffassungen jedoch kaum. Es sind nur – wie die meisten gegensätzlichen

Auffassungen – verschiedene Namen für ein und denselben Salat.

Das war eine Metapher.

Vom Blickwinkel der ersten Auffassung (a) aus war es ein Zufall, daß ich die Aufnahme von den Schafen auf die Fotoseite des Werbeblatts brachte, vom Blickwinkel der zweiten Auffassung (b) aus war es kein Zufall.

a) Ich war auf der Suche nach einem geeigneten Bild für die Fotoseite des Werbeblatts. In meiner Schreibtischschublade befand sich *zufällig* ein Foto von Schafen. Also benutzte ich es. Ein beschaulicher Zufall in einer beschaulichen Welt.

b) Das Bild von den Schafen hatte in der Schreibtischschublade die ganze Zeit auf mich gewartet. Hätte ich es nicht in der Werbezeitschrift abgedruckt, hätte ich es irgendwann irgendwie anders verwendet.

Mit dieser Formel ließe sich im Grunde mein ganzes bisheriges Leben darstellen. Mit etwas Übung könnte ich mit der rechten Hand ein a)- und mit der linken ein b)-Leben führen. Aber das ist völlig schnurz: Ob ich das Loch in einem Doughnut als bloßen leeren Raum oder als eigenständige Existenz begreife, ist ein rein metaphysisches Problem – am Geschmack des Doughnut ändert es nicht das geringste.

Als mein Partner wegen irgendwelcher Angelegenheiten gegangen war, wirkte das Zimmer mit einem Mal verlassen. Nur die Zeiger der elektrischen Uhr drehten sich geräuschlos weiter. Bis vier, wenn der Wagen mich abholen würde, blieb noch Zeit, und dringende Arbeiten hatte ich nicht zu erledigen. Auch im Nebenzimmer war es still.

Ich saß auf dem himmelblauen Sofa, Whiskey trinkend, ließ mich wie der Flaum einer Pusteblume vom angenehmen Wind der Klimaanlage umfächeln und starrte auf die Zeiger der elektrischen Uhr. Solange die Zeiger sich bewegten, bewegte sich auch die Welt. Keine besondere Welt vielleicht, aber sie bewegte sich immerhin. Und solange sich die Welt bewegte, existierte ich. Keine besondere Existenz vielleicht, aber immerhin eine Existenz. Daß sich jemand nur mittels der Zeiger einer elektrischen Uhr seiner Existenz vergewissern konnte, kam mir schon merkwürdig vor. Es sollte dazu auf dieser Welt andere Methoden geben. Aber mir fiel beim besten Willen keine geeignete ein.

Resigniert trank ich noch einen Schluck Whiskey. Die Hitze rann durch meine Kehle, kroch die Speiseröhre hinab und senkte sich elegant in den Magen. Draußen vor dem Fenster breitete sich der azurne Sommerhimmel aus, bestückt mit weißen Wolken. Es war ein schöner Himmel, und doch irgendwie abgenutzt, wie aus zweiter Hand. Ein Second-hand-Himmel, zum Verkauf mit Spiritus auf neu poliert. Ich trank einen Schluck Whiskey auf ihn. Früher muß er mal ein nagelneuer Himmel gewesen sein. Der Whiskey war nicht schlecht, ein Scotch. Auch der Himmel war gar nicht so schlecht; man konnte sich daran gewöhnen. Langsam durchflog von links nach rechts ein Jumbo den Fensterausschnitt. Die Maschine sah aus wie ein gepanzertes, silberglänzendes Insekt. Nach dem zweiten Whiskey drängte sich mir die Frage auf, weshalb ich eigentlich hier saß.

Was spukte mir bloß im Kopf herum?

Die Schafe!

Ich stand auf, nahm die Kopie der Fotoseite vom Schreibtisch meines Partners und ging wieder zum Sofa. Dann starrte ich, Eis mit einem Rest Whiskeygeschmack lutschend, zwanzig Sekunden auf das Bild und überlegte intensiv, was es wohl bedeuten mochte.

Das Bild zeigte eine Wiese mit Schafen. An die Wiese schloß sich ein Birkenwald an. Riesige Birken, wie sie für Hokkaido typisch sind. Nicht die Funzelbirken, die sich der Zahnarzt von nebenan an den Eingang stellt. Stattliche Birken, an denen sich vier ausgewachsene Bären zur gleichen Zeit die Krallen wetzen könnten. Vom reichen Blattbestand her mußte es Frühling sein. Die Berggipfel im Hintergrund waren noch schneebedeckt. Ein bißchen lag auch noch auf den Hängen. April wahrscheinlich oder Mai. Die Zeit von Schneeschmelze und Matsch. Der Himmel war blau (das nahm ich jedenfalls an; die Schwarzweißaufnahme ließ diesbezüglich keine genauen Schlüsse zu; es hätte auch lachsrosa sein können), über den Bergen lag weißer Wolkendunst. Aber soviel ich auch sinnierte: Die Schafherde war und blieb eine Schafherde, der Birkenwald ein Birkenwald und die weißen Wolken weiße Wolken. Das war alles, weiter war nichts.

Ich warf das Foto auf den Tisch, rauchte eine Zigarette, gähnte. Dann nahm ich mir noch einmal das Foto vor. Diesmal zählte ich die Schafe. Aber die Wiese war so groß und die Schafe wie Ausflügler beim Picknick so weit verstreut, daß ich, je weiter in den Hintergrund ich ging, nicht mehr genau zu sagen wußte, ob es sich nun um Schafe oder nur um weiße Punkte handelte, dann, ob die weißen Punkte nun weiße Punkte waren oder ob mich meine Augen täuschten, und zuletzt, ob mich nun meine Augen täuschten oder ob ich auf das reine Nichts sah. Gezwungenermaßen beschränkte ich mich darauf, mit der Spitze des Kugelschreibers nur die klar als Schafe auszumachenden Schafe zu zählen. Das ergab die Zahl zweiunddreißig. Zweiunddreißig Schafe. Eine absolut gewöhnliche Landschaftsaufnahme. Nichts Künstliches, nichts Auffälliges.

Und doch war da etwas. Es roch nach Trouble. Dieses Gefühl hatte ich schon gehabt, als ich das Foto zum ersten Mal sah, und es hatte mich in den letzten drei Monaten nicht wieder verlassen.

Ich legte mich der Länge nach aufs Sofa, hielt das Foto hoch über den Kopf und zählte noch einmal nach. Dreiunddreißig Schafe.

Dreiunddreißig?

Ich schloß die Augen, schüttelte den Kopf und dachte an nichts. Scheißegal. Soll passieren, was passiert. Und wenn's passiert, passiert's eben.

Ich blieb so liegen und versuchte mich noch einmal im Schafezählen. Dann fiel ich in einen tiefen Zweiwhiskeyamfrühennachmittagschlaf. Bevor ich einschlief, dachte ich kurz an die Ohren meiner neuen Freundin.

5. Der Wagen und sein Fahrer (1)

Der Wagen kam wie angekündigt um vier. Präzise wie eine Kuckucksuhr. Das Mädchen rüttelte mich aus tiefem Schlaf. In der Toilette wusch ich mir das Gesicht, aber die Schläfrigkeit wollte nicht vergehen. Im Aufzug mußte ich bis unten dreimal gähnen. Ein Gähnen jedesmal wie eine Klage, und Kläger und Beklagter war stets ich.

Über der Straße vor dem Eingang zum Gebäude schwebte der Wagen, riesig wie ein U-Boot. Unter der Haube hätte sich eine bescheidene Familie einrichten können, so groß war er. Die Scheiben waren dunkelblau getönt, so daß man nicht ins Innere sehen konnte. Das Chassis war von einem wirklich prachtvollen schwarzen Lack, und von den Stoßstangen bis zu den Radkappen fand sich auch nicht das kleinste Fleckchen.

Neben dem Wagen stand in tadellos weißem Hemd und mit orangefarbener Krawatte ein älterer Fahrer in Positur. Ein richtiger Chauffeur. Als er mich kommen sah, öffnete er wortlos den Schlag und ließ, nachdem er sich davon überzeugt hatte, daß ich richtig saß, die Tür wieder zufallen. Dann nahm er selbst auf dem Fahrersitz Platz und zog die Tür zu. Das Ganze machte so wenig Lärm wie zwei Blatt neue Spielkarten. Verglichen mit meinem von einem Freund erstandenen, über fünfzehn Jahre alten VW-Käfer war es so still, als ob ich mit Stöpseln in den Ohren auf dem Grunde eines Sees säße.

Auch das Wageninnere war nicht von schlechten Eltern. Wie sich das eben für das Zubehör einer Luxuslimousine gehört: nicht eben Boten des guten Geschmacks, aber ohne Frage von auserlesener Qualität. Im geräumigen Fond war zwischen den Sitzen ein modisch geformtes Tastentelefon eingelassen, daneben reihte sich ein silbernes Raucherset: Feuerzeug, Aschenbecher, Zigarettenetui. Im Rücken des Fahrersitzes waren ein Klapptisch und ein Unterschränkchen installiert, so daß man schreiben oder eine kleine Mahlzeit einnehmen konnte. Die Klimaanlage blies still und natürlich, und der Teppich auf dem Boden war weich.

Bevor ich es merkte, fuhr der Wagen schon. Mir war, als

glitte ich in einer Blechschüssel über einen Quecksilbersee. Ich versuchte mir vorzustellen, was der Wagen wohl gekostet haben könnte, kam aber zu keinem Resultat. Das überstieg meine Phantasie bei weitem.

»Wünschen Sie etwas Musik?« sagte der Fahrer.

»Wenn's geht, was Ruhiges«, sagte ich.

»Sehr wohl.«

Der Fahrer tastete nach den Kassetten unter seinem Sitz, suchte eine aus und betätigte einen Schalter am Armaturenbrett. Ein ruhiges Instrumentalstück, eine Cello-Sonate, tönte aus irgendwo sinnreich versteckten Lautsprechern. Sauberes Stück, sauberer Klang.

»Nehmen Sie immer diesen Wagen, um Gäste abzuholen?« fragte ich versuchsweise.

»Ja«, antwortete der Fahrer vorsichtig. »In der letzten Zeit immer.«

»Wahnsinn«, sagte ich.

»Das war früher der persönliche Wagen des Chefs«, sagte der Fahrer nach einer Weile. Er schien weit leutseliger, als er aussah. »Aber seit dem Frühjahr geht er nicht mehr aus, er fühlt sich nicht gut, und den Wagen stehen zu lassen hat ja keinen Sinn. Ein Fahrzeug muß regelmäßig bewegt werden, wie Sie wissen, sonst läßt die Maschine nach.«

»Eben«, sagte ich. Eine Geheimsache war die Krankheit des Alten demnach nicht. Ich nahm eine Zigarette aus dem Etui und sah sie mir an. Es war eine Zigarette ohne Filter und Markenaufdruck. Ich führte sie an die Nase; sie roch nach russischem Tabak. Ich schwankte eine Weile, ob ich sie rauchen sollte oder einstecken, tat sie dann aber wieder ins Etui. Auf dem Feuerzeug und dem Zigarettenetui war in der Mitte ein geschmackvolles Wappen eingraviert. Ein Schafwappen.

Ein *Schaf*wappen?

Jede weitere Überlegung würde nur im Sande verlaufen; ich schüttelte den Kopf und schloß die Augen. Seit jenem Nachmittag, als ich zum ersten Mal das Ohrenfoto gesehen hatte, schien mir vieles einfach zu entgleiten.

»Wie lange dauert es, bis wir da sind?« fragte ich.

»Dreißig bis vierzig Minuten, je nach Verkehr.«

»Tja, wären Sie so gut, die Klimaanlage ein bißchen runterzudrehen? Ich verlängere dann meinen Mittagsschlaf.«

»Sehr wohl, mein Herr.«

Der Fahrer regulierte die Klimaanlage und betätigte dann irgendeinen Knopf am Armaturenbrett. Zwischen Fahrersitz und Fond schob sich eine dicke Trennscheibe hoch. Abgesehen von der Bachsonate herrschte im Fond so gut wie perfekte Stille. Aber mich konnte nun fast nichts mehr in Erstaunen versetzen. Ich drückte mein Gesicht ins Polster des Rücksitzes und schlief ein.

Im Schlaf sah ich eine Kuh. Eine ziemlich schmucke Kuh, der man gleichwohl ansah, daß sie sich hatte abplacken müssen. Wir gingen auf einer breiten Brücke aneinander vorbei. Es war ein angenehmer Frühlingsmittag. Die Kuh trug in einer Hand einen alten Ventilator und fragte mich, ob ich ihn ihr nicht billig abkaufen wolle. Ich hab kein Geld, sagte ich. Ich hatte wirklich keins.

Ich tausch ihn auch gegen eine Zange, sagte die Kuh. Kein schlechtes Geschäft. Ich ging mit der Kuh nach Hause und suchte verzweifelt nach einer Zange, fand aber keine.

»Komisch«, sagte ich. »Gestern war sie wirklich noch da.«

Ich hatte gerade einen Stuhl geholt, um auf dem Schrank nachzusehen, als der Fahrer mich mit einem Klaps auf die Schulter weckte.

»Wir sind da«, sagte er lakonisch.

Durch die offene Tür schien mir die frühabendliche Sommersonne ins Gesicht. Tausende von Zikaden zirpten, als ob sie eine Uhr aufzögen. Es roch nach Erde.

Ich stieg aus, streckte mich und tat einen tiefen Atemzug. Und dann betete ich, daß der Traum keiner von der symbolischen Sorte war.

6. Bandwurmuniversum heißt was?

Es gibt symbolische Träume, und es gibt die von solchen Träumen symbolisierte Realität. Und, umgekehrt, symbolische Realitäten und von solchen Realitäten symbolisierte Träume. Symbole sind sozusagen Ehrenbürgermeister des Bandwurmuniversums. Im Bandwurmuniversum nimmt es nicht groß wunder, wenn eine Kuh nach einer Zange verlangt. Sie wird sie schon irgendwann bekommen. Das hat mit mir nichts zu tun.

Wenn allerdings die Kuh versucht, über *mich* zu ihrer Zange zu kommen, dann sieht die Sache völlig anders aus. Dann werde ich in ein Universum gezogen, wo man gänzlich anders denkt. Und dort nehmen, das ist das Schlimmste, die Geschichten kein Ende. Ich frage die Kuh: »Warum willst du eine Zange haben?« »Weil ich wahnsinnigen Hunger habe«, antwortet die Kuh. Ich frage: »Warum brauchst du denn eine Zange, wenn du Hunger hast?« »Die muß ich an die Zweige des Pfirsichbaums binden«, antwortet die Kuh. Ich frage: »Warum denn an den Pfirsichbaum?« »Ich hab doch den Ventilator weggegeben«, antwortet die Kuh. Und so weiter, ohne Ende. Und über kurz oder lang fange ich an, die Kuh zu hassen, und die Kuh fängt an, mich zu hassen. Das ist das Bandwurmuniversum. Um daraus zu entkommen, gibt es nur ein Mittel: Man muß einen anderen symbolischen Traum träumen.

Als mich an jenem Nachmittag im September des Jahres 1978 das riesige, vierrädrige Fahrzeug entführte, befand ich mich schon mitten in so einem Bandwurmuniversum. Mein Gebet war, mit anderen Worten, nicht erhört worden.

Ich schaute mich um und mußte unwillkürlich seufzen. Die Gegend war einen Seufzer wert.

Der Wagen stand mitten auf einem kleinen Hügel. Nach hinten verlängerte sich in unnatürlichen Mäandern bis zum Tor in der Ferne der Kiesweg, den der Wagen offenbar hochgefahren war. Beiderseits des Weges reihten sich in immer gleichen Abständen Zypressen und Quecksilberleuchten. Bis zum Tor mochten es, wenn man gemütlich ging, fünfzehn Minuten sein. An den Zypressenstämmen klebten unzählige Zikaden, die lärmten, als ob die Erde in ihre letzte Umdrehung ginge.

Zu beiden Seiten der Zypressenallee lag gepflegter Rasen, und entlang der Böschungen standen in wilder Ordnung Azaleen, Hortensien und andere, mir unbekannte Pflanzen. Wie eine launische Wanderdüne zog ein Schwarm Stare von rechts nach links über den Rasen. Vom Hügel führten auf beiden Seiten enge Steinstufen nach unten, die zur Linken zu einem japanischen Garten mit Steinlaternen und Teich, die zur Rechten zu einem kleinen Golfplatz. Neben dem Golfplatz stand ein rumrosineneiskremfarbener Pavillon, dahinter eine klassisch-griechische Steinstatue. Jenseits der Statue erhob sich eine riesige Garage, wo ein anderer Chauffeur einen anderen Wagen abspritzte. Die Marke konnte ich nicht genau erkennen, aber ein alter VW war es jedenfalls nicht.

Mit verschränkten Armen schaute ich noch einmal in die Runde. Da konnte man nicht meckern, aber: mannomann.

»Wo ist denn der Briefkasten?« fragte ich vorsichtshalber. Ich dachte an den armen Menschen, der morgens und abends bis zum Tor mußte, um die Zeitung zu holen.

»Der Briefkasten ist am rückwärtigen Eingang«, sagte der Fahrer. Am Hintereingang, klar. Hätte ich mir denken können.

Nach der Garteninspektion wandte ich mich der Frontseite zu und sah mir den dort hochragenden Gebäudekomplex an.

Welch unbeschreiblich singulärer Bau! Nehmen wir als Beispiel irgendeine Regel, dazu die natürlich gegebene kleine Ausnahme. Mit der Zeit breitet sich die Ausnahme wie ein Fleck immer weiter aus, bis sie am Ende selbst eine neue Regel bildet. Dort entsteht dann wieder eine kleine Ausnahme – einen, mit einem Wort, eben solchen Eindruck machte dieses Bauwerk. Wie ein orientierungsloses, fossiles Lebewesen, das sich aufs Geratewohl weiterentwickelt hat.

Zuerst wohl erbaut im europäischen Stil des 19. Jahrhunderts; ein zweistöckiges, kremfarbiges Gebäude mit klassisch hohem Vorbau; hohe, altmodische Flügelfenster, die Fassade mehrfach überstrichen. Das Dach war natürlich kupfergedeckt, und die Regenrinne solide wie ein römisches Aquädukt. Dieses

Haus war gar nicht so schlecht. Es strahlte ohne Frage die Würde guter alter Zeiten aus.

Irgendein Witzbold von Architekt hatte allerdings in Anpassung an das ursprüngliche Haus rechts davon einen Anbau gleichen Stils und gleicher Farbrichtung hingesetzt. Die Idee war nicht übel, nur glichen sich die Flügel nicht im geringsten – so, als servierte man auf einem Silbertablett Sorbet zusammen mit Broccoli. Dann hatte man das Ganze ein paar Dekaden so gelassen und schließlich eine Art steinernen Turm danebengestellt. Und auf der Spitze des Turms einen dekorativen Blitzableiter angebracht. Ein Mißgriff ohnegleichen. Besser wäre der Blitz eingeschlagen.

In gerader Linie führte ein feierlich überdachter Verbindungsgang vom Turm zu einem Nebengebäude, auch wieder so ein merkwürdiges Imitat, das aber immerhin ein in sich geschlossenes Thema vermittelte – »These und Antithese« nämlich. Eine Melancholie lag darüber wie über dem Esel, der vor zwei gleich großen Heuhaufen langsam Hungers stirbt, weil er sich nicht entscheiden kann, welchen er zuerst fressen soll.

Zur Linken des Stammhauses und kontrapunktisch dazu erstreckte sich lang der Flachbau eines einstöckigen japanischen Hauses, umgeben von Hecken und gepflegten Kiefern; der elegante Außenkorridor verlief kerzengerade wie eine Kegelbahn.

Immerhin – dem Auge boten die Gebäude auf dem Hügel was. Eine lange Filmnacht plus Vorfilm plus Werbung war nichts dagegen. Wenn das nach Plan und über lange Jahre hin errichtet worden wäre, um dem Betrachter den Rausch aus dem Kopf und den Schlaf aus den Augen zu treiben – alle Achtung, ein voller Erfolg! Allein, dem war natürlich nicht so. Ein Anblick wie dieser kann nur entstehen, wenn zweitklassige Talente aus mehreren Epochen mit Unsummen Geldes zusammenkommen.

Ich muß den Garten und die herrschaftlichen Häuser ziemlich lange angeschaut haben, denn bevor ich es merkte, stand der Fahrer unmittelbar neben mir und sah auf seine Armbanduhr. Er schien diese Geste irgendwie gewohnt zu sein. Wahrscheinlich standen alle Gäste, die er brachte, auf eben dem

Fleck, auf dem ich stand, und starrten ebenso sprachlos in die Runde.

»Schauen Sie sich nur in Ruhe um«, sagte er. »Wir haben noch acht Minuten Zeit.«

»Ziemlich weitläufig«, sagte ich. Ein passenderes Wort fiel mir nicht ein.

»Ein Hektar und siebenhundertundfünfundvierzig Quadratmeter«, sagte der Fahrer.

»Einen aktiven Vulkan haben Sie nicht?« witzelte ich. Natürlich kam der Witz nicht an. Hier machte man keine Witze.

Auf diese Weise vergingen acht Minuten.

* * *

Das europäisch eingerichtete, etwa dreizehn Quadratmeter große Zimmer, in das man mich führte, lag gleich rechts neben dem Eingang. Die wahnsinnig hohe Decke war rundum von einer mit Schnitzwerk versehenen Zierleiste eingefaßt. Zur Einrichtung gehörten ein solides antikes Sofa und ein ebensolcher Tisch, an der Wand hing ein Stilleben, Realismus in Vollendung. Apfel, Vase und Brieföffner. Vielleicht sollte man den Apfel mit der Vase teilen und dann mit dem Brieföffner schälen. Kerngehäuse und Kerne könnte man in die Vase tun. Am Fenster hingen Spitzenstores und dicke Übergardinen, jeweils mit passenden Bändern seitlich hochgerafft. Zwischen den Gardinen war ein relativ schöner Teil des Gartens zu sehen. Das Eichenparkett des Bodens spiegelte angemessen. Der den halben Boden bedeckende Teppich hatte trotz der verblichenen Farben noch vollen Flor.

Nicht übel, das Zimmer. Ganz und gar nicht übel.

Ein älteres Dienstmädchen im Kimono kam herein, stellte ein Glas Traubensaft auf den Tisch und ging ohne ein Wort zu sagen wieder hinaus. Klackend schloß sich hinter ihr die Tür. Danach war wieder alles still.

Auf dem Tisch stand ein silbernes Raucherset, wie ich es im Auto gesehen hatte: Feuerzeug, Zigarettenetui, Aschenbecher. Und auf jedem Teil war wieder das gleiche Schafwappen eingraviert. Ich zog meine eigenen Filterzigaretten aus der Tasche, zündete mir mit dem silbernen Feuerzeug eine an und blies den Rauch zur Decke hoch. Dann trank ich Traubensaft.

Zehn Minuten später ging wieder die Tür auf, und herein kam ein großer, in einen schwarzen Anzug gekleideter Mann. Der Mann sagte weder »Guten Tag« noch »Verzeihen Sie die Verspätung«. Ich sagte auch nichts. Der Mann nahm schweigend mir gegenüber Platz, neigte leicht den Kopf und taxierte mich eine Weile. Er zeigte nicht das geringste Mienenspiel, genau wie mein Partner gesagt hatte.

Die Zeit tröpfelte dahin.

Fünftes Kapitel

Briefe von Ratte – Erinnerungen

1. Der erste Brief von Ratte (Poststempel vom 21. Dezember 1977)

Na, wie gehts?

Wir haben uns ja schon ewig nicht mehr gesehen. Wie viele Jahre werden das jetzt her sein?

Ja, wie viele?

Allmählich verliere ich jedes Gefühl für Zeit. Zählen kann ich höchstens bis drei – mir ist, als ob eine blödsinnige Krähe auf meinem Kopf sitzt und immerzu mit den Flügeln schlägt. Tut mir leid: Aber erledige Du das Zählen lieber für mich.

Als ich damals einfach so aus der Stadt verschwunden bin, hab ich Dir bestimmt Unannehmlichkeiten bereitet. Vielleicht warst Du sogar beleidigt, weil ich Dir auch nichts gesagt habe. Ich wollte es Dir schon so oft erklären, konnte es aber einfach nicht. Ich hab Dir enorm viele Briefe geschrieben, aber alle wieder zerrissen. Eigentlich ganz selbstverständlich: Was man sich selbst nicht erklären kann, kann man logischerweise anderen erst recht nicht erklären.

Glaub ich zumindest.

Ich konnte noch nie gut Briefe schreiben. Ich fange zum Beispiel von hinten an zu erzählen oder schreibe das genaue Gegenteil von dem, was ich sagen will. Außerdem bringt mich das Briefeschreiben nur noch mehr durcheinander. Und da mein Sinn für Humor unterentwickelt ist, führt es nur dazu, daß ich mit jedem Satz mit mir selbst unzufriedener werde.

Es kommt mir allerdings so vor, daß Leute, die gut Briefe schreiben können, gar keine zu schreiben brauchten. Weil sie nämlich ohne weiteres in ihrem eigenen Kontext leben könnten. Aber das ist natürlich nur meine ganz persönliche Meinung. Man kann vielleicht gar nicht in Kontexten leben.

Es ist jetzt schrecklich kalt, und meine Finger sind ganz steif. Als ob es gar nicht meine wären. Auch mein Hirn fühlt sich nicht wie mein eigenes an. Es schneit. Schnee wie fremdes Hirn. Schnee, der sich langsam, aber sicher anhäuft. Wie fremde Hirnmasse. (= Sätze ohne Sinn.)

Abgesehen von der Kälte gehts mir ganz gut. Und wie stehts mit Dir? Meine Adresse teile ich Dir nicht mit, mach Dir bitte nichts draus. Damit Du mich recht verstehst: Ich will nichts vor Dir verheimlichen. Für mich ist das ein sehr delikates Problem. Ich habe nämlich das Gefühl, sobald ich Dir meine Adresse gebe, wird sich in mir eine Veranderung vollziehen. Ich kann das schlecht erklären.

Doch ich glaube, Du verstehst immer sehr gut, was ich nicht gut erklären kann. Aber je besser Du verstehst, um so schlechter kann ich erklären, scheint mir. Muß ein Geburtsfehler von mir sein.

Fehler hat natürlich jeder.

Aber mein allergrößter Fehler ist, daß sich meine Fehler mit den Jahren vermehren. In mir geht zu wie auf einer Hühnerfarm: Die Fehler legen Eier, und aus den Eiern werden neue Fehler, die dann wieder Eier legen. Kann denn ein Mensch so leben, mit diesen ganzen Fehlern? Natürlich kann er. Das ist ja das Problem.

Jedenfalls gebe ich Dir meine Adresse nicht. Das ist sicher besser so. Sowohl für Dich als auch für mich.

Wir hätten im Rußland des neunzehnten Jahrhunderts geboren sein sollen! Ich wäre Herzog X und Du Graf Y, wir würden auf die Jagd gehen, uns duellieren, um schöne Frauen buhlen, hätten allerlei metaphysische Leiden, würden am Schwarzen Meer den Sonnenuntergang bewundern und dabei Bier trinken. Am Ende unserer Tage würden wir schließlich in den »XY-Aufstand« verwickelt und nach Sibirien verbannt, wo wir das Zeitliche segneten. Das wär doch was! Wenn ich im neunzehnten Jahrhundert geboren wäre, könnte ich sicher viel bessere Romane schreiben. Ein zweiter Dostojewski wäre ich vielleicht nicht gerade geworden, aber bestimmt knapp dahinter. Was wohl aus Dir geworden wäre? Vielleicht wärst Du einfach Graf Y geblieben. Einfach Graf Y sein ist auch nicht schlecht. Hat zumindest das Flair des neunzehnten Jahrhunderts.

Aber lassen wir das. Kehren wir zurück ins zwanzigste Jahrhundert.

Laß uns über Städte reden.

Nicht über die Stadt, in der wir geboren sind, sondern über die vielen anderen.

Es gibt so viele verschiedene Städte auf der Welt! Jede hat ihre eigenen Rätsel, und die interessieren mich. Und so bin ich in den paar Jahren ganz schön herumgekommen.

Wohin es mich auch verschlägt, wenn man den Bahnhof verläßt, ist da immer ein kleiner Platz, ein Stadtplan und eine Einkaufsstraße. Das ist überall gleich. Bis hin zum Hundeblick der Hunde. Ich schau mir die Stadt erst einmal an und gehe dann in ein Maklerbüro, um mir eine billige Unterkunft zu suchen. Natürlich, ich bin ein Fremder, und weil Kleinstädte fremdenfeindlich sind, gewinne ich so schnell kein Vertrauen, aber wie Du weißt, bin ich ein umgänglicher Mensch, wenn ich will, und habe nach zirka fünfzehn Minuten das Vertrauen der meisten Menschen gewonnen. So komme ich dann schließlich an eine Wohnung und an viele Informationen über die Stadt.

Das nächste ist die Arbeitssuche. Bei möglichst vielen Leuten Vertrauen schaffen ist auch hier das A und O. Dir hing das bestimmt zum Hals heraus (mir auch, um ehrlich zu sein), aber ich bleib ja nicht mal vier Monate. Es ist völlig egal, mit wem man sich gut stellt. Zuerst muß man das Café oder die Kneipe finden, wo sich die Jugend der Stadt trifft (das gibt es überall; ist sozusagen der Nabel einer Stadt), dort Stammgast werden, Bekanntschaften machen und sich Jobs anbieten lassen. Name und Lebensgeschichte muß man natürlich den Gegebenheiten anpassen. Deshalb hab ich jetzt so viele Namen und Lebensgeschichten, wie Du Dir nicht vorstellen kannst. Das geht schon so weit, daß ich manchmal selbst kurz davor bin zu vergessen, wer ich eigentlich bin.

Ich hatte alle möglichen Jobs. Ein Großteil davon war langweilig, aber trotzdem hats Spaß gemacht zu arbeiten. Meistens waren es Tankstellenjobs. An zweiter Stelle kommt gleich der Schnellimbiß. Ich hab schon in einem Buchladen, in einer Radiostation und auf dem Feld gearbeitet. Vertreter für Kosmetika war ich auch. Als Vertreter hatte ich sogar einen ziemlich guten Ruf. Außerdem hab ich mit vielen Frauen geschlafen. Unter falschem Namen und verschiedenen Identitäten mit Frauen zu schlafen ist gar nicht so schlecht.

So gings immer weiter.

Und so bin ich neunundzwanzig geworden. Noch neun Monate, und ich werde dreißig.

Ob dieses Leben zu mir paßt, weiß ich noch nicht so genau. Mir ist auch nicht klar, ob der Vagabundencharakter ein allgemeines Phänomen ist oder nicht. Vielleicht muß man für ein langes Vagabundendasein wirklich religiös, musisch oder empfindsam sein, wie es heißt. Wenn man keine dieser drei Eigenschaften besitzt, kann man eben kein langes Vagabundenleben führen. Ich kann nicht behaupten, daß eine davon auf mich zutrifft. (Am ehesten vielleicht... aber lassen wir das.)

Es ist jedoch auch möglich, daß ich zur falschen Tür hineingegangen bin und jetzt nicht zurück kann. Wie auch immer, hineingegangen ist hineingegangen, und mir bleibt nichts übrig, als das Beste draus zu machen. Ich kann doch nicht ewig alles auf Pump kaufen!

So liegen die Dinge.

Wie ich am Anfang schon sagte (hab ich doch, oder?), ist es für mich immer ein bißchen gefährlich, an Dich zu denken. Vielleicht, weil Du mich an die Zeit erinnerst, als mein Leben noch verhältnismäßig in Ordnung war. Ratte

P.S.: Ich lege einen meiner Romane bei. Für mich hat er keine Bedeutung mehr, also mach damit, was Du willst. Ich schicke diesen Brief per Eilpost, so daß er am vierundzwanzigsten Dezember bei Dir ankommt. Hoffentlich ist er pünktlich.

Jedenfalls herzlichen Glückwunsch zum Geburtstag!

Und: »White Christmas«!

* * *

Rattes Brief steckte ganz zerknüllt am vorvorletzten Tag des Jahres, dem neunundzwanzigsten Dezember, in meinem Briefkasten. Zwei Nachsendezettel klebten auf dem Umschlag, weil er meine alte Adresse benutzt hatte. Es gab ja keine Möglichkeit für mich, ihn zu benachrichtigen.

Nachdem ich die vier blaßgrünen, eng beschriebenen Seiten dreimal gelesen hatte, nahm ich mir den Umschlag vor und untersuchte den halb verblaßten Poststempel. Der Brief war in einer mir völlig unbekannten Stadt abgestempelt worden. Ich nahm einen Atlas aus dem Bücherregal und suchte. Rattes Brief klang irgendwie nach Nordhonshū, und wirklich, es war eine Stadt in der Präfektur Aomori. Eine Kleinstadt, ungefähr eine Zugstunde von Aomori-Stadt entfernt. Nach dem Fahrplan zu urteilen, hielten dort täglich fünf Züge. Morgens zwei, mittags einer und abends zwei. Ich war schon öfter im Dezember in Aomori gewesen. Furchtbar kalt ist es da. Selbst die Ampeln frieren ein.

Ich zeigte den Brief meiner Frau. »Armer Kerl!« sagte sie nur. Sie wollte wohl sagen: »Ihr armen Kerle!« Aber das spielt jetzt keine Rolle mehr.

Die zweihundert Manuskriptseiten Roman ließ ich ohne auch nur die Überschrift zu lesen in einer Schreibtischschublade verschwinden. Warum, weiß ich nicht, aber ich hatte einfach keine Lust, sie zu lesen. Mir reichte schon der Brief.

Dann setzte ich mich auf den Stuhl vor dem Ofen und rauchte drei Zigaretten.

* * *

Der nächste Brief von Ratte kam im Mai des folgenden Jahres.

2. *Der zweite Brief von Ratte*
(Poststempel vom ?ten Mai 1978)

Mir scheint, ich hab im letzten Brief zu viel geschwafelt. Von was, hab ich allerdings völlig vergessen.

Ich bin wieder umgezogen. Diesmal in eine ganz andere Gegend. Hier ist es sehr still. Vielleicht etwas zu still für mich.

Aber in gewissem Sinne ist hier ein Schlußpunkt für mich. Mir ist, als hätte ich hierher kommen *müssen* und als wäre ich dafür auch gegen sämtliche Ströme geschwommen. Selbst kann ich das jedoch nicht beurteilen.

Das sind ja furchtbare Sätze. So undeutlich, daß Du wahrscheinlich keine Ahnung hast, wovon ich eigentlich rede. Oder aber Du denkst vielleicht, ich mäße meinem eigenen Schicksal zuviel Bedeutung bei. Wenn Du so denkst, ist das natürlich voll und ganz meine Schuld.

Ich möchte Dir lediglich die Tatsache begreiflich machen, daß meine Sätze derart zerfallen, je mehr ich versuche, Dir meinen jetzigen Zustand genau zu erklären. Aber ich selbst bin okay – so wie noch nie.

Laß mich konkreter werden.

Wie ich eben schon bemerkte, ist es in dieser Gegend schrecklich still. Weil es sonst nichts zu tun gibt, lese ich den ganzen Tag Bücher (hier gibt es genug für mindestens zehn Jahre) und höre Musikprogramme auf UKW oder Schallplatten (davon gibt es auch eine ganze Menge hier). Zum ersten Mal seit zehn Jahren hab ich wieder soviel Musik auf einmal gehört. Man kann sich nur darüber wundern, daß die Rolling Stones oder die Beach Boys immer noch aktiv sind. Die Zeit ist und bleibt eine gewaltige zusammenhängende Masse! Jeder schneidet sich wie selbstverständlich ein passendes Stück heraus, und so täuschen wir uns beinahe darüber hinweg, daß sie trotzdem eine zusammenhängende Masse bleibt.

Hier gibt es keine passenden Zeitstücke. Hier gibt es noch nicht einmal Leute, die je nach Größe des eigenen Stücks die der anderen bewundern oder verachten. Wie ein kristallklarer Strom, so fließt die Zeit dahin. Manchmal ist mir so, als ob ich mich in kleinste Bestandteile aufgelöst hätte. Wenn mein Blick zum Beispiel auf ein Auto fällt, vergehen erst einige Sekunden, bis mir bewußt wird, daß es sich um ein Auto handelt. Ich habe natürlich eine gewisse Grundvorstellung davon, aber die dringt nicht ganz bis zum unmittelbaren Bewußtsein vor. In letzter Zeit beginnen sich solche Erlebnisse zu häufen. Wahrscheinlich, weil ich so lange alleine gelebt habe.

Bis zur nächsten Stadt braucht man von hier aus anderthalb Stunden. Stadt ist zuviel gesagt: Das Skelett eines winzigen Städtchens. Du kannst Dir das garantiert nicht vorstellen. Aber es ist jedenfalls eine Stadt. Man kann Kleidung, Lebensmittel und Benzin kaufen. Wenn man will, kann man sogar menschliche Gesichter sehen.

Im Winter vereisen die Straßen, und es fahren kaum noch Autos. Der Boden ist feucht, und die Oberfläche friert zu Sorbet. Darauf fällt dann Schnee, und man kann nicht einmal mehr erkennen, wo die Straße überhaupt verläuft. Wie am Ende der Welt.

Ich bin Anfang März hierher gekommen. Mit Ketten um die Reifen bin ich im Jeep durch diese Landschaft gefahren, wie auf dem Weg in die Verbannung nach Sibirien. Jetzt ist Mai, und der Schnee ist geschmolzen. Im April hörte man von den Bergen her ständig Lawinengetöse. Hast Du das schon mal gehört? Nach einer Lawine kommt vollkommene Stille. Absolute Stille, bci der man zu vergessen scheint, wo man sich befindet. Still, stiller, am stillsten.

Weil ich die ganze Zeit in den Bergen eingeschlossen war, hab ich schon beinahe drei Monate nicht mehr mit einer Frau geschlafen. Das macht mir an sich gar nichts aus, aber mit der Zeit verliert man das Interesse an anderen Menschen überhaupt, und das ist nicht gerade, was ich möchte. Wenn es noch etwas wärmer geworden ist, stell ich mich auf die Hinterbeine und such mir irgendwo eine Frau. Das hab ich mir vorgenommen. Ich will mich ja nicht selbst loben, aber für mich ist es nicht so schwer, eine Frau zu finden. Wenn ich nur will – anscheinend leb ich sowieso in einer »Wenn-ich-nur-will-Welt« –, kann ich durchaus so etwas wie Sex-Appeal entwickeln. Deshalb ist das mit den Frauen verhältnismäßig leicht für mich. Das Problem ist, ich kann mich an mein Talent selbst nicht richtig gewöhnen. Zum Beispiel kann ich nicht sagen, bis zu welchem Punkt die Entwicklung der Sache mein eigenes Verdienst ist und ab wann mein Sex-Appeal ins Spiel kommt. Wo hört Laurence Olivier auf und wo fängt Othello an? – Das gleiche Problem. Deshalb kann ich nicht zwischendurch anfangen einzukassieren, sondern gebe immer alles restlos weg. Dadurch falle ich dann wieder vielen Leuten zur Last. Mein bisheriges Leben war sozusagen ein endloser Kreislauf immer desselben Prozesses.

Zum Glück (und das ist wirklich ein Glück!) habe ich gerade nichts, was ich weggeben könnte. Ein herrliches Gefühl! Wenn überhaupt, dann höchstens mich selbst. Wäre gar nicht so schlecht, mich selbst wegzugeben. Na, dieser Satz ist mir jetzt aber etwas zu pathetisch geraten! Der Gedanke an sich ist kein bißchen pathetisch, aber schwarz auf weiß ist es zuviel des Guten.

Mir ist nicht zu helfen!

Wo war ich eigentlich?

Ja genau, bei den Frauen.

Jede Frau hat ihre eigene schmucke Schublade, vollgestopft mit lauter sinnlosem Krimskrams. Ich liebe diesen Kram! Jedes einzelne Stück davon nehme ich in die Hand, staube es ab und finde seinen Sinn. Ich glaube, genau darin liegt das Geheimnis meines Sex-Appeals. Aber wenn Du mich fragst, wozu das gut sein soll, muß ich passen. Mir bleibt weiter nichts übrig, als aufzuhören, ich zu sein.

Deshalb denke ich jetzt an puren Sex. Wenn man sein Interesse rein auf Sex beschränkt, braucht man sich keine Gedanken mehr darüber zu machen, ob das pathetisch ist oder nicht.

Genau wie Biertrinken am Schwarzen Meer.

Ich hab mir noch mal durchgelesen, was ich bisher geschrieben habe. Es sind ein paar unklare Stellen drin, aber für meine Verhältnisse war ich ziemlich ernsthaft. Am ehesten bei den langweiligen Stellen.

Aber man kann es drehen und wenden, wie man will, ein Brief an Dich ist es nicht. Eher einer an den Briefkasten. Trotzdem, mach mir bitte keine Vorwürfe deswegen. Bis zum nächsten Briefkasten braucht man nämlich von hier aus anderthalb Stunden.

Von jetzt an wird es ein echter Brief an Dich.

Ich habe zwei Bitten. Beide sind nicht sehr eilig, deshalb kannst Du sie erledigen, wenn Dir der Sinn danach steht. Du würdest mir einen großen Gefallen damit tun. Vor drei Monaten noch wäre ich vielleicht gar nicht in der Lage gewesen, Dich um irgend etwas zu bitten. Aber jetzt kann ich Dich um einen Gefallen bitten, und das ist schon ein Fortschritt.

Die erste Bitte ist eher sentimental. Das heißt, es geht um die »Vergangenheit«. Als ich vor fünf Jahren übereilt und völlig durcheinander die Stadt verließ, habe ich vergessen, mich von einigen Leuten zu verabschieden. Genauer gesagt, von Dir, von Jay und von einer Frau, die Du nicht kennst. Dich werde ich noch einmal treffen und mich von Dir richtig verabschieden können, hab ich das Gefühl. Aber bei den anderen beiden wird es wahrscheinlich keine Gelegenheit mehr dazu geben. Deshalb möchte ich, daß Du ihnen von mir Lebewohl sagst, wenn Du noch mal in die Gegend kommst.

Ich weiß natürlich, daß das eine sehr egoistische Bitte ist. Ich müßte ihnen eigentlich selbst schreiben. Aber, um ehrlich zu sein, möchte ich, daß Du in die Stadt zurückfährst und die beiden persönlich triffst. Ich glaube, damit wird mein Gefühl besser ausgedrückt als mit einem Brief. Die Adresse und Telefonnummer der Frau lege ich bei. Falls sie mittlerweile umgezogen oder verheiratet sein sollte, laß es dabei. Fahr einfach wieder zurück. Aber wenn sie immer noch in derselben Wohnung wohnt, besuch sie bitte und grüß sie von mir.

Und grüß auch Jay von mir. Trink ein Bier für mich mit.

Das war die erste Bitte.

Die zweite ist etwas verrückt.

Ich lege ein Foto bei. Ein Foto von Schafen. Ich möchte, daß Du dieses Foto unter die Leute bringst – wo, ist mir gleich. Ebenfalls ein ziemlich egoistischer Wunsch, aber ich habe außer Dir niemanden, den ich darum bitten könnte. Du kannst all meinen Sex-Appeal haben, wenn Du willst, aber diesen einen Wunsch *mußt* Du mir erfüllen. Den Grund kann ich Dir nicht sagen, aber dieses Foto ist mir äußerst wichtig. Irgendwann später werde ich Dir vielleicht alles erklären können.

Ich lege einen Scheck bei. Bezahl damit, was gerade so anfällt. Um das Geld brauchst Du Dir keine Gedanken zu machen. Hier weiß man sowieso nicht, wie man es ausgeben soll.

Außerdem ist das das einzige, was ich im Moment beisteuern kann.

Und vergiß auf keinen Fall, ein paar Bierchen für mich mitzutrinken!

Ratte

* * *

Als ich die aufgeklebten Nachsendezettel abgezogen hatte, war der Poststempel nicht mehr zu entziffern. Im Umschlag steckten ein Bankscheck über hunderttausend Yen, ein Blatt mit Namen und Adresse der Frau und ein Schwarzweißfoto mit Schafen.

Beim Verlassen der Wohnung hatte ich den Brief aus dem Briefkasten genommen und las ihn jetzt am Schreibtisch in der Firma. Blaßgrünes Briefpapier wie beim letzten Mal, und der Scheck war auf eine Bank in Sapporo ausgestellt. Das deutete darauf hin, daß Ratte nach Hokkaido weitergezogen war.

Die Geschichte mit den Lawinen sagte mir zwar nicht besonders viel, aber ansonsten schien mir der Brief, wie Ratte selbst geschrieben hatte, sehr ernst gemeint zu sein. Außerdem verschickt niemand zum Spaß einen Scheck über hunderttausend Yen. Ich öffnete eine Schublade des Schreibtischs und warf den Umschlag mit allem, was drin war, erst mal hinein.

Der Frühling in jenem Jahr war für mich nicht besonders gut verlaufen, schon allein, weil meine Ehe in die Brüche ging. Meine Frau war schon vier Tage nicht nach Hause gekommen. Die Milch im Kühlschrank verbreitete einen unangenehmen Geruch, und der Kater hatte ständig Hunger. Ihre Zahnbürste im Badezimmer war ausgetrocknet wie ein Fossil. Doch auch diese Wohnung wurde von trägen Frühlingsstrahlen überflutet. Zumindest Sonnenschein gibts immer umsonst.

Eine verlängerte Sackgasse – vielleicht hatte meine Frau recht.

3. Das Lied ist aus

Im Juni fuhr ich schließlich in meine Heimatstadt.

Ich erfand einen plausiblen Grund, um mir drei Tage freizunehmen, und stieg an einem Dienstagmorgen in den Shinkansen-Superexpreß ein. Mit meinem kurzärmeligen weißen Polohemd, den an den Knien durchgescheuerten grünen Baumwollhosen, weißen Turnschuhen und ohne Gepäck – ich hatte sogar vergessen, mich nach dem Aufstehen zu rasieren. Die Turnschuhe, die ich schon ewig nicht mehr getragen hatte, waren unvorstellbar schiefgelaufen. Ich muß, ohne es zu wissen, einen sehr unnatürlichen Gang gehabt haben.

Ohne Gepäck in einen Zug zu steigen und weit weg zu fahren ist ein tolles Gefühl! Wie ein Torpedoflugzeug, das friedlich spazierenfliegt und plötzlich in einem Raum-Zeit-Loch gefangen ist. Dort gibt es nämlich wirklich nichts: keine Zahnarzttermine und keine Probleme, die in der Schreibtischschublade darauf warten, gelöst zu werden. Keine zwischenmenschlichen Beziehungen, in die man so stark verwickelt wird, daß man ihnen nicht mehr entrinnen kann. Keine durch Vertrauensbekundungen erzwungenen Gefälligkeiten. Das alles konnte ich in einem einstweiligen Abgrund hinter mir lassen. Alles, was ich besaß, waren die alten Turnschuhe mit ihren völlig schiefgelaufenen Gummisohlen. Sie hafteten an meinen Füßen wie vage Erinnerungen an eine andere Zeit und einen anderen Raum, aber das war kein großes Problem. Mit ein paar Dosen Bier und einem herzhaften Schinkensandwich würden sie sich leicht herunterspülen lassen.

Es war das erste Mal seit vier Jahren, daß ich in die Stadt zurückfuhr. Beim letzten Mal vor vier Jahren war ich sozusagen geschäftlich da, wegen irgendwelcher Formalitäten für meine Eheschließung. Aber es war eine sinnlose Reise – denn was ich für eine rein geschäftliche Angelegenheit hielt, mag für andere gar nicht so ausgesehen haben. Es kommt ganz auf die Einstellung an. Was für die einen vorbei ist, muß für andere noch lange nicht vorbei sein. So einfach ist das. Aber am anderen Ende der Schienen kann sich dieser einfache Sachverhalt zu einem großen Gegensatz auswachsen.

Danach gab es für mich keine »Heimatstadt« mehr. Bei dem Gedanken, daß nirgendwo mehr ein Ort existierte, an den ich zurückkehren muß, fiel mir ein Stein vom Herzen. Niemand will mich mehr treffen. Niemand verlangt mehr nach mir, und niemand wünscht sich mehr, daß ich nach ihm verlange.

Nach zwei Dosen Bier schlief ich eine halbe Stunde. Als ich aufwachte, war das erste beschwingte Gefühl der Befreiung schon völlig verflogen. Je weiter der Zug fuhr, desto mehr zog sich der Himmel mit dem trägen Grau der Regenzeit zu. Darunter breitete sich die gewohnte langweilige Landschaft aus. Wie schnell man auch fährt, dieser Langeweile kann man nicht entrinnen. Im Gegenteil: Je schneller man fährt, desto schneller ist man mitten drin. So ist das mit der Langeweile.

Neben mir saß ein Geschäftsmann Mitte Zwanzig, reglos in seine Wirtschaftszeitung vertieft. Faltenloser dunkelblauer Sommeranzug, schwarze Schuhe. Weißes Hemd, frisch aus der Reinigung. Ich sah an die Decke des Abteils und rauchte meine Zigarette. Zum Zeitvertreib begann ich Beatles-Titel aufzuzählen. Ich kam auf 73, dann fiel mir keiner mehr ein. Auf wie viele würde wohl Paul McCartney kommen?

Ich sah eine Weile aus dem Fenster und dann wieder an die Decke.

Ich war neunundzwanzig, und in sechs Monaten würden meine Zwanziger zu Ende sein. Zehn Jahre, in denen sich nichts, aber auch gar nichts getan hatte. Alles, was ich besaß, war wertlos, alles, was ich getan hatte, sinnlos. Langeweile war das einzige, was ich gewonnen hatte.

Was am Anfang gestanden hatte, wußte ich schon nicht mehr. Aber es mußte etwas dagewesen sein. Etwas, das mein Herz bewegt und das über mich die Herzen anderer bewegt hatte. Aber was immer es auch war, es war mir abhanden gekommen. Es hatte mir abhanden kommen müssen. Denn was war mir übriggeblieben, was war mir anderes übriggeblieben, als alles loszulassen?

Zumindest habe ich überlebt. Nur ein toter Indianer ist ein guter Indianer, schön, aber ich *mußte* einfach mit dem Leben davonkommen.

Warum?

Um einer Wand Geschichten zu erzählen?

Come on!

* * *

»Warum hast du denn ein Hotel genommen?« fragte Jay verwundert, als ich ihm die Telefonnummer meines Hotels auf die Rückseite eines Streichholzheftchens schrieb. »Du hast doch dein Zuhause, warum bleibst du nicht da?«

»Das ist nicht mehr mein Zuhause«, sagte ich.

Und Jay sagte nichts mehr dazu.

Als drei Teller mit Appetithäppchen vor mir standen und ich mein Bier halb getrunken hatte, holte ich Rattes Briefe heraus und gab sie Jay. Er wischte sich die Hände an einem Handtuch ab, überflog die beiden Briefe kurz, um sie dann noch einmal Wort für Wort zu lesen.

»Hhm«, sagte er bewegt. »Den gibts also auch noch.«

»Sicher«, sagte ich und trank an meinem Bier. »Übrigens, ich würde mich gern rasieren, kannst du mir vielleicht ein Rasiermesser und Rasiercreme leihen?«

»Klar«, sagte Jay und holte hinter der Theke ein Reisenecessaire hervor.

»Du kannst das Becken in der Toilette benutzen, aber warmes Wasser gibts da nicht.«

»Kaltes reicht«, sagte ich. »Hauptsache, keine Betrunkene pennt auf den Fliesen – dabei rasierts sich so schlecht.«

»Jay's Bar« hatte sich völlig verändert. Die alte »Jay's Bar« war ein kleiner, feuchtdunstiger Laden im Keller eines baufälligen Gebäudes an der Hauptstraße gewesen. In Sommernächten blies die Klimaanlage dort feinen Nebel. Wer versackte, wurde naß bis aufs Hemd.

Jays richtiger chinesischer Name war endlos lang und unaussprechlich. Jay hieß er, seitdem ihn GIs auf dem amerikanischen Stützpunkt so nannten, auf dem er nach dem Krieg gearbeitet hatte. Sein richtiger Name war bald vergessen.

Nach dem, was ich früher von Jay selbst gehört hatte, kündigte er 1954 auf dem Stützpunkt und machte in der Nachbarschaft eine kleine Bar auf. Die allererste »Jay's Bar«. Sie lief relativ gut. Die meisten Gäste waren aus der Offiziersschule der Luftwaffe, und die Stimmung war nicht schlecht. Jay heiratete, als das Geschäft sich einigermaßen eingependelt hatte, aber fünf Jahre später starb seine Frau. Über die Todesursache verlor er nie ein Wort.

Als der Vietnamkrieg 1963 in seine heiße Phase eintrat, verkaufte Jay die Bar und zog weit weg, in »unsere« Stadt. Und eröffnete die zweite »Jay's Bar«.

Das war alles, was ich über Jay wußte. Er hatte eine Katze, rauchte eine Packung Zigaretten am Tag und trank keinen Tropfen Alkohol.

Bis ich Ratte kennenlernte, ging ich immer alleine in »Jay's Bar«. Ich nuckelte an meinem Bier, rauchte, warf mein Kleingeld in die Jukebox und hörte Platten. Damals war der Laden meist leer, und Jay und ich unterhielten uns am Tresen über alles mögliche. Ich hab keine Ahnung mehr, worüber. Was hätten sich ein wortkarger siebzehnjähriger Oberschüler und ein chinesischer Witwer auch schon groß erzählen können?

Als ich mit achtzehn die Stadt verließ, nahm Ratte meinen Platz ein und trank Bier in »Jay's Bar«. Als er 1973 aus der Stadt verschwand, war niemand da, der seinen Platz hätte einnehmen können. Ein halbes Jahr später wurde die Hauptstraße verbreitert, und die Kneipe mußte umziehen. So endeten unsere Legenden um die zweite »Jay's Bar«.

Die dritte »Jay's Bar« lag am Fluß, fünfhundert Meter vom alten Platz entfernt. Groß war sie nicht, aber sie lag im zweiten Stock eines neuen vierstöckigen Gebäudes mit Fahrstuhl. Es war schon eigenartig, mit dem Fahrstuhl zu »Jay's Bar« rauf zu fahren und vom Barhocker aus auf die Lichter der Stadt zu blicken!

In Jays neuer Kneipe gab es je ein großes Fenster im Westen und im Süden; man konnte auf die Bergkette und die Stelle sehen, wo früher das Meer begann. Das Meer war dort vor einigen Jahren zugeschüttet und mit Hochhäusern bebaut worden, in Reih und Glied aufgestellt wie Grabsteine. Ich stand eine Weile am Fenster und sah mir die nächtliche Landschaft an, dann setzte ich mich wieder an den Tresen.

»Früher hätte man das Meer sehen können«, sagte ich.

»Ja«, sagte Jay.

»Ich war dort oft schwimmen.«

»Ja«, sagte Jay und zündete sich mit einem offenbar schweren Feuerzeug die Zigarette zwischen den Lippen an, »Sauerei. Erst haben sie die Berge plattgewalzt und Häuser gebaut, um dann mit der abgetragenen Erde das Meer zuzuschütten und noch mehr Häuser zu bauen. Und finden es auch noch großartig!«

Ich trank schweigend mein Bier. Aus den Lautsprechern an der Decke ertönte der neueste Boz-Scaggs-Hit. Die Jukebox war verschwunden. Ein Großteil der Gäste waren Studentenpärchen, die ordentliche Klamotten trugen und brav an ihrem Whiskey-Soda oder Cocktail nippten. Kein Mädchen kurz vorm alkoholbedingten Blackout, keine prickelnde Wochenendschlägerei. Wenn sie nach Hause kommen, ziehen sie sich bestimmt alle schön brav ihre Schlafanzüge an, putzen sich exakt drei Minuten die Zähne und gehen ins Bett. Aber das ist gut so. Brav und anständig sein ist wunderbar. Es existieren nun mal keine Vorschriften, wie die Dinge auf der Welt im allgemeinen und in einer Kneipe im besonderen zu sein haben.

Jay war die ganze Zeit meinem Blick gefolgt.

»Du kannst dich wohl nicht daran gewöhnen, daß sich der Laden verändert hat?«

»Doch, doch«, sagte ich. »Das Chaos hat ja nur seine äußere Form geändert. Die Giraffe hat mit dem Bär den Hut getauscht und der Bär mit dem Zebra das Halstuch.«

»Du hast dich jedenfalls nicht geändert«, lachte Jay.

»Die Zeiten haben sich geändert«, sagte ich. »Und wenn sich die Zeiten ändern, ändert sich eine ganze Menge mit. Aber das ist schließlich gut so. Jeder wird früher oder später ausgetauscht. Man kann sich nicht beschweren.«

Jay sagte nichts.

Ich trank ein neues Bier, Jay rauchte eine neue Zigarette.

»Und, wie gehts dir so?« fragte er.

»Nicht schlecht«, antwortete ich knapp.

»Wie stehts mit der Ehe?«

»Weiß ich nicht genau. Mit zwei Menschen ist das so ne Sache. Manchmal hat man das Gefühl, alles geht gut, und manchmal eben nicht. Ist das bei einer Ehe nicht immer so?«

»Tja«, sagte Jay und rieb sich mit dem kleinen Finger die Nasenspitze. »Ich hab vergessen, was Ehe ist. Ist schon so lange her.«

»Wie gehts der Katze?«

»Sie ist vor vier Jahren gestorben. Muß kurz nach deiner Hochzeit gewesen sein. Irgendeine Darmgeschichte... Aber eigentlich wars das Alter. Sie hat schließlich zwölf Jahre gelebt. Länger als die Zeit mit meiner Frau. Das ist schon was, zwölf Jahre alt zu werden, oder?«

»Klar.«

»In den Bergen oben ist ein Tierfriedhof, da hab ich sie begraben. Von dort aus kann sie auf die Hochhäuser sehen. Egal, wo man hingeht, hier sieht man überall bloß diese Hochhäuser. Aber das ist der Katze vermutlich egal.«

»Du vermißt sie, was?«

»Und wie. Mehr als jeden Menschen. Klingt verrückt, was?«

Ich schüttelte den Kopf.

Während Jay für einen anderen Gast einen komplizierten Cocktail und einen »Kaisersalat« zubereitete, spielte ich mit dem skandinavischen Puzzle, das auf dem Tresen lag. Man mußte in einem Glasrahmen ein Bild von drei Schmetterlingen, die über ein Kleefeld flatterten, zusammensetzen. Nachdem ich zehn Minuten hin und her probiert hatte, warf ich das Handtuch.

»Ist noch kein Kind unterwegs?« fragte Jay, als er zurückkam. »Ihr seid doch gerade im richtigen Alter?«

»Wir wollen keine.«

»Weshalb nicht?«

»Stell dir vor, das Kind wird wie ich – eine Katastrophe!«

Jay mußte lachen und goß mir Bier nach. »Du denkst einfach zuviel!«

»Nein, darum gehts nicht. Es geht darum, daß ich nicht sicher bin, ob es wirklich richtig ist, neues Leben in die Welt zu setzen. Kinder werden erwachsen, Generationen lösen sich ab. Und was kommt dabei raus? Die Landschaft wird nur noch weiter plattgewalzt, das Meer weiter zugeschüttet, es werden immer schnellere Autos gebaut und immer mehr Katzen überfahren. Das kommt dabei raus!«

»Das ist nur die eine Seite, die schlechte, aber es geschieht auch Gutes, es gibt auch gute Menschen!«

»Nenn mir drei Beispiele, und ich nehms dir ab!«

Jay dachte eine Weile nach, dann lachte er. »Aber das sind Entscheidungen, die die Generation eurer Kinder treffen muß, nicht ihr. Eure Generation...«

»Hat schon ausgespielt, willst du sagen?«

»In gewissem Sinne ja«, sagte Jay.

»Das Lied ist aus, aber die Melodie schwebt noch im Raum.«

»Hervorragend formuliert – wie immer!«

»Reines Geschwätz, sonst nichts«, sagte ich.

* * *

Als die Bar langsam voll wurde, verabschiedete ich mich von Jay und ging. Es war neun Uhr. Mir spannte noch die Haut von der kalten Rasur. Vielleicht lag es auch am Wodka Lime, den ich als After Shave benutzt hatte. Jay hatte behauptet, Wodka Lime erfülle den gleichen Zweck, aber jetzt roch mein ganzes Gesicht danach.

Die Nacht war seltsam warm, der Himmel nach wie vor dicht bewölkt. Sacht wehte ein feuchter Südwind. Es war wie immer. Der Geruch des Meeres vermischte sich mit der Vorahnung von Regen. Auf allem lag träge Nostalgie. Aus dem Gebüsch unten am Fluß hörte man Insekten. Es sah immer noch nach Regen aus. Wahrscheinlich nieselte es so fein, daß man zwar nicht sagen konnte, ob es nun regnete oder nicht, daß man aber dennoch auf die Dauer bis auf die Haut durchnäßt würde. Im bleichen Quecksilberlicht der Straßenlaternen glitt der Fluß dahin. Ein seichter Fluß, er reichte höchstens bis zum Knöchel. Das Wasser war noch so klar wie früher. Es kam direkt aus den Bergen, man konnte es gar nicht verschmutzen. Das Flußbett bestand aus feinem Sand und kleinen Steinen, die aus den Bergen mit heruntergespült wurden. Um den Sand aufzuhalten, hatte man hier und da Stufenfälle geschaffen. Darunter sammelte sich das Wasser in tieferen Stellen, wo kleine Fische schwammen. In der trockenen Jahreszeit wurde das Wasser ganz vom Boden aufgesogen, und es blieb ein heller Sandweg übrig, dem nur noch eine schwache Ahnung von Feuchtigkeit anhaftete. Auf meinen Spaziergängen verfolgte ich diesen Weg flußaufwärts, um die Stelle zu finden, an der der Fluß vom Flußbett aufgesogen wurde: Dort hielt dann das letzte bißchen Rinnsal kurz inne, als ob es etwas entdeckt hätte, und war im nächsten Moment auch schon verschwunden, verschluckt vom dunklen Erdenschlund.

Ich mochte den Weg entlang des Flusses. Ich bewegte mich mit seinem Lauf. Ich konnte seinen Atem spüren. Er lebte. Er war es, der die Stadt geschaffen hatte. Seit Tausenden von Jahren trug er den Berg ab, spülte Erde weg, füllte das Meer auf und ließ Bäume wachsen. Von Anfang an hatte die Stadt ihm gehört. Und es sah ganz danach aus, daß es auch dabei bleiben würde.

Da gerade Regenzeit war, floß er durch bis zum Meer, ohne vom Flußbett aufgesogen zu werden. Es roch nach jungem Grün von den Bäumen, mit denen das Ufer bepflanzt war. Die Luft schien völlig vom Grün vereinnahmt zu sein. Auf dem Gras saßen Pärchen beieinander, und ein alter Mann führte seinen Hund spazieren. Ein Oberschüler war vom Rad gestiegen und rauchte. Ein Frühsommerabend wie immer.

In einem Laden am Weg kaufte ich zwei Dosen Bier, ließ sie mir in eine Papiertüte einpacken und schlenderte damit zum Meer. Der Fluß mündete in ein Meer, das wie eine kleine Bucht oder wie ein halb zugeschütteter Kanal aussah. Der auf fünfzig Meter Breite zusammengeschrumpfte Überrest der alten Küste. Der Strand sah aus wie immer. Kleine Wellen schlugen an und schwemmten abgerundete Holzteile an. Es roch nach Meer. Auf den Wellenbrechern aus Beton sah man noch Nägel und aufgesprühte Graffiti von früher. Ganze fünfzig Meter hatte man von der guten alten Küste übriggelassen! Sie waren solide eingeschlossen von zwei zehn Meter hohen Betonmauern, die, das schmale Meer zwischen sich, einige Kilometer weit hinausreichten. Oberhalb dieser Mauern standen die Hochhäuser. Indem man das Meer auf fünfzig Meter zusammenstutzte, hatte man es im Grunde vollkommen ausgelöscht.

Ich ging vom Fluß weg nach Osten, entlang der früheren Küstenstraße. Seltsamerweise waren auch hier die alten Wellenbrecher noch da. Wellenbrecher ohne Meer – groteske Existenzen. Ich blieb an der Stelle stehen, wo ich früher oft mein Auto geparkt hatte, um aufs Meer zu schauen. Ich setzte mich auf einen Wellenbrecher und trank mein Bier. Anstelle des Meeres sah man jetzt auf neugewonnenes Land und ausdruckslose Hochhäuser. Unglückliche Brückenpfeiler für eine Stadt in den Lüften, die man nie gebaut hatte, unmündige Kinder, die auf die Rückkehr ihres Vaters warten.

Zwischen den Häusern verliefen Asphaltwege, die sie wie Nähte zusammenhielten. Man sah einen Bushof, einen riesigen Parkplatz, einen Supermarkt, eine Tankstelle, einen großen Park und ein imposantes Gemeindehaus. Alles war neu und unnatürlich. Die von den Bergen abgetragene Erde besaß die für neugewonnenes Land charakteristische kalte Farbe, und die noch unbebauten Stellen waren mit Unkraut übersät, das der Wind herübergetragen hatte. Das Unkraut hatte mit erstaunlicher Geschwindigkeit auf dem neuen Land Wurzeln geschlagen und wucherte auf allen freien Stellen, wie zum Hohn für die entlang der Asphaltwege künstlich angepflanzten Bäume und Rasenflächen.

Ein trauriger Anblick.

Aber was konnte ich schon groß sagen? Hier hatte längst ein neues Spiel mit neuen Regeln begonnen. Niemand konnte es mehr aufhalten.

Als ich das Bier getrunken hatte, warf ich die leeren Dosen kurzerhand auf das Land, das früher einmal Meer war. Sie versanken in dem im Wind wogenden Meer von Unkraut. Ich rauchte eine Zigarette.

Als ich sie zu Ende geraucht hatte, sah ich einen Mann mit einer Taschenlampe langsam auf mich zukommen. Er war Anfang Vierzig, hatte ein graues Hemd und eine graue Hose an und einen grauen Hut auf dem Kopf. Sicher der Nachtwächter der Anlage.

»Sie da, Sie haben doch gerade was weggeworfen!« sagte er, als er neben mir angekommen war.

»Ja«, sagte ich.

»Und was?«

»Runde Gegenstände aus Metall mit Deckel«, sagte ich.

Der Nachtwächter sah etwas überrascht aus. »Warum haben Sie sie weggeworfen?«

»Ohne besonderen Grund. Ich werfe schon seit zwölf Jahren. Habe sogar schon mal ein halbes Dutzend auf einmal weggeworfen, ohne daß sich jemand beschwert hätte.«

»Vorbei ist vorbei«, sagte der Nachtwächter. »Jetzt ist das hier städtisches Eigentum, und Verschmutzung städtischen Eigentums ist verboten.«

Ich schwieg eine Weile. Irgend etwas in mir regte sich einen Augenblick lang und blieb dann still. »Das Problem ist, daß das, was Sie sagen, vernünftig klingt«, sagte ich.

»Das Gesetz bestimmt es so«, sagte der Mann.

Ich seufzte und holte eine Schachtel Zigaretten aus meiner Tasche. »Und, was soll ich jetzt machen?«

»Bei Regen und Dunkelheit kann ich nicht von Ihnen verlangen, die Sachen zu holen und ordnungsgemäß wegzuwerfen. Aber tun Sie's nicht wieder.«

»Nein, bestimmt nicht«, sagte ich. »Gute Nacht.«

»Gute Nacht«, sagte der Nachtwächter und ging.

Ich legte mich auf den Wellenbrecher und sah in den Himmel. Wie der Nachtwächter gesagt hatte, begann es allmählich, leicht zu regnen. Ich rauchte noch eine Zigarette und ließ die Unterredung mit dem Nachtwächter noch einmal Revue passieren. Vor zehn Jahren wäre ich jedenfalls *tougher* gewesen. Vielleicht bildete ich mir das aber auch nur ein. Ist ja auch egal.

Als ich zum Fluß zurückgegangen war und ein Taxi erwischt hatte, fiel nebliger Regen. Zum Hotel bitte, sagte ich.

»Auf Urlaub?« fragte der ältere Taxifahrer.

»Ja.«

»Das erste Mal hier?«

»Das zweite Mal«, sagte ich.

4. *Sie trinkt Salty Dog und erzählt vom Wellenrauschen*

»Ich habe zwei Briefe für Sie«, sagte ich.

»Für mich?« sagte sie.

Ihre Stimme klang sehr weit weg, und die Telefonverbindung war noch dazu so gestört, daß wir schreien mußten, was den feinen Nuancen unserer Aussagen ohne Frage abträglich war. Wie eine Unterredung in stürmischen Höhen mit hochgeschlagenen Mantelkragen.

»Eigentlich sind es Briefe an mich, aber es kam mir so vor, als seien Sie gemeint.«

»Es kam Ihnen so vor?«

»Ja«, sagte ich. Und nachdem ich das gesagt hatte, kam ich mir selten dämlich vor.

Sie schwieg eine Weile. Unterdes verschwanden die Störgeräusche in der Leitung.

»Was zwischen Ihnen und Ratte war, weiß ich nicht. Ich rufe an, weil er mich gebeten hat, Sie zu treffen. Außerdem halte ich es für besser, wenn Sie die Briefe selbst lesen.«

»Sind Sie deswegen eigens aus Tokyo angereist?«

»Ja.«

Sie hustete. »Verzeihung. – Weil Sie sein Freund sind?«

»Ich glaube, ja.«

»Warum schreibt er mir denn nicht selbst?«

Die Logik war auf ihrer Seite.

»Das weiß ich nicht«, sagte ich ehrlich.

»Und ich erst recht nicht. Ist doch schon alles aus und vorbei, oder etwa nicht?«

Auch das wußte ich nicht und sagte es ihr. Ich lag auf dem Bett im Hotelzimmer, den Telefonhörer in der Hand, und sah an die Decke. Ein Gefühl, als läge ich auf dem Meeresboden und zählte Fischsilhouetten. Wie viele ich zählen mußte, um zum Ende zu kommen, hätte ich nicht sagen können.

»Es ist jetzt fünf Jahre her, seit er plötzlich verschwunden ist. Ich war damals siebenundzwanzig.« Ihre Stimme war ganz ruhig, aber für mich hörte sie sich an, als käme sie aus der Tiefe eines Brunnens. »Nach fünf Jahren hat sich vieles verändert.«

»Ja«, sagte ich.

»Selbst wenn sich nichts verändert hätte, würde man das nicht einsehen wollen. Wenn man es sich nämlich eingestehen würde, käme man überhaupt nicht mehr weiter. Deshalb bildet man sich lieber ein, man habe sich völlig verändert.«

»Ich glaube, ich verstehe, was Sie meinen«, sagte ich.

Wir schwiegen eine Weile. Sie ergriff als erste wieder das Wort.

»Wann haben Sie ihn das letzte Mal getroffen?«

»Vor fünf Jahren, im Frühjahr, kurz bevor er verschwand.«

»Hat er Ihnen etwas gesagt? Zum Beispiel, warum er die Stadt verlassen will?«

»Nein«, sagte ich.

»Er ist einfach verschwunden, ohne etwas zu sagen, nicht wahr?«

»Ja, genau.«

»Was haben Sie damals gedacht?«

»Darüber, daß er ohne etwas zu sagen verschwunden ist?«

»Ja.«

Ich setzte mich auf und lehnte mich an die Wand. »Hmh. Ich dachte, er käme nach einem halben Jahr oder so zurück, weil er's satt hätte. Ich hielt ihn nicht gerade für den Typ, der etwas lange durchhält.«

»Aber er ist nicht zurückgekommen.«

»Das stimmt.«

Am anderen Ende der Leitung schien sie eine Weile mit sich zu kämpfen. Die ganze Zeit hatte ich ihr leises Atmen im Ohr.

»Wo übernachten Sie?« fragte sie schließlich.

»Im Hotel ___.«

»Ich komme morgen um fünf ins Hotelcafé im achten Stock, gut?«

»Ja, gut«, sagte ich. »Ich trage ein weißes Polohemd und grüne Baumwollhosen. Ich habe kurzes Haar und...«

»Ich kann mir vorstellen, wie Sie aussehen«, unterbrach sie mich ruhig und legte auf.

Als ich den Hörer wieder auf die Gabel gelegt hatte, versuchte ich dahinterzukommen, warum sie sich vorstellen konnte, wie ich aussah. Ich kam nicht dahinter. Aber es gibt vieles, hinter das ich nicht komme. Ich werde bestimmt auch mit dem Alter nicht klüger. Ein russischer Schriftsteller schrieb einmal, der Mensch könne zwar seinen Charakter bis zu einem gewissen Grade ändern, die Mittelmäßigkeit jedoch habe ewigen Bestand. Russen machen von Zeit zu Zeit äußerst treffende Bemerkungen. Die denken sie sich wahrscheinlich im Winter aus.

Ich ging in die Dusche und wusch mir die Haare, die im Regen naß geworden waren. Mit dem Badetuch um die Hüften sah ich mir einen alten amerikanischen U-Boot-Film im Fernsehen an. Die Handlung war überaus tragisch: Der Kapitän und der Erste Offizier trugen eine Art Privatkrieg miteinander aus, das U-Boot hatte höchstens noch musealen Wert, und zu allem Überfluß litt ein Besatzungsmitglied an Klaustrophobie. Am Ende ging trotzdem alles gut aus. Ein Film nach dem Motto, wenn sogar das alles happy endet, ist der Krieg doch auch nicht so schlimm. Demnächst machen sie einen Film, in dem sich die gesamte Menschheit in einem Atomkrieg vernichtet. Natürlich mit Happy-End.

Ich stellte den Fernseher ab, kroch ins Bett und war in zehn Sekunden eingeschlafen.

* * *

Am nächsten Tag um fünf nieselte es immer noch. Man hatte schon gedacht, die Regenzeit sei zu Ende, da das Wetter für vier, fünf Tage vollkommen sommerlich klar gewesen war. Vom Fenster im achten Stock sah die Erdoberfläche bis in den letzten Winkel schwarz durchtränkt aus. Auf der zur Hochstraße umgebauten Schnellstraße staute sich von Westen in Richtung Osten kilometerlang der Verkehr. Wenn man lange genug hinsah, bekam man den Eindruck, die Autos schmölzen im Regen langsam dahin. Ja, eigentlich sah alles in der Stadt so aus, als habe es zu schmelzen begonnen: die Wellenbrecher am Hafen, die Kräne, die Häuserreihen, die Menschen unter ihren schwarzen Regenschirmen. Von den Bergspitzen glitt lautlos schmelzendes Grün. Ich schloß die Augen, und als ich sie nach ein paar Sekunden wieder öffnete, war die Stadt wieder zum Normalzustand zurückgekehrt. Aufrecht ragten sechs Kräne in den düsteren Regenhimmel, die Autokolonne setzte sich langsam Richtung Osten in Bewegung, als sei ihr gerade wieder eingefallen weiterzufahren, Schirmknäuel überquerten die Straßen, und das satte Grün auf den Bergen sog zufrieden den Juniregen auf.

In der Mitte des großen Raums stand, etwas in den Boden eingelassen, ein marineblauer Flügel, an dem eine Frau in einem auffällig pinkfarbenen Kleid typische Hotelcafémusik spielte, untermalt mit Synkopen und viel Arpeggio. Durchaus nicht schlecht, aber sobald der letzte Ton eines Stückes verklungen war, blieb absolut nichts mehr davon zurück.

Es war schon nach fünf, aber sie war immer noch nicht aufgetaucht. Weil ich nichts Besseres zu tun wußte, trank ich meine zweite Tasse Kaffee und beobachtete die Frau am Flügel. Sie war um die Zwanzig und hatte ihr schulterlanges, schweres Haar kunstvoll zu einem Sahnetortenhäubchen frisiert. Passend zum Rhythmus hüpfte das Häubchen fröhlich hin und her, um, wenn das Stück aus war, wieder genau in der Mitte zu landen. Bis das nächste Stück begann.

Sie erinnerte mich an ein Mädchen von früher. Ich war in der dritten Klasse der Grundschule und lernte Klavier spielen. Weil wir gleich alt und in derselben Musikklasse waren, spielten wir oft im Duett. Ihr Gesicht und ihren Namen habe ich vollkommen vergessen. Nicht vergessen habe ich nur ihre zarten weißen Finger, ihr schönes Haar und ihre bauschigen Kleider. An alles andere konnte ich mich nicht mehr erinnern.

Als ich an sie dachte, beschlich mich ein seltsames Gefühl. Wenn ich ihre Finger, ihr Haar und ihre Kleider an mich gerissen hatte, mußte doch der Rest jetzt noch irgendwo weiterleben. Aber selbstverständlich ist so etwas unmöglich. Die Welt dreht sich unabhängig von mir weiter. Unabhängig von mir überqueren die Menschen die Straßen, spitzen ihre Bleistifte, bewegen sich mit einer Geschwindigkeit von fünfzig Kilometern pro Stunde von Westen nach Osten fort und berieseln Hotelcafés mit auf Null herunterpolierter Musik.

Die »Welt« – dieses Wort erinnert mich immer an einen Elefanten und eine Schildkröte, die unverdrossen eine riesige

Scheibe stützen. Der Elefant begreift die Rolle der Schildkröte nicht, die Schildkröte nicht, was der Elefant macht, und beide wissen nichts von der Welt.

»Entschuldigen Sie, daß ich mich verspätet habe«, hörte ich eine Frauenstimme hinter mir sagen. »Ich kam einfach nicht aus dem Büro weg.«

»Das macht nichts. Ich hatte sowieso den ganzen Tag nichts zu tun.«

Sie legte den Schlüssel für ihr Schirmschließfach auf den Tisch und bestellte, ohne einen Blick auf die Karte zu werfen, einen Orangensaft.

Ihr Alter konnte man auf den ersten Blick nicht einschätzen. Wenn sie es mir nicht zufällig am Telefon gesagt hätte – ich hätte es nie im Leben herausgefunden.

Wenn man jedoch wußte, daß sie dreiunddreißig war, sah sie auch wie dreiunddreißig aus. Angenommen, sie hätte gesagt, sie sei siebenundzwanzig – sie hätte mit Sicherheit wie siebenundzwanzig ausgesehen.

Ihr Geschmack war einfach und gut. Sie trug weiße weite Baumwollhosen, dazu eine orange-gelb-karierte Bluse, deren Ärmel sie bis zu den Ellbogen hochgekrempelt hatte, und eine Schultertasche aus Leder. Nichts war neu, aber alles sah gepflegt aus. Keine Ringe, keine Ketten und Armbänder, keine Ohrringe. Ihr kurzer Pony fiel lässig zur Seite.

Die kleinen Fältchen in ihren Augenwinkeln sahen nicht wie Alterserscheinungen aus, sondern so, als gehörten sie schon seit ihrer Geburt zu ihr. Die oberen zwei Blusenknöpfe waren geöffnet, und der Kragen gab den Blick auf ihren feinen, weißen Nacken frei. Einzig und allein dieser Nacken und ihre Handrücken auf dem Tisch deuteten ihr Alter an. Das Altern beginnt an den kleinsten Stellen. Und wie Flecken, die man nicht auswaschen kann, breitet es sich langsam, aber sicher über den ganzen Körper aus.

»Sie sprachen von Büro, in was für einem Büro arbeiten Sie denn?« fragte ich.

»In einem Architekturbüro. Schon ziemlich lange.«

Das Gespräch stockte. Umständlich nahm ich mir eine Zigarette aus der Schachtel und zündete sie umständlich an. Die Frau am Flügel klappte den Deckel über die Tastatur, stand auf und ging in ihre Pause. Ein ganz klein wenig beneidete ich sie.

»Seit wann sind Sie sein Freund?« fragte sie.

»Schon seit elf Jahren. Und Sie?«

»Zwei Monate und zehn Tage«, antwortete sie, ohne zu überlegen. »Von dem Zeitpunkt an, als ich ihn zum ersten Mal sah, bis zu seinem Verschwinden. Zwei Monate und zehn Tage. Ich weiß das, weil ich Tagebuch führe.«

Man brachte ihren Orangensaft und räumte meine leere Kaffeetasse ab.

»Nachdem er weg war, hab ich drei Monate auf ihn gewartet. Dezember, Januar, Februar. Die kälteste Zeit im Jahr. War der Winter damals eigentlich kalt?«

»Weiß ich nicht mehr«, sagte ich. Sie sprach von der Kälte des Winters vor fünf Jahren, und es klang, als redete sie über das Wetter von gestern.

»Haben Sie schon einmal so lange auf eine Frau gewartet?«

»Nein«, sagte ich.

»Wenn man sich eine bestimmte Zeit aufs Warten konzentriert, ist einem irgendwann alles egal. Ob man nun fünf Jahre wartet, oder zehn, oder einen Monat, das ist vollkommen gleich.«

Ich nickte.

Sie trank ihren Orangensaft halb aus.

»Als ich das erste Mal verheiratet war, war es genauso. Ich war immer diejenige, die wartete, bis ich vom Warten müde und mir schließlich alles egal war. Mit einundzwanzig geheiratet, mit zweiundzwanzig geschieden, danach bin ich in diese Stadt gekommen.«

»Wie bei meiner Frau.«

»Was?«

»Sie hat auch mit einundzwanzig geheiratet und war mit zweiundzwanzig geschieden.«

Sie sah mich eine Weile an. Dann rührte sie mit dem Strohhalm in ihrem Orangensaft. Ich hatte wohl etwas Überflüssiges gesagt.

»Es ist ziemlich hart, zu heiraten und sich sofort wieder scheiden zu lassen, wenn man so jung ist«, sagte sie. »Um es vereinfacht auszudrücken, man wünscht sich etwas Zweidimensional-Irreales. Aber Irreales hält nie sehr lange. Oder?«

»Mag sein.«

»Fünf Jahre – von meiner Scheidung bis ich ihn traf – habe ich hier allein und, na ja, ziemlich irreal verbracht. Ich kannte kaum jemanden, hab nie groß was unternommen, und eine Liebesaffäre hatte ich auch nicht. Ich stand morgens auf, ging ins Büro, zeichnete Baupläne, kaufte auf dem Rückweg im Supermarkt ein und aß zu Hause allein zu Abend. Ich machte das Radio an, las, schrieb mein Tagebuch und wusch im Badezimmer meine Strümpfe aus. Da die Wohnung auf der Meerseite lag, hörte ich ständig das Rauschen der Wellen. Ein kaltes, einsames Leben.«

Sie trank den Rest ihres Orangensaftes aus. »Ich scheine Sie zu langweilen.«

Ich schüttelte stumm den Kopf.

Es war nach sechs. Man dämpfte das Licht, das Café verwandelte sich in eine Cocktailbar. In der Stadt gingen langsam die Lichter an, und an den Kranspitzen leuchteten rote Lämpchen auf. In der matten Abenddämmerung regnete es feine Nadeln.

»Möchten Sie einen Drink?« fragte ich.

»Wie hieß das doch gleich, Wodka mit Grapefruitsaft?«

»Salty Dog.«

Ich rief den Kellner und bestellte einen Salty Dog und einen Cutty Sark on the Rocks.

»Wo waren wir?«

»Bei Ihrem kalten und einsamen Leben.«

»Um ehrlich zu sein, es war gar nicht so kalt und einsam«, sagte sie. »Nur das Wellenrauschen, das war schon ein bißchen kalt. Als ich einzog, behauptete der Hausmeister zwar, man würde sich schnell daran gewöhnen, aber dem war nicht so.«

»Das Meer gibt es nicht mehr.«

Sie lächelte versöhnlich. Die Fältchen in ihren Augenwinkeln bewegten sich kurz. »Ja, Sie haben recht. Das Meer gibt es nicht mehr. Aber mir kommt es manchmal immer noch so vor, als hörte ich Wellenrauschen. In all den Jahren hat sich das Geräusch wahrscheinlich in meine Ohren gebrannt.«

»Und dann tauchte Ratte auf, nicht wahr?«

»Ja. Aber ich nannte ihn nie so.«

»Wie haben *Sie* ihn denn genannt?«

»Bei seinem richtigen Namen. Wie jeden anderen auch.«

Genaugenommen hatte sie recht. »Ratte« war selbst als Spitzname zu kindisch. »Ja, natürlich«, sagte ich.

Unsere Getränke kamen. Sie trank einen Schluck Salty Dog und wischte sich das Salz mit einer Papierserviette von den Lippen. Eine Spur Lippenstift blieb an der Serviette haften. Mit zwei Fingern faltete sie sie geschickt zusammen.

»Er war, wie soll ich sagen ... in höchstem Maße irreal. Wissen Sie, was ich meine?«

»Ja, ich glaube.«

»Als ich ihn zum ersten Mal traf, bildete ich mir ein, daß ich seine Irrealität brauchte, um meine loszuwerden. Deshalb habe ich mich in ihn verliebt. Oder vielmehr, weil ich mich in ihn verliebt habe, bildete ich mir das ein. Aber das kommt aufs gleiche hinaus.«

Die Klavierspielerin kam aus der Pause zurück und begann alte Filmmusik zu spielen. Die falsche Begleitung zur falschen Szene.

»Manchmal denke ich, ich hätte ihn nur benutzt. Und er hätte das von Anfang an gespürt. Glauben Sie, daß es so war?«

»Dazu kann ich nichts sagen«, sagte ich. »Das ist Ihr Problem, und seines.«

Sie sagte nichts.

Nach zwanzig Sekunden Schweigen bemerkte ich, daß sie alles gesagt hatte, was sie sagen wollte. Ich trank den letzten Schluck Whiskey, holte die beiden Briefe von Ratte aus der Tasche und legte sie mitten auf den Tisch. Dort blieben sie eine Weile unberührt liegen.

»Muß ich sie hier lesen?«

»Nehmen Sie sie mit nach Hause und lesen Sie sie dort. Und wenn Sie sie nicht lesen wollen, werfen Sie sie weg.«

Sie nickte und steckte die Briefe in ihre Tasche. Der Metallverschluß klickte angenehm. Ich zündete mir die zweite Zigarette an und bestellte einen zweiten Whiskey. Den zweiten Whiskey mag ich am liebsten. Beim ersten atmet man auf, beim zweiten beginnt der Kopf zu arbeiten. Der dritte und alle folgenden haben keinen Geschmack mehr. Sie rinnen nur noch durch die Kehle in den Magen.

»Sind Sie allein wegen dieser Sache aus Tokyo angereist?« fragte sie.

»Sieht fast so aus.«

»Das ist nett!«

»Von dieser Seite habe ich das noch nicht betrachtet. Reine Gewohnheit, würde ich sagen. Ich glaube, er würde dasselbe für mich tun, wenn die Situation umgekehrt wäre.«

»War sie schon einmal umgekehrt?«

Ich schüttelte den Kopf. »Aber wir haben uns schon immer gegenseitig mit irrealen Bitten belästigt. Ob die dann real erfüllt werden, ist eine andere Sache.«

»Leute, die so denken, gibts doch gar nicht!«

»Ja, das mag sein.«

Sie lächelte, stand auf und nahm den Kassenbon an sich. »Bitte lassen Sie mich die Rechnung bezahlen. Ich bin schließlich vierzig Minuten zu spät gekommen.«

»Bitte, wenn Ihnen das lieber ist«, sagte ich. »Darf ich Ihnen noch eine Frage stellen?«

»Sicher.«

»Sie sagten am Telefon, Sie könnten sich vorstellen, wie ich aussehe.«

»Damit meinte ich Ihre Ausstrahlung.«

»Haben Sie mich wirklich sofort erkannt?«

»Ja, sofort«, sagte sie.

Es regnete in der gleichen Stärke weiter. Von meinem Hotelfenster aus sah ich das Neonschild vom Gebäude nebenan. In seinem künstlich grünen Schein eilten unzählige Regenfäden auf den Boden zu. Wenn man am Fenster stand und hinuntersah, konnte man glauben, sie strebten zu einem bestimmten Punkt dort unten.

Ich kroch ins Bett, rauchte zwei Zigaretten und rief dann die Hotelrezeption an, um eine Platzkarte für den Morgenzug buchen zu lassen. In dieser Stadt gab es für mich nichts mehr zu tun.

Es regnete noch bis Mitternacht.

Sechstes Kapitel
Schafsjagd II

1. Merkwürdiges vom merkwürdigen Mann (1)

Der schwarzgekleidete Sekretär setzte sich in den Sessel und sah mich wortlos an. Nicht kritisch und nicht abschätzig, auch nicht bohrend. Nicht kalt, nicht warm, nichts dazwischen. Sein Blick verriet keine der mir bekannten Emotionen. Er sah mich einfach nur an. Vielleicht sah er auch die Wand hinter mir an – und deshalb mich: Ich saß eben davor.

Der Mann nahm das Zigarettenetui vom Tisch, öffnete es, zog eine filterlose Zigarette heraus, klopfte sie ein paarmal auf dem Daumennagel zurecht, zündete sie mit dem Feuerzeug an und blies den Rauch schräg aus dem Mundwinkel. Dann stellte er das Feuerzeug auf den Tisch zurück und schlug die Beine übereinander. Währenddessen veränderte sich seine Blickrichtung keinen Deut.

Der Mann war genau, wie mein Partner ihn beschrieben hatte. Die Kleidung zu korrekt, die Gesichtszüge zu fein, die Finger viel zu schlank. Ein perfekter Homosexueller, wenn da nicht der scharfe Schnitt der Augen und die Augen selbst gewesen wären, kalt wie geschliffenes Glas. Wegen der Augen sah er gerade nicht wie ein Homosexueller aus. Er erinnerte an nichts. Er ähnelte niemandem, und er weckte keinerlei Assoziationen.

Seine Augen hatten, wenn man genau hinsah, eine eigentümliche Farbe. Bräunliches Schwarz mit einer Spur Blau, und zwar rechts und links graduell verschieden. Augen, als ob das rechte etwas anderes dächte als das linke. Mir fiel auf, daß seine Hände auf den Knien in dauernder, sachter Bewegung waren. Die beklemmende Vorstellung überkam mich, die zehn Finger könnten sich jeden Moment vom Körper des Mannes lösen und auf mich zu marschieren. Es waren merkwürdige Finger. Die merkwürdigen Finger streckten sich über den Tisch und drückten die nur zu einem Drittel angerauchte Zigarette aus. In meinem Glas schmolz das Eis, und Wasser zog sich durch den Traubensaft, transparent und ungleichmäßig.

Eine Art geheimnisvolle Stille herrschte im Raum, ähnlich jener, die man bisweilen in geräumigen, hochherrschaftlichen Häusern antrifft. Eine Stille, die entsteht, wenn im Vergleich zur Größe eines Raumes zu wenige Menschen anwesend sind. Die Stille hier jedoch war etwas anders. Sie war unangenehm drückend, irgendwie zudringlich. Früher hatte ich schon einmal irgendwo eine solche Stille erlebt. Es dauerte eine Weile, bis ich mich erinnerte, wann und wo. Ich kramte in meinem Gedächtnis wie in einer Schachtel mit alten Fotos, und dann hatte ich es. Es war die Stille, die einen unheilbar Kranken umgibt. Von Todesahnung geschwängerte Stille. Die Atmosphäre war irgendwie staubig und bedeutungsvoll.

»Jeder stirbt einmal«, sagte der Mann ruhig, weiter den Blick auf mich gerichtet. Er sprach, als ob er meine Gedanken gelesen hätte. »Irgendwann sterben wir alle einmal.«

Nachdem er das gesagt hatte, versank er wieder in sein düsteres Schweigen. Draußen zirpten weiter die Zikaden. In Todesangst klapperten ihre Körper einen Nachruf auf die sterbende Jahreszeit.

»Ich will, so weit es geht, mit Ihnen ehrlich sein«, sagte der Mann. Was er sagte, klang wie die wörtliche Übersetzung einer amtlichen Verlautbarung. Wortwahl und Grammatik stimmten; was fehlte, war das Gefühl.

»Allerdings sind Ehrlichkeit und Wahrheit zwei verschiedene Paar Schuhe. Sie verhalten sich zueinander wie Bug und Heck eines Schiffes. Zuerst taucht der Bug auf, zuletzt das Heck. Die Zeitverzögerung steht in direktem Verhältnis zur Größe des Schiffes. Die Wahrheit gigantischer Ereignisse kommt nur langsam ans Licht. Mitunter erst dann, wenn wir schon tot sind. Wenn also, was ich Ihnen sage, nicht die Wahrheit sein sollte, so ist das weder meine noch Ihre Schuld.«

Ich hatte nichts zu antworten und schwieg deshalb. Er vergewisserte sich meines Schweigens und fuhr dann fort: »Wir haben Sie herkommen lassen, um das Schiff ein Stück voranzubringen. Mit vereinten Kräften. Sprechen wir ehrlich miteinander. Dann kommen wir der Wahrheit vielleicht einen Schritt näher.« Hier hustete der Mann und blickte kurz auf seine Hand, die auf der Sessellehne ruhte. »Aber lassen Sie mich etwas konkreter werden. Beginnen wir mit einem realen Problem. Mit dem von Ihnen produzierten PR-Blatt. Davon haben Sie bereits gehört, nicht wahr?«

»Ja.«

Der Mann nickte. Er machte eine kurze Pause und hob dann wieder an: »Das wird Sie erschreckt haben, nehme ich an. Niemand freut sich, wenn das, was er mühevoll erstellt hat, zerstört wird. Vor allem nicht, wenn er damit seinen Lebensunterhalt verdient. Der reale Verlust ist dann groß, nicht wahr?«

»Ohne Frage«, sagte ich.

»Erzählen Sie mir etwas über Ihren realen Verlust.«

»In unserer Branche sind reale Verluste an der Tagesordnung – etwa wenn ein Auftraggeber aus einer Laune heraus ein Produkt einfach ablehnt. Für einen kleinen Betrieb wie den unseren ist das allerdings tödlich. Wir passen uns deshalb zu hundert Prozent dem Wunsch des Auftraggebers an. Wir setzen uns mit ihm zusammen und lassen, extrem ausgedrückt, jede Zeile und jeden Buchstaben einzeln absegnen. Damit gehen wir jedem Risiko aus dem Wege. Das macht zwar keinen großen Spaß, aber schließlich sind wir kapitalschwache Einzelkämpfer.«

»Jeder fängt klein an«, tröstete der Mann. »Nun, wie auch immer. Ich darf Ihre Worte also dahingehend interpretieren, daß die von mir veranlaßte Einstellung der Zeitschrift Ihre Firma finanziell erheblich zurückwirft?«

»Das kann man so sagen. Die Zeitschrift war schon gedruckt und gebunden, wir müssen also innerhalb eines Monats Papier und Druckkosten bezahlen. Dazu kommen Honorare für bestellte Artikel. Alles in allem wird sich das auf etwa fünf Millionen Yen belaufen; wenn wir Pech haben, müssen wir einen Kredit aufnehmen. Wir haben gerade vor einem Jahr in ein neues Büro investiert.«

»Ich weiß«, sagte der Mann.

»Hinzu kommen zukünftige vertragliche Probleme mit potentiellen Auftraggebern. Unsere Position ist schwach, und Kunden arbeiten nicht gerne mit Anzeigenagenturen, bei denen es Trouble gegeben hat. Unser Vertrag mit der Lebensversicherungsgesellschaft sieht die Herausgabe des PR-Blattes vor; er läuft über ein Jahr. Wenn er aufgrund der Schwierigkeiten jetzt annulliert werden sollte, kommt das unserem Untergang gleich. Wir sind eine kleine Firma und haben keine Verbindungen, dafür aber einen guten Ruf. Mundpropaganda, das ist unser Kapital. Wenn wir einmal in Verruf kommen, ist das unser Ende.«

Der Mann sah mich die ganze Zeit wortlos an, auch nachdem ich zu reden aufgehört hatte. »Sie sind«, begann er schließlich, »sehr ehrlich. Was Sie gesagt haben, stimmt mit dem Ergebnis unserer Nachforschungen überein. Ich schätze das. Was wäre denn, wenn ich der Lebensversicherungsgesellschaft riete, Sie für die ausgefallene Nummer der Zeitschrift bedingungslos zu entschädigen und den Vertrag aufrechtzuerhalten?«

»Dann wäre nichts weiter. Man würde sich achselzuckend fragen, wozu das Ganze, und dann zur langweiligen Tagesordnung übergehen.«

»Legen wir noch ein Bonbon dazu: Ein Wort von mir auf der Rückseite meiner Visitenkarte, und Ihre Firma hat Aufträge für die nächsten zehn Jahre. Und ich meine *Aufträge,* kein Spatzenfutter.«

»Sie schlagen, mit anderen Worten, ein Geschäft vor?«

»Einen Austausch von Gefälligkeiten. Ich habe Ihrem Geschäftspartner aus Gefälligkeit die Information gegeben, daß die Publikation des PR-Blattes eingestellt wurde. Wenn Sie sich dafür gefällig zeigen, werde wiederum ich Ihnen zu Gefallen sein. Es würde mich freuen, wenn Sie es so betrachteten. Mein Wohlwollen wird Ihnen von Nutzen sein. Schließlich können Sie nicht auf ewig mit diesem saufenden Simpel zusammenarbeiten.«

»Er ist mein Freund«, sagte ich.

Eine Weile herrschte Stille. Stille wie nach dem Fallenlassen eines Steinchens in einen tiefen Brunnen. Es dauerte dreißig Sekunden, bis der Stein aufschlug.

»Na schön«, sagte der Mann. »Das ist Ihr Problem. Ich habe Ihren Werdegang recht genau studiert. Hochinteressant, muß ich sagen. Es gibt, grob gesagt, zwei Arten von Menschen – mittelmäßige Realisten und mittelmäßige Träumer. Sie gehören eindeutig zu den letzteren. Merken Sie sich das ruhig. Sie teilen das Schicksal aller mittelmäßigen Träumer.«

»Ich werde es mir merken«, sagte ich.

Der Mann nickte. Ich trank die Hälfte meines Traubensafts; das Eis war völlig geschmolzen.

»Kommen wir zur Sache«, sagte der Mann. »Zu den Schafen.«

* * *

Der Mann gab seine Haltung auf, um aus einem Umschlag ein großes Schwarzweißfoto hervorzuziehen, und legte es vor mir auf den Tisch. Ein Hauch Realität hielt, schien mir, im Zimmer Einzug.

»Das ist das Foto, das Sie in Ihrer Zeitschrift abgedruckt haben.«

Für eine Vergrößerung direkt von der Fotoseite war die Aufnahme verblüffend scharf. Ein Spezialverfahren vermutlich.

»Soweit ich weiß, ist das Foto auf privatem Wege in Ihre Hände gelangt, und Sie haben es für die Zeitschrift verwendet. Ist das korrekt?«

»Das ist korrekt.«

»Nach unseren Ermittlungen wurde das Foto innerhalb der letzten sechs Monate von einem blutigen Amateur aufgenommen. Mit einer billigen Kleinbildkamera, nicht von Ihnen. Sie besitzen eine Nikon Spiegelreflex, fotografieren besser und waren in den letzten fünf Jahren nicht auf Hokkaido. Das trifft zu, ja?«

»Wer weiß?« sagte ich.

Der Mann schwieg eine Weile. Ein Schweigen, wie um die Qualität der Stille zu prüfen. »Nun gut. Was wir von Ihnen wollen, sind drei Informationen. Wo ist das Foto in Ihre Hände gelangt, wer hat es Ihnen gegeben, und zu welchem Zweck haben Sie eine so schlechte Aufnahme veröffentlicht?«

»Das kann ich Ihnen nicht sagen«, sagte ich mit einer Entschlossenheit, die mich selbst überraschte. »Journalisten haben ein Recht auf Geheimhaltung ihrer Quellen.«

Der Mann starrte mich an und strich sich mit dem Mittelfinger der rechten Hand über die Lippen. Nachdem er die Bewegung ein paarmal wiederholt hatte, legte er die Hand wieder auf sein Knie. Die Stille hielt noch eine Weile an. Wenn nur irgendwo ein Kuckuck riefe, dachte ich verzweifelt. Aber es rief natürlich keiner. Kuckucke rufen abends nicht.

»Sie sind wirklich ein merkwürdiger Mensch«, sagte der Mann. »Ich brauche nur mit den Fingern zu schnippen, und Sie sind beruflich weg vom Fenster. Auf Ihren Journalismus können Sie sich dann so oft berufen, wie Sie wollen. Wenn man denn die Broschüren und Blättlein, die Sie herausbringen, als Journalismus gelten lassen will.«

Ich dachte noch einmal an Kuckucke. Warum rufen die abends wohl nicht?

»Außerdem: Es gibt tausend Mittel und Wege, um Leute wie Sie zum Reden zu bringen.«

»Das mag wohl sein«, sagte ich. »Aber das kostet Sie Zeit. Und so lange halte ich erst einmal den Mund. Und wenn ich etwas sage, sage ich nicht alles. Sie wissen ja nicht, wie weit das geht: Alles. Habe ich recht?«

Ein Schuß ins Blaue, aber er saß. Die unsichere Stille danach zeigte mir den Treffer an.

»Es ist interessant, mit Ihnen zu plaudern«, sagte der Mann. »Ihre Träumereien sind nicht ohne Pathos. Aber schön, lassen wir das. Sprechen wir von etwas anderem.«

Der Mann zog eine Lupe aus der Tasche und legte sie auf den Tisch. »Schauen Sie sich damit einmal das Foto in Ruhe an.«

Ich nahm das Foto in die linke Hand, die Lupe in die rechte und sah mir die Aufnahme aufmerksam an. Ein paar Schafe schauten in die Kamera, ein paar schauten woanders hin, und ein paar fraßen einfach Gras. Aufregend wie ein langweiliges Klassenfoto. Ich nahm jedes Schaf einzeln unter die Lupe, sah mir den Grasstand der Wiese an, den Birkenwald hinter der Wiese, das Bergmassiv im Hintergrund und die Wolkenfetzen am Himmel. Es gab nichts Auffälliges, nicht das geringste. Ich sah vom Foto und der Lupe auf und den Mann an.

»Ist Ihnen etwas aufgefallen?« fragte er.

»Nicht das geringste«, sagte ich.

Der Mann machte nicht den Eindruck, enttäuscht zu sein.

»Sie haben doch Biologie studiert, nicht wahr?« fragte er. »Was wissen Sie über Schafe?«

»So gut wie nichts. Ich habe Fachstudien betrieben, fast alles ohne praktischen Wert.«

»Erzählen Sie das, was Sie wissen.«

»Paarhufer. Pflanzenfressendes Herdentier. In Japan wohl zu Anfang der Meijizeit eingeführt, siebziger Jahre des neunzehnten Jahrhunderts. Genutzt werden Wolle und Fleisch. Das ist so ziemlich alles.«

»Korrekt«, sagte der Mann. »Wenn ich nur einen kleinen Punkt berichtigen darf: Sie wurden in Japan nicht in der frühen Meijizeit eingeführt, sondern während der Anseiperiode, zwanzig Jahre früher also. Davor allerdings gab es, wie Sie richtig bemerkten, in Japan keine Schafe. Schon zur Heianzeit sollen welche aus China ins Land gebracht worden sein, aber wenn diese Theorie den Tatsachen entspricht, müssen sie danach auf irgendeine Weise ausgestorben sein. Bis zur Meijizeit hatten die meisten Japaner also weder je ein Schaf gesehen noch eine Vorstellung davon, was für ein Tier das sei. Keine präzise Vorstellung jedenfalls, obwohl das Schaf zu den zwölf chinesischen Tierkreiszeichen gehört und verhältnismäßig populär war. Unter einem Schaf konnte man sich, mit anderen Worten, ebensowenig vorstellen wie unter einem Drachen oder einem Tapir. Tatsächlich sind die vor-meijizeitlichen japanischen Zeichnungen von Schafen völlig verzerrt. Die Japaner wußten damals so viel von Schafen wie H. G. Wells von den Marsmenschen. Auch heute noch ist das Schafbewußtsein der Japaner erschreckend gering. Kurzum: Der Japaner hatte, historisch betrachtet, im täglichen Leben mit dem Schaf nichts zu tun. Der Staat importierte es aus Amerika, man züchtete es, und dann wurde es vergessen. Nach dem Krieg schließlich sank mit der Aufhebung der Einfuhrbeschränkungen für Schafswolle und Lamm- und Hammelfleisch aus Australien und Neuseeland der Anreiz für einheimische Züchter auf beinahe Null. Das ist das Schaf. Ein armes Tier, finden Sie nicht? Es steht, könnte man sagen, für die Moderne Japans schlechthin. Aber ich will Ihnen natürlich keinen Vortrag über die Nichtigkeit der japanischen Moderne halten. Was ich sagen will, ist zweierlei: Zum einen, daß bis zur Mitte des letzten Jahrhunderts in ganz Japan vermutlich nicht ein einziges Schaf existierte, und zum anderen, daß die danach importierten Schafe vom Staat Stück für Stück einer rigorosen Kontrolle unterworfen wurden. Was bedeuten diese beiden Punkte?«

Die Frage ging an mich. »Daß sämtliche in Japan vorkommenden Schafarten genauestens bekannt sind.«

»Ganz recht. Hinzu kommt, daß sich, da es bei Schafen genau wie bei Rennpferden auf die Zucht ankommt, bei so gut wie allen in Japan vorkommenden Arten die Stammbäume mühelos über Generationen zurückverfolgen lassen. Das Tier ist, mit anderen Worten, gründlichst erfaßt. Selbst alle Kreuzungen lassen sich ermitteln. Illegale Importe kommen nicht vor – wer hätte schon eine Schwäche dafür, eigens Schafe zu schmuggeln? An Rassen haben wir Southdowns, Spanische Merinos, Cotswolds, Chinesen, Shropshires, Corriedales, Cheviots, Romanowskis, Ostfriesen, Border Leicesters, Romney Marshs, Lincolns, Dorsethorns, Suffolks – das dürften die wesentlichen sein. Und jetzt«, sagte der Mann, »schauen Sie sich noch einmal genau das Foto an.«

Ich nahm noch einmal das Foto und die Lupe zur Hand.

»Achten Sie besonders auf das dritte Schaf von rechts in der vorderen Reihe.«

Ich führte die Lupe über das dritte Schaf von rechts in der vorderen Reihe. Dann sah ich mir die Schafe daneben an, schließlich noch einmal das dritte von rechts.

»Fällt Ihnen jetzt etwas auf?« fragte der Mann.

»Eine andere Rasse«, sagte ich.

»Ganz recht. Bis auf das dritte von rechts handelt es sich ausschließlich um ganz gewöhnliche Suffolks. Nur dieses eine weicht ab. Es ist wesentlich untersetzter als die anderen, und die Färbung der Wolle ist anders. Auch der Kopf ist nicht schwarz wie bei den Suffolks. Es wirkt, wie soll ich sagen, gelassen und wesentlich robuster. Ich habe das Foto einigen Schafexperten vorgelegt. Sie alle kamen zu dem Ergebnis, ein solches Schaf existiere in Japan nicht. Vielleicht sogar nirgendwo auf der Welt. Sie schauen sich also gerade ein Schaf an, das es gar nicht geben dürfte.«

Ich nahm die Lupe und untersuchte das dritte Schaf von rechts noch einmal. Es hatte, wenn man genau hinsah, auf dem Rücken, ziemlich exakt in der Mitte, einen dünnen Fleck wie von verschüttetem Kaffee. Er war äußerst verschwommen und kaum auszumachen; es hätte auch ein Fehler im Film oder eine Sinnestäuschung sein können. Oder aber jemand hatte auf dem Rücken des Schafes tatsächlich Kaffee verschüttet.

»Es scheint auf dem Rücken einen dünnen Fleck zu haben.«

»Das ist kein Fleck«, sagte der Mann. »Das ist eine sternförmige Zeichnung in der Wolle. Vergleichen Sie es mal hiermit.«

Der Mann zog ein Blatt aus dem Umschlag und reichte es mir. Es handelte sich um die Fotokopie einer Schafzeichnung, vermutlich mit einem weichen Bleistift angefertigt. An den Rändern waren dunkel verschmierte Fingerabdrücke zu sehen. Das Bild im ganzen war kindlich-naiv, aber doch irgendwie anziehend. Die Details waren mit großer Sorgfalt ausgeführt. Ich verglich das Foto mit der Zeichnung, die Zeichnung mit dem Foto: Es handelte sich eindeutig um dasselbe Schaf. Die sternförmige Markierung auf dem Rücken des gezeichneten Schafes stimmte mit dem Fleck auf dem des Fotos überein.

»So. Und nun noch dies«, sagte der Mann, zog ein Feuerzeug aus der Hosentasche und gab es mir. Ein schweres silbernes, sondergefertigtes Dupont-Feuerzeug; eingraviert war darauf das gleiche Schafwappen, das ich im Wagen gesehen hatte – und auf dem Rücken des Schafes, klar und deutlich, der Stern.

Langsam bekam ich Kopfschmerzen.

2. *Merkwürdiges vom merkwürdigen Mann (2)*

»Ich habe eben von Mittelmäßigkeit gesprochen«, sagte der Mann. »Nicht, um Ihre Mittelmäßigkeit anzugreifen. Die Welt an sich ist mittelmäßig, mithin auch Sie. Verstehen Sie, was ich meine?«

»Nein.«

»Die Welt ist mittelmäßig. Daran besteht kein Zweifel. War sie das aber von Anfang an? Nein. Im Anfang war das Chaos, und das Chaos ist nicht Mittelmaß. Die Mittelmäßigkeit kam erst mit dem Menschen, mit der Differenzierung von Leben und Produktionsmitteln. Und Karl Marx schrieb die Mittelmäßigkeit mit der Errichtung des Proletariats fest. Eben darum besteht eine direkte Verbindung zwischen Marxismus und Stalinismus. Ich bejahe Marx. Er gehört zu den wenigen Genien, die sich des Urchaos erinnern. In diesem Sinne bejahe ich auch Dostojewski. Den Marxismus allerdings lehne ich ab. Er ist zu mittelmäßig.« Der Mann gab einen leisen, kehligen Laut von sich.

»Ich spreche jetzt sehr ehrlich zu Ihnen. Ich vergelte Ihnen damit die Ehrlichkeit, mit der Sie eben gesprochen haben. Ich werde außerdem Ihre, sagen wir, naiven Zweifel und Fragen aus dem Wege räumen. Dafür werden Sie, wenn ich fertig bin, kaum noch die Qual einer Wahl haben. Ich bitte Sie, das im Kopf zu behalten. Einfach gesagt: Sie haben den Einsatz erhöht. Wir verstehen uns, ja?«

»Was bleibt mir übrig?« sagte ich.

* * *

»In diesem Hause liegt zur Zeit ein alter Mann im Sterben«, sagte der Mann. »Die Ursache der Krankheit steht fest. Im Gehirn hat sich eine riesige Blutgeschwulst gebildet. Der Tumor ist so groß, daß er das Gehirn fast erdrückt. Was wissen Sie über Gehirnmedizin?«

»So gut wie nichts.«

»Der Tumor ist, einfach gesagt, eine Blutbombe. Die Blutzirkulation wird gestört und führt zu ungewöhnlichen Schwellungen. Stellen Sie sich eine Schlange vor, die einen Golfball verschluckt hat. Wenn die Bombe platzt, setzt die Gehirntätigkeit aus. Eine Operation kommt nicht in Frage: Die Bombe geht bei der geringsten Erschütterung hoch. Um es kurz und realistisch auszudrücken: Wir warten nur noch auf den Tod. Er wird in einer Woche eintreten, vielleicht in einem Monat. Das weiß niemand.«

Der Mann spitzte den Mund und atmete bedächtig aus.

»Der Tod wäre nicht ungewöhnlich. Der Patient ist alt und die Krankheit bekannt. Ungewöhnlich ist, daß er so lange überlebt hat.«

Ich hatte nicht die geringste Ahnung, was der Mann sagen wollte.

»Tatsächlich wäre es nicht weiter verwunderlich gewesen, wenn er vor zweiunddreißig Jahren gestorben wäre«, fuhr der Mann fort. »Oder vor zweiundvierzig. Die Geschwulst zuerst entdeckt hat der amerikanische Militärarzt, der die Gesundheitsuntersuchung der Hauptkriegsverbrecher durchführte. Das war im Herbst des Jahres 1946. Kurz vor den Tokyoter Prozessen. Der Arzt, der die Geschwulst entdeckte, war geschockt, als er die Röntgenaufnahmen sah. Geschockt, weil die Tatsache, daß ein Mensch mit einem so riesigen Tumor im Kopf lebte – und noch dazu aktiver lebte als der Normalverbraucher –, an ein medizinisches Wunder grenzte. Man verlegte den Patienten deshalb, um ihn gründlicher zu untersuchen, von Sugamo ins St. Lukas-Krankenhaus, das damals requiriert war und als Militärhospital diente. Die Untersuchungen zogen sich ein Jahr hin, ohne daß man etwas herausgefunden hätte. Außer, daß der Patient jederzeit hätte sterben können und daß es merkwürdig war, daß er überhaupt noch lebte. Aber er hatte auch später nicht die geringsten Beschwerden und sprühte vor Vitalität. Sein Gehirn arbeitete völlig normal. Eine Erklärung dafür gab es nicht. Man stand vor einem Rätsel und wußte nicht weiter. Kein Wunder: Da lief ein Mensch gesund herum, der theoretisch tot sein mußte.

Einige Details kamen allerdings heraus. In vierzigtägigen Abständen traten jeweils für drei Tage heftige Kopfschmerzen auf. Nach Auskunft des Patienten bekam er sie zum ersten Mal im Jahre 1936; das war, vermutet man, die Zeit, da sich der Tumor bildete. Die Schmerzen waren damals so stark, daß man ihm Sedativa verabreichte. Rauschgift, mit einem Wort. Das Rauschgift linderte seine Schmerzen, ohne Frage, aber dafür bekam er merkwürdige halluzinatorische Erscheinungen. Extrem intensive Halluzinationen. Welcher Art genau, weiß nur der Patient, klar ist aber, daß sie nicht gerade angenehmer Natur waren. Detaillierte Aufzeichnungen bezüglich dieser Halluzinationen liegen beim amerikanischen Militär. Die Ärzte haben alles getreulich protokolliert. Ich habe mir die Aufzeichnungen auf illegalem Wege verschafft und mehrfach gelesen – sie sind absolut abstoßend, trotz des sachlichen Stils. Es dürfte nicht viele Menschen geben, die regelmäßig halluzinatorische Erlebnisse dieser Art überstehen können. Warum sie auftreten, weiß man nicht. Es wird vermutet, daß der Tumor periodisch Energien freisetzt, auf die der Körper mit Kopfschmerzen reagiert. Wenn der Widerstand dieser Reaktion gebrochen ist, reizen die Energien unmittelbar Teile des Gehirns und rufen Halluzinationen hervor. Das ist natürlich eine reine Hypothese – aber eine, die die amerikanischen Militärs interessierte. Man stellte also eine gründliche Untersuchung an – für den Nachrichtendienst, *top secret*. Warum sich der Nachrichtendienst der Vereinigten Staaten um die Untersuchung eines Tumors einer einzelnen Person kümmerte, ist bis heute nicht ganz klar, aber verschiedene Möglichkeiten lassen sich immerhin denken. Erstens: Man führte unter dem Deckmantel medizinischer Untersuchungen vertrauliche Verhöre durch. Zweck: Kenntnis der Nachrichten- und Opiumwege auf dem chinesischen Festland. Amerika war wegen der sich lang hinziehenden Niederlagen Tschiang Kai-scheks im Begriff, seine *China connection* zu verlieren. Die Verbindungen und Kanäle des Patienten waren Gold wert – man wollte sie um jeden Preis. Öffentliche Verhöre konnte man selbstverständlich nicht durchführen. Tatsächlich entließ man meinen Chef nach einer Serie solcher Untersuchungen, ohne ihn vor Gericht zu stellen. Ein Tausch hinter den Kulissen liegt durchaus im Bereich des Möglichen: Informationen gegen Freiheit. – Zweitens: Man versuchte, eine Verbindung herzustellen zwischen dem Tumor und der exponierten Position meines Chefs an der Spitze der politischen Rechten. Eine interessante Überlegung, ich werde noch darauf zurückkommen. Am Ende fand man aber wohl nichts heraus. Wie hätte man auch, wo doch allein die Tatsache, daß er lebte, Rätsel aufgab. Man hätte ihn schon obduzieren müssen. Eine

Sackgasse also. – Drittens: Man führte eine Art Gehirnwäsche durch. Man ging davon aus, daß das Gehirn auf bestimmte elektrische Stimuli mit besonderen Reaktionen antworte – damals eine beliebte Methode. Man weiß, daß zu der Zeit in Amerika tatsächlich eine Studiengruppe zu Fragen der Gehirnwäsche eingerichtet worden war.

Auf welche dieser drei Möglichkeiten der militärische Nachrichtendienst sein Hauptaugenmerk legte, ist nicht mit Sicherheit zu sagen. Ebenso unbekannt ist, zu welchen Schlüssen man kam. Das liegt alles im Dunkel der Geschichte. Was sich wirklich ereignete, wissen nur eine Handvoll Leute aus der damaligen Führungsspitze der US Army und der Chef selbst. Der Chef hat darüber bisher mit niemandem gesprochen, mich eingeschlossen, und er wird es wohl auch in Zukunft nicht tun. Was ich Ihnen erzählt habe, sind also bloße Vermutungen.«

Als er bis dahin gekommen war, räusperte sich der Mann leise. Ich hatte keine Ahnung, wieviel Zeit verstrichen war, seit ich das Zimmer betreten hatte.

»Über den Zeitraum der Entstehung des Tumors, also die Lage damals im Jahre 1936, wissen wir jedoch etwas besser Bescheid. Im Winter 1932 kam der Chef wegen Verwicklung in Pläne zur Ermordung einer führenden Persönlichkeit ins Gefängnis. Bis Juni 1936 war er in Haft. Protokolle der Gefängnisleitung und medizinische Aufzeichnungen existieren noch, gelegentlich hat er uns auch selbst davon erzählt. Zusammen ergibt sich folgendes Bild: Kurz nach seiner Inhaftierung begann er an Schlaflosigkeit zu leiden. Nicht an gewöhnlichen Schlafstörungen, wohlgemerkt, sondern an Insomnia ersten, wirklich kritischen Grades. Er tat drei, vier Tage, mitunter bis zu einer Woche, kein Auge zu. Damals preßte die Polizei wegen politischer Vergehen Inhaftierte mittels Schlafentzug zum Geständnis. Im Falle des Chefs waren die Verhöre allein wegen seiner Verstrickung in die Reibereien der »Kaiserlichen« mit den »Kontrollisten« besonders brutal. Wenn ein Häftling einzuschlafen drohte, wurde er mit Wasser übergossen, mit Bambusstöcken traktiert, mit grellem Licht angestrahlt. Da bekommt man nur Fetzen von Schlaf. Nach ein paar Monaten sind die meisten am Ende. Das Schlafzentrum ist völlig zerstört. Man stirbt, wird verrückt oder findet einfach keinen Schlaf mehr: Insomnia ersten Grades. Der Chef ging diesen letzten Weg. Vollständig genesen war er im Frühjahr 1936, das heißt zur selben Zeit, als der Tumor sich bildete. Was schließen Sie daraus?«

»Sie meinen, der extreme Schlafentzug könnte auf irgendeine Weise die Blutzirkulation im Hirn gestört und zur Bildung des Tumors geführt haben?«

»Das ist die gängigste These, eine, auf die auch der Laie kommt und die sicher auch die amerikanischen Militärärzte in Erwägung gezogen haben. Aber sie reicht zur Erklärung nicht aus. Hier wird etwas Wesentliches, denke ich, übersehen. Ich glaube nicht, daß der Tumor eine *sekundäre* Erscheinung ist. Tumorpatienten gibt es viele, aber bei keinem treten ähnliche Symptome auf. Zudem erklärt die These nicht, weshalb der Chef mit diesem Tumor weiterleben konnte.«

Was der Mann sagte, machte ohne Zweifel Sinn.

»Da ist noch ein merkwürdiges Faktum hinsichtlich des Tumors: Ab Frühjahr 1936 war der Chef gleichsam ein neuer Mensch. Zuvor war er, kurz gesagt, ein mittelmäßiger rechter Aktivist. Auf Hokkaido als dritter Sohn eines armen Bauern geboren, mit zwölf von zu Hause fort, Überfahrt nach Korea, dort glücklos. Rückkehr nach Japan und Anschluß an eine Gruppe rechter Extremisten. Einer jener Heißsporne eben, die ständig mit dem Schwert herumfuchtelten. Wahrscheinlich konnte er kaum lesen. Aber im Sommer 1936, zum Zeitpunkt seiner Entlassung aus dem Gefängnis, steht er mit einem Mal an der Spitze der Rechten, und das in jeder Beziehung: Er hat das Charisma, Menschen zu fesseln, er denkt absolut logisch, hält Reden, die Begeisterungsstürme entfachen, er hat politisches Gespür und ist entscheidungsfreudig. Vor allem aber besitzt er die Fähigkeit, den Hebel bei den Schwachstellen der Massen anzusetzen und so die Gesellschaft zu lenken.«

Der Mann machte eine kleine Pause und räusperte sich.

»Natürlich hatten seine Theorien als rechter Ideologe und seine Weltanschauung nichts mit Altruismus zu tun. Aber das heißt wenig. Das Problem war, wie weit sie sich organisatorisch würden umsetzen lassen. Ebenso, wie Hitler seine keineswegs altruistischen Ideen von Lebensraum und Herrenrasse auf Staatsebene organisierte. Aber diesen Weg schlug der Chef nicht ein. *Er* entschied sich dafür, im Schatten zu bleiben, *hinter* den Kulissen. Er wollte im Hintergrund die Fäden ziehen. Aus diesem Grunde ging er 1937 nach China. Aber – nun, lassen wir das. Bleiben wir bei dem Tumor. Was ich sagen will, ist, daß die Zeit der Entstehung des Tumors und die Zeit, in der sich die mysteriöse Wandlung des Chefs vollzog, zusammenfallen.«

»Nach Ihrer Hypothese stehen also«, sagte ich, »Tumor und Wandlung nicht in einer Beziehung von Ursache und Wirkung, sondern es handelt sich um parallele Erscheinungen, beherrscht von einem rätselhaften Etwas.«

»Ihre Auffassungsgabe ist in der Tat bemerkenswert«, sagte der Mann. »Knapp und präzise.«

»Wo kommt denn nun das Schaf ins Spiel?«

Der Mann nahm eine zweite Zigarette aus dem Etui, klopfte sie auf dem Daumennagel zurecht und steckte sie sich zwischen die Lippen. Er zündete sie nicht an. »Der Reihe nach«, sagte er.

Eine Weile herrschte drückende Stille.

»Wir haben ein Imperium gebaut«, sagte der Mann. »Ein gewaltiges, unterirdisches Imperium. Wir verfügen über alles. Über Politik, Finanzen, Massenmedien, über Bürokratie und Kultur. Wir verfügen über Dinge, von denen Sie sich nicht einmal im Traum eine Vorstellung machen. Wir verfügen selbst über unsere Opposition. Wir verfügen über alles, von der Macht bis zur Gegenmacht. Und kaum einer, der vereinnahmt ist, kaum etwas, das vereinnahmt ist, weiß, daß es vereinnahmt ist. Mit einem Wort: Unsere Organisation ist ungeheuer *sophisticated*. Diese Organisation hat der Chef nach dem Krieg alleine aufgebaut. Der Chef beherrscht, mit anderen Worten, allein den Bauch des riesigen Schiffes, das wir Staat nennen. Wenn er den Stöpsel zieht, sinkt das Schiff. Und die Passagiere finden sich, bevor sie noch wissen, was eigentlich vorgefallen ist, auf dem Grund des Meeres wieder.«

Der Mann zündete sich seine Zigarette an.

»Aber auch unser System hat eine Grenze – den Tod des Chefs. Wenn der König stirbt, zerfällt das Reich. Denn erbaut und erhalten wurde und wird es von einem einzigen, genial veranlagten Mann – das heißt, wenn meine Hypothese zutrifft, erbaut und erhalten von jenem rätselhaften Etwas. Wenn der Chef stirbt, hat alles ein Ende. Wir sind nämlich keine Bürokratie, sondern eine perfekte Maschine, gesteuert von *einem* Hirn. Darin liegt die Bedeutung unserer Organisation, und darin liegt auch ihr Schwachpunkt. Beziehungsweise *lag*. Mit dem Tod des Chefs wird die Organisation über kurz oder lang auseinanderfallen und, wie Walhalla in den Flammen, im Meer der Mittelmäßigkeit versinken. Niemand kann den Stuhl des Chefs besetzen. Die Organisation wird zerteilt – ein riesiger Palast, den man abreißt, um an seine Stelle Apartmenthäuser zu setzen. Eine homogene, berechenbare Welt. Eine Welt ohne Willen. Sie halten das vielleicht für nur recht. Ich meine die Zerteilung. Aber denken Sie einmal nach. Ist es wirklich richtig, das ganze Land einzuebnen, Berge, Strände, Seen, und ein gleichförmiges Apartmenthaus neben das andere zu setzen?«

»Ich weiß nicht«, sagte ich. »Ich weiß nicht, ob diese Frage an sich ihre Berechtigung hat.«

»Sie sind ein kluger Mensch«, sagte der Mann, faltete die Hände und ließ sie in den Schoß sinken. Die Finger schlugen einen langsamen Takt. »Die Apartmenthäuser sind natürlich nur ein Vergleich. Um mich etwas genauer auszudrücken: Die Organisation besteht aus zwei Teilen; aus einem, der nach vorne rückt, und aus einem, der nach vorne treibt. Es gibt noch andere, die die verschiedensten Funktionen erfüllen, aber grob gesprochen besteht unsere Organisation aus diesen beiden Teilen. Alle anderen sind so gut wie bedeutungslos. Der Teil, der vorrückt, heißt ›Wille‹, und der Teil, der nach vorne treibt, heißt ›Profit‹. Wenn der Chef in schiefes Licht gesetzt wird, dann immer nur wegen des Profits. Und wenn man sich nach seinem Tod zusammenschart und nach Teilung schreit, dann wird es wieder nur um diesen Profit gehen. Den ›Willen‹ möchte niemand haben. Weil niemand ihn versteht. Das ist, was ich mit

Teilung meine. Der Wille ist nicht teilbar. Er muß zu hundert Prozent übernommen werden, oder er erlischt zu hundert Prozent.«

Die Finger im Schoß des Mannes schlugen weiter ihren langsamen Takt. Alles andere war wie zu Beginn des Gesprächs. Die Augen kalt, der Blick ohne Fokus, das Gesicht feinsinnig, aber ausdruckslos, im immer gleichen Winkel mir zugewandt.

»›Wille‹, was heißt das?« fragte ich.

»Kontrolle des Raumes, Kontrolle der Zeit, Kontrolle der Möglichkeiten.«

»Das verstehe ich nicht.«

»Niemand versteht das. Außer dem Chef, der es gewissermaßen instinktiv begreift. Extrem ausgedrückt handelt es sich um die Negation der Selbsterkenntnis. Hier realisiert sich zum ersten Mal die perfekte Revolution. Eine Revolution, um es mit Worten zu sagen, die Sie verstehen, bei der die Arbeit das Kapital einschließt und das Kapital die Arbeit.«

»Das klingt nach Illusion.«

»Im Gegenteil!« stieß der Mann hervor. »Gerade Erkenntnis ist Illusion. – Sicher, was ich sage, sind nichts als Worte. Und ich werde, wie viele ich auch aneinanderreihe, Ihnen die Form des Willens, der den Chef beherrscht, nicht erklären können. Meine Erklärung der Beziehung zwischen mir und diesem Willen muß auf einer völlig anderen Ebene, der sprachlichen, stattfinden. Die Negation der Erkenntnis hat aber auch mit der Negation der Sprache zu tun. Wenn die individuelle Erkenntnis und die evolutionäre Kontinuität, jene beiden Pfeiler des westlichen Humanismus, ihren Sinn verlieren, verliert auch die Sprache ihren Sinn. Existenz ist nicht qua Individuum, sondern qua Chaos. Ihre Existenz ist keine für sich, es ist lediglich Chaos. Mein Chaos ist auch das Ihre, und Ihr Chaos ist meines. Existenz ist Kommunikation, und Kommunikation ist Existenz.«

Im Zimmer wurde es plötzlich fürchterlich kalt, und mir war, als hätte man neben mir ein schönes warmes Bett zurechtgemacht. Irgend jemand lud mich zu Bett. Das war natürlich eine Halluzination. Wir hatten September, und draußen zirpten noch zahllose Zikaden.

»Das, was ihr Ende der Sechziger herbeigeführt habt, vielmehr herbeiführen wolltet, eine Erweiterung des Bewußtseins, wurzelte im Individuum und schlug deshalb erbärmlich fehl. Das heißt, wer lediglich das Bewußtsein erweitert, ohne die individuelle Masse zu verändern, kann am Ende nur mit Verzweiflung rechnen. Das ist, was ich mit Mittelmäßigkeit meine. Aber lassen wir das. Sie werden es nicht verstehen, auch wenn ich es tausendmal erklärte. Ich suche auch gar nicht Ihr Verständnis. – Kommen wir zu dem Bild, das ich Ihnen eben gab«, sagte der Mann. »Es handelt sich um eine Kopie aus den medizinischen Unterlagen des amerikanischen Militärkrankenhauses. Es trägt das Datum des 27. Juli 1946. Der Chef hat es auf Verlangen seines Arztes mit eigener Hand gezeichnet – eine der Prozeduren zur genaueren Erfassung der Halluzinationen. Tatsächlich trat das Schaf, sagen die militärmedizinischen Unterlagen, in den Halluzinationen des Chefs mit hoher Frequenz auf. In, um es in Zahlen auszudrücken, achtzig Prozent der Fälle, also in bis zu vier von fünf Halluzinationen, kam dieses Schaf vor – dieses ungewöhnliche, kastanienbraune Schaf mit dem Stern auf dem Rücken.

Das hier auf dem Feuerzeug eingravierte Schafemblem hat der Chef seit 1936 durchgängig als persönliches Wappen benutzt. Es ist, wie Sie bemerkt haben werden, absolut identisch mit dem in den militärmedizinischen Unterlagen aufgezeichneten Schaf. Und es ist ferner identisch mit dem auf Ihrem Foto. Hochinteressant, finden Sie nicht?«

»Reiner Zufall«, sagte ich. Ich wollte möglichst unbefangen klingen, aber es gelang mir nicht recht.

»Das ist noch nicht alles«, fuhr der Mann fort. »Der Chef hat mit großem Eifer sämtliche Schafe betreffenden Materialien und Informationen gesammelt. Einmal pro Woche sah er persönlich lange und gründlich alle Zeitungs- und Zeitschriftenartikel durch, die Schafe betrafen und in der fraglichen Woche in ganz Japan publiziert worden waren. Ich ging ihm dabei stets zur Hand. Er war wirklich überaus eifrig. Als ob er nach irgend etwas suchte. Nachdem er bettlägerig wurde, habe ich – ganz privat – diese Aufgabe weitergeführt. Ich hatte ein großes Interesse daran. Daran, was da wohl auftauchen würde. Aufgetaucht sind Sie. Sie und Ihr Schaf. Das ist, wie immer Sie es drehen und wenden, kein Zufall.«

Ich wog das Feuerzeug in der Hand. Ein wirklich angenehmes Gewicht. Nicht zu schwer, nicht zu leicht. Solche Gewichte gibt es.

»Warum nur hat der Chef mit solchem Eifer das Schaf gesucht? Was meinen Sie?«

»Ich habe keine Ahnung«, sagte ich. »Fragen Sie ihn selbst, das beschleunigt die Sache.«

»Wenn ich ihn fragen *könnte,* würde ich das tun. Er ist seit etwa zwei Wochen ohne Bewußtsein. Wahrscheinlich wird er es auch nicht wiedererlangen. Wenn der Chef stirbt, wird das Geheimnis des Schafes mit dem Stern auf dem Rücken für immer im Dunkel versinken. Das kann ich nicht zulassen. Nicht, daß ich an meinen persönlichen Vorteil dächte; das alles ist von weit größerer Bedeutung.«

Ich klappte das Feuerzeug auf und zündete Feuer; dann klappte ich es wieder zu.

»Sie halten das, was ich sage, vermutlich für Blödsinn. Vielleicht haben Sie sogar recht. Womöglich ist es wirklich Blödsinn. Aber es ist alles, was uns bleibt – bedenken Sie das. Der Chef stirbt. Ein Wille stirbt. Und alles im Umkreis dieses Willens stirbt mit. Was bleiben wird, sind ein paar Zahlen. Sonst nichts. Deshalb muß ich das Schaf finden.«

Zum ersten Mal schloß der Mann für ein paar Sekunden die Augen und schwieg. »Kommen wir zu meiner Hypothese – eine reine Hypothese, nichts weiter. Wenn sie Ihnen nicht gefällt, vergessen Sie sie. *Der Wille des Chefs ist im Kern das Schaf.*«

»Klingt wie *Disneyland*«, sagte ich. Der Mann ignorierte es.

»Das Schaf nistete sich, nehme ich an, im Körper des Chefs ein. Wahrscheinlich 1936. Und es blieb in diesem Körper, über vierzig Jahre. Es gab dort eine Weide, und es gab einen Birkenwald. Genau wie auf dem Foto. Was halten Sie davon?«

»Ich halte das für eine sehr interessante Hypothese«, sagte ich.

»Das Schaf ist ein besonderes Schaf. Ein : *sehr :* besonderes Schaf. Ich möchte es finden, und dazu brauche ich Ihre Hilfe.«

»Was wollen Sie mit dem Schaf tun, wenn Sie es gefunden haben?«

»Nichts. Ich werde vermutlich nichts tun *können*. Dazu ist es viel zu gewaltig. Ich will nur eines: das Vergehende mit meinen eigenen Augen sehen. Und, wenn das *Schaf* etwas will, möchte ich mich dem mit allen Kräften widmen. Denn wenn der Chef einmal stirbt, hat mein Leben so gut wie keinen Sinn mehr.«

Dann schwieg der Mann. Ich schwieg auch. Nur die Zikaden zirpten weiter, und der vorabendliche Wind ließ das Laub der Bäume im Garten rauschen. Im Haus war es unverändert still. So still, als ob in allen Räumen die todbringenden Partikel einer unausweichlichen Seuche schwebten. Ich versuchte, mir die Weide im Kopf des Chefs vorzustellen. Eine Weide mit verdorrtem Gras, nach der Flucht des Schafes grenzenlos leer.

»Ich frage Sie noch einmal: Verraten Sie mir, auf welchem Wege das Foto in Ihre Hände gelangte«, sagte der Mann.

»Das kann ich Ihnen nicht sagen«, sagte ich.

Der Mann seufzte. »Ich habe nichts vor Ihnen verborgen. Ich bitte Sie, ebensowenig zu verbergen.«

»Ich bin nicht in der Lage, offen zu Ihnen zu sein. Wenn ich etwas sage, wird die Person, von der ich das Foto habe, womöglich in Schwierigkeiten geraten.«

»Bitte sehr«, sagte der Mann. »Sie haben also Grund zu der Annahme, daß diese Person in Zusammenhang mit dem Schaf in irgendwelche Schwierigkeiten geraten könnte.«

»Keinen *Grund*. Ich habe nur so eine Ahnung. Irgend etwas ist faul. Diesen Eindruck hatte ich bei Ihrer Geschichte die ganze Zeit – daß irgend etwas faul ist. Rein intuitiv.«

»Und deswegen können Sie nichts sagen.«

»Ganz recht«, sagte ich und fuhr nach kurzem Überlegen fort: »Was Schwierigkeiten angeht, bin ich so etwas wie eine Autorität. Es dürfte kaum jemanden geben, der besser weiß als ich, wie man Leute in Schwierigkeiten bringt. Wenn irgend möglich, gehe ich deshalb solchen Dingen aus dem Wege. Damit bringe ich dann am Ende die Leute in noch größere Schwierigkeiten. Es läuft immer auf das gleiche hinaus. Nur: Auch wenn ich das weiß, kann ich mich nicht von Anfang an so verhalten. Eine Frage des Prinzips.«

»Das verstehe wer will.«

»Die Mittelmäßigkeit erscheint eben in vielerlei Gestalt.«

Ich steckte mir eine Zigarette zwischen die Lippen, zündete sie mit dem Feuerzeug, das ich noch in der Hand hielt, an und inhalierte. Es ging mir eine Winzigkeit besser.

»Wenn Sie es nicht sagen wollen, behalten Sie es für sich«, sagte der Mann. »Dafür werden *Sie* das Schaf suchen. Das ist mein letztes Angebot. Wenn Sie innerhalb von zwei Monaten, gerechnet ab heute, das Schaf finden, werden Sie entlohnt – so hoch, wie Sie wollen. Wenn Sie es nicht finden, sind Sie und Ihre Agentur am Ende. Wir verstehen uns, ja?«

»Was bleibt mir übrig?« sagte ich. »Allerdings – was wäre, wenn das Ganze auf einem Irrtum beruhte, wenn ein Schaf mit einem Stern auf dem Rücken überhaupt nicht existierte?«

»Das änderte nichts. Weder für Sie noch für mich. Sie finden das Schaf, oder Sie finden es nicht. Ein Dazwischen gibt es nicht. Pech für Sie, aber wie ich eben schon sagte: *Sie* haben den Einsatz erhöht. Sie haben den Ball: Laufen Sie, tragen Sie ihn ins Tor. Auch wenn es das Tor gar nicht geben sollte.«

»Jungejunge«, sagte ich.

Der Mann zog einen dicken Briefumschlag aus der Seitentasche seines Anzugs und legte ihn vor mich hin. »Für Ihre Spesen. Rufen Sie mich an, wenn es nicht reicht. Sie bekommen unverzüglich mehr. Noch Fragen?«

»Fragen nicht, aber eine Vermutung.«

»Nämlich?«

»Das Ganze ist eine unglaublich idiotische Geschichte, aber aus Ihrem Munde klingt sie wie die reine Wahrheit. Jeder, dem *ich* sie erzählte, würde mich garantiert für verrückt halten.«

Der Mann verzog seinen Mund um eine Winzigkeit. Es sah fast so aus, als ob er lachte. »Morgen geht es an die Arbeit. Vergessen Sie nicht: Sie haben zwei Monate, ab heute.«

»Das ist keine leichte Arbeit. Zwei Monate sind vielleicht

nicht genug. Immerhin soll ich ein einzelnes Schaf finden, und das Land ist groß.«

Der Mann sah mir wortlos ins Gesicht. Wenn er mich so anstarrte, kam ich mir vor wie ein leeres Schwimmbecken. Wie ein schmutziges, leeres Schwimmbecken mit gesprungenen Kacheln, ein Schwimmbecken, von dem man nicht weiß, ob man es im nächsten Jahr noch benutzen kann. Der Mann sah mir volle dreißig Sekunden ins Gesicht, ohne auch nur ein einziges Mal zu blinzeln. Dann öffnete er langsam den Mund.

»Besser, Sie gehen jetzt«, sagte er.

Dieses Gefühl hatte ich auch.

3. Der Wagen und sein Fahrer (2)

»Möchten Sie zurück in Ihre Firma? Oder darf ich Sie woanders hinbringen?« fragte der Fahrer. Es war derselbe wie auf dem Hinweg, aber jetzt war er schon eine Spur liebenswürdiger. Ein Typ, der wahrscheinlich mit jedem schnell warm wurde.

Ungezwungen streckte ich auf dem bequemen Polster alle viere von mir und überlegte, wo ich hinfahren könnte. In die Agentur wollte ich nicht. Allein bei dem Gedanken, daß ich meinem Partner dann dieses und jenes würde erklären müssen – und wie in aller Welt wollte man das erklären? –, wurde mir schon schwindelig. Außerdem hatte ich schließlich Urlaub. Schnurstracks nach Hause war allerdings auch nicht das richtige. Bevor ich nach Hause fuhr, wollte ich mir erst noch ein Stück reale Welt ansehen, mit realen Menschen, die auf realen Füßen standen.

»Fahren Sie nach Shinjuku, Westseite«, sagte ich.

Es ging auf den Abend zu, und der Verkehr Richtung Shinjuku staute sich fürchterlich. Ab einem gewissen Punkt kam das Auto kaum noch voran, als hätte es Anker geworfen. Ab und zu, hatte ich das Gefühl, wurde es von einer Welle erfaßt und ein paar Zentimeter weitergeschwemmt. Eine Zeitlang dachte ich über die Geschwindigkeit der Erdumdrehung nach. Mit welcher Stundengeschwindigkeit mochte wohl die Straße hier durchs Weltall drehen? Ich rechnete im Kopf die ungefähren Zahlen aus, wußte dann aber doch nicht, ob sie nun schneller war oder langsamer als die Kreiselscooter auf dem Jahrmarkt. Es gibt eine Menge Dinge, die wir nicht wissen. Wir glauben nur, wir wüßten in etwa Bescheid. Wenn ein paar Außerirdische auf mich zukämen und fragten, Du, sag mal, mit wieviel Kilometern pro Stunde dreht sich die Erde am Äquator? – ich wäre aufgeschmissen. Vermutlich könnte ich nicht mal erklären, warum nach Dienstag Mittwoch kommt. Die Außerirdischen würden mich auslachen – oder? Ich habe dreimal *Die Brüder Karamasow* gelesen und dreimal den *Stillen Don*. Einmal sogar *Die deutsche Ideologie*. π kann ich bis auf sechzehn Stellen hinter dem Komma auswendig. Aber sie würden mich auslachen – oder? Wahrscheinlich. *Tot*lachen würden sie sich.

»Wie wäre es mit etwas Musik?« fragte der Fahrer.

»Gerne«, sagte ich.

Im Wagen ertönte eine Ballade von Chopin. Eine Atmosphäre wie im Warteraum eines Hochzeitspalastes.

»Sagen Sie mal«, fragte ich den Fahrer, »kennen Sie den Zahlenwert für das Verhältnis Kreisdurchmesser zu Umfang?«

»π meinen Sie? 3,14?«

»Genau. Aber wie viele Stellen hinter dem Komma?«

»Zweiunddreißig«, sagte der Fahrer unbekümmert. »Danach allerdings ...«

»Zweiunddreißig?«

»Ja. Ich hab da so eine Methode. Weshalb?«

»Ach, nur so«, sagte ich enttäuscht, »nur so.«

Danach hörten wir eine Weile Chopin, und der Wagen rückte knappe zehn Meter vor. Das Ungeheuer von Auto, in dem wir saßen, wurde von den Fahrern der Autos um uns herum und den Fahrgästen eines Busses ständig gemustert. Kein schönes Gefühl, gemustert zu werden, auch wenn man weiß, daß die getönten Scheiben fremde Blicke gar nicht zulassen.

»Ganz schöner Verkehr«, sagte ich.

»Ja«, sagte der Fahrer. »Aber auch der dickste Stau löst sich irgendwann auf – keine Nacht hat vierundzwanzig Stunden.«

»Das schon«, sagte ich. »Aber regen Sie sich niemals auf?«

»Das kommt vor, sicher. Ich ärgere mich, manchmal rege ich mich auch auf. Vor allem, wenn ich es eilig habe. Aber ich nehme das alles als Teil der uns auferlegten Prüfung. Sich aufregen heißt eine Niederlage erleiden.«

»Klingt ziemlich religiös, Ihre Auslegung des täglichen Staus.«

»Ich bin Christ. Ich gehe nicht zur Kirche, aber ich bin und war immer Christ.«

»Christ?« Ich staunte. »Christ sein und gleichzeitig Fahrer einer eminenten Persönlichkeit der Rechten – ist das kein Widerspruch?«

»Der Chef ist ein nobler Herr. Von allen, die ich bisher getroffen habe, der nobelste. Gleich nach dem lieben Gott.«

»Sie haben Gott getroffen?«

»Sicher. Ich rufe ihn jeden Abend an.«

»Aber«, sagte ich und wußte ein paar Sekunden nicht weiter. In meinem Hirn ging es wieder drunter und drüber. »Aber sagen Sie, wenn jeder bei Gott anruft, ist dann nicht immer die Leitung zu, ist dann nicht immer besetzt? So wie mittags bei der Auskunft?«

»Da braucht man sich keine Sorgen zu machen. Der liebe Gott existiert gewissermaßen simultan. Wenn ihn eine Million Menschen anrufen, dann spricht Gott gleichzeitig mit einer Million Menschen.«

»Ich kenne mich zwar nicht so aus, aber sind Sie sicher, daß das die orthodoxe Auffassung ist? Ich meine, wie soll ich sagen, theologisch gesehen?«

»Ich bin ein Radikaler. Deshalb komme ich auch mit der Kirche nicht zurecht.«

»Verstehe«, sagte ich.

Der Wagen kam fünfzig Meter voran. Ich steckte mir eine Zigarette zwischen die Lippen. Erst als ich sie anzünden wollte, merkte ich, daß ich die ganze Zeit über ein Feuerzeug in der Hand gehabt hatte – das Dupont-Feuerzeug mit dem Schafwappen, das der Mann mir gezeigt hatte. Ich hatte es unbewußt mitgenommen. Das silberne Feuerzeug lag mir so vertraut in der Hand, als ob es schon mein ganzes Leben dort gelegen hätte. Ein einwandfreies Feuerzeug. Es hatte ein ideales Gewicht, und es fühlte sich gut an. Ich überlegte ein bißchen und beschloß dann, es zu behalten. Ein Feuerzeug oder zwei konnte jeder verschmerzen. Ich klappte es ein paarmal auf und zu, zündete mir dann die Zigarette an und steckte es ein. Zum Ausgleich warf ich mein BIC in die Seitenablage der Tür.

»Der Chef hat sie mir vor ein paar Jahren gegeben«, sagte der Fahrer plötzlich.

»Was hat er Ihnen gegeben?«

»Die Telefonnummer Gottes.«

Ich stieß einen leisen, kaum hörbaren Seufzer aus. War ich etwa verrückt? Oder war der Fahrer verrückt?

»Nur Ihnen, ganz vertraulich?«

»Ja, er hat sie nur mir gegeben, ganz vertraulich. Ein nobler Herr. Soll ich sie Ihnen sagen?«

»Ich bitte darum«, sagte ich.

»Weil Sie es sind. Sie lautet Tokyo 945...«

»Moment, Moment«, sagte ich und kramte Notizblock und Kugelschreiber hervor; dann notierte ich die Nummer.

»Dürfen Sie mir die eigentlich geben?«

»Das geht schon in Ordnung. Jedem verrate ich sie nicht, aber Sie scheinen ein guter Mensch zu sein.«

»Herzlichen Dank«, sagte ich. »Nur, ich weiß gar nicht, was ich mit dem lieben Gott besprechen soll. Ich bin nicht einmal Christ.«

»Das macht nichts. Erzählen Sie ihm nur aufrichtig, was Sie denken, was Ihnen auf der Seele liegt. Sie können ihm alles erzählen, auch die kleinsten und unwichtigsten Dinge. Der liebe Gott fühlt sich nicht gelangweilt, und er lacht Sie auch nicht aus.«

»Danke schön. Ich werde ihn mal anrufen.«

»Das ist recht«, sagte der Fahrer.

Der Verkehr floß nun, und langsam kamen die Hochhäuser von Shinjuku in Sicht. Bis wir ankamen, sprachen wir kein Wort mehr.

4. *Sommerende und Herbstanfang*

Als der Wagen in Shinjuku ankam, lag über der Stadt schon helles Abendviolett. Zwischen den Hochhäusern wehte ein frischer, das Ende des Sommers ankündigender Wind. Er spielte mit den Röcken der Mädchen, die von der Arbeit nach Hause gingen. Die Absätze ihrer Sandalen klapperten über die Platten der Fußgängerwege.

Ich ging in eines der Hochhaushotels, fuhr in den obersten Stock, betrat die geräumige Bar und bestellte mir ein Heineken. Es dauerte zehn Minuten, bis das Bier kam. Bis dahin saß ich mit geschlossenen Augen in meinem Sessel, den Kopf in die Hände, die Ellbogen auf die Lehnen gestützt. Ich konnte an nichts denken. Die Augen geschlossen, rauschte es in meinem Kopf, als ob ein paar hundert Zwerge dabei wären, ihn auszufegen. Sie fegten und fegten. Keiner kam auf die Idee zusammenzukehren.

Als das Bier gebracht wurde, trank ich es in zwei Zügen aus. Dann aß ich sämtliche Erdnüsse, die auf einem Tellerchen zum Bier serviert worden waren. Die Kehrgeräusche verschwanden. Ich ging in die Telefonzelle neben der Kasse und rief bei meiner Freundin mit den tollen Ohren an. Sie war weder bei sich noch bei mir. Wahrscheinlich war sie irgendwo zum Essen. Zu Hause aß sie unter keinen Umständen.

Danach wählte ich die neue Wohnung meiner Ex-Frau an, überlegte es mir aber nach zweimaligem Klingeln anders und legte wieder auf. Etwas Bestimmtes hatte ich ja nicht zu sagen, und ich wollte mir nicht vorwerfen lassen, gefühllos zu sein.

Sonst hatte ich niemanden zum Anrufen. Mitten in einer Stadt, in der zehn Millionen Menschen herumwimmelten, gab es nur zwei Personen, die ich anrufen konnte. Und eine davon war auch noch meine geschiedene Frau. Ich gab auf, steckte meine zehn Yen wieder ein und verließ die Telefonzelle. Und bestellte beim Kellner, der gerade vorbeiging, zwei Flaschen Heineken.

Auf diese Weise ging der Tag zu Ende. Ein so sinnloser Tag, wie ich ihn, schien mir, seit meiner Geburt noch nicht erlebt hatte. Ein letzter Tag des Sommers sollte eigentlich anders schmecken. Aber jetzt war dieser eine Tag vorbei, herumgestoßen und hin und her gezerrt. Draußen breitete sich die erste kühle Dunkelheit des Herbstes aus. Unendlich weit erstreckten sich die kleinen gelben Lichter der Stadt. Von oben sah es wirklich so aus, als ob sie nur darauf warteten, zertreten zu werden.

Mein Bier kam. Nach der ersten Flasche leerte ich die beiden Erdnußtellerchen in die hohle Hand und aß die Erdnüsse der Reihe nach auf. Am Nebentisch unterhielten sich vier Frauen mittleren Alters, die vom Schwimmunterricht kamen, über Gott und die Welt und tranken dazu farbenfrohe tropische Cocktails. Einer der Kellner gähnte, den Kopf ein wenig zur Seite geneigt, aber sonst in strammer Haltung. Ein anderer erklärte einem amerikanischen Ehepaar mittleren Alters die Speisekarte. Ich aß die Erdnüsse auf und leerte mein drittes Bier. Damit hatte ich alles, was zu tun war, erledigt.

Ich zog den Briefumschlag aus der Gesäßtasche meiner Levis, riß ihn auf und zählte das Bündel Zehntausend-Yen-Scheine. Die von einer Banderole zusammengehaltenen neuen Scheine sahen eher wie Spielkarten denn wie Geldscheine aus. Als ich halb durch war mit Zählen, schmerzten mir die Hände. Bei 96 kam ein älterer Kellner, räumte die leeren Flaschen ab und erkundigte sich, ob ich noch eine wolle. Ich nickte und zählte schweigend weiter. Daß ich ein Bündel Geldscheine zählte, schien ihn nicht im geringsten zu interessieren. Als das neue Bier kam, hatte ich bis 150 gezählt, das Geld wieder in den Umschlag geschoben und den Umschlag in der Gesäßtasche verstaut. Ich aß das neue Tellerchen Erdnüsse. Als ich damit fertig war, überlegte ich, weshalb ich so viele Erdnüsse essen konnte. Die Antwort lag auf der Hand. Ich hatte Hunger. Den ganzen Tag über hatte ich nur ein Stück Obstkuchen gegessen.

Ich rief den Kellner und ließ mir die Speisekarte zeigen. Omelettes hatten sie zwar nicht, aber Sandwiches. Ich bestellte ein Käse-Gurken-Sandwich. Als Beilagen gebe es Kartoffelchips und Pickles. Ich stornierte die Chips und nahm dafür die doppelte Menge Pickles. Dann fragte ich, ob sie vielleicht Nagelschere und -feile hätten. Sie hatten natürlich. Hotelbars haben wirklich alles mögliche. Ich habe mir in einer Hotelbar auch schon einmal ein französisch-japanisches Wörterbuch geliehen.

Ich trank in Ruhe mein Bier, schaute mir in Ruhe das nächtliche Tokyo an, schnitt mir über dem Aschenbecher in Ruhe die Nägel, schaute noch einmal auf die Stadt und feilte. So wurde der Abend zur Nacht. In der Großstadt Zeit totschlagen, in dieser Disziplin stehe ich kurz vor der Meisterschaft.

Aus den Deckenlautsprechern tönte mein Name. Zuerst hörte er sich gar nicht an wie mein Name. Erst ein paar Sekunden nach der Durchsage nahm der ausgerufene Name allmählich die Klangcharakteristika meines Namens an, um sich schließlich in meinem Kopf zu meinem echten, wirklichen Namen zu formen.

Ich signalisierte mit erhobener Hand, und der Kellner brachte ein drahtloses Telefon an den Tisch.

»Es hat sich eine kleine Änderung ergeben«, sagte eine Stimme, die ich kannte. »Der Zustand des Chefs hat sich rapide verschlechtert. Es ist nicht mehr allzuviel Zeit. Ihre Frist wird verkürzt.«

»Auf?«

»Auf einen Monat. Länger kann ich nicht warten. Wenn Sie das Schaf nicht innerhalb eines Monats finden, sind Sie am Ende. Und Sie können nirgendwohin zurück.«

Ein Monat. Ich überlegte. Aber ich hatte keine Zeitvorstellung mehr, in meinem Kopf ging es drunter und drüber. Ein Monat, zwei Monate, was machte das schon für einen Unterschied. Außerdem: Wer wußte schon, wie lange es im allgemeinen dauerte, ein einzelnes Schaf zu finden? Ohne Richtzeiten war da nichts zu machen.

»Woher wußten Sie eigentlich, daß ich hier bin?« fragte ich.

»Wir wissen fast alles«, sagte der Mann.

»Nur nicht, wo das Schaf ist«, sagte ich.

»Richtig«, sagte der Mann. »Aber treten Sie lieber in Aktion. Sie vergeuden zuviel Zeit. Denken Sie gut darüber nach, in welcher Lage Sie sich befinden. Sie haben sich schließlich selbst hineingebracht.«

Das traf ohne Frage zu. Mit dem obersten Zehntausender aus

dem Briefumschlag beglich ich die Rechnung und fuhr mit dem Fahrstuhl ins Erdgeschoß. Draußen liefen nach wie vor reale Menschen auf realen zwei Beinen umher. Zu erleichtern vermochte mich das allerdings kaum noch.

5. 1:5000

Zu Hause lagen im Briefkasten die Abendzeitung und drei Briefe. Einer war von meiner Bank und enthielt die Auszüge, bei dem anderen handelte es sich um eine Einladung zu einer fraglos langweiligen Party, und der dritte kam von einem Gebrauchtwagenzentrum. Der Text versprach ein glücklicheres Leben, wenn man seinen Wagen gegen einen der nächsthöheren Klasse tauschte. Fürsorge, die ich nicht brauchte. Ich legte die Briefe übereinander, riß sie in der Mitte entzwei und warf sie in den Papierkorb.

Ich holte Saft aus dem Kühlschrank, schenkte mir ein Glas ein, setzte mich an den Küchentisch und trank. Auf dem Tisch lag ein Zettel von meiner Freundin: Bin essen; bin vor halb zehn wieder zurück. Die Digitaluhr auf dem Tisch zeigte an, es sei zur Zeit halb zehn. Ich sah auf die Uhr, bis die Ziffern auf 31 umsprangen, ein wenig später dann auf 32.

Schließlich hatte ich genug davon, auf die Uhr zu sehen, zog mich aus, ging ins Bad, duschte mich und wusch mir die Haare. Im Bad standen vier verschiedene Shampoos und drei Arten Spülbalsam. Jedes Mal brachte meine Freundin etwas Neues aus dem Supermarkt mit. Irgend etwas im Badezimmer vermehrte sich immer. Ich zählte nach. Ich hatte vier verschiedene Rasiercremes und fünf Tuben Zahnpasta. Alles in allem und zusammen eine enorme Zahl. Ich verließ das Bad und zog mich um: kurze Sporthose und T-Shirt. Endlich verschwand das Unbehagen, das mir wie Pech am Körper geklebt hatte; ich fühlte mich gut.

Meine Freundin kam um zwanzig nach zehn, in der Hand eine Einkaufstüte vom Supermarkt. Sie ging immer spätabends einkaufen. In der Tüte waren drei Scheuerbürsten, eine Schachtel Büroklammern und ein Sechserpack gut gekühlten Dosenbiers. Ich griff wieder zum Bier.

»Es ging um ein Schaf«, sagte ich.

»Hab ich doch gesagt«, sagte sie.

Sie holte eine Dose Würstchen aus dem Kühlschrank und briet die Würstchen in der Pfanne. Ich aß drei, sie aß zwei. Durchs Küchenfenster wehte kühle Abendluft herein.

Ich erzählte ihr, was sich in der Agentur zugetragen hatte, erzählte von dem Wagen, von dem herrschaftlichen Wohnsitz, von dem merkwürdigen Sekretär, von dem Tumor und von dem gedrungenen Schaf mit der Sternzeichnung auf dem Rücken. Eine ziemlich lange Geschichte. Als ich fertig war, zeigte die Uhr elf.

»Das war's«, sagte ich.

Sie schien nicht besonders erstaunt zu sein. Sie hatte sich, während ich erzählte, die ganze Zeit die Ohren geputzt und sogar ein paarmal gegähnt.

»Wann fahren wir los?«

»Losfahren?«

»Du mußt doch das Schaf suchen, oder?«

Ich hielt, gerade im Begriff, die zweite Dose Bier aufzureißen, inne und sah zu ihr hoch. »Ich fahre nirgendwohin«, sagte ich.

»Kriegst du dann keine Schwierigkeiten?«

»Welche Schwierigkeiten? In der Agentur wollte ich sowieso aufhören, und irgendeine Arbeit fürs tägliche Brot werde ich schon finden; da kann dazwischenfunken, wer will. Ans Leder wird man mir ja wohl nicht gerade gehn.«

Sie zog ein frisches Wattestäbchen aus der Schachtel und spielte eine Zeitlang damit herum. »Aber die Sache ist doch ganz einfach. Du brauchst doch bloß das eine Schaf zu finden, oder? Hört sich interessant an!«

»Bloß ist gut. Hokkaido ist größer, als du denkst, und Schafe gibts da Hunderttausende. Wie soll ich da das eine finden? Unmöglich ist das, und wenn es zehnmal einen Stern auf dem Rücken hat!«

»*Fünf*tausend.«

»Fünftausend?«

»Die Anzahl der Schafe auf Hokkaido. 1947 gabs da zwar 270000, aber heute sind es nur noch fünftausend.«

»Woher willst du das wissen?«

»Nachdem du gegangen warst, bin ich zur Bibliothek und habe nachgeschlagen.«

Ich seufzte. »Gibt es eigentlich irgend etwas, was du nicht schon weißt?«

»Sicher. Vieles. Mehr jedenfalls, als ich weiß.«

Ich schüttelte den Kopf. Dann machte ich das zweite Bier auf und schenkte es ihr und mir zur Hälfte ein.

»Jedenfalls gibt es auf Hokkaido nur fünftausend Schafe. So steht es in der regierungsamtlichen Statistik. Na, fühlst du dich jetzt ein bißchen erleichtert?«

»Das kommt aufs gleiche raus«, sagte ich. »5000 Schafe, 270000 Schafe, das macht keinen großen Unterschied. Das Problem liegt in der Weite des Landes. Such mal auf Hokkaido ein einzelnes Schaf! Hinzu kommt, es gibt nicht den geringsten Anhaltspunkt.«

»Du hast doch Anhaltspunkte! Zunächst mal das Foto, und dann ist da ja auch noch dieser Freund von dir. Über einen dieser beiden Wege ergibt sich bestimmt etwas.«

»Das ist alles zu vage. Landschaften wie auf dem Foto gibt es *en masse,* und auf Rattes Brief ist der Poststempel nicht mehr zu entziffern.«

Sie trank ihr Bier. Ich trank meins.

»Magst du Schafe nicht?« fragte sie.

»Doch«, sagte ich. Ich war wieder etwas durcheinander. »Jedenfalls: Ich fahre nicht. Soviel steht fest«, sagte ich. Ich sagte es zu mir selbst, aber es klang nicht sehr überzeugend.

»Wie wär's mit einem Kaffee?«

»Gute Idee«, sagte ich.

Sie räumte die leeren Dosen und die Gläser ab und setzte Wasser auf. Bis das Wasser kochte, hörte sie im Nebenzimmer Kassetten. Johnny Rivers sang erst *Midnight Special* und *Roll Over Beethoven,* dann *Secret Agent Man.* Als das Wasser kochte, schüttete sie den Kaffee auf und sang dabei mit zu *Johnny B.*

Goode. Ich las währenddessen die Abendzeitung. Eine hübsche häusliche Szene. Wenn die Sache mit dem Schaf nicht gewesen wäre, hätte man richtig glücklich sein können.

Bis die Kassette durch war und der Recorder sich knackend abschaltete, tranken wir wortlos unseren Kaffee und aßen ein paar dünne Kekse. Ich las dabei weiter die Abendzeitung, jeden Artikel zweimal. Berichtet wurde von diesem und jenem, von einem Staatsstreich, von einem Filmschauspieler, der gestorben war, von einer Katze, die Kunststücke aufführte, aber nichts davon hatte mit mir zu tun. Johnny Rivers sang die ganze Zeit alten Rock 'n' Roll dazu. Als das Band zu Ende war, faltete ich die Zeitung zusammen und sah meine Freundin an.

»Ich weiß nicht recht. Einerseits ist es sicher besser, sich auf die Suche zu machen, auch wenn nichts dabei herauskommen sollte, besser jedenfalls, als untätig herumzusitzen. Andererseits paßt es mir einfach nicht, daß mir jemand Befehle erteilt, mich erpreßt, mich herumstößt.«

»Das geht doch jedem so, mehr oder weniger. Man erhält Befehle, wird erpreßt und herumgestoßen. Sogar dann, wenn man gar keine bestimmte Aufgabe hat.«

»Mag sein«, sagte ich nach einer Weile.

Sie schwieg und putzte sich wieder die Ohren. Ab und zu lugten ihre vollen Ohrläppchen zwischen den Haaren hervor.

»Auf Hokkaido ist es jetzt herrlich. Kaum Touristen, schönes Wetter, und die Schafe sind auch alle draußen. Die beste Jahreszeit.«

»Kann schon sein.«

»Gesetzt den Fall«, sagte sie und aß den letzten Keks, »gesetzt den Fall, du nähmst mich mit: Ich wäre dir bestimmt eine Hilfe.«

»Warum bist du so wild darauf, das Schaf zu suchen?«

»Ich will es einfach einmal sehen, deshalb.«

»Da gibt es nichts zu sehen, ein Schaf eben. Wird kaum der Mühe wert sein. Außerdem würdest du unnötig mit in die Sache hineingezogen.«

»Wenn schon. Wo du verwickelt bist, bin ich auch verwikkelt.« Sie lächelte ein bißchen. »Ich liebe dich sehr.«

»Danke«, sagte ich.

»Ist das alles?«

Ich schob die gefaltete Zeitung an den Rand des Tisches. Der Luftzug vom Fenster her transportierte den Rauch unserer Zigaretten ins Nichts.

»Um ehrlich zu sein, die ganze Geschichte gefällt mir nicht. Da ist was faul.«

»Was denn?«

»Alles, von vorne bis hinten«, sagte ich. »Die Einzelheiten sind auffällig klar, und sie passen auch zusammen – aber die Geschichte insgesamt ist völlig idiotisch. Ich hab kein gutes Gefühl dabei.«

Sie zwirbelte wortlos an dem Gummiring herum, der auf dem Tisch lag.

»Außerdem: Was wird, wenn ich das Schaf finde? Wenn es sich, wie der Mann sagt, wirklich um ein besonderes Schaf handelt, komme ich möglicherweise, wenn ich es finde, erst recht in Schwierigkeiten.«

»Und dein Freund? Der scheint schon mittendrin zu sein in diesen Schwierigkeiten. Wenn nicht, hätte er dir wohl kaum das Foto zugeschickt.«

Sie hatte recht. Meine Karten lagen offen auf dem Tisch, jeder konnte sie lesen. Und es war nicht ein einziger Trumpf dabei.

»Bleibt wohl wirklich nur eins: fahren«, sagte ich resigniert.

Sie lächelte. »Das ist bestimmt das Beste, auch für dich. Wir werden das Schaf schon finden.«

Sie war fertig mit der Ohrenpflege, wickelte das Bündel Wattestäbchen in ein Kleenex und warf es fort. Dann band sie sich mit dem Gummiring die Haare hinten zusammen und zeigte ihre Ohren. Die Atmosphäre im Zimmer schien sich mit einem Schlag zu ändern.

»Laß uns ins Bett gehen«, sagte sie.

6. Picknick am Sonntagnachmittag

Als ich erwachte, war es neun. Das Bett neben mir war leer. Sie war wahrscheinlich frühstücken gegangen und von dort gleich nach Hause. Einen Zettel hatte sie nicht dagelassen. Über dem Waschbecken hingen ihre Unterwäsche und ein Taschentuch zum Trocknen.

Ich nahm Orangensaft aus dem Kühlschrank, schenkte mir ein und schob drei Tage altes Toastbrot in den Toaster. Es schmeckte wie Mörtel. Vom Küchenfenster aus war der Oleander im Garten des Nachbarhauses zu sehen. Irgendwo weit weg übte jemand Klavier. Es klang, als ob er eine Rolltreppe hinabstiege, die nach oben führt. Auf dem Strommast saßen drei fette Tauben und gurrten sinnlos. Nein, vielleicht machte das Gegurre ja Sinn. Vielleicht gurrten sie, weil ihnen die Füße wehtaten. Aus Taubensicht machte ich vielleicht keinen Sinn.

Als ich die zwei Scheiben Toast hinuntergewürgt hatte, waren die Tauben weg; es blieben nur der Strommast und der Oleander. Jedenfalls war Sonntagmorgen. In der Sonntagsausgabe der Zeitung hatte man in Farbe das Foto eines Gemäldes abgedruckt; es zeigte ein Pferd, das eine Hecke übersprang. Der Reiter – er trug eine schwarze Kappe und hatte eine ungesunde Gesichtsfarbe – starrte mürrisch auf die Nachbarseite. Auf der Nachbarseite stand ein längerer Artikel über Orchideenzucht. Es gebe Hunderte von Orchideenarten, und jede habe ihre eigene Geschichte. Irgendein gekröntes Haupt habe für seine Orchidee sein Leben gegeben. Orchideen, erzählte der Artikel, seien Schicksalsblumen. Alles hat seine Philosophie und sein Schicksal.

Jedenfalls ging es mir, da ich beschlossen hatte, das Schaf zu suchen, erheblich besser. Ich fühlte mich bis in die Fingerspitzen frisch und voller Energie – zum ersten Mal seit jenen Tagen, als ich die Grenze zu den Zwanzigern überschritt. Nachdem ich das Geschirr in die Spüle gestellt und dem Kater sein Morgenfutter gegeben hatte, rief ich den Mann in Schwarz an. Nach sechsmaligem Klingeln nahm er ab.

»Hoffentlich habe ich Sie nicht geweckt«, sagte ich.

»Keine Sorge. Ich bin morgens immer früh«, sagte der Mann. »Was gibt es?«

»Welche Zeitungen lesen Sie?«

»Alle überregionalen und acht Lokalblätter. Die kommen allerdings erst gegen Abend.«

»Sie lesen sie ganz?«

»Das gehört zu meiner Arbeit«, sagte der Mann beherrscht. »Weshalb?«

»Lesen Sie auch die Sonntagsausgaben?«

»Auch die Sonntagsausgaben, ja«, sagte der Mann.

»Haben Sie in der Ausgabe heute früh das Pferdefoto gesehen?«

»Ich habe es gesehen«, sagte der Mann.

»Das Pferd und der Reiter scheinen an völlig verschiedene Dinge zu denken, finden Sie nicht?«

Wie der Neumond in die Nacht stahl sich Stille durch den Hörer ins Zimmer. Kein Atem war zu hören. Stille – so perfekt, daß sie auf den Ohren lastete.

»Darüber wollten Sie mit mir sprechen?« sagte der Mann.

»Nein, nein, ich plaudere nur. Es ist doch nett, gemeinsamen Gesprächsstoff zu haben!«

»Wir haben gemeinsamen Gesprächsstoff. Anderen. Zum Beispiel das Schaf.« Hüsteln. »Verzeihen Sie – könnten Sie vielleicht kurz und bündig zur Sache kommen? Ich habe nicht soviel Zeit wie Sie.«

»Genau das ist das Problem«, sagte ich. »Kurz gesagt werde ich mich morgen auf die Suche nach dem Schaf machen. Ich habe lange hin und her überlegt, mich dann aber dafür entschieden zu suchen. Nur: Wenn schon, dann auf meine Weise. Auch wenn ich rede. Ich will reden, wie es mir beliebt. Ich habe ein Recht darauf zu plaudern. Ich will nicht, daß man alle meine Schritte überwacht, und ich will nicht ständig von jemandem umhergestoßen werden, dessen Namen ich nicht einmal kenne. Verstehen Sie?«

»Sie verkennen die Lage, in der Sie sich befinden.«

»Sie verkennen ebenfalls die Lage, in der ich mich befinde. Hören Sie, ich habe gestern den ganzen Abend nachgedacht.

Dabei ist mir klargeworden, daß ich fast nichts zu verlieren habe. Von meiner Frau bin ich geschieden, und in der Firma werde ich heute kündigen. Meine Wohnung ist gemietet, und Hausrat habe ich nur wenig. Alles, was ich besitze, sind knapp zwei Millionen Yen an Ersparnissen, ein gebrauchtes Auto und ein alter Kater. Meine Kleider sind alle aus der Mode, selbst meine Schallplatten haben bestenfalls Kuriositätenwert. Ich genieße weder hohes Ansehen noch das Vertrauen der Gesellschaft, habe auch keinen Sex-Appeal. Ich bin ohne Talent und nicht einmal mehr sehr jung. Ich gebe stets Belanglosigkeiten von mir und bereue sie anschließend. Ich bin, mit einem Wort, um Ihren Ausdruck zu benutzen, ein mittelmäßiger Mensch. Was sollte ich schon noch zu verlieren haben? Was? Verraten Sie es mir, wenn Sie können!«

Eine Weile herrschte Schweigen. Ich entfernte so lange einen Faden, der sich an einem Knopf meines Hemdes verfangen hatte, und malte mit dem Kugelschreiber dreizehn Sternchen auf den Notizblock.

»Jeder hat ein, zwei Dinge, die er nicht verlieren möchte. Auch Sie«, sagte der Mann. »Die herauszufinden sind wir Profis. Jeder Mensch balanciert irgendwo zwischen Begierde und Stolz. So wie alle Körper einen Schwerpunkt haben. Wir können diesen Punkt herausfinden, Sie werden es merken. Wenn Sie ihn dann verloren haben, wird Ihnen erst klarwerden, daß er existierte.« Kurzes Schweigen. »Allerdings ist das ein Problem, das erst in einem späteren Stadium auftreten wird. Zum jetzigen Zeitpunkt ist das, was Sie in Ihrer Rede ausgedrückt haben, nicht unverständlich. Ich nehme Ihre Forderung erst einmal hin und werde mich nicht zu sehr einmischen. Gehen Sie vor, wie Sie es für richtig halten. *Einen Monat lang* – zufrieden?«

»Zufrieden«, sagte ich.

»Schön«, sagte der Mann.

Er hatte aufgelegt. Auf eine Weise, die nichts Gutes verhieß. Um dieses ungute Gefühl zu verdrängen, machte ich dreißig Liegestützen und zwanzig Sitzbeugen, dann spülte ich das Geschirr und wusch die Wäsche der letzten drei Tage. Danach ging es mir wieder fast so gut wie vor dem Anruf. Ein angenehmer Septembersonntag. Der Sommer war fast vorbei, verblaßt wie ein altes Bild, an das man sich nur schwach erinnern kann.

Ich zog ein frisches Hemd an, wählte die Levis ohne Ketchup-Flecken, zog mir links-rechts-markierte Socken an und glättete mir mit der Bürste die Haare. Aber die Sonntagmorgenatmosphäre zurückzurufen, als ich siebzehn war, gelang mir nicht. Kein Wunder. Ich war keine siebzehn mehr, da gab es nichts zu deuteln.

Ich ging zum Hausparkplatz und fuhr mit meinem fast schrottreifen Käfer zum Supermarkt. Ich kaufte ein Dutzend Dosen Katzenfutter, Streusand fürs Katzenklo, ein Reiserasierset und Unterwäsche. Dann setzte ich mich an die Kaffeetheke, trank einen nach fast nichts schmeckenden Kaffee und aß einen Zimtring. Die Spiegelwand hinter der Theke spiegelte mich, Zimtring kauend. Ich schaute mir, den angebissenen Zimtring in der Hand, eine Zeitlang ins Gesicht und überlegte, was andere wohl dachten, wenn sie mein Gesicht sahen. Aber das war natürlich nicht herauszubekommen. Ich aß den Rest des Zimtrings, trank den Kaffee aus und ging.

Vor dem Bahnhof gab es ein Reisebüro; dort buchte ich zwei Flugtickets nach Sapporo für den folgenden Tag. Dann ging ich ins Bahnhofsgebäude und kaufte für die Reise eine Umhängetasche aus Segeltuch und eine Regenkappe. An der Kasse zog ich jedesmal einen knisternden Zehntausender aus dem Umschlag in meiner Hosentasche und bezahlte damit, aber das Bündel nahm, wie viele Scheine ich auch einsetzte, nur unmerklich ab. Ich selbst dagegen wurde weniger. Solches Geld gibt es. Man hat es – und ärgert sich allein deshalb; man benutzt es – und fühlt sich elend; man braucht es auf – und verachtet sich selbst. Dann will man Geld ausgeben – hat aber keines mehr. Eine Rettung gibt es nicht.

Ich setzte mich auf eine Bank vor dem Bahnhof, rauchte zwei Zigaretten und hörte dann auf, über Geld nachzudenken. Vor dem sonntagmorgendlichen Bahnhof wimmelte es von Familien und jungen Pärchen. Dieses friedliche Bild vor Augen, fiel mir auf einmal ein, was meine Frau gesagt hatte, als wir uns trennten: Vielleicht hätten wir ein Kind haben sollen. Ich war in einem Alter, in dem es keineswegs seltsam wäre, Kinder zu haben. Als ich allerdings versuchte, mir mich als Vater vorzustellen, wurde mir schwer ums Herz. *Ich* würde mir, wenn ich Kind wäre, schwerlich jemanden wie mich als Vater wünschen.

Ich rauchte, beide Arme um die Einkaufstüten, noch eine Zigarette und entfloh dann dem Gewimmel. Auf dem Parkplatz des Supermarkts warf ich das Gepäck auf den Rücksitz des Wagens. Dann ging ich, während man an der Tankstelle volltankte und das Öl wechselte, in eine Buchhandlung in der Nähe und kaufte drei Taschenbücher. Auf diese Weise wurde ich wieder zwei Zehntausender los, und in meiner Hosentasche sammelte sich das Wechselgeld. Wieder zu Hause, warf ich in der Küche alle Münzen in eine Glasschüssel und wusch mir mit kaltem Wasser das Gesicht. Ich hatte das Gefühl, als sei es schon ewig her, daß ich aufgestanden war, aber die Uhr zeigte noch nicht einmal zwölf.

Als meine Freundin zurückkam, war es drei Uhr nachmittags. Sie trug zu einer senfgelben Baumwollhose eine karierte Bluse und hatte eine so dunkle Sonnenbrille auf, daß man schon vom bloßen Hinsehen Kopfschmerzen bekommen konnte; von der Schulter hing ihr eine ebenso große Segeltuchtasche, wie ich sie mir gekauft hatte.

»Ich habe Reisevorbereitungen getroffen!« sagte sie und klopfte mit der flachen Hand auf die prall gefüllte Tasche. »Es wird doch eine lange Reise, oder?«

»Vermutlich.«

Sie legte sich, ohne die Sonnenbrille abzunehmen, der Länge nach auf das alte Sofa am Fenster, starrte zur Decke hoch und rauchte eine Mentholzigarette. Ich holte einen Aschenbecher, setzte mich zu ihr auf die Lehne und streichelte ihr Haar. Der Kater kam, sprang aufs Sofa und plazierte Kopf und Vorderfüße auf ihre Fesseln. Als sie genug hatte von ihrer Zigarette, steckte sie sie mir zwischen die Lippen und gähnte.

»Freust du dich auf die Reise?« fragte ich.

»Sehr. Und ganz besonders, weil wir zusammen fahren.«

»Wenn wir das Schaf aber nicht finden, stecken wir in der Klemme. Wir können dann nirgendwohin zurück und müssen vielleicht unser ganzes Leben herumreisen.«

»Wie dein Freund?«

»Wie mein Freund. In gewissem Sinne sind wir uns ähnlich. Der einzige Unterschied ist: Er ist aus eigenem Antrieb weg, mich *hat* man angetrieben.«

Ich drückte die Zigarette aus. Der Kater hob den Kopf, gähnte ausgiebig und nahm dann wieder seine alte Position ein.

»Hast du schon gepackt?« fragte sie.

»Noch nicht. Aber ich hab nicht viel mitzunehmen. Was zum Wechseln und Waschzeug. Du brauchst auch nicht *soo* viel Gepäck. Was wir brauchen, können wir kaufen, sobald wir da sind. Geld haben wir genug.«

»Das muß so sein, ich mag das.« Sie lachte. »Ohne großes Gepäck habe ich nicht das Gefühl, auf Reise zu gehen.«

»Wenn du meinst.«

Durchs offene Fenster drang Vogelgekreisch. Gekreisch, wie ich es noch nie gehört hatte. Neue Jahreszeit, neue Vögel. Ich hielt meine flache Hand in die warme Nachmittagssonne, die durchs Fenster strahlte, und legte sie ihr sacht auf die Wange. So verharrten wir lange. Ich betrachtete eine weiße Wolke, die von Rahmen zu Rahmen das Fenster durchwanderte.

»Was ist los?« fragte sie.

»Es hört sich vielleicht komisch an, aber mir kommt es vor, als wäre jetzt nicht jetzt. Als wäre ich nicht ich. Hier nicht hier. Das war schon immer so. Erst im nachhinein, viel später, fügt sich alles zusammen. Seit zehn Jahren.«

»Warum gerade seit zehn Jahren?«

»Nur so. Ist leichter zu merken.«

Sie lachte, hob den Kater hoch und setzte ihn sacht auf dem Boden ab. »Nimm mich in die Arme.«

Ich legte mich zu ihr aufs Sofa. Das Polster des betagten Stücks, das ich gebraucht erworben hatte, roch nach alten Zeiten. Ihr biegsamer Körper lag darin eingetaucht, damit verschmolzen, sanft und warm wie eine leise Erinnerung. Ich strich mit einem Finger ihr Haar zur Seite und küßte sie aufs Ohr.

Unmerklich zitterte die Welt. Eine kleine, eine wirklich kleine Welt. Die Zeit verstrich dort wie ein Windhauch.

Ich knöpfte ihre Bluse ganz auf, umfaßte mit beiden Händen ihre Brüste und betrachtete ihren Körper.

»Ich bin da«, sagte sie. »Lebendig.«

»Lebendig?«

»Ja. Meine Brüste, mein Körper, ich.«

»Ohne Frage«, sagte ich. »Lebendig.«

Wie still es war! Kein Laut ringsum. Alle außer uns waren irgendwohin ausgegangen, den ersten Tag des Herbstes zu feiern.

»Du, ich mag das sehr«, flüsterte sie.

»Hm.«

»Ein schönes Gefühl, wie – wie Picknicken.«

»Picknicken?«

»Ja.«

Ich legte beide Arme um sie und drückte sie fest an mich. Dann strich ich ihr mit den Lippen das Haar aus der Stirn und küßte sie noch einmal aufs Ohr.

»Waren die zehn Jahre lang?« fragte sie leise, dicht an meinem Ohr.

»Sehr lang«, sagte ich. »Eine Ewigkeit. Und ich habe nichts zu Ende gebracht.«

Sie drehte ein wenig den Kopf, der auf der Sofalehne ruhte, und lächelte mich an. So hatte mich schon einmal eine Frau angelächelt, aber ich wußte nicht mehr, welche, auch nicht, wo und wann. Frauen, die ihre Kleider abgelegt haben, haben etwas geradezu erschreckend Gemeinsames, etwas, das mich immer wieder verwirrte.

»Suchen wir das Schaf«, sagte sie mit geschlossenen Augen. »Wenn wir es finden, wird alles gut.«

Ich betrachtete eine Weile ihr Gesicht, dann ihre Ohren. Wie in einem alten Stilleben umhüllte das warme Nachmittagslicht sacht ihren Körper.

Um sechs Uhr zog sie sich an, bürstete sich vor dem Badezimmerspiegel die Haare, besprühte sich mit Eau de Cologne und putzte sich die Zähne. Ich saß währenddessen auf dem Sofa und las *Die Abenteuer des Sherlock Holmes*. Das Buch beginnt mit den Worten: »Der Verstand meines Freundes Watson hat gewisse Grenzen, aber er kann ungemein hartnäckig sein.« Ein prächtiger Anfangssatz.

»Heute wird es spät, geh ruhig vor mir zu Bett«, sagte sie.

»Arbeit?«

»Eigentlich wäre heute mein freier Tag, aber da ich ab morgen Urlaub genommen habe, hat man's vorverlegt. Schade, aber nicht zu ändern.«

Kurz nachdem sie weg war, ging noch einmal die Tür auf.

»Sag mal, was machen wir denn mit dem Kater, solange wir nicht da sind?«

»Meine Güte, den hab ich ganz vergessen! Ich kümmer mich drum!«

Damit ging die Tür wieder zu.

Ich holte Milch und Käsestangen aus dem Kühlschrank und fütterte damit den Kater. Mit den Käsestangen hatte er schon seine Probleme. Seine Zähne taugten nicht mehr viel.

Da für mich nichts Eßbares im Kühlschrank war, trank ich bloß ein Bier und schaute mir die Fernsehnachrichten an. Keine Nachrichten, die Nachrichten gewesen wären an diesem Sonntagabend. In solchen Fällen zeigen sie meistens Bilder aus dem Zoo. Ich schaute mir die Giraffen und die Elefanten an. Nach den Pandas schaltete ich ab und griff zum Telefon.

»Es geht um den Kater«, sagte ich dem Mann.

»Welchen Kater?«

»Ich habe einen Kater.«

»Und?«

»Wenn ich niemanden finde, der sich um ihn kümmert, kann ich nicht verreisen.«

»Geben Sie ihn in ein Tierhotel, in Ihrer Nähe gibt es doch welche!«

»Es ist ein alter Kater; er ist schwach. Einen Monat Käfigdasein hält er nicht durch.«

Ich hörte Fingergetrommel. »Und?«

»Ich möchte, daß Sie ihn nehmen. Sie haben einen großen Garten, und zeitlich und finanziell fällt ein kleiner Kater doch kaum ins Gewicht.«

»Unmöglich. Der Chef haßt Katzen, außerdem haben wir Vögel im Garten. Die bleiben weg, wenn eine Katze da ist.«

»Ihr Chef ist doch ohne Bewußtsein, und der Kater ist viel zu unbeholfen, um einen Vogel zu erlegen.«

Wieder das Getrommel von Fingern auf der Tischplatte, dann war es ruhig.

»Gut. Morgen früh um zehn holt der Fahrer den Kater bei Ihnen ab.«

»Katzenfutter und Streusand stelle ich bereit. Der Kater frißt nur ein bestimmtes Futter; kaufen Sie bitte, wenn es ausgeht, wieder die gleiche Marke.«

»Besprechen Sie die Einzelheiten bitte direkt mit dem Fahrer. Ich sagte es Ihnen schon: Ich habe nicht so viel Zeit.«

»Ich brauche eine Anlaufstelle. Jemanden, der die Verantwortung übernimmt.«

»Die Verantwortung?«

»Wenn der Kater während meiner Abwesenheit verschwindet oder stirbt, bekommen Sie von mir keine Informationen. Selbst wenn ich das Schaf finden sollte.«

Der Mann atmete durch. »Na, meinetwegen. Ab und zu verschätzen Sie sich ja, aber für einen Amateur machen Sie Ihre Sache erstaunlich gut. Ich schreibe mit, sprechen Sie langsam.«

»Füttern Sie bitte kein fettes Fleisch. Der Kater erbricht das wieder. Auch nichts Hartes bitte; seine Zähne sind nicht mehr gut. Morgens eine Flasche Milch und eine Dose Katzenfutter, abends ein paar getrocknete Sardinen und Fleisch oder Käsestangen. Das Katzenklo bitte täglich wechseln. Er mag nicht, wenn es verdreckt ist. Er bekommt öfters Durchfall; flößen Sie ihm, wenn der Durchfall zwei Tage anhält, Medizin ein; die bekommen Sie beim Tierarzt.«

An dieser Stelle horchte ich gespannt auf die Geräusche in

der Leitung: Am anderen Ende ließ der Mann seinen Kugelschreiber übers Papier fliegen.

»Ist das alles?« sagte der Mann.

»Er leidet unter Ohrmilben. Säubern Sie ihm bitte einmal täglich mit in Olivenöl getränkten Wattestäbchen die Ohren. Er mag das nicht und wehrt sich dagegen; achten Sie bitte auf die Trommelfelle. Wenn Sie befürchten, daß er Ihnen die Möbel zerkratzt, schneiden Sie ihm einmal in der Woche die Krallen. Eine gewöhnliche Nagelschere genügt. Flöhe hat er keine, glaube ich, aber sicherheitshalber schlage ich vor, ihn ab und zu mit Antiflohshampoo zu shampoonieren. Das bekommen Sie in jeder Tierhandlung. Nach dem Baden bitte gut abtrocknen, das Fell bürsten und dann fönen. Sonst erkältet er sich.«

Kugelschreibergeräusche. »Noch etwas?«

»Das ist alles.«

Der Mann wiederholte, was er notiert hatte. Es fehlte nichts. »Das ist alles, ja?«

»Sehr schön, ja.«

»Auf Wiederhören!« sagte der Mann. Dann legte er auf.

Draußen war es schon dunkel. Ich verstaute Kleingeld, Zigaretten und Feuerzeug in der Hosentasche, zog meine Tennisschuhe an und verließ das Haus. Ich ging in meine nahegelegene Stammkneipe, bestellte ein Hähnchenschnitzel mit Weißbrot und trank, bis das Essen kam, ein Bier. Im Hintergrund lief die neueste Platte von Brothers Johnson. Danach kam Bill Withers. Zu Bill Withers aß ich mein Hähnchenschnitzel. Danach trank ich zu Maynard Fergusons *Star Wars* einen Kaffee. Das Gefühl, gegessen zu haben, hatte ich nicht.

Als die Tasse abgeräumt wurde, ging ich zu dem rosa Münztelefon, warf drei Zehn-Yen-Stücke ein und wählte die Privatnummer meines Partners an. Sein ältester Sohn nahm ab. Er ging zur Grundschule.

»Guten Tag«, sagte ich.

»Guten Abend«, verbesserte er. Ich schaute auf meine Armbanduhr. Er hatte recht.

Etwas später war mein Partner am Apparat.

»Wie war's?« fragte er.

»Können wir reden? Oder seid ihr vielleicht gerade beim Essen?«

»Wir essen gerade, aber das macht nichts. Erstens gibt es wie immer nichts Besonderes, und zweitens verspricht das, was du zu erzählen hast, interessanter zu sein.«

Ich berichtete kurz von der Unterhaltung mit dem schwarzgekleideten Mann. Von dem großen Auto, der großzügigen Residenz, dem im Sterben liegenden alten Mann. Nur das. Von dem Schaf sagte ich nichts. Er hätte mir die Geschichte kaum geglaubt, und außerdem war sie zu lang. Mein Bericht machte deshalb natürlich nicht den geringsten Sinn.

»Ich verstehe kein Wort«, sagte mein Partner.

»Ich kann dir nicht alles sagen. Du kommst sonst nur in Schwierigkeiten. Schließlich hast du Familie.« Noch während ich sprach, dachte ich an seine noch nicht abbezahlte Luxuseigentumswohnung, 5-Zimmer-Küche-Bad, seine hypotonische Ehefrau und seine beiden altklugen Söhne. »So sieht die Sache aus, mit einem Wort.«

»Verstehe.«

»Jedenfalls muß ich morgen verreisen. Einen Monat, zwei, vielleicht auch drei. Ich weiß es selbst nicht genau. Vielleicht komme ich auch gar nicht wieder zurück nach Tokyo.«

»Hm.«

»Ich möchte, daß du die Firma übernimmst. Ich steige aus. Sonst hast du nur Ärger. Meine Arbeit hab ich soweit erledigt, und gemeinsame Firmenleitung und so: Da hab ich eh gebummelt, die wichtigen geschäftlichen Dinge hattest du ja sowieso immer in Händen.«

»Aber von den Details hab ich doch keine Ahnung!«

»Begrenz das Schlachtfeld – so wie früher. Gib das Anzeigengeschäft auf und die Herausgebertätigkeit, alles, und kehr wieder zum einfachen Übersetzungsbüro zurück. Genau, wie du neulich gesagt hast. Behalt nur das eine Mädchen, die Aushilfen müssen gehen. Du brauchst dann ja keine mehr. Gib jedem zwei Monatsgehälter und eine Abfindung, dann kann sich niemand beschweren. Das Büro solltest du auch verkleinern, zieh um. Die Einnahmen werden sich verringern, sicher, dafür aber auch die Ausgaben; außerdem kannst du meinen Anteil übernehmen. Für dich wird sich also nicht viel ändern. Die Steuern werden weniger und auch die Sorgen um das, was du Ausbeutung nennst. Genau wie du wolltest.«

Mein Partner war eine Weile still. Er überlegte.

»Unmöglich«, sagte er. »Das geht garantiert nicht gut.«

Ich steckte mir eine Zigarette zwischen die Lippen und suchte nach meinem Feuerzeug. Noch bevor ich es gefunden hatte, entzündete die Kellnerin ein Streichholz und gab mir Feuer.

»Keine Angst, das läuft, glaub mir. Dein alter Mitstreiter sagt dir das.«

»Eben, es lief, weil du dabei warst«, sagte er. »Alleine ist mir bisher noch nie etwas geglückt, egal was.«

»Hör zu. Ich sage doch nicht, daß du expandieren sollst. Ich sage: Verkleinere den Laden. Geh zurück vor die industrielle Revolution, mach übersetzerische Handarbeit – wie früher. Du und ein Mädchen, dazu fünf, sechs externe Rohübersetzer und zwei Profis. Wo ist da das Problem?«

»Du verstehst mich eben nicht!«

Klirrend fiel ein Zehner durch. Ich warf drei Münzen nach.

»Ich bin anders als du«, sagte er. »Du kommst alleine zurecht. Ich nicht. Ich brauche jemanden, bei dem ich mich ausweinen und mit dem ich mich beraten kann. Sonst komme ich nicht vorwärts.«

Ich deckte die Muschel ab und seufzte. Welch prachtvoller Kreislauf! Ein Mops kommt in die Küche und stiehlt dem Koch ein Ei...

»Hallo«, sagte mein Partner.

»Ich höre«, sagte ich.

Am anderen Ende der Leitung waren streitende Kinderstimmen zu vernehmen. Es ging ums Fernsehprogramm.

»Denk doch an deine Kinder«, sagte ich. Nicht gerade fair, aber ich hatte keine Wahl. »Kannst du dir leisten, dich so zu beklagen? Wenn du's nicht schaffst, bricht die ganze Familie auseinander. Das Leben ist schwer, beklag dich nur, aber dann setz keine Kinder in die Welt. Pack's an, arbeite, und hör mit dem Trinken auf!«

Mein Partner sagte lange nichts. Die Kellnerin brachte mir einen Aschenbecher. Ich bestellte per Handzeichen noch ein Bier.

»Du hast recht«, sagte er. »Ich versuch's. Aber daß das gut geht, wage ich zu bezweifeln.«

»Das *geht* gut. Wie war's denn vor sechs Jahren? Wir hatten kein Geld, keine Verbindungen, nichts, und haben es doch zu was gebracht!« sagte ich, nachdem ich mir Bier eingegossen und einen Schluck getrunken hatte.

»Du hast keine Ahnung, wie sehr mich beruhigt hat, daß ich mit dir zusammen war«, sagte er.

»Ich melde mich wieder.«

»Okay.«

»Vielen Dank für all die Jahre. Es war schön«, sagte ich.

»Wenn du alles erledigt hast und nach Tokyo zurückkommen solltest – laß uns wieder zusammen arbeiten, ja?«

»Klar.« Damit legte ich auf.

Allerdings wußte er so gut wie ich, daß wir kaum wieder zusammen arbeiten würden. So viel weiß man nach sechs Jahren gemeinsamer Arbeit.

Ich nahm die Flasche Bier und das Glas und ging zu meinem Tisch zurück. Dort trank ich den Rest.

Nun, da ich meine Arbeit los war, ging es mir besser. Mein Leben wurde immer simpler. Ich hatte meine Stadt verloren und meine Jugend; ich hatte meinen Freund verloren, ich hatte meine Frau verloren, und in knapp drei Monaten würde ich dreißig werden. Ade, ihr Zwanziger. Eine Zeitlang dachte ich darüber nach, wie mein Leben wohl mit sechzig aussehen würde. Aber das hatte keinen Sinn. Ich konnte ja nicht einmal einen Monat in die Zukunft schauen.

Ich ging nach Hause, putzte mir die Zähne, zog meinen Schlafanzug an, legte mich ins Bett und las weiter in den *Abenteuern des Sherlock Holmes*. Um elf Uhr löschte ich das Licht und schlief bis zum Morgen wie ein Murmeltier.

8. Bücklings Geburt

Um zehn Uhr morgens fuhr jenes wahnsinnige U-Boot von Auto am Hauseingang vor. Von oben, aus dem zweiten Stock, sah es allerdings eher wie eine umgestülpte Plätzchenform aus Metall aus. Damit könnte man ein Plätzchen von solchen Ausmaßen backen, daß dreihundert Kinder zwei Wochen lang daran zu knabbern hätten. Meine Freundin und ich setzten uns aufs Fenstersims und schauten eine Zeitlang von oben auf das Fahrzeug.

Der Himmel war so blau, daß einem übel werden konnte. Ein Himmel wie aus einem expressionistischen Vorkriegsfilm. In großer Höhe flog ein Hubschrauber; er wirkte geradezu unnatürlich klein. Der völlig wolkenlose Himmel sah aus wie ein riesiges Auge mit abgeschnittenem Lid.

Ich schloß und verriegelte alle Fenster in der Wohnung, stellte den Kühlschrank ab und sah noch einmal nach dem Hauptgasschalter. Die Wäsche hatte ich hereingenommen, das Bett war abgedeckt, die Aschenbecher ausgespült und das Arsenal von Shampoos und Fläschchen im Badezimmer ordentlich verstaut. Die Miete war für zwei Monate im voraus bezahlt, die Zeitung abbestellt. Von der Tür aus bot die unbewohnte Wohnung ein unnatürlich stilles Bild. Ich dachte, während ich meinen Blick schweifen ließ, an die vier Jahre, die ich mit meiner Frau hier verbracht hatte, und an die Kinder, die ich mit ihr hätte haben können. Dann kam der Aufzug, meine Freundin rief, und ich schloß die Eisentür.

Der Fahrer nutzte die Wartezeit dazu, mit einem trockenen Tuch hingebungsvoll die Windschutzscheibe zu polieren. Der Wagen zeigte nach wie vor nicht das geringste Fleckchen; das Chassis strahlte im Licht der Sonne eigentümlich grell. Eine kleine Berührung, und man würde sich verbrennen.

»Guten Morgen«, sagte der Fahrer. Es war der religiöse von vorgestern.

»Guten Morgen«, sagte ich.

»Guten Morgen«, sagte meine Freundin.

Sie hatte den Kater im Arm, und ich trug die Tüten mit dem Katzenfutter und dem Streusand fürs Katzenklo.

»Herrliches Wetter«, sagte der Fahrer, den Blick zum Himmel gerichtet. »Fast, wie soll ich sagen, transparent.«

Wir nickten.

»Bei solch klarem Wetter kommen sicher die Botschaften Gottes besser an«, meinte ich.

»Keineswegs«, sagte der Fahrer fröhlich lächelnd. »Die Botschaften sind schon da, in allen Dingen und überall. In jeder Blume, jedem Stein, in jeder Wolke...«

»Und jedem Auto?« fragte meine Freundin.

»Auch in jedem Auto.«

Ich: »Aber Autos werden in Fabriken hergestellt.«

»Wo und von wem auch immer – Gottes Wille dringt in alle Dinge.«

Meine Freundin: »Wie Milben?«

»Wie die Luft«, verbesserte der Fahrer.

»In Autos, die in Saudi-Arabien hergestellt werden, steckt demnach der Wille Allahs?«

»In Saudi-Arabien werden keine Autos produziert.«

Ich: »Wirklich nicht?«

»Wirklich nicht.«

»Tja, welcher Gott steckt denn in in den USA produzierten und nach Saudi-Arabien exportierten Autos?« fragte meine Freundin.

Das war eine schwierige Frage.

»Richtig, wir müssen uns ja noch über den Kater unterhalten«, eilte ich zu Hilfe.

»Ein niedliches Tier«, sagte der Fahrer offensichtlich erleichtert.

Der Kater war allerdings ganz und gar nicht niedlich. Eher das genaue Gegenteil. Das Fell war dünn wie ein abgewetzter Teppich, die Schwanzspitze um sechzig Grad abgeknickt, die Zähne gelb. Die Sehkraft des rechten Auges, das von einer vor drei Jahren erlittenen Verletzung noch immer eiterte, ließ ständig nach. Es war zweifelhaft, ob er Turnschuhe von Kartoffeln unterscheiden konnte. Die Sohlen seiner Pfoten sahen aus wie vertrocknete Erbsen, in seinen Ohrgängen tummelten sich unausrottbare Milben, und außerdem mußte er vor Altersschwäche zwanzigmal am Tag furzen. Als meine Frau ihn unter einer Parkbank hervorgezogen und mit nach Hause gebracht hatte, war er ein junger, kräftiger Kater gewesen, aber seit Ende der siebziger Jahre rollte er wie eine Bowlingkugel auf schiefer Ebene immer schneller der Katastrophe entgegen. Zu alledem hatte er nicht mal einen Namen. Ob das seine Katertragödie milderte oder eher verstärkte, wußte ich nicht.

»Ruhig, ruhig«, sagte der Fahrer zu dem Tier, streckte seine Hand aber vorsichtshalber doch nicht aus. »Wie heißt er denn?«

»Er hat keinen Namen.«

»Wie rufen Sie ihn denn immer?«

»Wir rufen ihn nicht«, sagte ich. »Er ist bloß da.«

»Aber er liegt doch nicht immer steif herum, er bewegt sich doch nach eigenem Willen, oder? Was sich nach eigenem Willen bewegt, sollte einen Namen haben. Das geht doch sonst nicht an!«

»Heringe bewegen sich auch nach ihrem eigenen Willen; trotzdem kommt niemand auf die Idee, ihnen einen Namen zu geben.«

»Heringe pflegen kein freundschaftliches Verhältnis zum Menschen; außerdem würden sie's nicht verstehen, wenn man sie beim Namen riefe. Aber meinetwegen, Namen geben oder nicht, das kann jeder machen, wie er will.«

»Sie meinen also, daß Tiere, die sich nach freiem Willen bewegen, zum Menschen in freundschaftlichem Verhältnis stehen und außerdem auditive Fähigkeiten besitzen, Anspruch auf einen Namen haben?«

»Genau.« Der Fahrer nickte mehrmals, wie um sich selbst recht zu geben. »Sagen Sie, hätten Sie etwas dagegen, wenn ich den Kater einfach selbst taufe?«

»Aber nein, keineswegs. Welcher Name schwebt Ihnen denn vor?«

»Wie wär's mit *Bückling*? Ich meine, schließlich ist er wie ein Hering behandelt worden bis jetzt.«

»Nicht schlecht«, sagte ich.

»Nicht wahr?« sagte der Fahrer stolz.

»Was meinst du?« fragte ich meine Freundin.

»Nicht schlecht«, sagte sie. »Wie bei der Genesis. Und der Herr schuf Himmel und Erde.«

»Es werde Bückling«, sagte ich.

»Bückling, komm«, sagte der Fahrer und nahm den Kater in die Arme. Der Kater bekam Angst, biß den Fahrer in den Daumen und ließ einen Furz.

Der Fahrer brachte uns mit dem Wagen bis zum Flughafen. Der Kater saß brav auf dem Beifahrersitz. Ab und zu schien er zu furzen, denn der Fahrer ließ von Zeit zu Zeit das Seitenfenster herunter. Ich zählte unterdessen auf, was zu beachten war. Wie die Ohren am besten zu putzen seien, wo man Deodorant fürs Katzenklo kaufen könne, die richtige Futtermenge und so weiter.

»Machen Sie sich keine Sorgen«, sagte der Fahrer. »Ich kümmere mich um das Tier. Schließlich bin ich sein Taufpate.«

Es herrschte kaum Verkehr. Der Wagen schnellte Richtung Flughafen wie Lachs zur Laichzeit flußauf.

»Warum tauft man eigentlich Schiffe, Flugzeuge aber nicht?« fragte ich den Fahrer. »Warum nicht ›Maiglöckchen‹ oder ›Gänseblümchen‹ statt ›Flug Nummer 971‹, ›Flug Nummer 326‹?«

»Wahrscheinlich gibt es zu viele, mehr als Schiffe. Das Flugzeug ist Massenware.«

»Das Schiff etwa nicht? Mir scheint, es gibt mehr Schiffe als Flugzeuge.«

»Nun«, sagte der Fahrer. Dann schwieg er ein paar Sekunden. »Man kann ja auch nicht jedem einzelnen Bus in der Stadt einen Namen geben. Allein aus praktischen Gründen.«

»Ich fänd's toll, wenn jeder Bus einen Namen hätte«, sagte meine Freundin.

»Die Leute würden nur wählerisch werden, meinen Sie nicht? Zum Beispiel würde wohl jeder von Shinjuku nach Sendagaya in eine *Antilope* steigen, aber wer nähme schon einen *Maulesel*?«

»Na, was meinst du?« fragte ich meine Freundin.

»Mit dem *Maulesel* würde ich nicht fahren wollen«, sagte sie.

»Aber denken Sie an den armen Busfahrer«, sagte der Fahrer mit Fahrermitleid. »Der Fahrer des *Maulesels* kann doch für den Namen nichts.«

»Das stimmt«, sagte ich.

»Schon«, sagte meine Freundin. »Aber ich würde trotzdem in die *Antilope* steigen.«

»Sehn Sie!« sagte der Fahrer. »Das ist der Punkt! Der Brauch, Schiffe zu taufen, ist ein nostalgisches Überbleibsel aus der Zeit, bevor sie zur Massenware wurden. So wie man Pferden prinzipiell einen Namen gibt. Flugzeuge, die wie Pferde eingesetzt werden, haben deshalb ja auch richtige Namen. *Spirit of St. Louis* zum Beispiel, oder *Enola Gay.* Da wird bewußt personifiziert.«

»Es unterliegt dann eine Vorstellung von *Leben*, nicht wahr?«

»Genau.«

»Und der Zweck wäre demnach hinsichtlich der Namengebung nur von sekundärer Bedeutung?«

»Ganz recht. Zur Erfüllung allein eines Zweckes genügen Nummern. Denken Sie daran, wie man mit den Juden in Auschwitz verfuhr.«

»Interessant«, sagte ich. »Wenn allerdings bei der Namengebung ein Prozeß bewußter Personifikation stattfindet, gegründet auf einer Vorstellung von Leben, warum benennt man dann Bahnhöfe, Parks und Baseballstadien? Das sind keine Wesen.«

»Das wäre eine schöne Bescherung, wenn Bahnhöfe keine Namen hätten!«

»Stop. Das ist die Zweckargumentation. Ich hätte gerne das Prinzip.«

Der Fahrer dachte ernsthaft nach und übersah, daß die Ampel auf Grün umsprang. Der zum Wohnmobil umgebaute Kleinbus hinter uns ließ seine Liedhupe ertönen. Der Anfang der *Glorreichen Sieben*.

»Ich denke, weil sie nicht gegeneinander austauschbar sind. Den Bahnhof Shinjuku zum Beispiel gibt es nur einmal, und er läßt sich nicht durch Shibuya ersetzen. Die beiden wesentlichen Punkte sind also a: keine Austauschbarkeit, b: keine Massenware. Was halten Sie *davon*?« sagte der Fahrer.

»Ich hätte nichts dagegen, wenn Shinjuku in Ekoda läge«, sagte meine Freundin.

»Wenn Shinjuku in Ekoda läge, hieße der Bahnhof Ekoda«, konterte der Fahrer.

»Hätte aber einen Anschluß an die Odakyu-Linie«, sagte meine Freundin.

»Um noch einmal zum Ausgangspunkt zurückzukommen«, sagte ich. »Was wäre, wenn Bahnhöfe austauschbar wären? Wenn – ich sage *wenn* – sämtliche Bahnhöfe des gesamten Netzes im Baukastenverfahren hergestellt würden wie irgendein Massenprodukt, wenn sich der Bahnhof Shinjuku durch den Bahnhof Tokyo ersetzen ließe wie ein Ei durch ein anderes?«

»Ganz einfach. Wenn der Bahnhof in Shinjuku läge, hieße er Bahnhof Shinjuku, wenn er in Tokyo läge, Bahnhof Tokyo.«

»Das heißt, nicht das Ding wird benannt, sondern die Rolle, die es spielt. Da sind wir wieder bei der Zweckargumentation, oder?«

Der Fahrer schwieg. Diesmal aber nicht so lange.

»Ich meine«, sagte er, »sollten wir nicht allen diesen Dingen mit ein wenig mehr Sympathie begegnen?«

»Das heißt?«

»Die Städte, die Parks, die Straßen, die Bahnhöfe, die Baseballstadien, die Kinos, sie alle tragen Namen – Namen, die man ihnen gegeben hat als Entschädigung für ihre Fixiertheit an die Erde.«

Eine neue Theorie.

»Hm«, sagte ich. »Wenn ich zum Beispiel mein Bewußtsein völlig verlöre und irgendwo unverrückbar erstarrte, bekäme ich also einen tollen Namen?«

Der Fahrer sah mir via Rückspiegel kurz ins Gesicht. Er verengte die Augen, als ob er eine Falle witterte. »Erstarren, was meinen Sie damit?«

»Eingefroren werden, in Tiefschlaf versetzt, so etwas. Wie Dornröschen.«

»Aber Sie haben doch schon einen Namen!«

»Stimmt«, sagte ich. »Das hatte ich ganz vergessen.«

Nachdem wir am Flughafenschalter unsere Tickets in Empfang genommen hatten, sagten wir dem Fahrer, der mitgekommen war, Lebewohl. Eigentlich hatte er bis zum Abflug bleiben wollen, zog sich dann aber, da noch über anderthalb Stunden Zeit war, zurück.

»Ein seltsamer Vogel«, sagte meine Freundin.

»Ich weiß, wo *nur* solche rumfliegen«, sagte ich. »Da suchen Kühe Kneifzangen.«

»Wie auf *Unserer Kleinen Farm.*«

»So ungefähr«, sagte ich.

Wir gingen ins Flughafenrestaurant und nahmen ein frühes Mittagessen ein. Ich bestellte Garnelen *au gratin*, sie Spaghetti. Mit einer gewissen fatalistisch mahnenden Feierlichkeit landeten und starteten jenseits der Panoramascheibe Jumbos und TriStars. Meine Freundin untersuchte mißtrauisch jede Nudel einzeln, bevor sie sie aß.

»Ich dachte immer, daß es im Flugzeug was zu essen gibt«, sagte sie mißmutig.

»Nein«, sagte ich, kühlte ein bißchen das Stück Gratin, das ich im Mund hatte, schluckte es herunter und spülte gleich mit kaltem Wasser nach. Es war heiß, sonst nichts. Geschmack gleich Null. »Nur auf internationalen Flügen. Bei längeren Inlandsflügen servieren sie manchmal ein Lunchpaket. Schmeckt aber auch nicht besonders.«

»Filme?«

»Auch nicht. Bis Sapporo sind's doch bloß eine Stunde und ein paar Minuten.«

»Dann wird ja gar nichts geboten!«

»Nichts, du sagst es. Hinsetzen, Buch lesen, Ankunft am Bestimmungsort. Wie mit dem Bus.«

»Nur ohne Ampeln.«

»Genau.«

»Na großartig«, seufzte meine Freundin. Sie ließ die Hälfte ihrer Spaghetti stehen, legte die Gabel zur Seite und wischte sich mit der Papierserviette um den Mund. »Nicht einmal einen Namen geben sie den Kisten.«

»Fliegen ist eben langweilig. Es geht allerdings viel schneller. Mit dem Zug dauert's immerhin zwölf Stunden bis Sapporo.«

»Wohin geht denn die restliche Zeit?«

Ich ließ mein Essen auch stehen und bestellte zwei Kaffee. »Welche restliche Zeit?«

»Du sagst doch, daß das Flugzeug über zehn Stunden spart. Diese gesparte Zeit, wo geht die hin?«

»Zeit geht nirgendwohin. Sie summiert sich bloß. Wir können mit diesen zehn Stunden machen, was wir wollen, sei es in Tokyo, sei es in Sapporo. Wenn wir zehn Stunden haben, können wir uns vier Filme ansehen oder zweimal essen gehen. Oder?«

»Und wenn ich nicht ins Kino will und keinen Hunger habe?«

»Das ist dein Problem, nicht das der Zeit.«

Sie biß sich auf die Unterlippe und sah sich eine Zeitlang die untersetzten Jumbos an. Ich schloß mich an. Wenn ich eine Boeing 747 sehe, muß ich immer an die dicke, häßliche Frau denken, die früher bei mir in der Nachbarschaft wohnte. Riesenbrüste bis zum Bauch, in den Beinen die Wassersucht, dürrer Hals. Das Flugfeld war eine einzige Versammlung solcher Frauen. Dutzende von ihnen kamen und gingen. Die Piloten und Stewardessen, die aufrechten Ganges die Flughafenhalle durchschritten, wirkten alle merkwürdig platt, als ob die dicken, häßlichen Frauen ihnen ihre Körperlichkeit genommen hätten. Mir schien, daß es in den guten alten Tagen der DC7er und der Friendships nicht so gewesen war; vielleicht aber auch nicht. Ich konnte mich nicht mehr genau erinnern. Vielleicht lag es eben nur daran, daß die Jumbos wie diese dicke, häßliche Frau aussahen.

»Du, dehnt Zeit sich aus?« fragte meine Freundin.

»Nein, Zeit dehnt sich nicht aus«, antwortete ich. Das waren meine Worte, aber es klang nicht nach meiner Stimme. Ich räusperte mich. Der Kaffee war gebracht worden, und ich trank einen Schluck. »Zeit dehnt sich nicht aus.«

»Aber sie nimmt zu, ja? Du hast selbst gesagt, sie summiert sich.«

»Nur, weil die Zeit, die man braucht, um von einem Ort zu einem anderen zu gelangen, abnimmt. Das Gesamtvolumen der Zeit verändert sich nicht. Du kannst dir eben bloß mehr Filme ansehen.«

»Vorausgesetzt, ich will mir welche ansehen«, sagte sie.

Tatsächlich gingen wir gleich nach unserer Ankunft in Sapporo in ein Kino und sahen uns zwei Filme an.

Siebtes Kapitel

Abenteuer im Hotel Delphin

1. Vollendung des Ortswechsels im Kino – Auf ins Hotel Delphin

Im Flugzeug saß sie am Fenster und sah die ganze Zeit auf die Landschaft hinaus. Ich saß daneben und las *Die Abenteuer des Sherlock Holmes*. Nicht ein einziges Wölkchen war am Himmel, und unten auf der Erde sah man den Schatten des Flugzeugs über Berge und Felder gleiten. Genaugenommen mußten unsere Schatten auch dabei sein – wir saßen ja im Flugzeug. Was bedeutete, daß wir ebenfalls mit in die Erde eingebrannt waren.

»Ich mag ihn«, sagte sie und trank ihren Pappbecher-Orangensaft.

»Wen?«

»Den Chauffeur.«

»Ich auch«, sagte ich.

»*Bückling* ist außerdem ein schöner Name.«

»Ohne Frage. Der Kater hätte es bei ihm wahrscheinlich besser als bei mir.«

»Nicht ›der Kater‹, *Bückling*!«

»Richtig, *Bückling*.«

»Warum hast du ihm eigentlich die ganze Zeit keinen Namen gegeben?«

»Tja, warum?« sagte ich und zündete mir mit dem Schafwappen-Feuerzeug eine Zigarette an. »Wahrscheinlich, weil ich Namen nicht mag. Ich bin ich, du bist du, wir sind wir, sie sind sie; das reicht doch, oder?«

»Na ja«, sagte sie. »Aber ›wir‹ mag ich. Das klingt so eiszeitlich, findest du nicht?«

»Eiszeitlich?«

»Ja, zum Beispiel: ›*Wir* müssen nach Süden ziehen‹, ›*Wir* müssen ein Mammut jagen‹.«

»Nicht schlecht«, sagte ich.

Als wir unser Gepäck abgeholt und das Flughafengebäude in Chitose verlassen hatten, war es kälter als erwartet. Ich zog den Pullover, den ich um die Schultern gebunden hatte, über mein T-Shirt, und sie zog ihre Strickjacke an. Hier war der Herbst genau einen Monat früher als in Tokyo eingezogen.

»Wir hätten uns vielleicht in der Eiszeit begegnen sollen«, sagte sie im Bus nach Sapporo. »Du würdest Mammute jagen, und ich versorgte die Kinder.«

»Klingt verlockend«, sagte ich.

Dann schlief sie ein, und ich sah aus dem Busfenster auf den dichten Wald, der sich endlos beiderseits der Straße erstreckte.

In Sapporo angekommen, gingen wir erst mal in ein Café.

»Einigen wir uns zunächst auf die grundlegenden Schritte«, sagte ich. »Wir sollten getrennt vorgehen. Ich werde mich um die Landschaft auf dem Foto kümmern, du um das Schaf. Dadurch können wir Zeit sparen.«

»Klingt vernünftig.«

»Wenn's klappt«, sagte ich. »Jedenfalls möchte ich, daß du die ehemaligen Großzüchter und großen Weiden ausfindig machst und etwas über Schafrassen herausfindest. In Bibliotheken oder auf der Präfekturverwaltung findest du wahrscheinlich, was du brauchst.«

»Bibliotheken mag ich«, sagte sie.

»Um so besser«, sagte ich.

»Soll ich gleich los?«

Ich sah auf die Uhr. Es war halb vier. »Nein, es ist schon zu spät, verschieben wir alles auf morgen. Laß es uns heute langsam angehen: Wir suchen uns ein Hotel, gehen essen, nehmen ein Bad und schlafen.«

»Ich möchte ins Kino«, sagte sie.

»Ins Kino?«

»Haben wir nun mit dem Flugzeug Zeit gespart oder nicht?«

»Wir haben«, sagte ich. Und dann gingen wir ins erstbeste Kino, das wir sahen.

Es lief ein Krimi-Horror-Doppelprogramm, und kaum eine Menschenseele war da. Es war lange her, daß ich in einem so leeren Kino gesessen hatte. Zum Zeitvertreib zählte ich die Zuschauer. Mit uns waren es acht. Auf der Leinwand erschienen bedeutend mehr Leute.

Die Filme waren so ziemlich das Letzte vom Letzten. Filme, bei denen man sich schon umdrehen und weglaufen will, sobald der MGM-Löwe ausgebrüllt hat und der Titel eingeblendet wird. Solche Filme gibt es.

Meine Freundin starrte trotzdem mit todernstem Gesicht auf die Leinwand, als wolle sie sie verschlingen. Sie war offensichtlich nicht anzusprechen. Mir blieb nichts übrig, als ebenfalls zuzuschauen.

Zuerst kam der Horrorfilm. Ein Der-Teufel-beherrscht-eine-Stadt-Film. Der Teufel hauste im feuchten Keller der Kirche und benutzte den schwächlichen Priester als Werkzeug. Warum er ausgerechnet diese Stadt, ein von Maisfeldern umgebenes, armseliges Fleckchen, beherrschen wollte, wußte nur er selber.

Jedenfalls war der Teufel ganz versessen auf den Ort und ärgerte sich krumm, weil ein einziges kleines Mädchen sich nicht unter seine Gewalt bringen ließ. Wenn er in Wut geriet, zitterte sein glitschiger, grüner Körper wie Wackelpudding. Diese Wutanfälle wenigstens waren ganz nett.

Ein Mann mittleren Alters in der Reihe vor uns schnarchte erbarmungswürdig, wie ein Nebelhorn. In der Ecke vorne rechts war Petting schwersten Grades im Gange. Hinter mir ließ jemand einen lauten Furz. So laut, daß der Mann mittleren Alters für einen Augenblick zu schnarchen aufhörte. Zwei Oberschülerinnen kicherten.

Unwillkürlich mußte ich an Bückling denken. Und als ich an ihn dachte, wurde mir endlich klar, daß ich Tokyo verlassen hatte und in Sapporo war. Andersherum ausgedrückt: Ich mußte erst einen Furz hören, um zu realisieren, daß ich weit von Tokyo weg war.

Äußerst merkwürdig.

Bei diesen Gedanken schlief ich ein. Im Traum tauchte der

grüne Teufel auf. Der Traumteufel war allerdings kein bißchen nett. Stumm starrte er mich aus dem Dunkel heraus an.

Als der Film aus war und im Kino die Lichter angingen, wachte ich auf. Die Zuschauer gähnten einer nach dem anderen, wie auf Verabredung. Ich ging zum Kiosk und kaufte uns zwei Eis. Es war so hart, als stammte es noch vom vorletzten Sommer.

»Hast du die ganze Zeit geschlafen?«

»Ja«, sagte ich. »Wie war's denn?«

»Toll! Am Schluß explodiert die ganze Stadt!«

»Toll.«

Im Kino war es unangenehm still. Das heißt, nur um mich herum war es unangenehm still. Seltsam.

»Sag mal«, sagte sie. »Hast du nicht auch das Gefühl, daß wir uns bewegen?«

Tatsächlich, sie hatte recht.

Sie nahm meine Hand. »Laß mich nicht los. Ich hab Angst.«

»Ganz ruhig.«

»Wenn du mich nicht hältst, werden wir bestimmt an einen schrecklichen Ort versetzt.«

Im Kino wurde es dunkel, und als die Werbung begann, strich ich ihr Haar zur Seite und küßte sie aufs Ohr. »Alles wird gut. Du brauchst keine Angst zu haben.«

»Hoffentlich«, sagte sie leise. »Wir hätten doch ein Schiff oder die Bahn nehmen sollen, jedenfalls irgendein Fahrzeug mit Namen.«

In den anderthalb Stunden, die der zweite Film dauerte, vollendeten wir unseren Ortswechsel – still, von Kinodunkelheit umhüllt. Ihr Kopf lehnte die ganze Zeit an meiner Schulter; von ihrem Atem wurde sie warm und feucht.

* * *

Nach dem Kino spazierten wir durch die dämmrigen Straßen. Ich hatte meinen Arm um ihre Schultern gelegt. Wir fühlten uns näher als je zuvor. Das Gewusel der Passanten wirkte heimelig, am Himmel schienen milchig-hell die Sterne.

»Sind wir wirklich in der richtigen Stadt?« fragte sie.

Ich sah zum Himmel auf. Der Polarstern befand sich am richtigen Platz. Aber er sah wie eine Fälschung aus. Zu groß, zu hell.

»Ich weiß es nicht«, sagte ich.

»Irgend etwas stimmt nicht.«

»Das ist immer so, wenn man zum ersten Mal in einer fremden Stadt ist. Dein Körper fühlt sich noch nicht richtig heimisch.«

»Wird er das irgendwann tun?«

»Nach zwei, drei Tagen bestimmt«, sagte ich.

Vom Spazieren müde, gingen wir ins erstbeste Restaurant, tranken jeder zwei Bier vom Faß und aßen Lachs mit Kartoffeln. Dafür, daß wir aufs Geratewohl hineingegangen waren, schmeckte das Essen gut. Das Bier war ausgezeichnet, und die helle Soße hatte Pfiff; sie war leicht und doch würzig.

»So«, sagte ich beim Kaffee. »Allmählich müssen wir uns um ein Hotel kümmern.«

»Ich hab schon eine genaue Vorstellung von unserem Hotel«, sagte sie.

»Was für eine Vorstellung?«

»Lies mir erst mal ein paar Hotelnamen vor.«

Ich ließ mir von dem mürrischen Kellner das Branchenverzeichnis bringen, schlug die Seite mit der Rubrik »Hotels, Gaststätten« auf und begann vorzulesen. Nach ungefähr vierzig Namen rief sie »Stopp!«.

»Das ist es!«

»Welches?«

»Das, was du zuletzt vorgelesen hast.«

»Dolphin«, wiederholte ich.

»Was heißt das?«

»Delphin.«

»Da übernachten wir.«

»Hab ich noch nie von gehört.«

»Das ist es! Da bleiben wir.«

Ich bedankte mich bei dem Kellner, gab ihm das Telefonbuch zurück und rief im Hotel Delphin an. Es meldete sich die nuschelige Stimme eines Mannes. Er sagte, es seien nur Doppel- und Einzelzimmer frei. Vorsichtshalber fragte ich, was es denn noch für Zimmer gäbe. Andere gab es natürlich nicht. Ich war etwas verwirrt, reservierte aber trotzdem ein Doppelzimmer und fragte nach dem Preis – das Hotel war zirka vierzig Prozent billiger als erwartet.

Das *Delphin* lag vom Kino aus drei Straßen westlich und einen Block in südlicher Richtung. Es war klein und unscheinbar. So unscheinbar, daß es schon beinahe wieder einmalig war. Seine Unscheinbarkeit ließ eine Art metaphysische Atmosphäre entstehen. Kein Neonschild, keine große Werbetafel, nicht einmal ein richtiger Eingang. Neben der kargen Glastür, die wie der Boteneingang einer Restaurantküche wirkte, war lediglich eine Kupferplatte mit der Gravur *DOLPHIN HOTEL* in die Wand eingelassen – selbst auf die naheliegende Abbildung eines Delphins hatte man verzichtet.

Das Gebäude hatte fünf Stockwerke, war aber so schlicht gebaut, daß es einer übergroßen, senkrecht stehenden Streichholzschachtel ähnelte. Aus der Nähe betrachtet war es gar nicht so alt, doch heruntergekommen genug, um die Blicke der Leute auf sich zu ziehen. Wahrscheinlich war es schon heruntergekommen, als es gebaut wurde.

Das war also unser Hotel Delphin.

Meiner Freundin schien es jedoch vom ersten Augenblick an zu gefallen.

»Sieht ziemlich gut aus, was?« sagte sie.

»Gut?!« gab ich zurück.

»Bescheiden, kein überflüssiger Firlefanz.«

»Überflüssiger Firlefanz!« erwiderte ich. »Damit meinst du wahrscheinlich saubere Bettlaken, Wasserhähne, die nicht tropfen, eine funktionierende Klimaanlage, weiches Toilettenpapier, ein neues Stück Seife und Vorhänge, die noch nicht verblichen sind!«

»Du hast aber auch an allem was auszusetzen!« lachte sie. »Außerdem sind wir nicht hier, um Ferien zu machen.«

Wir öffneten die Tür. Die Lobby war größer, als ich erwartet hatte. In der Mitte befand sich eine Sitzgruppe mit Couchtisch und ein großer Farbfernseher. Der Fernseher lief – irgendein Quizprogramm –, aber niemand war zu sehen.

Zu beiden Seiten der Tür standen große Töpfe mit halb verwelkten Blattpflanzen. Ich schloß die Tür, stellte mich zwischen die beiden Pflanzen und schaute mich eine Weile um. Bei genauerem Hinsehen war die Lobby gar nicht so groß, wie es zunächst den Anschein gehabt hatte. Sie wirkte nur geräumig, weil so wenige Möbel darin standen. Die Sitzgruppe, eine Standuhr, ein großer Spiegel – das war alles.

Ich ging zur Wand hinüber und besah mir die Uhr und den Spiegel. Beides waren irgendwelche Firmengeschenke. Die Uhr ging sieben Minuten nach, und bei meinem Spiegelbild saß der Kopf nicht ganz korrekt auf dem Rumpf.

Die Sitzgruppe war genauso heruntergekommen wie das ganze Hotel. Das Orange des Bezugs war ziemlich befremdlich – die Art Orange, die entsteht, wenn man Stoff lange der Sonne aussetzt, dann eine Woche im Regen liegen läßt und schließlich in den Keller wirft, damit er Schimmel ansetzt. Ein Orange aus der Zeit, als der Farbfilm noch in den Kinderschuhen steckte.

Als ich näher heranging, sah ich auf dem Sofa einen Mann mittleren Alters mit Halbglatze liegen. Seine Haltung erinnerte an einen Trockenfisch. Zuerst sah es so aus, als ob er tot wäre, aber in Wirklichkeit schlief er nur. Von Zeit zu Zeit zitterte seine Nase. Auf dem Nasenrücken hatte er Druckstellen von einer Brille, die jedoch nirgends zu sehen war. Was bedeutete, daß er nicht beim Fernsehen eingeschlafen war. Ich konnte mir keinen Reim darauf machen.

Ich sah hinter den Rezeptionstisch. Niemand da. Meine Freundin drückte auf den Summer. »Rrring« hallte es durch die leere Lobby. Wir warteten dreißig Sekunden – keine Reaktion. Auch der Mann auf dem Sofa wurde nicht wach.

Sie klingelte noch einmal.

Der Mann auf dem Sofa brummte. Ein gegen sich selbst gerichtetes, vorwurfsvolles Brummen. Dann öffnete er die Augen und sah uns verschlafen an.

Wie um das Maß voll zu machen, klingelte meine Freundin ein drittes Mal.

Der Mann sprang vom Sofa auf, durchquerte die Lobby und schlüpfte an mir vorbei hinter die Rezeption. Er war der Portier.

»Ich bitte vielmals um Verzeihung«, sagte er. »Wirklich, entschuldigen Sie bitte. Ich muß beim Warten plötzlich eingeschlafen sein.«

»Verzeihen Sie, daß wir Sie aufgeweckt haben«, sagte ich.

»Aber nein«, sagte der Portier. Dann reichte er mir den Anmeldeblock und einen Kugelschreiber. An der linken Hand fehlten ihm die oberen Glieder des kleinen und des Mittelfingers.

Ich trug mich zunächst unter meinem richtigen Namen ein, besann mich dann aber eines Besseren, zerknüllte das Formular und ließ es in der Hosentasche verschwinden. Dann füllte ich eines mit falschem Namen und falscher Adresse aus. Eine ganz gewöhnliche Adresse und ein ganz gewöhnlicher Name nur, aber dafür, daß ich sie spontan erdacht hatte, gar nicht schlecht. Als Beruf gab ich Immobilienmakler an.

Der Portier setzte sich die dicke, kunststoffgerahmte Brille auf, die neben dem Telefon gelegen hatte, und las mein Anmeldeformular aufmerksam durch.

»Suginami-ku, Tokyo, neunundzwanzig, Immobilienmakler.«

Ich nahm ein Papiertaschentuch aus der Tasche und wischte mir die Kugelschreibertinte von den Fingern.

»Sind Sie geschäftlich hier?« fragte der Portier.

»Hmh, ja, kann man sagen«, sagte ich.

»Wie lange bleiben Sie?«

»Einen Monat«, sagte ich.

»Einen Monat?!« Er starrte mich an, als wäre ich ein großes weißes Blatt Papier. »Das heißt, Sie wollen einen ganzen Monat bleiben?«

»Geht das nicht?«

»Nein, ich meine *doch*, nur, ich verlange immer drei Tage im voraus.«

Ich setzte das Gepäck ab, zog den Umschlag aus der Tasche, zählte daraus zwanzig Zehntausender ab und legte sie auf den Rezeptionstisch.

»Wenn die nicht mehr reichen, zahle ich nach«, sagte ich.

Der Portier hielt die Scheine mit den drei Fingern der linken Hand fest und zählte sie mit der rechten nach. Dann stellte er mir über die Summe eine Quittung aus. »Haben Sie noch bestimmte Wünsche, das Zimmer betreffend?«

»Wenn es geht, hätten wir gerne ein Eckzimmer, möglichst weit weg vom Aufzug.«

Der Portier drehte mir den Rücken zu, vertiefte sich in das Schlüsselbrett und wählte nach langem Überlegen den Schlüssel mit der Nummer 406. Fast alle Schlüssel hingen am Brett. Das Hotel Delphin war schwerlich als geschäftlicher Erfolg zu bezeichnen.

So etwas wie Hotelpagen existierten im *Delphin* nicht, und so mußten wir unser Gepäck selbst zum Aufzug tragen. Überflüssigen Firlefanz, wie meine Freundin richtig bemerkt hatte, gab es in diesem Hotel nicht. Der Aufzug bebte und zitterte wie ein schwindsüchtiger Bernhardiner.

»Für längere Aufenthalte ist ein nettes, kleines Hotel wie dieses hier besser geeignet«, sagte sie.

›Nettes, kleines Hotel‹ – keine schlechte Formulierung. Könnte glatt dem Reiseteil einer Frauenzeitschrift entstammen: ›Für einen längeren Aufenthalt empfiehlt sich nichts mehr als ein gemütliches, nettes, kleines Hotel.‹

Nichtsdestoweniger bestanden meine ersten beiden Handlungen im Zimmer unseres netten, kleinen Hotels darin, mit dem Pantoffel einen am Fensterrahmen entlangkriechenden, niedlichen Kakerlak zu erschlagen sowie vom Fußende unseres Bettes zwei Schamhaare aufzulesen und im Papierkorb verschwinden zu lassen. Es war das erste Mal, daß ich auf Hokkaido einen Kakerlaken zu Gesicht bekam. Meine Freundin ließ in der Zwischenzeit das Badewasser ein. Der Geräuschpegel des Wasserhahns ließ ebenfalls nichts zu wünschen übrig.

»Wir können uns auch ein besseres Hotel leisten«, schrie ich ihr durch die Badezimmertür zu. »Geld haben wir genug!«

»Mit Geld hat das nichts zu tun. Unsere Suche nach dem Schaf beginnt hier und nirgendwo anders!«

Ich legte mich aufs Bett, rauchte eine Zigarette, stellte den Fernseher an, schaltete einmal durch alle Programme und stellte ihn wieder ab. Gegen den Empfang immerhin war ausnahmsweise nichts einzuwenden. Das Wasser hörte auf zu laufen, Kleider flogen durch die Badezimmertür, und bald darauf war die Dusche zu hören.

Ich zog die Vorhänge auf. Auf der anderen Straßenseite sah ich die gleichen nichtssagenden Häuser wie das *Delphin*. Sie waren von einer dünnen, aschigen Schmutzschicht bedeckt und stanken beim bloßen Anblick nach Urin. Es war schon fast neun, doch in einigen Fenstern brannte noch Licht, und dahinter sah man Menschen geschäftig arbeiten. Besonders glücklich sahen sie nicht aus. Aber in ihren Augen sah ich wahrscheinlich auch nicht gerade glücklich aus.

Ich zog die Vorhänge wieder zu, ging zum Bett zurück, legte mich auf die steinhart gestärkten Laken und dachte an meine geschiedene Frau und den Mann, mit dem sie jetzt zusammenlebte. Ich kannte ihn ziemlich gut. Schließlich ist er mein Freund gewesen, da mußte ich ihn ja kennen. Siebenundzwanzig und als relativ unbekannter Jazzgitarrist ziemlich in Ordnung. Auch charakterlich. Was ihm fehlte, war ein eigener Stil. Ein Jahr lang hing er zwischen Kenny Burrell und B. B. King, im nächsten zwischen Larry Coryell und Jim Hall.

Warum sie sich nach mir gerade für jemanden wie ihn entschieden hatte, war mir nicht klar. Jeder hat seine Vorlieben für bestimmte Eigenschaften anderer Menschen, sicher. Aber alles, was er mir voraus hatte, war, daß er Gitarre spielen konnte; und ich hatte ihm lediglich voraus, daß ich abwaschen konnte. Die meisten Gitarristen waschen nämlich nicht ab. Eine Handverletzung kostet sie ihre Existenzberechtigung.

Danach dachte ich an Sex mit meiner ehemaligen Frau. Zum Zeitvertreib versuchte ich auszurechnen, wie oft wir in unserer vierjährigen Ehe miteinander geschlafen hatten. Aber die Zahl hätte letztlich nur ungenau sein können, und ungenaue Zahlen sind für mich wertlos. Ich hätte Tagebuch führen oder zumindest Kreuzchen in meinen Kalender machen sollen. Dann hätte ich meine Beischlafrate über den Zeitraum von vier Jahren ganz genau erfassen können. Ich brauche Realität, die sich in harten Zahlen ausdrücken läßt.

Meine geschiedene Frau besaß genaue Aufzeichnungen über ihren Sexualverkehr. Ein Tagebuch führte sie nicht. In DIN-A 4-Blöcken hatte sie jedoch vom Zeitpunkt ihrer ersten Periode an genau ihren Menstruationsverlauf aufgezeichnet. Sozusagen als Beilage enthielten diese Blöcke auch die Aufzeichnungen über ihren Sexualverkehr. Sie besaß insgesamt acht solcher Blöcke, die sie in einer verschlossenen Schublade zusammen mit wichtigen Briefen und Fotos aufbewahrte. Sie zeigte sie niemandem. Wie detailliert ihre Aufzeichnungen über Sex waren, weiß ich nicht. Jetzt, wo wir uns getrennt haben, werde ich es auch nie erfahren.

»Wenn ich sterben sollte«, sagte sie oft, »vernichte diese Blöcke bitte. Überschütte sie gut mit Benzin, zünde sie an, und wenn sie vollständig verbrannt sind, vergrab sie. Ich verzeih es dir nie, wenn du auch nur eine Silbe liest.«

»Aber ich schlafe doch schon so lange mit dir! Ich kenne jeden Winkel deines Körpers von den Haarspitzen bis zu den Fußsohlen. Warum bist du denn jetzt auf einmal so schamhaft?«

»Körperzellen erneuern sich monatlich. Und deshalb«, sie hielt mir ihre schlanke Hand vor die Augen, »ist fast alles, was du von mir zu wissen glaubst, nichts als Erinnerung.«

Sie dachte – einmal abgesehen von dem Monat vor unserer Scheidung – alles derart sauber durch. Sie war eine Frau, die die Realitäten des Lebens fest im Griff hatte. Ihr Prinzip läßt sich folgendermaßen ausdrücken: Eine einmal verschlossene Tür läßt sich nicht wieder öffnen, und sie für alle Fälle offenzulassen ist ebenfalls unmöglich.

Was ich jetzt von ihr weiß, sind nichts als Erinnerungen, die allmählich verschwinden wie abgestorbene Körperzellen. Und ich weiß nicht einmal genau, wie oft ich mit ihr geschlafen habe.

2. Der Schafprofessor tritt auf

Am nächsten Morgen wachten wir um acht Uhr auf, zogen uns an, fuhren mit dem Aufzug hinunter und frühstückten in einem Café in der Nähe. Im *Delphin* gab es weder Restaurant noch Café.

»Wie ich gestern schon sagte, wir werden getrennt vorgehen«, sagte ich und gab ihr eine Kopie des Schaffotos. »Ich werde versuchen, anhand der Berglandschaft im Bildhintergrund den Aufnahmeort herauszufinden, du konzentrierst dich auf die Züchter. Du weißt, worum es geht? Jeder noch so kleine Hinweis ist wichtig. Alles ist besser, als blindlings ganz Hokkaido nach der berühmten Stecknadel zu durchpflügen.«

»Schon klar, laß mich nur machen.«

»Gut, wir treffen uns dann heute abend im Hotelzimmer.«

»Mach dir nicht so viele Gedanken!« sagte sie und setzte ihre Sonnenbrille auf. »Bestimmt ist alles ganz einfach.«

»Hoffentlich!« sagte ich.

Nichts war einfach. Ich besuchte das Fremdenverkehrsamt der Präfekturverwaltung, fragte bei Touristeninformationen, Reisebüros und Wandervereinen an – kurz, ich klapperte alle möglichen Stellen ab, die irgend etwas mit Tourismus und Bergen zu tun hatten. Aber niemand kannte das Massiv auf dem Foto.

»Der Berg sieht zu gewöhnlich aus«, sagten sie. »Und außerdem zeigt das Bild nur einen kleinen Ausschnitt davon.«

Alles, was die Plackerei des ganzen Tages erbracht hatte, war die Erkenntnis, daß es schwer ist, Namen von Bergen herauszufinden, die keine besonderen Merkmale besitzen und von denen man nur einen Ausschnitt sehen kann.

Zwischendurch ging ich in eine Buchhandlung, besorgte mir eine Landkarte von Hokkaido sowie ein Buch mit dem Titel *Hokkaido, deine Berge*, setzte mich in ein Café und las es bei zwei Ginger Ale durch. Hokkaido hat unglaublich viele Berge, und alle haben ähnliche Farben und Formen. Ich verglich jeden Berg auf den Abbildungen im Buch mit dem auf Rattes Foto, aber schon nach zehn Minuten bekam ich Kopfschmerzen. Erstens machten die im Buch abgebildeten Berge nur einen winzigen Bruchteil aller Berge Hokkaidos aus. Und zweitens begriff ich, daß man nur den Blickwinkel ändern mußte, um völlig verschiedene Eindrücke von ein und demselben Berg zu bekommen. »Der Berg lebt!« schrieb der Autor im Vorwort. »Mit jedem Blickwinkel, jeder Jahres- und Tageszeit oder auch nur der Seelenlage des Betrachters kann sich der Anblick eines Berges vollkommen ändern. Deshalb müssen wir uns damit abfinden, daß wir immer nur einen Teil, ein Bruchstück von ihm begreifen können.«

»Na großartig«, platzte es aus mir heraus. Dann nahm ich – im vollen Bewußtsein ihrer Sinnlosigkeit – meine Arbeit wieder auf, endete aber um Schlag fünf auf einer Parkbank, um mit den Tauben Maiskolben zu essen.

Die Recherchen meiner Freundin waren zwar qualitativ besser, aber im Endeffekt ebensowenig zu gebrauchen. Bei einem bescheidenen Abendessen in einem kleinen Restaurant hinter dem *Delphin* tauschten wir die Ergebnisse dieses ersten Tages aus.

»Im Amt für Viehzucht der Präfekturverwaltung wußten sie kaum Bescheid«, sagte sie. »Als Zuchttier hat man das Schaf nämlich schon aufgegeben. Es lohnt sich nicht. Zumindest nicht für Massenhaltung.«

»Es gibt also weniger. Das macht die Sache leichter.«

»Das nicht gerade. Wenn die Schafzucht nämlich blühte, gäbe es auch unabhängige Vereinsaktivitäten der Züchter, und auf dieser Basis könnten die Ämter die Daten genau erfassen. Aber in einer Situation wie dieser weiß man kaum über die vereinzelten kleinen und mittleren Schafzuchten Bescheid. Die Bauern halten ein paar Schafe, so wie sie Hunde oder Katzen halten. Ich habe zwar Namen und Adressen von zirka dreißig gemeldeten Züchtern bekommen können, aber das sind vier Jahre alte Daten, und in vier Jahren sind Veränderungen nur zu wahrscheinlich. Die japanische Landwirtschaftspolitik dreht sich nämlich alle drei Jahre um mindestens hundertachtzig Grad.«

»Na großartig!« seufzte ich in mein Bier. »Wir sitzen ganz schön in der Klemme. Erst die Erkenntnis, daß es auf Hokkaido über hundert Berge gibt, die kaum voneinander zu unterscheiden sind, und jetzt erfahre ich, daß über die Schafzüchter auch so gut wie nichts bekannt ist.«

»Es ist erst ein einziger Tag vergangen. Wir stehen gerade am Anfang!«

»Deine Ohren haben nicht zufällig eine Eingebung bekommen?«

»Nein, bis jetzt nicht«, sagte sie, schob ein Stück gedünsteten Fisch in den Mund und trank einen Schluck Miso-Suppe. »Ich weiß auch, warum. Eingebungen bekomme ich nämlich nur dann, wenn ich am Ende bin oder in einem seelischen Tief stecke. Und beides ist momentan nicht der Fall.«

»Der Rettungsring wird also nur dann geworfen, wenn du schon fast ertrunken bist.«

»Genau. Ich bin vollkommen zufrieden mit unserer Situation hier, und solange ich zufrieden bin, kommt keine Eingebung. Wir müssen das Schaf schon selbst finden.«

»Das begreife ich nicht!« sagte ich. »Wir stecken doch schon mitten in realen Schwierigkeiten! Und wenn wir das Schaf nicht finden, werden wir in noch größeren stecken. *Wie* die aussehen werden, weiß ich auch nicht genau, aber wenn die sagen, sie bringen uns in Schwierigkeiten, dann meinen sie *echte* Schwierigkeiten. Das sind nämlich Profis! Selbst wenn der Boß stirbt, die Organisation wird weiterexistieren, und über ihr Netzwerk, das wie ein Kanalsystem ganz Japan durchzieht, werden sie schon dafür sorgen, daß sie uns rankriegen. Klingt verrückt, aber es ist so.«

»›Richard Kimble: Auf der Flucht‹.«

»Genauso verrückt allemal. Nur mit dem Unterschied, daß wir *wirklich* in der Falle sitzen, und wenn ich *wir* sage, dann meine ich damit mich *und dich*. Am Anfang war nur ich betroffen, aber mittlerweile hängst du genauso mit drin. Spürst du noch nicht das Wasser am Hals?«

»Im Gegenteil, ich liebe so was! Viel besser, als mit Fremden zu schlafen oder meine Ohren ablichten zu lassen oder den *Who's who?* Korrektur zu lesen. Das hier, das ist Leben!«

»Mit anderen Worten«, sagte ich, »dir steht das Wasser nicht bis zum Hals, und demzufolge ist der Rettungsring auch nicht in Sicht.«

»Genau. Wir finden das Schaf selbst. *So* schlecht sind wir beide doch auch wieder nicht.«

Das mochte stimmen.

Wir kehrten ins Hotel zurück und hatten Geschlechtsverkehr. Ich mag das Wort ›Geschlechtsverkehr‹ sehr. Es läßt nur ganz bestimmte Assoziationen zu.

* * *

Aber auch unser dritter und vierter Tag in Sapporo verstrich ergebnislos. Wir standen um acht Uhr auf, frühstückten, trennten uns, gingen unseren Aufgaben nach, tauschten beim Abendessen Informationen aus, kehrten ins Hotel zurück, hatten Geschlechtsverkehr und schliefen. Ich warf die alten Tennisschuhe weg, kaufte neue Mokassins und zeigte Hunderten von Leuten das Schaffoto. Meine Freundin erstellte mit Hilfe der Informationen aus Ämtern und Bibliotheken eine lange Liste von Schafzüchtern und rief die Leute der Reihe nach an. Das Ergebnis war gleich Null. Niemand erkannte den Berg, und keiner der Züchter wußte etwas über ein Schaf mit einem sternförmigen Mal auf dem Rücken. Ein alter Mann meinte, einen solchen Berg vor dem Krieg in Südsachalin gesehen zu haben, aber ich konnte mir nicht vorstellen, daß Ratte bis Sachalin gekommen war. Von Sachalin aus kann man keine Eilbriefe nach Tokyo schicken.

Auch der fünfte Tag verstrich, der sechste ebenso. Der Oktober legte sich schwer über die Stadt. Die Sonnenstrahlen wärmten zwar, aber der Wind frischte auf, und abends mußte ich meine leichte Windjacke aus Baumwolle anziehen. Sapporos Straßen waren breit und gerade bis zur Schmerzgrenze. Bis dahin hatte ich nicht gewußt, wie aufreibend es sein kann, immer nur schnurgerade Straßen entlanggehen zu müssen.

Es rieb mich tatsächlich langsam auf. Am vierten Tag brach mein Orientierungssinn zusammen. Es begann mit dem unbestimmten Gefühl, das Gegenteil von Osten sei Süden, weshalb ich mir in einem Schreibwarenladen einen Kompaß kaufte.

Doch als ich mit dem Kompaß in der Hand weiterging, wurden die Straßen immer irrealer. Die Gebäude wirkten wie Kulissen in einem Filmstudio und die Passanten zweidimensional wie Pappfiguren. Die Sonne ging an einer Seite der flachen Scheibe auf, beschrieb wie eine Kanonenkugel einen Bogen am Himmel und ging auf der anderen Seite unter.

Ich trank sieben Tassen Kaffee am Tag und mußte stündlich einmal Wasser lassen. Langsam, aber sicher verlor ich meinen Appetit.

»Gib doch eine Annonce auf«, schlug meine Freundin vor. »›Ratte, melde Dich bei Deinen Freunden‹ oder so.«

»Keine schlechte Idee«, sagte ich. Unabhängig davon, ob es etwas nutzte oder nicht, es war immerhin besser als Nichtstun.

Am nächsten Morgen erschien unsere dreizeilige Annonce in vier Tageszeitungen:

Ratte, bitte melden!
Dringend!!
Dolphin Hotel, Zimmer 406

Die nächsten beiden Tage setzte ich mich im Hotelzimmer ans Telefon und wartete. Am ersten Tag kamen drei Anrufe. Ein Bürger der Stadt Sapporo erkundigte sich: »Was bedeutet ›Ratte‹?«

»›Ratte‹ ist der Spitzname eines Freundes«, antwortete ich.

Beruhigt legte er auf.

Der nächste war ein Scherzbold. »Quiek, quiek«, machte es am anderen Ende der Leitung. »Quiek, quiek.«

Ich legte auf. In Städten geschehen seltsame Dinge.

Der dritte Anruf kam von einer Frau mit einer dünnen Stimme.

»Alle nennen mich ›Ratte‹«, sagte sie. Ihre Stimme drang von weit her zu mir herüber, als beutele der Wind die Telefonleitung.

»Vielen Dank, daß Sie eigens anrufen, aber die von mir gesuchte Person ist ein Mann«, sagte ich.

»Das habe ich mir fast gedacht«, sagte sie. »Ich werde jedenfalls auch ›Ratte‹ genannt, und da dachte ich mir, ruf auf alle Fälle mal an...«

»Ja, vielen herzlichen Dank.«

»Keine Ursache. Haben sie denn den Gesuchten gefunden?«

»Noch nicht«, sagte ich. »Leider.«

»Wenn ich die Gesuchte gewesen wäre... aber ich bins nun mal nicht.«

»Nein. Schade.«

Sie schwieg. Ich kratzte mich unterdessen mit dem kleinen Finger hinterm Ohr.

»Eigentlich wollte ich nur mal mit Ihnen reden«, sagte sie.

»Mit mir?«

»Ja. Ich weiß nicht, aber seitdem ich heute morgen die Anzeige in der Zeitung gelesen habe, habe ich dauernd überlegt, sollst du nun anrufen oder nicht. Wahrscheinlich bin ich Ihnen ja bloß lästig...«

»Dann stimmt es also auch nicht, daß Sie ›Ratte‹ genannt werden?«

»Nein«, sagte sie. »Niemand nennt mich ›Ratte‹. Ich hab ohnehin keine Freunde. Deshalb wollte ich ja mit jemandem reden.«

Ich seufzte. »Ja, jedenfalls, vielen Dank.«

»Entschuldigen Sie bitte. – Kommen Sie aus Hokkaido?«

»Nein, aus Tokyo«, sagte ich.

»Und da sind Sie aus Tokyo gekommen, um Ihren Freund zu suchen?«

»Ganz genau.«

»Wie alt ist er denn?«

»Gerade dreißig geworden.«

»Und Sie?«

»Ich werde in zwei Monaten dreißig.«

»Ledig?«

»Ja.«

»Ich bin zweiundzwanzig. Wenn man älter wird, wird vieles einfacher, oder?«

»Hm, ich weiß nicht«, sagte ich. »Manches wird leichter, manches schwerer.«

»Vielleicht könnten wir darüber einmal in Ruhe reden, beim Essen vielleicht?«

»Es tut mir furchtbar leid, aber ich muß hierbleiben und auf Anrufe warten.«

»Ja, sicher«, sagte sie. »Entschuldigen Sie nochmals.«

»Vielen Dank jedenfalls für Ihren Anruf.«

Damit legte sie auf.

Das konnte durchaus das verschlüsselte Angebot einer Prostituierten gewesen sein. Oder es war tatsächlich nur der Anruf einer einsamen Frau. Wie auch immer, für mich machte das keinen Unterschied: Einen Anhaltspunkt hatte es nicht gebracht.

Am nächsten Tag kam nur ein einziger Anruf – von einem Verrückten. »Probleme mit Ratten? Kein Problem für mich!« begann er und erzählte fünfzehn Minuten, wie er als Kriegsgefangener in einem sibirischen Lager gegen Ratten gekämpft hatte. Eine interessante Geschichte, aber eine Spur brachte auch sie nicht.

Ich setzte mich auf den völlig durchgesessenen Stuhl neben dem Fenster und beobachtete während des Wartens den ganzen Tag über die Arbeitsbedingungen der Firma im zweiten Stock des Hauses gegenüber. Doch trotz ständiger Beobachtung kam ich nicht dahinter, was man dort eigentlich machte. Die Firma hatte ungefähr zehn Angestellte, und alle liefen wie bei einem Basketballspiel ständig rein und raus. Einer gab einem anderen irgendwelche Papiere, jemand drückte einen Stempel darauf, und wieder ein anderer steckte sie in einen Umschlag und lief damit hinaus. In der Mittagspause schenkte eine Sekretärin mit großem Busen allen Tee ein. Nachmittags ließen sich einige Kaffee bringen. Ich bekam auch Lust auf Kaffee, bat den Portier, Nachrichten für mich entgegenzunehmen, und ging in ein Café in der Nähe. Auf dem Rückweg kaufte ich zwei Dosen Bier. Als ich an meinen Platz zurückkam, war die Zahl der Angestellten auf vier geschrumpft. Die Sekretärin mit dem großen Busen schäkerte mit einem jungen Angestellten. Ich trank mein Bier und beobachtete weiter den Bürobetrieb – mit besonderem Augenmerk auf der Sekretärin.

Je länger ich sie ansah, desto größer wirkte ihr Busen – ungeheuer groß. Ihr BH mußte eine Aufhängung haben wie die Golden-Gate-Bridge. Einige der jungen Angestellten träumten offenkundig davon, mit ihr zu schlafen. Ich konnte ihre Lust förmlich spüren – durch zwei Fensterscheiben hindurch und über eine Straße hinweg. Ein merkwürdiges Gefühl, anderer Leute Lust zu spüren. Allmählich bildete ich mir ein, es sei meine eigene.

Als sie sich um fünf umzog und in einem roten Kleid nach Hause ging, zog ich die Vorhänge zu und sah mir im Fernsehen einen alten *Bugs Bunny* an. So ging der achte Tag im Hotel Delphin zu Ende.

* * *

»Na, großartig!« sagte ich. *Na, großartig* wurde allmählich zu meinem Lieblingsspruch. »Jetzt ist schon ein Drittel des Monats vorbei, aber herausbekommen haben wir rein gar nichts!«

»Ja, stimmt«, sagte sie. »Wie es wohl Bückling geht?«

Nach dem Abendessen ruhten wir uns auf dem scheußlich orangefarbenen Sofa in der Lobby des *Delphin* aus. Wie üblich hielt sich außer uns nur der dreifingrige Portier dort auf. Er wechselte mit Hilfe einer Leiter Glühbirnen aus, putzte die Fensterscheiben, faltete Zeitungen. Das Hotel hatte außer uns vielleicht noch andere Gäste; aber wenn dem so war, dann hatten sich alle wie lichtscheue Mumien mucksmäuschenstill in ihren Zimmern verschanzt.

»Wie läuft Ihr Geschäft?« fragte der Portier mich schüchtern, während er die Blattpflanzen goß.

»Nicht besonders«, sagte ich.

»Sie haben eine Zeitungsanzeige aufgegeben?«

»Ja«, sagte ich. »Ich suche jemanden wegen einer Erbsache, es geht um ein Grundstück.«

»Erbsache?«

»Ja, der Erbe ist spurlos verschwunden.«

»Ah, verstehe«, sagte er. »Ihre Arbeit scheint interessant zu sein.«

»Ganz im Gegenteil.«

»Klingt aber nach *Moby Dick.*«

»*Moby Dick?*« sagte ich.

»Ja. Hinterherjagen ist immer aufregend.«

»Zum Beispiel einem Mammut?« fragte meine Freundin.

»Ja, zum Beispiel. Was, ist eigentlich egal«, sagte der Portier. »Ehrlich gesagt, die Idee, dieses Hotel *Dolphin* zu nennen, stammt auch aus Melvilles *Moby Dick*. Die Szene mit den Delphinen, wissen Sie.«

»Ach so«, sagte ich. »Aber wäre es dann nicht besser gewesen, es *Whale Hotel* zu nennen?«

»Wale haben kein so positives Image«, sagte er mit Bedauern in der Stimme.

»*Hotel Delphin* ist ein schöner Name!« sagte meine Freundin.

»Vielen Dank«, lächelte der Portier. »Übrigens, ich würde Ihnen gerne einen Wein spendieren, als Zeichen meiner Dankbarkeit, daß Sie dieses Hotel so lange beehren.«

»Das freut mich aber!« sagte sie.

»Vielen Dank«, sagte ich.

Er verschwand in einem hinteren Zimmer und kam nach einer Weile mit einer gekühlten Flasche Weißwein und drei Gläsern zurück.

»Ich bin im Dienst, aber zum Anstoßen trinke ich ein Schlückchen mit.«

»Aber natürlich«, sagten wir.

»Na dann, zum Wohle!«

Und wir tranken unseren Wein. Er war nicht gerade erstklassig, aber ein frischer, kleiner Wein. Auch die Gläser mit dem eingravierten Traubenmuster hatten Stil.

»Sie mögen *Moby Dick*, nicht wahr?« fragte ich.

»Ja, deshalb wollte ich schon von klein auf Seemann werden.«

»Und deshalb führen Sie jetzt ein Hotel?« fragte sie.

»Deshalb habe ich meine Finger verloren«, sagte er. »Beim Abladen eines Frachters bin ich in eine Winde gekommen.«

»Ah, wie schrecklich«, sagte sie.

»Damals ist mir ganz schwarz vor Augen geworden. Tja, wie

das Leben so spielt, nicht. Irgendwie hab ich es dann zu diesem Hotel gebracht. Nichts Besonderes zwar, aber immerhin, man kann davon leben. Ich habe es jetzt schon fast zehn Jahre.«

Das hieß also, er war nicht der Portier, sondern der Besitzer.

»Ich kann mir kein besseres Hotel vorstellen!« ermunterte sie ihn.

»Vielen Dank!« sagte der Hotelbesitzer und goß uns ein zweites Glas Wein ein.

»Dafür, daß es erst zehn Jahre alt ist, hat das Gebäude viel – wie soll ich sagen – Charakter«, wagte ich mich vor.

»Gebaut wurde es ja schon kurz nach dem Krieg. Ich hatte Glück und konnte es billig kaufen.«

»Und was war es, bevor Sie ein Hotel daraus gemacht haben?«

»Es hieß *Oviszentrum Hokkaido*. Hier wurden alle Materialien und Dokumente, die mit Schafen zu tun hatten...«

»Schafe?!« unterbrach ich.

»Ja, Schafe«, wiederholte er.

* * *

»Das Gebäude gehörte der Schafgesellschaft Hokkaido. 1967 wurde es geschlossen, wohl hauptsächlich wegen der schlechten Situation der Schafzucht in der Präfektur«, sagte er und trank einen Schluck Wein. »Und Leiter des Zentrums war zu dieser Zeit mein Vater. Er konnte es nicht ertragen, daß sein geliebtes Zentrum einfach so geschlossen wurde, und sprach mit den Verantwortlichen der Gesellschaft, die mir dann, unter der Bedingung, daß die Dokumente und Materialien weiterhin hier aufbewahrt würden, Gebäude und Grundstück zu einem relativ günstigen Preis verkaufte. Deshalb ist das ganze erste Stockwerk auch heute noch eine einzige Schafbibliothek – das heißt, die meisten Sachen sind natürlich veraltet und völlig unbrauchbar. Aber es ist eben das Hobby des alten Mannes. Den Rest des Gebäudes nutze ich als Hotel.«

»So ein Zufall!« sagte ich.

»Zufall – wieso?«

»Die Sache ist die: Die Person, die ich suche, muß etwas mit

Schafen zu tun haben. Der einzige Anhaltspunkt, den ich besitze, ist nämlich ein Foto mit Schafen, das er geschickt hat.«

»Oh«, sagte er. »Wenn es Ihnen nichts ausmacht, würde ich das Foto gerne mal sehen.«

Ich nahm das Schaffoto aus dem Notizblock in meiner Tasche und gab es ihm. Der Mann holte seine Brille vom Rezeptionstisch und besah es sich genau.

»Ich kenne diese Gegend irgendwoher«, sagte er.

»Sie kennen sie?«

»Ja, ganz sicher«, sagte er und nahm die Leiter, die immer noch unter der Lampe stand, um sie an der gegenüberliegenden Wand aufzustellen. Von dort holte er ein knapp unter der Dekke hängendes Bild herunter. Er staubte es mit einem Lappen ab und gab es uns. »Ist das nicht dieselbe Landschaft?«

Der Rahmen war schon alt, aber das Foto darin war noch älter und vollkommen vergilbt. Aber es zeigte tatsächlich Schafe. Zusammen vielleicht sechzig. Und der Zaun, der Birkenwald, der Berg – alles war da. Der Wald unterschied sich zwar in seiner Form erheblich von dem auf Rattes Foto, aber der Berg im Hintergrund war mit Sicherheit derselbe. Sogar der Bildaufbau war gleich.

»Na, großartig!« sagte ich zu ihr. »Und wir sind jeden Tag an dem Bild vorbeigegangen!«

»Ich hab ja gesagt, wir *müssen* ins Hotel Delphin«, sagte sie, als wenn nichts wäre.

»Gut«, sagte ich, als ich wieder zu Atem gekommen war, »und wo ist dieser Ort genau?«

»Das weiß ich nicht«, sagte er. »Das Bild hing schon immer da, seit den Zeiten des Oviszentrums.«

»Mhm«, machte ich.

»Aber ich weiß, wie man das herausfinden könnte.«

»Und wie?«

»Fragen Sie meinen Vater. Er hat ein Zimmer im ersten Stock. Er schläft dort und hält sich auch sonst die ganze Zeit dort auf. Er verschanzt sich im ersten Stock und liest die Schafdokumente. Ich habe ihn jetzt schon beinahe einen halben Monat nicht mehr gesehen, aber er lebt mit Sicherheit noch: Das

Tablett mit Essen, das ich ihm vor die Tür stelle, steht spätestens nach dreißig Minuten mit leerem Geschirr wieder draußen.«

»Ihr Vater weiß also, wo die Gegend auf dem Foto ist?«

»Wahrscheinlich. Wie ich schon sagte, er hat das Zentrum geleitet, und außerdem weiß er alles über Schafe, was es zu wissen gibt. Die Leute nennen ihn den ›Schafprofessor‹.«

»Schafprofessor«, sagte ich.

3. Der Schafprofessor ißt viel und erzählt viel

Nach der Aussage seines Sohnes, des Besitzers des *Dolphin Hotel,* konnte man das Leben des Schafprofessors unter keinen Umständen als glücklich bezeichnen.

»Vater wurde 1905 in Sendai als ältester Sohn einer ehemaligen Samurai-Familie geboren«, sagte der Sohn. »Es stört Sie doch nicht, daß ich die westliche Zeitrechnung benutze?«

»Nein, bitte, fahren Sie nur fort«, sagte ich.

»Die Familie war nicht übermäßig reich, aber sie hatte Grundbesitz und Anwesen, und sie war etabliert, da sie ehemals den Obersten Hofrat des Fürstentums stellte. Ende der Edo-Periode ist aus ihr sogar ein namhafter Agrarwissenschaftler hervorgegangen.«

Der Schafprofessor war schon von klein an ein ausgezeichneter Schüler und in ganz Sendai als Wunderkind bekannt. Er war nicht nur ein schulisches Genie, sondern spielte auch hervorragend Geige. Während der Mittelschulzeit trat er sogar einmal mit einer Beethoven-Sonate vor der kaiserlichen Familie auf, die gerade die Präfektur besuchte, und bekam eine goldene Uhr geschenkt.

Seine Familie hätte es gerne gesehen, wenn er die juristische Laufbahn eingeschlagen hätte, aber er lehnte das ab.

»Ich habe kein Interesse an der Jurisprudenz«, sagte der junge Schafprofessor.

»Nun gut, dann widme dich der Musik«, sagte sein Vater. »Ein Musiker in der Familie schadet nicht.«

»An der Musik habe ich ebenfalls kein Interesse«, erwiderte der Schafprofessor.

Eine Weile sprach niemand.

»Nun«, brach der Vater das Schweigen, »welche Laufbahn willst du dann einschlagen?«

»Ich interessiere mich für Landwirtschaft. Ich denke daran, Landwirtschaftsplanung zu studieren.«

»Gut«, sagte der Vater schließlich. Ihm blieb nichts anderes übrig. Der junge Schafprofessor hatte zwar eine ehrliche, freundliche Natur, aber von dem, was er einmal gesagt hatte, wich er unter keinen Umständen wieder ab. Selbst sein eigener Vater konnte ihm nicht widersprechen.

Und so immatrikulierte sich der Schafprofessor im folgenden Jahr an der agrarwissenschaftlichen Fakultät der Kaiserlichen Universität Tokyo, ganz wie es sein Wunsch gewesen war. Seine Genialität ließ auch in der Universität nicht nach. Jeder, selbst seine Lehrer, hatten Respekt vor ihm. In wissenschaftlicher Hinsicht war er nach wie vor ausgezeichnet, aber er war auch beliebt. Ein perfekter Elitestudent, ohne jeden Makel. In die üblichen Studentenstreiche war er nie verwickelt. In jeder freien Minute las er, und wenn er dazu keine Lust mehr hatte, ging er in den Park der Universität, um Geige zu spielen. Die goldene Uhr trug er stets bei sich, in einer Tasche seiner Studentenuniform.

Er absolvierte die Universität mit dem besten Examen und wurde vom Landwirtschaftsministerium als Superelite-Kandidat aufgenommen. Thema seiner Examensarbeit war, vereinfacht ausgedrückt, der Zusammenschluß der japanischen Inseln mit Korea und Taiwan zur großflächigen, planwirtschaftlichen Landnutzung. Die Arbeit hatte einen Anflug von übertriebenem Idealismus, doch zur damaligen Zeit erregte sie Aufsehen.

Nach einer zweijährigen Grundausbildung im Ministerium ging der Schafprofessor zum Studium des Reisbaus nach Korea. Er legte einen Entwurf zur Steigerung der Reisproduktion auf der koreanischen Halbinsel vor, der vom Ministerium angenommen wurde.

1934 wurde er nach Tokyo zurückbeordert und einem jun-

gen Armeegeneral vorgestellt. Angesichts des bevorstehenden großangelegten Vormarschs der Armee nach Nordchina beauftragte der General ihn mit der Planung und Durchführung eines Selbstversorgungssystems für Schafwolle – die erste Begegnung des Schafprofessors mit Schafen. Nachdem er die Rahmenplanung für die Produktionssteigerung der Schafzucht in Japan, der Mandschurei und der Mongolei fertiggestellt hatte, fuhr er im Frühjahr des darauffolgenden Jahres in die Mandschurei, um die Verhältnisse an Ort und Stelle zu begutachten. Damit begann sein Niedergang.

Das Frühjahr 1935 ging ohne besondere Vorkommnisse vorüber. Es geschah im Juli. Auf einem Erkundungsritt, den er alleine unternahm, verschwand der Schafprofessor spurlos.

Es vergingen drei, es vergingen vier Tage, aber er kam nicht zurück. Der Suchtrupp, an dem auch Armeeangehörige teilnahmen, durchkämmte verzweifelt die Wildnis, doch man fand keine Spur von ihm. Die Leute vermuteten, er sei von Wölfen angefallen oder von einer Bande Einheimischer entführt worden. Aber nach einer Woche, als man ihn schon vollkommen aufgegeben hatte, kam er gegen Abend abgemagert und völlig heruntergekommen ins Lager zurück. Sein Gesicht bestand nur noch aus Haut und Knochen und war ziemlich zerschnitten, doch seine Augen leuchteten. Sein Pferd und die goldene Uhr hatte er verloren. Er erklärte, er habe sich verirrt und das Pferd sei verletzt worden, und die Leute glaubten ihm.

Aber ungefähr einen Monat später kursierte im Lager ein seltsames Gerücht. Man erzählte sich, er habe eine »besondere Beziehung zu einem Schaf« gehabt. Aber was mit »besondere Beziehung« genau gemeint war, wußte niemand. Sein Vorgesetzter bestellte ihn zu sich, um die Wahrheit herauszubekommen. In einer Kolonialgesellschaft kann man ein Gerücht nicht einfach ignorieren.

»Haben Sie wirklich eine besondere Beziehung zu einem Schaf gehabt?« fragte sein Vorgesetzter.

»Ja«, antwortete der Schafprofessor.

Der weitere Wortwechsel verlief ungefähr wie folgt:

V: »War diese besondere Beziehung sexueller Art?«

S: »*Nein.*«
V: »*Dann erklären Sie, welcher Art sie war!*«
S: »*Es war eine geistige Beziehung.*«
V: »*Das ist keine Erklärung!*«
S: »*Die Angelegenheit ist schwer in Worte zu fassen, aber geistige Verbindung kommt ihr, glaube ich, am nächsten.*«
V: »*Sie wollen sagen, Sie sind mit einem Schaf eine geistige Verbindung eingegangen?*«
S: »*Ja, so ist es.*«
V: »*Sie behaupten also, in der Woche, in der Sie spurlos verschwunden waren, mit einem Schaf eine geistige Verbindung eingegangen zu sein?*«
S: »*Ja.*«
V: »*Sind Sie nicht der Meinung, daß das eine Verletzung Ihrer Pflichten ist?*«
S: »*Schafe zu studieren* ist *meine Pflicht.*«
V: »*Geistige Verbindungen mit Schafen gehören nicht zu Ihrem Forschungsauftrag. Ich möchte, daß das von jetzt an aufhört. Besinnen Sie sich, Mensch! Sie haben schließlich die agrarwissenschaftliche Fakultät der Kaiserlichen Universität Tokyo mit Auszeichnung absolviert, nach Eintritt in das Ministerium ebenfalls nur hervorragende Arbeit geleistet und sollen immerhin für die Landwirtschaftspolitik des zukünftigen Großasien die Verantwortung übernehmen!*«
S: »*Das weiß ich.*«
V: »*Dann vergessen Sie die geistige Verbindung mit dem Schaf! Schafe sind nichts als Haustiere.*«
S: »*Es ist mir unmöglich zu vergessen.*«
V: »*Erklären Sie mir, warum!*«
S: »*Weil das Schaf in mir ist.*«
V: »*Das ist keine Erklärung.*«
S: »*Weitere Erklärungen sind mir unmöglich.*«

Im Februar 1936 wurde der Schafprofessor nach Japan zurückbeordert, wo man ihm immer wieder ähnliche Fragen stellte. Im Frühjahr des gleichen Jahres wurde er schließlich in die Archivabteilung des Landwirtschaftsministeriums versetzt.

Dort katalogisierte er Schriftstücke und richtete Bücherregale ein. Mit anderen Worten, man hatte ihn aus der Schlüsselposition der Verantwortung für die asiatische Landwirtschaftspolitik entfernt.

»Das Schaf hat mich verlassen«, sagte er damals engen Freunden. »Aber es war *in mir.«*

1937 trat der Schafprofessor aus dem Landwirtschaftsministerium aus und beantragte öffentliche Gelder aus dem Programm, das ehemals in seiner eigenen Verantwortung gelegen hatte – dem Programm zur Erhöhung des Schafbestands auf drei Millionen in Japan, der Mandschurei und der Mongolei. Er bekam das Geld zugebilligt und wurde mit einer sechsundfünfzigköpfigen Herde Schäfer auf Hokkaido.

1939: Heirat des Schafprofessors. 128 Schafe.
1942: Geburt des ältesten Sohnes (des gegenwärtigen Besitzers des Dolphin Hotels*). 181 Schafe.*
1946: Weide des Schafprofessors wird von amerikanischer Besatzungsarmee als Manövergelände beschlagnahmt. 62 Schafe.
1947: Schafprofessor tritt in den Dienst der Schafgesellschaft Hokkaido.
1949: Ehefrau stirbt an Lungentuberkulose.
1950: Schafprofessor übernimmt das Direktorenamt des Oviszentrum Hokkaido.
1960: Ältester Sohn verliert Finger im Hafen von Otaru.
1967: Schließung des Oviszentrums.
1968: Eröffnung des Dolphin Hotel.
1978: Junger Immobilienmakler stellt Fragen zu dem Schaffoto.
Damit war ich gemeint.

* * *

»Na, großartig«, sagte ich.

* * *

»Ich möchte Ihren Vater unbedingt sprechen«, sagte ich.

»Ich habe nichts dagegen, aber mein Vater mag mich nicht, und deshalb müssen Sie vielmals entschuldigen, daß ich Sie nicht begleite«, sagte der Sohn des Schafprofessors.

»Er mag Sie nicht?«

»Ja, weil ich meine Finger verloren habe und mir außerdem die Haare ausfallen.«

»Verstehe«, sagte ich. »Ihr Vater scheint ein wenig exzentrisch zu sein.«

»Ja, sogar als sein Sohn muß ich das zugeben. Seitdem er mit dem Schaf in Berührung gekommen ist, hat er sich vollkommen verändert. Er ist sehr schwierig, manchmal sogar grausam. Aber im Grunde seines Herzens ist er ein guter Mensch. Das merkt man, wenn man ihn Geige spielen hört. Das Schaf hat ihn verletzt. Und über meinen Vater verletzt es auch mich.«

»Sie lieben Ihren Vater, nicht wahr?« fragte meine Freundin.

»Ja. Ich liebe ihn«, sagte der Besitzer des Hotel Delphin. »Aber er mag mich nicht. Seit meiner Geburt hat er mich kein einziges Mal umarmt. Nie hatte er ein freundliches Wort für mich übrig. Und seitdem ich die Finger verloren habe und eine Glatze bekomme, macht er sich sogar regelmäßig über mich lustig.«

»Das meint er bestimmt nicht so«, versuchte sie ihn zu trösten.

»Ja, das glaube ich auch«, sagte ich.

»Sie sind zu freundlich«, erwiderte der Hotelbesitzer.

»Ob er uns wohl jetzt direkt empfangen wird?« fragte ich.

»Ich weiß es nicht«, sagte der Hotelbesitzer. »Aber wenn Sie zwei Dinge beachten, wird er Sie wahrscheinlich empfangen: Erstens, Sie müssen ihm klar sagen, daß Sie etwas über Schafe wissen wollen.«

»Und zweitens?«

»Sagen Sie ihm nicht, daß ich Ihnen von ihm erzählt habe.«

»Verstanden«, sagte ich.

Wir bedankten uns beim Sohn des Schafprofessors und stiegen die Treppe hinauf. Oben war es kühl, die Luft feucht. Staubflocken hoben sich im schummrigen Licht in den Winkeln des Korridors ab. Es roch nach altem Papier und Körperausdünstungen. Wir gingen, wie der Sohn uns gesagt hatte, den langen Korridor entlang bis zu der alten Tür am Ende und klopften an. »Direktor« stand auf dem alten Plastiktürschild. Keine Antwort. Ich klopfte noch einmal. Wieder keine Antwort. Als ich zum dritten Mal angeklopft hatte, hörte ich es drinnen stöhnen.

»Ruhe«, sagte der Mann. »Ruhe!«

»Wir sind gekommen, um Sie etwas über Schafe zu fragen.«

»Ach, freßt doch Schafscheiße!« brüllte der Schafprofessor. Für einen Mann von dreiundsiebzig hatte er eine kräftige Stimme.

»Bitte, wir müssen Sie unbedingt sprechen!« schrie ich durch die Tür.

»Von Schafen will ich nichts mehr hören. Leckt mich am Arsch!« entgegnete der Schafprofessor.

»Aber ich *muß* mit Ihnen reden!« sagte ich. »Über ein Schaf, das 1936 verschwunden ist.«

Eine Weile herrschte Stille. Dann flog die Tür auf. Vor uns stand der Schafprofessor.

Er hatte langes Haar, weiß wie Schnee, und Augenbrauen wie Eiszapfen. Er war ungefähr eins fünfundsechzig groß, hielt sich aufrecht und hatte einen kräftigen Körperbau. Mitten aus dem Gesicht ragte die Nase hervor, angriffslustig wie eine Sprungschanze.

Der Raum war von Körpergeruch erfüllt. Nein, so konnte man das nicht mehr nennen. Er hatte den Punkt erreicht, an dem Körpergeruch aufhört, Körpergeruch zu sein, und eins wird mit Licht und Zeit. Das ehemals geräumige Zimmer war über und über mit alten Büchern und Akten vollgestopft, man sah kaum den Boden. Die Bände, größtenteils fremdsprachige Fachliteratur, waren voller Flecken. Rechts an der Wand stand ein Bett, das vor Schmutz starrte, und vor dem Fenster befand sich ein riesiger Mahagonischreibtisch mit Drehstuhl. Auf dem Tisch herrschte vergleichsweise Ordnung, auf einem Aktenstapel lag ein schafförmiger Briefbeschwerer aus Glas. Im Zimmer war es dunkel, nur die verstaubte Schreibtischlampe strahlte ihre sechzig Watt aus.

Der Schafprofessor trug ein graues Hemd, eine schwarze Strickjacke und eine fast völlig aus der Form geratene, dicke Hose im Fischgrätenmuster. Das graue Hemd und die schwarze Strickjacke wirkten in dem Licht wie ein weißes Hemd mit einer grauen Strickjacke. Wahrscheinlich waren das sogar die ursprünglichen Farben.

Der Schafprofessor setzte sich in den Drehstuhl auf der anderen Seite des Schreibtischs und bedeutete uns mit dem Finger, auf dem Bett Platz zu nehmen. Über Bücher schreitend, als durchquerten wir ein Minenfeld, erreichten wir schließlich unser Ziel und setzten uns. Das Bett war so verdreckt, daß ich dachte, meine Levis würden für immer und ewig an den Laken festkleben. Der Schafprofessor hatte uns die ganze Zeit beobachtet, die Hände auf dem Schreibtisch gefaltet. Seine Finger waren bis zu den oberen Gelenken schwarz behaart. Zu den schon fast blendend weißen Haaren bildeten sie einen seltsamen Kontrast.

Der Schafprofessor nahm das Telefon und brüllte in den Hörer: »Bring mir mein Essen, auf der Stelle!«

»So«, sagte er. »Ihr seid also gekommen, um mit mir über ein Schaf zu reden, das 1936 verschwunden ist.«

»So ist es«, sagte ich.

»Hm«, machte er. Dann schneuzte er sich geräuschvoll in ein Papiertaschentuch. »Wollt ihr etwas sagen oder wollt ihr etwas fragen?«

»Beides.«

»Redet ihr zuerst!«

»Ich kenne die weitere Geschichte des Schafes, das Ihnen im Frühjahr 1936 entkommen ist.«

»Hm«, schnaufte der Schafprofessor. »Du willst mir also weismachen, du wüßtest, was ich zweiundvierzig Jahre überall gesucht und weswegen ich alles andere geopfert habe?!«

»Ja, das weiß ich«, sagte ich.

»Du könntest mir ein Märchen auftischen.«

Ich nahm das Foto, das Ratte geschickt hatte, und das silberne Feuerzeug aus meiner Tasche und legte beides auf den Schreibtisch. Er streckte seine behaarte Hand aus, griff danach und untersuchte Feuerzeug und Foto gründlich im Schein der Schreibtischlampe. Lange war es im Zimmer zum Greifen still. Die soliden Doppelfenster schlossen den Lärm der Stadt aus; nur das leise Brummen der alten Lampe erhob sich über die drückende Lautlosigkeit.

Nachdem er seine Untersuchung von Feuerzeug und Foto abgeschlossen hatte, knipste der alte Mann die Lampe aus und rieb sich mit seinen dicken Fingern die Augen. Es sah aus, als wolle er sich die Augäpfel in den Schädel drücken. Als er davon abließ, waren sie rot und glasig wie Kaninchenaugen.

»Entschuldigt«, sagte der Schafprofessor. »Ich war die ganze Zeit von Schwachköpfen umgeben, und da bin ich mißtrauisch geworden.«

»Schon gut«, sagte ich.

Meine Freundin lächelte freundlich.

»Könnt ihr euch vorstellen, wie es ist, wenn zwar eine Idee im Kopf existiert, einem aber jede Ausdrucksmöglichkeit dafür radikal entrissen wurde?« fragte der Schafprofessor.

»Nein«, sagte ich.

»Es ist die Hölle! Die Idee brennt in der Seele wie Höllenfeuer, hält einen gefangen, ohne einen einzigen Lichtstrahl, ohne einen einzigen lindernden Wassertropfen. Und diese Hölle hatte ich auf Erden, zweiundvierzig Jahre lang.«

»Wegen des Schafes, nicht wahr?«

»Ja. Wegen des Schafes. Es hat mich in dieser Hölle zurückgelassen. Im Frühjahr 1936.«

»Und um das Schaf zu suchen, haben Sie damals das Landwirtschaftsministerium verlassen, nicht?«

»Ach, Beamte sind Schwachköpfe! Sie hatten nicht das geringste Gespür für die wahren Verhältnisse. Wahrscheinlich werden sie die gewaltige Bedeutung, die dieses Schaf hat, nie begreifen!«

Es klopfte an der Tür, und eine Frauenstimme sagte: »Ich bringe Ihnen Ihr Essen.«

»Stell es hin und verschwinde!« brüllte der Schafprofessor.

Man hörte, wie ein Tablett auf dem Boden abgestellt wurde, dann Schritte, die sich entfernten. Meine Freundin öffnete die Tür und trug das Essen zum Schreibtisch. Auf dem Tablett waren Suppe mit Croûtons, Salat, Brötchen und Fleischklößchen für den Schafprofessor sowie zwei Tassen Kaffee für uns.

»Habt ihr schon gegessen?« fragte der Schafprofessor.

Wir bejahten.

»Was denn?«

»Kalbsschmorbraten in Weinsoße«, sagte ich.

»Garnelen vom Grill«, sagte sie.

»Hmm«, brummte der Schafprofessor. Er begann, die Suppe zu essen, und zerbiß dabei krachend die Croûtons. »Entschuldigt, daß ich beim Reden esse, aber ich habe Hunger.«

»Bitte, bitte«, sagten wir.

Er aß seine Suppe, wir schlürften unseren Kaffee. Beim Suppeessen vertiefte er sich die ganze Zeit in den Teller.

»Wissen Sie, wo der Ort auf dem Foto ist?« fragte ich.

»Natürlich. Sehr gut sogar.«

»Verraten Sie es uns?«

»Einen Moment!« sagte der Schafprofessor und stellte den leeren Suppenteller zur Seite. »Alles schön der Reihe nach. Erst sollten wir über 1936 reden. Ich fange an, ihr erzählt weiter.«

Ich nickte.

»Um es kurz zu machen«, begann der Schafprofessor. »Das Schaf ergriff von mir Besitz im Sommer 1935. Bei der Erkundung geeigneter Weideplätze nahe der mandschurisch-mongolischen Grenze verirrte ich mich und verbrachte die Nacht in einer Höhle, die ich zufällig entdeckt hatte. Im Traum erschien mir ein Schaf, das mich fragte, ob es in mich hinein dürfte. Ich sagte, ich hätte nichts dagegen. Damals dachte ich mir nichts Besonderes dabei. Es war schließlich nur ein Traum, das war mir klar.« Der alte Mann lachte gedankenverloren und aß seinen Salat. »Es gehörte einer Rasse an, die ich bis dahin noch nie gesehen hatte. Von Berufs wegen kannte ich alle Schafrassen dieser Erde, aber das war ein besonderes Schaf. Die Hörner merkwürdig gewunden, die Beine gedrungen und untersetzt, die Augen klar wie Quellwasser. Es hatte schneeweißes Fell, nur an einer Stelle auf dem Rücken wuchs braune Wolle, in der Form eines Sterns. So ein Schaf gab es nirgendwo. Und gerade deshalb erlaubte ich ihm, in mich zu fahren. Als Schafforscher konnte ich mir doch so eine seltene Art nicht entgehen lassen!«

»Und was war das für ein Gefühl, als das Schaf in Ihren Körper fuhr?«

»Nichts Besonderes. Ich spürte nur, daß es *da* war. Als ich am anderen Morgen aufstand, wußte ich, es war in mir. Ein ganz natürliches Gefühl.«

»Haben Sie je an Kopfschmerzen gelitten?«

»Kein einziges Mal, seit meiner Geburt.«

Der Schafprofessor tunkte jedes Fleischklößchen sorgfältig in die Soße, bevor er es in den Mund schob und herzhaft kaute. »Daß Schafe in den menschlichen Körper eindringen, ist im Norden Chinas, in der Mongolei, gar nichts Außergewöhnliches. Die Leute dort glauben, es sei eine Gnade Gottes, wenn ein Schaf in einen Menschen fährt. In einer Schrift aus der Yüan-Dynastie wird beispielsweise berichtet, Dschingis Khan sei von einem ›weißen Schaf, welches einen Stern trug‹ bewohnt worden. Interessant, was?«

»Höchst interessant.«

»Schafe, die in Menschen eindringen können, werden für unsterblich gehalten, ebenso der Mensch, der ein Schaf in sich trägt. Aber sobald ihm das Schaf entkommt, verliert er seine Unsterblichkeit. Alles hängt vom Schaf ab. Wenn es ihm gefällt, bleibt es mehrere Jahrzehnte im selben Menschen, wenn nicht – schwupp, und weg ist es. Menschen, die von einem Schaf verlassen werden, nennt man dort gemeinhin ›Schaflose‹. Mit anderen Worten, Menschen wie ich.«

Schluck, schmatz.

»Von dem Zeitpunkt an, da das Schaf in mir war, begann ich, volkskundliche Überlieferungen über solche Schafe zu studieren. Ich befragte die Einheimischen und las alte Schriften. Inzwischen verbreitete sich unter den Leuten das Gerücht, ich selbst trüge ein Schaf in mir, und das kam auch meinem Vorgesetzten zu Ohren. Ihm gefiel die Sache nicht. Und so wurde ich, mit dem Etikett ›geistesgestört‹ versehen, in die Heimat zurückgeschickt. Typischer Fall von ›Kolonienkoller‹.«

Der Schafprofessor hatte die drei Fleischklößchen verdrückt und machte sich nun an die Brötchen. Man freute sich direkt mit, daß dieser Hunger gestillt wurde.

»Japans zentrale Torheit in der jüngsten Geschichte war, daß es von den Völkern Asiens nicht das geringste gelernt hat. Das Schaf ist ein Paradebeispiel dafür. Die Schafzucht in Japan schlug fehl, weil man sich bloß auf den Aspekt Selbstversorgung mit Wolle und Fleisch konzentrierte. Es mangelte an ganz alltäglichem Wissen. Man war nur am Ergebnis interessiert, wollte Gewinn herausschlagen, ohne Zeit zu investieren. Mit allem ging man so um. Man stand nicht mit beiden Beinen auf der Erde. Daß Japan den Krieg verloren hat, hatte schon seinen Grund!«

»Das Schaf ist also mit Ihnen nach Japan gekommen?« sagte ich, um das Gespräch wieder aufs Thema zu bringen.

»Ja«, sagte der Schafprofessor. »Ich fuhr von Pusan aus mit dem Schiff zurück, und das Schaf kam mit.«

»Was in aller Welt hatte das Schaf vor?«

»Das weiß ich eben nicht!« brach es aus ihm heraus. »Ich weiß es nicht. Das Schaf hat es mir nicht verraten. Aber daß das Biest etwas Großes vorhatte, war mir auch so klar. Ein gewaltiger Plan, der die Menschheit und die Welt radikal verändert.«

»Und das soll ein einziges Schaf versucht haben?«

Der Schafprofessor nickte, schob das letzte Stück Brötchen in den Mund und klopfte sich die Hände ab. »Das ist überhaupt nicht verwunderlich. Denk nur daran, was Dschingis Khan vollbracht hat.«

»Das ist wahr«, sagte ich, »aber warum hat das Schaf gerade diesen Zeitpunkt und ausgerechnet Japan gewählt?«

»Wahrscheinlich habe ich es aufgeweckt. Es hat sicher einige hundert Jahre lang in dieser Höhle geschlafen. Und *ich*, ausgerechnet *ich*, mußte es aufwecken!«

»Es ist nicht Ihre Schuld«, sagte ich.

»Doch, doch«, sagte der Schafprofessor, »es *ist* meine Schuld. Ich hätte alles früher durchschauen müssen. Dann hätte ich etwas unternehmen können. Aber ich brauchte Zeit. Und als ich die Sache endlich durchschaute, war das Schaf schon über alle Berge.«

Der Schafprofessor verstummte und rieb sich seine zapfigen Brauen. Es war, als wäre die Last zweiundvierzig langer Jahre bis in den letzten Winkel seines Körpers gedrungen.

»Eines Morgens wachte ich auf, und das Schaf war verschwunden. Da begriff ich endlich, was es hieß, ein ›Schafloser‹ zu sein. Die Hölle! Das Schaf geht und läßt eine Idee zurück. Aber ohne das Schaf kann man die Idee nicht freisetzen. Das genau bedeutet ›schaflos‹.«

Der Schafprofessor schneuzte sich noch einmal in ein Papiertaschentuch. »So, jetzt seid ihr an der Reihe.«

Ich erzählte den letzten Teil der Geschichte, nachdem das Schaf den Schafprofessor verlassen hatte: Wie es in den Körper eines jungen, im Gefängnis sitzenden Rechtsextremisten eindrang. Wie dieser dann nach seiner Haftentlassung an die Spitze der Rechten rückte. Wie er aufs chinesische Festland ging, dort ein Informationsnetz aufbaute und ein Vermögen machte. Wie er nach dem Krieg zwar als Hauptkriegsverbrecher verhaftet wurde, man ihn dann aber im Austausch gegen seine Kenntnisse des kontinentalen Informationsnetzes freiließ. Und wie er sich schließlich im Nachkriegsjapan mit Hilfe des Vermögens, das er aus China mitgebracht hatte, der politischen, wirtschaftlichen und informationstechnischen Schaltstellen bemächtigte, usw., usw.

»Ich habe schon von diesem Mann gehört«, sagte der Schafprofessor bitter. »Das Schaf scheint einen geeigneten Wirt gefunden zu haben.«

»Aber im Frühling dieses Jahres verließ das Schaf den Mann. Er liegt derzeit im Koma und wird sterben. Seine Gehirnkrankheit wurde von 1936 bis zu diesem Frühjahr durch das Schaf kompensiert.«

»Der Glückliche. Für einen ›Schaflosen‹ ist es besser, ohne Bewußtsein zu sein.«

»Wieso das Schaf wohl den Körper des Mannes verlassen

hat? Wo es doch all die Jahre auf den Aufbau dieser gigantischen Organisation verwandt hat.«

Der Schafprofessor stieß einen tiefen Seufzer aus. »Verstehst du denn immer noch nicht? Mit diesem Mann verhält es sich genauso wie mit mir. Der Grenzwert wurde erreicht, es lohnte sich nicht mehr! Die Leistungsfähigkeit eines Menschen ist begrenzt, und ein Mensch, der an seine Grenzen gestoßen ist, nutzt dem Schaf nicht mehr. Wahrscheinlich war er letztlich doch nicht ganz in der Lage, das wahre Ziel des Schafs zu begreifen. Seine Aufgabe war, eine riesige Organisation aufzubauen, und als er sie erfüllt hatte, wurde er fallengelassen. Mich hat das Schaf als Transportmittel benutzt – im Grunde nichts anderes.«

»Tja, aber was hat das Schaf seitdem unternommen?«

Der Schafprofessor nahm das Foto vom Schreibtisch und tippte mit dem Zeigefinger darauf. »Es zieht durch Japan. Auf der Suche nach einem neuen Wirt. Wahrscheinlich will es diesen Menschen dann mit irgendwelchen Tricks an die Spitze der Organisation setzen.«

»Aber was ist das Ziel des Schafs?«

»Wie ich vorhin schilderte, ich bin leider nicht in der Lage, es mit Worten auszudrücken. Ich kann nur soviel sagen: Sein Ziel besteht in der Verwirklichung der Schafidee.«

»Ist das etwas Positives?«

»Im Sinne der Schafidee, selbstverständlich ja.«

»Und in Ihrem Sinne?«

»Das weiß ich doch nicht!« sagte der Schafprofessor. »Ich weiß es wirklich nicht. Seitdem das Schaf mich verlassen hat, weiß ich nicht einmal, zu welchem Teil ich wirklich ich bin oder nur der Schatten des Schafs!«

»Sie sprachen eben davon, daß Sie etwas hätten unternehmen müssen. Was wäre das denn gewesen?«

Der Schafprofessor schüttelte den Kopf. »Ich habe nicht die Absicht, dir das zu verraten.«

Wieder lag Stille über dem Raum. Jenseits des Fensters begann es stark zu regnen. Der erste Regen, seit wir nach Sapporo gekommen waren.

»Würden Sie uns dann bitte zum Schluß sagen, wo der Ort auf dem Foto ist?« sagte ich.

»Es ist die Weide, wo ich neun Jahre gelebt und Schafe gezüchtet habe. Das Grundstück wurde kurz nach dem Krieg von der amerikanischen Armee beschlagnahmt, und als man es mir zurückgab, habe ich es als Wochenendanwesen mit Schafweide an einen wohlhabenden Mann verkauft. Es scheint immer noch derselben Person zu gehören.«

»Werden dort immer noch Schafe gezüchtet?«

»Das weiß ich nicht, aber dem Foto nach zu urteilen, scheint das auch heute noch der Fall zu sein. Der Ort ist jedenfalls vollkommen entlegen, kein anderes Haus, soweit das Auge reicht. Im Winter ist sogar die Zufahrtsstraße blockiert. Der Besitzer wohnt wahrscheinlich nur zwei, drei Monate im Jahr dort. Aber es ist ein schönes, ruhiges Fleckchen Erde.«

»Und wer kümmert sich um das Anwesen, wenn der Besitzer nicht da ist?«

»Im Winter wird wohl niemand dort sein. Außer mir gibt es sicher keinen Menschen, der in einer solchen Gegend einen Winter verbringen will. Die Schafe kann man gegen Bezahlung bei der Städtischen Schäferei am Fuß des Berges in Verwahrung geben. Das Hausdach ist so gebaut, daß der Schnee automatisch hinuntergleitet, und um Diebstahl braucht man sich nicht zu sorgen. Selbst wenn jemand dort oben etwas stehlen würde, er hätte es schwer, seine Beute in die Stadt hinunterzuschaffen. Dort oben fällt nämlich eine Unmenge Schnee.«

»Ob im Moment jemand da ist?«

»Tja. Um diese Jahreszeit wird vermutlich schon niemand mehr oben sein. Es wird bald schneien, und die Bären streifen jetzt auf Nahrungssuche durch das Gelände, bevor sie ihren Winterschlaf halten... wollt ihr etwa dorthin?«

»Ja, ich glaube, wir müssen. Es ist unsere einzige Hoffnung.«

Der Schafprofessor schwieg eine Weile. In seinen Mundwinkeln klebte Tomatensoße von den Fleischklößchen.

»Um die Wahrheit zu sagen, es ist schon einmal jemand hier gewesen und hat mir Fragen über die Weide gestellt. Das war ungefähr im Februar dieses Jahres. Was Alter und Erscheinung angeht – ja, er sah dir ähnlich. Das Bild in der Lobby habe ihn neugierig gemacht, sagte er. Und weil ich gerade Langeweile hatte, habe ich ihm einiges erzählt. Er wollte es als Material für einen Roman verwenden.«

Ich nahm ein Foto aus meiner Tasche, auf dem Ratte und ich gemeinsam zu sehen waren, und gab es ihm. Jay hatte es im Sommer 1970 in seiner Kneipe für uns aufgenommen. Ich sah gerade zur Seite und rauchte, während Ratte der Kamera zugewandt mit dem Daumen nach oben deutete. Wir beide – jung und braungebrannt.

»Einer davon bist du«, sagte der Schafprofessor und knipste die Schreibtischlampe wieder an, um sich das Foto anzusehen. »Jünger als jetzt.«

»Das Foto ist acht Jahre alt«, sagte ich.

»Der andere könnte der Mann sein. Er war älter und trug einen Bart, aber die Ähnlichkeit ist unverkennbar.«

»Er trug einen Bart?«

»Ja, einen gepflegten Schnäuzer, der Rest war ein Dreitagebart.«

Ich versuchte mir Rattes Gesicht mit Bart vorzustellen, aber es gelang mir nicht recht.

Der Schafprofessor zeichnete uns detailliert auf, wie wir zur Weide kämen. Man mußte in der Nähe von Asahikawa in eine Nebenlinie umsteigen, dann erreichte man nach etwa dreistündiger Bahnfahrt die Stadt am Fuße des Berges. Von der Stadt bis zur Weide brauchte man dann noch einmal drei Stunden mit dem Auto.

»Vielen Dank für alles!« sagte ich.

»Um ehrlich zu sein, ich glaube, du solltest besser die Finger von diesem Schaf lassen. Nimm mich als Beispiel! Es gab noch niemanden, dem dieses Schaf Glück gebracht hat. Das Wertesystem eines einzelnen Menschen kann sich nämlich vor dem Schaf nicht behaupten. – Aber, nun ja, du wirst sicher deine Gründe haben.«

»Ja, die habe ich.«

»Na dann, seid vorsichtig!« sagte der Schafprofessor. »Und nehmt das Geschirr mit vor die Tür!«

4. *Abschied vom* Hotel Delphin

Wir verbrachten einen Tag mit Vorbereitungen für unsere Abreise.

In einem Sportgeschäft erstanden wir Bergsteigerausrüstung und Proviant, in einem Kaufhaus dicke Fischerpullover und Wollsocken, in einer Buchhandlung eine Landkarte der näheren Umgebung unseres Reiseziels im Maßstab von 1:50000 und ein Buch über die Geschichte der Gegend. An Schuhwerk wählten wir schneefeste Bergschuhe mit Spikes, an Unterwäsche dikkes Thermomaterial zum Schutz gegen Kälte.

»Diese Kleidung paßt nicht gerade zu meinen Berufen!«

»In Schnee und Eis kann man sich solche Gedanken nicht leisten.«

»Willst du etwa dableiben, bis der Schnee kommt?«

»Das weiß ich noch nicht. Aber Ende Oktober fängt es schon an zu schneien, und da ist es besser, gerüstet zu sein.«

Wir kehrten ins Hotel zurück und schnürten alles in einen großen Rucksack. Das überflüssige Gepäck aus Tokyo packten wir zusammen und gaben es beim Besitzer des *Delphin* in Verwahrung. Um die Wahrheit zu sagen, eigentlich war fast alles, was meine Freundin eingepackt hatte, überflüssig: ein Kosmetikköfferchen, fünf Bücher, sechs Musikkassetten, ein dünnes Kleid mit Stöckelschuhen, eine Tüte voller Nylonstrümpfe und Damenunterwäsche, T-Shirts und kurze Hose, Reisewecker, Zeichenblock mit Buntstiften in vierundzwanzig Farben, Briefpapier und -umschläge, Badetücher, ein kleiner Erste-Hilfe-Kasten, Fön, Wattestäbchen.

»Warum um alles in der Welt willst du ein Kleid und Stöckelschuhe mitnehmen?« fragte ich sie.

»Wenn wir zu einer Party eingeladen werden, bin ich ohne aufgeschmissen!« antwortete sie.

»Wer sollte uns zu einer Party einladen?« sagte ich.

Letzten Endes jedoch verstaute sie die Stöckelschuhe und das Kleid, ordentlich gefaltet, in meinem Rucksack. Den Kosmetikkoffer tauschte sie gegen ein kleines Reise-Set aus, das sie sich in einem Geschäft in der Nähe besorgte.

Der Hotelbesitzer nahm das Gepäck freundlich entgegen. Ich bezahlte die Hotelrechnung bis zum folgenden Tag und ließ ihn wissen, daß wir in ein, zwei Wochen wiederkämen.

»Hat mein Vater Ihnen weiterhelfen können?« fragte er besorgt. Er habe uns außerordentlich geholfen, versicherte ich.

»Manchmal würde ich auch gerne hinter etwas herjagen!« sagte der Hotelbesitzer. »Aber dann weiß ich selbst nie recht, hinter was. Mein Vater ist jemand, der beinahe sein ganzes Leben lang auf der Suche war. Er sucht heute noch. Schon als ich Kind war, erzählte er mir immer die Geschichte von dem weißen Schaf, das ihm im Traum erschien. Deshalb war ich davon überzeugt, so sei das Leben. Wirklich leben bedeute, irgend etwas hinterherzujagen.«

Die Lobby des Hotel Delphin war so still wie immer. Eine ältere Putzfrau wischte mit einem Mop die Treppenstufen hinauf und hinunter.

»Aber mit dreiundsiebzig hat er das Schaf immer noch nicht gefunden. Ich vermag nicht einmal mehr zu sagen, ob es wirklich existiert oder nicht. Ihm ist selbst bewußt, daß er nicht gerade ein glückliches Leben hatte. Ich will aber auch jetzt noch, daß mein Vater glücklich wird, doch er hört nicht auf das, was ich sage, und verspottet mich nur. Und deshalb hat mein Leben keinen Sinn.«

»Aber Sie haben doch das Hotel«, sagte meine Freundin sanft.

»Und außerdem scheint die Suche Ihres Vaters endlich vorüber zu sein«, fügte ich hinzu. »Wir haben nämlich den letzten Teil übernommen.«

Die Miene des Hotelbesitzers heiterte sich auf.

»Dann will ich nichts mehr sagen. Es scheint, als könnten wir von jetzt an glücklich zusammen leben.«

»Das hoffe ich für Sie beide!« sagte ich.

* * *

»Ob die zwei wirklich glücklich werden?« fragte sie mich nach einer Weile, als wir alleine waren.

»Es wird vielleicht seine Zeit brauchen, aber es steht dem nichts mehr im Wege. Das Vakuum von zweiundvierzig Jahren wurde aufgefüllt, die Aufgabe des Schafprofessors ist beendet. Von jetzt an ist es an uns, das Schaf zu jagen.«

»Ich mag die zwei sehr.«

»Ich auch.«

Wir packten unsere restlichen Sachen ein und hatten Geschlechtsverkehr. Dann gingen wir ins Kino. Im Film hatten ebenfalls mehrere Paare Geschlechtsverkehr. Anderen beim Geschlechtsverkehr zuzusehen war auch nicht schlecht.

Achtes Kapitel

Schafsjagd III

1. Geburt, Entwicklung und Verfall der Stadt Junitaki

Im Frühzug von Sapporo nach Asahikawa las ich bei einer Dose Bier *Die Geschichte der Stadt Junitaki*, ein dicker Schmöker im Schuber. Junitaki hieß die Stadt, zu der die ehemalige Weide des Schafprofessors gehörte. Über die Geschichte des Ortes Bescheid zu wissen mochte nicht viel nutzen, konnte aber auch nicht schaden. Der Autor sei 1940 in Junitaki geboren, hieß es, habe die literaturwissenschaftliche Fakultät der Hokkaido-Universität in Sapporo absolviert und sich seitdem als Heimatkundler einen Namen gemacht – auf der Habenseite eben dieses eine Buch. Erschienen im Mai 1970, die erste und natürlich einzige Auflage.

Dem Buch zufolge ließen sich die ersten Siedler im Frühsommer 1880 im Gebiet des heutigen Junitaki nieder. Insgesamt waren es achtzehn Personen, arme Pachtbauern aus Tsugaru, deren spärliche Habe aus ein paar landwirtschaftlichen Geräten, Kleidung und Bettzeug sowie Kochgeschirr und einer Handvoll Messern bestand.

In der Nähe von Sapporo passierte der Treck eine Ainu-Siedlung. Die Bauern kratzten ihr bißchen Geld zusammen und engagierten einen jungen Ainu als Führer. Es war ein magerer Bursche mit dunklen Augen, und er trug einen Namen, der in der Ainu-Sprache soviel wie »Zunehmender Mond, Abnehmender Mond« bedeutete. (Dies ließe, mutmaßte der Autor, möglicherweise auf manisch-depressive Neigungen des Namensträgers schließen.)

Der junge Ainu war ein erheblich besserer Führer, als es zunächst den Anschein gehabt hatte. Obwohl er kaum Japanisch sprach, geleitete er die achtzehn über alle Maßen mißtrauischen und mürrischen Bauern wohlbehalten den Ishikari-Fluß hinauf

Richtung Norden. Und er wußte ganz genau, wo fruchtbare Erde zu finden war.

Am vierten Tag erreichten sie eine solche Stelle. Eine weite Lichtung mit guter Wasserversorgung, über und über mit schönen Blumen in voller Blüte bedeckt.

»Hier ist gut«, sagte der junge Ainu zufrieden. »Wilde Tiere wenig, Erde fruchtbar, viel Lachs fangen.«

»Nein.« Der Anführer der Bauern schüttelte den Kopf. »Wir wollen weiter nach Norden.«

Der junge Ainu dachte bei sich, die Bauern glauben sicher, weiter oben sei noch besserer Boden zu finden. Nun gut, weiter hinauf.

Und so marschierte der Treck weitere zwei Tage nach Norden. Dann fand der Ainu eine Anhöhe, die zwar nicht ganz so fruchtbar war wie die erste Stelle, wo es jedoch ebenfalls keinerlei Wasserprobleme gab.

»Was sagen?« fragte der junge Ainu. »Hier auch gut. Was sagen?«

Die Bauern schüttelten den Kopf.

Nachdem sich dieses Schauspiel mehrere Male wiederholt hatte, erreichten sie allmählich das Gebiet des heutigen Asahikawa. Sieben Tage und hundertvierzig Kilometer von Sapporo entfernt.

»Was hiermit?« fragte der junge Ainu, bereits ohne große Hoffnung.

»Nein«, erwiderten die Bauern.

»Aber von hier aus weiter nur Berge!« sagte er.

»Egal«, sagten die Bauern, als freuten sie sich gar darüber.

Und sie überquerten den Shiokari-Paß.

Die Bauern hatten natürlich einen triftigen Grund, warum sie fruchtbare Ebenen mieden und absichtlich in unerschlossenes, entlegenes Land ziehen wollten. Sie hatten allesamt große Schulden und ihr Heimatdorf bei Nacht und Nebel verlassen: Sie waren auf der Flucht vor ihren Gläubigern. Leicht auffindbare Ebenen wollten sie deshalb nach Möglichkeit meiden.

Von all dem hatte der junge Ainu selbstverständlich keine

Ahnung. Ihm waren die Bauern, die fruchtbaren Boden ausschlugen und immer weiter nach Norden wollten, ein Buch mit sieben Siegeln, ja, sie bereiteten ihm Kummer und Verwirrung. Er verlor sein Selbstbewußtsein.

Doch er schien einen ziemlich komplexen Charakter zu besitzen, denn zu der Zeit, als der Treck den Paß hinter sich ließ, hatte er sich seinem unbegreiflichen Schicksal, Bauern in den nördlichsten Norden zu führen, vollkommen ergeben: Er wählte absichtlich die steilsten Wege und gefährlichsten Sümpfe, um seine Bauern zu erfreuen.

Als sie vom Shiokari-Paß aus vier Tage nach Norden gezogen waren, stießen sie auf einen Fluß, der von Osten nach Westen floß. Man beriet sich und beschloß, nach Osten weiterzuziehen.

Der Boden war dort ebenso fürchterlich wie der Weg. Sie mußten durch ein Meer von wildwucherndem Bambusgras, brauchten einen halben Tag, um ihren Weg durch mannshohes Gestrüpp zu schlagen, standen bis zur Brust im Schlamm, kletterten über steilen Fels. Aber letzten Endes kamen sie doch immer weiter nach Osten. Abends schlugen sie am Flußufer ihre Zelte auf und schliefen mit dem Heulen der Wölfe im Ohr ein. Moskitos übersäten ihre vom Bambusgrasschlagen blutig geschundenen Arme mit Stichen und drangen auf der Suche nach Blut sogar bis in die Ohrmuscheln vor.

Am fünften Tag in östlicher Richtung stießen sie auf einen Berg und erreichten schließlich den Punkt, an dem sie nicht mehr weiter konnten. Der junge Ainu erklärte, was jetzt noch käme, sei in gar keinem Fall mehr von Menschen bewohnbar. Und die Bauern hielten endlich inne. Es war der achte Juli 1880, zweihundertsechzig Kilometer nordöstlich von Sapporo.

Sie erkundeten die Landschaft, prüften die Wasser- und Bodenqualität und stellten fest, daß das Gebiet sich einigermaßen zur Landwirtschaft eignete. Sie teilten das Land unter den Familien auf und errichteten in der Mitte ein Blockhaus: die Gemeindehütte.

Der junge Ainu traf zufällig ein paar Ainu auf der Jagd und fragte sie: »Wie heißt die Gegend hier?« – »Warum sollte irgend jemand dieser beschissenen Gegend einen Namen geben? Das ist der Arsch der Welt«, bekam er zur Antwort.

Aus diesem Grunde blieb die Siedlung längere Zeit namenlos. Ein Dorf, in dessen Umkreis vierzig Kilometer keine weitere menschliche Behausung existiert (und selbst wenn, die Siedler waren ohnehin nicht an Kontakt interessiert), braucht auch keinen Namen.

1888 kam jedoch ein Beamter der Präfekturregierung, füllte Meldebögen für alle Dorfbewohner aus und meinte, er bekäme Schwierigkeiten, wenn das Dorf keinen Namen hätte. Die Siedler sahen darin zwar kein Problem, hielten aber doch – Hacke und Sichel in der Hand – in der Gemeindehütte eine Versammlung ab und faßten den Beschluß, dem Dorf keinen Namen zu geben. Dem Beamten blieb nichts anderes übrig, als selbst die Initiative zu ergreifen: Er entschied sich für *Junitaki*(»Zwölfwasserfall«)-Weiler, da der am Rande der Siedlung entlangfließende Fluß zwölf Wasserfälle hatte. Diesen Namen verwendete er in seinem Bericht an die Präfekturregierung, und von diesem Tage an war »Junitaki-Weiler« (später »Junitaki-Dorf«) offizieller Dorfname. Aber wir sind der Zeit vorausgeeilt. Kehren wir in das Jahr 1881 zurück.

Das Land lag zwischen zwei Bergen, die in einem Winkel von sechzig Grad aufeinandertrafen und zwischen denen der Fluß ein tiefes Tal gezogen hatte. Bei diesem Anblick lag in der Tat die Bezeichnung »Arsch der Welt« nahe. Der Boden war von Bambusgras bedeckt, und riesige Nadelbäume schlugen ihre Wurzeln tief in die Erde. Wölfe, Hirsche, Bären, Feldmäuse und die verschiedensten großen und kleinen Vögel kreuchten und fleuchten umher, auf der Suche nach Fleisch, Fisch oder dem Grün der kargen Bäume.

»Ihr wollt also wirklich hier leben?« fragte der junge Ainu vorsichtshalber.

»Natürlich!« antworteten die Bauern.

Warum, blieb unklar, aber der junge Ainu kehrte nicht wieder in seine Heimat zurück, sondern blieb bei den Bauern. Offenbar aus Neugierde, mutmaßte der Autor (er hatte offenbar eine Schwäche für Mutmaßungen). Stark zu bezweifeln bleibt jedoch, ob die Siedler den ersten Winter ohne weiteres überlebt hätten, wenn er *nicht* bei ihnen geblieben wäre. Er lehrte sie, Wintergemüse auszugraben, sich vor Schnee zu schützen, aus dem zugefrorenen Fluß Fisch zu fangen, Wolfsfallen aufzustellen, sich zum Winterschlaf rüstende Bären zu vertreiben, aufgrund der Windrichtung Wetteränderungen vorauszusagen, Erfrierungen zu vermeiden, aus Bambusgraswurzeln ein schmackhaftes Gericht zu kochen und Nadelbäume so zu fällen, daß sie in eine bestimmte Richtung umfallen. So wurde der junge Ainu allmählich von den Siedlern anerkannt und erlangte auch sein Selbstbewußtsein wieder. Er heiratete eine Bauerstochter, mit der er drei Kinder hatte, und nahm sogar einen japanischen Namen an. Er hörte also auf, »Zunehmender Mond, Abnehmender Mond« zu sein.

Doch allen Anstrengungen des jungen Ainu zum Trotz – das Los der Siedler blieb hart. Im August besaß zwar jede Familie ihre eigene Hütte, aber sie waren aus grob behauenen Stämmen mehr schlecht als recht zusammengeflickt, so daß im Winter unbarmherzig der Schnee hereinwehte. Es war durchaus nicht ungewöhnlich, morgens aufzuwachen und neben dem Kopfkissen einen Haufen Schnee vorzufinden. Pro Haushalt gab es meist auch nur ein Bettzeug, so daß die Männer sich am Feuer wärmen und in Strohmatten gewickelt davor schlafen mußten. Als sie ihre Vorräte verbraucht hatten, mußten sie Flußfische fangen und im Schnee nach bereits schwarz verfärbtem Huflattich und Farnen graben. Es war ein sehr strenger Winter, aber sie hatten keine Verluste durch Tod zu beklagen. Es gab keinen Streit und auch keine Tränen. Ihre Waffe war die angeborene Armut.

Der Frühling kam, zwei Kinder wurden geboren, und die Zahl der Dorfbewohner wuchs auf einundzwanzig. Noch zwei Stunden vor der Geburt hatten die schwangeren Frauen auf dem Feld gearbeitet und gingen schon am nächsten Morgen wieder hinaus. Auf den neuen Feldern bauten sie Mais und Kartoffeln an, die Männer fällten Bäume und verbrannten die

Wurzeln, um weiteres Land zu gewinnen. Leben entsprang der Erde, die Triebe begannen, junge Früchte zu tragen, aber gerade, als die Siedler erleichtert aufatmeten, kamen die Heuschrecken.

Sie kamen über die Berge. Zuerst sahen sie aus wie eine große dunkle Wolke. Dann hörte man das näherkommende Dröhnen. Niemandem war klar, was eigentlich geschah. Nur der junge Ainu wußte Bescheid. Er befahl den Männern, überall auf den Feldern kleine Feuer zu legen. Mit ihrem letzten Öl übergossen sie die wenigen Möbelstücke, die sie besaßen, und zündeten sie an. Die Frauen brachten die Kochtöpfe und schlugen wie wild mit Stößeln darauf herum, um Lärm zu machen. Der Ainu tat (wie später alle einsahen), was in seiner Macht stand, aber es war umsonst. Hunderttausende von Heuschrecken ließen sich auf den Feldern nieder und fraßen alles, was zu fressen war. Sie ließen kein einziges Hälmchen zurück.

Als sie schließlich vorübergezogen waren, warf sich der junge Ainu aufs Feld und weinte. Von den Bauern weinte niemand. Sie kehrten die toten Heuschrecken zu einem Haufen zusammen und verbrannten sie. Als das Feuer erlosch, hatten sie schon wieder mit dem Roden begonnen.

Und wieder überlebten sie den Winter mit Flußfisch, Farn und Huflattich. Der Frühling kam, drei Kinder wurden geboren, und die Bauern bepflanzten die Felder. Im Sommer kamen wieder die Heuschrecken und fraßen alles kahl. Dieses Mal weinte der junge Ainu nicht mehr.

Im dritten Jahr blieben sie endlich von Heuschrecken verschont, denn deren Eier waren durch den langen Regen verfault. Aber gleichzeitig hatte der Regen auch die Ernte verdorben. Im nächsten Jahr gab es eine Maikäferplage, und der darauffolgende Sommer war zu kalt.

Als ich bis dahin gelesen hatte, klappte ich das Buch zu, trank eine zweite Dose Bier, nahm mein Lunchpaket mit Reis und rotem Kaviar aus der Tasche und begann zu essen.

Meine Freundin saß mir gegenüber und schlief, die Arme über der Brust verschränkt. Herbstliche Morgensonne fiel durchs Fenster und bedeckte mit einer dünnen Decke aus Licht sachte ihr Knie. Eine kleine Motte, die irgendwo hereingekommen war, flatterte unsicher umher wie ein Papierschnipsel im Wind. Schließlich ließ sie sich auf dem Busen meiner Freundin nieder und ruhte dort eine Weile aus. Als die kleine Motte wieder davonflog, sah meine Freundin ein ganz klein wenig älter aus.

Ich rauchte noch eine Zigarette, dann schlug ich das Buch wieder auf und setzte meine Lektüre der *Geschichte der Stadt Junitaki* fort.

Im sechsten Jahr bewies das junge Dorf endlich Lebenskraft. Die Saat wurde reif, die Hütten wurden ausgebessert, und die Leute hatten sich an das Leben in der Kälte gewöhnt. Man verwandelte die groben Holzhütten mit Hilfe von Brettern in richtige Holzhäuser, Öfen wurden gebaut und Öllampen angebracht. Die Leute luden überschüssige Ernte, Trockenfisch und Hirschhorn in Boote und brachten die Fracht in die zwei Tage entfernte Stadt, um sie gegen Salz, Kleidung und Öl einzutauschen. Einige lernten, aus den beim Roden gefällten Bäumen Holzkohle zu machen. Weiter unten am Fluß entstanden weitere Dörfer; Handel entwickelte sich.

Mit der weiteren Urbarmachung des Landes wurde der Arbeitskräftemangel zu einem ernsten Problem. Die Dorfbewohner hielten eine Versammlung ab und beschlossen nach zweitägiger erbitterter Diskussion, Nachschub aus ihrem Heimatdorf zu holen. Das Problem dabei waren die Schulden, und so erkundigten sie sich vorsichtig per Brief und erfuhren, daß die Gläubiger längst aufgegeben hätten, ihr Geld zurückzubekommen. Da schrieb der Dorfälteste einigen Bekannten aus der Heimat, ob sie nicht kommen und mithelfen wollten, das Land urbar zu machen. Das war 1888, im gleichen Jahr, in dem der Beamte der Präfekturregierung kam, die Meldebögen ausfüllte und dem Dorf seinen Namen gab.

Im darauffolgenden Jahr erreichten sechs neue Familien mit neunzehn Personen das Dorf. Sie wurden in der renovierten Gemeindehütte empfangen, und alle vergossen Tränen der Wiedersehensfreude. Die neuen Siedler bekamen ihr eigenes Land, legten mit Unterstützung der Alteingesessenen Felder an und bauten Häuser.

1892 kamen vier neue Familien mit sechzehn Personen hinzu und 1896 sieben Familien mit vierundzwanzig Personen.

Und so wuchs das Dorf weiter. Die Gemeindehütte wurde erweitert und in ein richtiges, schönes Versammlungshaus verwandelt. Daneben errichtete man einen kleinen Schrein. Aus Junitaki-Weiler wurde Junitaki-Dorf. Das Hauptnahrungsmittel der Siedler war nach wie vor Hirse, die aber jetzt von Zeit zu Zeit mit weißem Reis vermischt wurde. Sogar der Postbote kam vorbei, zwar unregelmäßig, aber immerhin.

Natürlich passierte auch Unerfreuliches. Des öfteren kamen Beamte, um Steuern einzutreiben oder die jungen Männer zum Militärdienst einzuziehen. Als besonders unerfreulich empfand solche Vorkommnisse der junge Ainu (der jedoch zu dieser Zeit schon um fünfunddreißig war). Ihm leuchtete die Notwendigkeit von Steuern und Militärdienst einfach nicht ein.

»Früher war alles irgendwie besser«, sagte er.

Dennoch, die Entwicklung des Dorfs war nicht aufzuhalten.

1902 fand man heraus, daß sich die Hochebene gleich in der Nähe des Dorfs als Weideland eignete, und machte eine Schafweide daraus, die vom Dorf kollektiv betrieben wurde. Ein Beamter der Präfekturverwaltung kam und zeigte ihnen, wie man Zäune zieht, die Wasserversorgung sichert und Ställe baut. Eine Kolonie Sträflinge mußte entlang des Flusses einen Uferweg anlegen, und schon bald zog eine Herde Schafe darüber hin – Schafe, die die Regierung den Bauern zu einem Spottpreis überlassen hatte. Den Bauern war unbegreiflich, aus welchem Grunde die Regierung so großzügig zu ihnen war. Warum sollen wir nicht auch einmal Glück haben, nachdem wir bisher soviel Leid ertragen mußten, dachten die meisten nur.

Natürlich hatte die Regierung den Bauern die Schafe nicht aus reiner Nächstenliebe beschafft. Die Militärs peilten für den bevorstehenden Vormarsch auf den chinesischen Kontinent die Selbstversorgung mit Schafwolle an – Kälteschutz – und saßen deshalb der Regierung im Nacken; die Regierung wiederum befahl dem Landwirtschaftsministerium, für eine entsprechende Produktionssteigerung zu sorgen, und das Landwirtschaftsministerium gab den Druck an die Präfekturverwaltung Hokkaido weiter – das war die ganze Geschichte. Man befand sich am Vorabend des Japanisch-Russischen Krieges.

Und wieder war es der junge Ainu, der im Dorf das größte Interesse an den Schafen zeigte. Er ließ sich von einem Beamten der Präfekturverwaltung in die Regeln der Schafzucht einweisen und wurde verantwortlich für die Weide. Es ist nicht bekannt, warum er Schafe so interessant fand. Wahrscheinlich gelang es ihm nicht so recht, sich an die zwischenmenschlichen Beziehungen im Dorf zu gewöhnen, die sich im Zuge des Bevölkerungszuwachses rapide verkomplizierten.

Auf die Weide kamen sechsunddreißig Southdowns, einundzwanzig Shropshires und als Wachhunde zwei Border Collies. Der junge Ainu war bald ein kompetenter Schäfer, und die Schafe und Hunde vermehrten sich von Jahr zu Jahr. Er liebte sie von ganzem Herzen. Der Beamte der Präfekturverwaltung war's zufrieden, und die jungen Hunde wurden als erstklassige Hirtenhunde an andere Weiden weitergegeben.

Bei Ausbruch des Japanisch-Russischen Krieges wurden fünf junge Männer aus Junitaki eingezogen und an die Front auf den Kontinent geschickt. Sie wurden alle fünf derselben Einheit zugeteilt. Bei einem Gefecht um einen kleinen Hügel schlug eine feindliche Bombe rechts in die Einheit ein, wobei zwei von ihnen fielen und einer sein linkes Bein verlor. Drei Tage später war der Krieg aus, und die beiden Unverletzten sammelten die sterblichen Überreste ihrer Kameraden ein. Alle fünf waren Söhne der ersten und zweiten Siedlergeneration. Einer der beiden Gefallenen war der älteste Sohn des jungen Ainu, der jetzt Dorfschäfer war. Sie starben in Armeemänteln aus Schafwolle.

»Warum um alles in der Welt zieht man in fremde Länder und führt Krieg?« fragte der Ainu-Schäfer die Dorfbewohner. Er war mittlerweile schon fünfundvierzig.

Aber niemand beantwortete ihm seine Frage. Und so zog er

sich aus dem Dorf auf seine Weide zurück, um zu leben wie die Schafe. Seine Frau war fünf Jahre zuvor an Lungenentzündung gestorben, und die beiden Kinder, die ihm noch geblieben waren, zwei Töchter, waren längst verheiratet. Als Lohn dafür, daß er sich um die Schafe kümmerte, versorgte das Dorf ihn mit Nahrung und einer gewissen Summe Geld.

Seit er seinen Sohn verloren hatte, entwickelte er sich zusehends zu einem verbitterten, schwierigen alten Mann und starb im Alter von zweiundsechzig. Eines Wintermorgens entdeckte sein junger Gehilfe die Leiche. Er lag auf dem Boden des Schafstalls – Tod durch Erfrieren. Zwei Hunde, wahrscheinlich die Enkel der ersten Generation Border Collies, wachten neben dem Toten und winselten verzweifelt. Die Schafe wußten von nichts und fraßen weiter ihr Heu, das in den Koben ausgebreitet lag. Ihr rhythmisches, klapperndes Kauen hallte in der Stille des Stalls wider wie ein Kastagnettenkonzert.

Die Geschichte von Junitaki ging zwar noch weiter, aber für den jungen Ainu war sie an dieser Stelle zu Ende. Ich ging zum Pissoir und ließ zwei Dosen Bier ab. Als ich an meinen Platz zurückkam, war meine Freundin wach und starrte träge aus dem Fenster auf die Landschaft hinaus. Draußen erstreckten sich weite Reisfelder. Von Zeit zu Zeit sah man auch ein Silo. Ein Fluß kam näher und verschwand wieder. Ich rauchte eine Zigarette und betrachtete die Landschaft und das die Landschaft betrachtende Profil meiner Freundin. Sie sprach kein Wort. Als ich zu Ende geraucht hatte, kehrte ich wieder zur Lektüre meines Buchs zurück. Flatternd huschten die Schatten einer Eisenbahnbrücke über die Seiten.

Nach der unglückseligen Geschichte um den jungen Ainu, der als alter Schäfer starb, war der Rest ziemlich langweilig. Abgesehen davon, daß in dem und dem Jahr zehn Schafe von Blähsucht hinweggerafft wurden oder die Ernte durch Frosteinfall einen vernichtenden Schlag erhielt, verlief die Entwicklung des Dorfes normal, und Anfang der zwanziger Jahre wurde Junitaki zur Stadt erklärt. Die neue Stadt blühte auf und wurde mehr und mehr ausgebaut. Grundschule und Stadtverwaltung wurden errichtet, und Junitaki bekam sogar eine eigene Postzweigstelle. Die Erschließung Hokkaidos war zu dieser Zeit größtenteils abgeschlossen.

Es gab kaum noch bebaubares Neuland, und es kam vor, daß ein paar Bauernsöhne die Stadt verließen, um sich in der Mandschurei oder auf Sachalin ein neues Paradies zu suchen. In der Beschreibung der Zeit um 1937 tauchte auch der Schafprofessor auf: Der technische Beamte des Landwirtschaftsministeriums, Herr ___, der lange Zeit Forschungen in Korea und der Mandschurei betrieben hatte, trat aus nicht näher bestimmten Gründen von seinem Amt zurück und errichtete auf einem Hochplateau nördlich von Junitaki eine Schafweide, hieß es. Es war die einzige Stelle im Buch, in der der Schafprofessor Erwähnung fand. Der Autor und Heimatkundler schien sich bei seiner Beschreibung der jüngeren Geschichte der Stadt selbst außerordentlich zu langweilen – die Darstellung wurde jedenfalls lückenhaft und glitt ab ins Gewöhnliche. Verglichen mit den Stellen, in denen es um den jungen Ainu ging, verlor auch der Stil erheblich an Frische.

Ich überging die Jahre von 1938 bis 1969 und beschloß, das Kapitel »Junitaki heute« zu lesen. Aber »Junitaki heute« war eigentlich »Junitaki 1970«, also nicht wirklich »heute«. Wirklich »heute« wäre Oktober 1978 gewesen. Aber wenn man die Chronologie einer Stadt verfaßt, ist man einfach gezwungen, am Ende die Gegenwart zu bringen. Denn auch wenn Gegenwart sofort ihren gegenwärtigen Charakter verliert – niemand kann bestreiten, daß Gegenwart gegenwärtig ist. Wenn Gegenwart aufhörte, gegenwärtig zu sein, wäre Geschichte nicht mehr Geschichte.

Der *Geschichte der Stadt Junitaki* zufolge hatte das Städtchen im April 1969 fünfzehntausend Einwohner, das waren sechstausend weniger als noch zehn Jahre zuvor. Die Hauptursache für diesen Bevölkerungsschwund sei der Rückgang im landwirtschaftlichen Sektor. Aufgrund des wirtschaftlichen Strukturwandels in der Hochwachstumsphase in Zusammenhang mit der besonderen Situation Hokkaidos, wo Kältezonen-Anbau geboten war, zeige die Stadt einen außergewöhnlich hohen Rückgang im landwirtschaftlichen Sektor, hieß es.

Und was wurde aus dem Ackerland, nachdem die Bauern fortgezogen waren? Man forstete es auf. Dort, wo die Großeltern und Eltern beim Roden Blut und Wasser geschwitzt hatten, um das Land urbar zu machen, pflanzten die Enkel und Kinder wieder Bäume. Höchst erstaunlich, das Ganze.

Die Hauptindustrie des heutigen Junitaki bestand demzufolge in Forstwirtschaft und Holzfertigung. Es gab eine Anzahl kleiner Holzwerkstätten in der Stadt, in denen Fernseh- und Schminktischchen und Touristensouvenirs angefertigt wurden: Holzfiguren von Bären und Ainus. Das ehemalige Versammlungshaus war zum Heimatmuseum umfunktioniert worden, in dem die alten landwirtschaftlichen Geräte und das Kochgeschirr der ersten Siedler ausgestellt waren. Ebenso war der Nachlaß der beiden im Japanisch-Russischen Krieg gefallenen Söhne des Dorfes dort zu sehen. Und sogar eine Lunchbox mit dem Abdruck eines Braunbärzahns. Auch der Brief, mit dem man sich seinerzeit nach der Gläubigersituation im Heimatdorf erkundigt hatte, war erhalten geblieben.

Aber, offen gestanden, das heutige Junitaki mußte ein furchtbar langweiliges Städtchen sein. Nach getaner Arbeit ins traute Heim zurückgekehrt, sah die Mehrzahl der Einwohner ihre durchschnittlichen vier Stunden fern und ging schlafen. Die Wahlbeteiligung lag relativ hoch, aber man konnte immer genau vorhersagen, wer gewählt wurde. Das Motto der Stadt war »Reiche Menschen in reicher Natur« – das stand jedenfalls auf dem Schild vor dem Bahnhof.

Ich klappte das Buch zu, gähnte und schlief ein.

2. *Der weitere Verfall der Stadt – Die Schafe*

In Asahikawa stiegen wir um und fuhren Richtung Norden über den Shiokari-Paß. Es war ungefähr der gleiche Weg, den seinerzeit vor achtundneunzig Jahren der junge Ainu und die achtzehn armen Bauern genommen hatten.

Die Herbstsonne brachte die verbliebenen Reste von Urwald und das feuerrote Laub der Ebereschen gut zur Geltung. Die Luft war reglos klar. Wenn man länger hinsah, taten einem die Augen weh.

Anfangs war der Zug leer, aber dann wurden wir von einer Horde Oberschüler und Oberschülerinnen überrollt – von Gezappel, begeisterten Stimmen, fettigem Haar, von Geschwätz und unterschwelliger Sexualität. Das Ganze dauerte ungefähr dreißig Minuten, dann, an einem bestimmten Bahnhof, waren sie allesamt augenblicklich verschwunden. Der Zug war wieder leer, kein Wort war zu hören.

Wir teilten uns eine Tafel Schokolade und überließen uns kauend der Landschaft. Stilles Licht überflutete die Erde. Alles wirkte weit weg, als sähen wir es durch das falsche Ende eines Fernglases. Meine Freundin pfiff eine Zeitlang leise *Johnny B. Goode* vor sich hin. So lange hatten wir noch nie geschwiegen.

Als wir aus dem Zug ausstiegen, war es nach zwölf. Auf dem Bahnsteig reckte ich mich erst einmal und atmete tief durch. Die Luft war so rein, daß ich dachte, meine Lungen müßten explodieren. Warm und angenehm schien die Sonne auf die Haut, obwohl es mit Sicherheit zwei Grad kälter war als in Sapporo.

Ein paar alte Lagerhäuser aus Backstein säumten die Gleise, daneben lagen dicke Baumstämme, zu Pyramiden gestapelt und dunkel vollgesogen mit dem Regen der vergangenen Nacht. Als der Zug, mit dem wir gekommen waren, weiterfuhr, war keine Menschenseele mehr zu sehen, nur die Ringelblumen in den Blumenkübeln zitterten im kühlen Wind.

Das, was man vom Bahnsteig aus von der Stadt sehen konnte, war ein kleines Kaufhaus, eine chaotische Hauptstraße, ein

Busbahnhof mit zirka zehn Haltestellen und eine Touristeninformation – eine typische Kleinstadt auf dem Lande. Auf den ersten Blick völlig uninteressant.

»Sind wir da?« fragte sie.

»Noch nicht, wir müssen noch mal umsteigen. Wir wollen in eine noch viel, viel kleinere Stadt.« Ich gähnte und atmete noch einmal tief durch. »Das ist sozusagen eine Relaisstation. Von hier aus sind die ersten Siedler nach Osten weitergezogen.«

»Welche Siedler?«

Im Wartesaal setzte ich mich vor den kalten Ofen und erzählte meiner Freundin, bis unser Anschlußzug kam, eine Kurzfassung der Geschichte von Junitaki. Mit den Jahreszahlen hatte ich meine Schwierigkeiten; ich nahm deshalb einen Zettel und machte mit Hilfe der Angaben im Einband der *Geschichte der Stadt Junitaki* eine einfache Chronologie. Rechts notierte ich die Ereignisse in Junitaki, links die wichtigsten Daten der japanischen Geschichte. Es entstand eine historische Zeittafel, die sich sehen lassen konnte.

Zum Beispiel 1905: Port Arthur fällt – Der älteste Sohn des jungen Ainu fällt im Krieg. Wenn mich meine Erinnerung nicht täuschte, war das zugleich das Geburtsjahr des Schafprofessors. Geschichte verknüpfte sich allmählich zu einem zusammenhängenden Ganzen.

Sie verglich die Spalten meiner Zeittafel und sagte: »*So* gesehen scheint es, als hätten die Japaner von einem Krieg zum anderen gelebt.«

»Ja, so scheint es.«

»Wie kam es nur dazu?«

»Das ist eine komplizierte Sache. Mit einem Satz läßt sich das nicht beantworten.«

»Hm.«

Wie alle Wartesäle war auch dieser ungemütlich und öde. Auf der Bank konnte man kaum sitzen, der Aschenbecher war vollgestopft mit aufgequollenen Kippen, die Luft stand. An den Wänden hingen ein paar Urlaubsposter und Fahndungslisten. Außer uns warteten nur noch ein alter Mann in einem kamelhaarfarbenen Pullover und eine Mutter mit ihrem zirka vierjährigen Jungen. Der alte Mann veränderte seine einmal eingenommene Sitzhaltung um keinen Deut; er war ganz in seine Literaturzeitschrift vertieft. Er schlug die Seiten um, als zöge er Heftpflaster ab. Es dauerte jeweils ganze fünfzehn Minuten, bis er die nächste Seite umblätterte. Das Mutter-Kind-Gespann wirkte wie ein altes, einander überdrüssiges Ehepaar.

»Wahrscheinlich läuft es darauf hinaus, daß die Menschen arm waren und dachten, sie könnten vielleicht mit ein bißchen Glück ihrer Armut entfliehen.«

»Wie die Leute von Junitaki?«

»Wie die Leute von Junitaki. Eben deshalb haben die Siedler wie verrückt ihre Felder bestellt, bis zum Umfallen. Trotzdem sind die meisten arm gestorben.«

»Warum?«

»Wegen des Bodens. Hokkaido ist eine Kältezone, und alle paar Jahre wird die Ernte durch Frost vernichtet. Und wenn man keine Ernte einbringen kann, hat man nichts zu essen und keine Einnahmen. Dann kann man kein Öl kaufen und auch keinen Samen für den nächsten Frühling. Also nimmt man Hypotheken auf das Land auf und macht bei Wucherern Schulden. Aber die Landwirtschaft hier im Norden ist nicht so produktiv, daß man die Zinsen zurückzahlen könnte. Am Ende wird einem das Land abgenommen. Auf diese Weise wurden viele Bauern zu abhängigen Pächtern.«

Ich blätterte *Die Geschichte der Stadt Junitaki* noch einmal kurz durch. »Im Jahre 1930 war der Anteil von selbständigen Bauern an der Bevölkerung Junitakis auf 46 Prozent gesunken. Die große Depression Ende der Zwanziger fiel mit einer Frostperiode zusammen.«

»Da hatten sie nun mühevoll Land gerodet, um neues Ackerland zu gewinnen, und kamen dann doch nie aus den Schulden heraus.«

* * *

Wir hatten mehr als vierzig Minuten Zeit. Meine Freundin sah sich alleine ein bißchen in der Stadt um, ich blieb im Wartesaal, trank eine Cola und schlug das Buch auf, das ich gerade las. Ich versuchte, mich darin zu vertiefen, gab aber nach zehn Minuten auf und steckte es wieder in die Tasche. In meinen Kopf ging einfach nichts hinein. Die Schafe von Junitaki spukten darin herum und fraßen alle Buchstaben, die sie bekommen konnten, ratzekahl auf. Ich schloß die Augen und seufzte. Pfeifend fuhr ein Güterzug vorbei.

* * *

Zehn Minuten, bevor unser Zug abfuhr, kam sie zurück. Sie hatte Äpfel gekauft, unser Mittagessen. Dann stiegen wir ein.

Der Zug muß kurz vor der Verschrottung gestanden haben. Die Bodenbretter waren an den Rändern vollkommen ausgetreten, so daß man wie auf See hin und her wankte, wenn man den Gang entlangging. Die Sitzbezüge waren völlig abgewetzt und die Kopfstützen hart wie vier Wochen altes Brot. Alles im Wagen roch nach Verhängnis, vermischt mit Toiletten- und Dieselgestank. Ich brauchte zehn Minuten, um das Fenster herunterzuschieben und frische Luft hereinzulassen, aber als der Zug losfuhr, flog feiner Sand herein; also verwandte ich nochmals zehn Minuten darauf, das Fenster wieder zu schließen. Der Zug hatte zwei Waggons, in denen zusammen ungefähr fünfzehn Fahrgäste saßen. Alle waren verbunden durch die dicken Bande von Desinteresse und Langeweile. Der alte Mann mit dem kamelhaarfarbenen Pullover las weiter in seiner Zeitschrift. Seiner Lesegeschwindigkeit nach zu urteilen wäre es nicht weiter verwunderlich gewesen, wenn er die Nummer von vor drei Monaten in Händen gehalten hätte. Eine dicke Frau mittleren Alters starrte mit der Miene eines Musikkritikers, der sich gerade auf eine Klaviersonate von Skrjabin konzentriert, auf einen bestimmten Punkt im Raum. Heimlich folgte ich ihrem Blick, aber es gab dort nichts – nichts als leeren Raum.

Sogar die Kinder waren alle ruhig. Keines lärmte, keines lief herum; sie machten sich nicht einmal die Mühe, die Landschaft draußen zu betrachten. Von Zeit zu Zeit hustete irgend jemand – trockenes Gebell, als schlüge man mit der Feuerzange einer Mumie den Kopf ein.

Jedesmal, wenn der Zug hielt, stieg jemand aus, und jedesmal, wenn jemand ausstieg, stieg auch der Schaffner aus, um die Fahrkarte entgegenzunehmen. Dann stieg er wieder ein, und der Zug fuhr los. Sein Gesicht war so ausdruckslos, daß er jederzeit unmaskiert einen Bankraub hätte begehen können. Neue Fahrgäste stiegen nicht zu.

Draußen floß der Fluß, vom Regen braun verfärbt. In der Herbstsonne sah er aus wie ein glitzernder Milchkaffeekanal. Die befestigte Uferstraße tauchte auf und verschwand wieder. Manchmal sah man einen riesigen, mit Holz beladenen Laster Richtung Westen fahren, aber alles in allem war das Verkehrsaufkommen furchtbar gering. Gleichwohl verkündeten Werbetafeln am Straßenrand ohne Unterlaß Nachrichten an nichts und niemanden. Aus Langeweile sah ich mir die elegante, von der großen weiten Welt kündende Werbung an. Hier trank ein braungebranntes Mädchen im Bikini Coca-Cola, dort führte ein Charakterdarsteller um die Fünfzig ein Scotchglas zum Mund, die Stirn in Falten gelegt. Eine Unterwasserarmbanduhr trug Naß, und ein Fotomodell lackierte sich in einer sündhaft teuren Traumwohnung die Nägel. Anstelle der Siedler erschlossen nun mit gekonnter Raffinesse die Pioniere der Werbeindustrie das Land.

Um zwei Uhr vierzig erreichte der Zug die Endstation Junitaki. Irgendwann waren wir beide fest eingeschlafen und hatten nicht einmal die Durchsage des Schaffners gehört. Der Dieselmotor stieß einen letzten Seufzer aus, dann herrschte absolute Stille. Diese Stille, die mir geradezu auf der Haut brannte, weckte mich auf. Als ich zu mir kam, war außer uns niemand mehr im Abteil.

Hastig nahm ich unser Gepäck aus dem Netz, klopfte meiner Freundin ein paarmal auf die Schulter, um sie zu wecken, und wir stiegen aus. Auf dem Bahnhof wehte ein kühler Wind, der das Ende des Herbstes ahnen ließ. Obwohl es noch so früh war, stand die Sonne bereits tief, die Berge warfen unheilvoll dunkle Schatten auf die Erde. Zwei Bergrücken liefen direkt hinter der Stadt in einem Punkt zusammen; sie hielten sie fest umschlossen, wie Hände, die eine Streichholzflamme vor dem Wind schützen. Der lange, schmale Bahnsteig schien sich wie ein schwaches, kleines Boot in emporragende riesige Wellen stürzen zu wollen.

Überwältigt starrten wir einige Zeit auf dieses Panorama.

»Wo ist die ehemalige Weide des Schafprofessors?« fragte sie.

»Auf einem der Berge. Noch drei Stunden mit dem Auto.«

»Fahren wir jetzt gleich dorthin?«

»Nein«, sagte ich. »Wenn wir jetzt noch hoch fahren, wird es dunkel, ehe wir da sind. Besser, wir übernachten irgendwo und fahren morgen früh.«

Vor dem Bahnhof befand sich ein kleiner, vollkommen leerer Platz, anscheinend nicht gerade beliebt. An der Taxihaltestelle wartete kein einziges Taxi, und aus dem Springbrunnen in Gestalt eines Vogels kam kein Wasser. Mit geöffnetem Schnabel sah der Vogel völlig ausdruckslos immerzu zum Himmel auf. Rund um den Springbrunnen hatte man Beete mit Ringelblumen angepflanzt. Man sah auf den ersten Blick, daß die Stadt in den letzten zehn Jahren noch weiter verfallen war. Kaum ein Mensch war zu sehen, und die Leute, die gelegentlich doch vorüberliefen, hatten genau jenen abwesenden Gesichtsausdruck, der charakteristisch ist für Menschen, die in heruntergekommenen Städten leben.

Linker Hand vom Bahnhofsvorplatz stand ein halbes Dutzend alter Lagerhäuser – Überbleibsel aus den Zeiten, als Güterverkehr noch ausschließlich Eisenbahnverkehr bedeutete. Es waren alte Backsteingebäude mit hohen Dächern, deren Eisentore wohl unzählige Male überstrichen worden waren, bevor man sie endgültig entfernt hatte. Auf den Dächern der Lagerhäuser saßen lange Reihen gewaltiger Krähen, die stumm auf die Stadt herabsahen. Auf dem leeren Platz neben den Lagerhäusern rosteten mitten in einem Dschungel aus mannshohem Unkraut zwei alte Autos vor sich hin. Keines hatte mehr einen einzigen Reifen, die Motorhauben standen offen, die Eingeweide waren herausgerissen worden.

Auf dem Bahnhofsvorplatz, der einer verlassenen Eislaufbahn ähnelte, stand zwar eine Informationstafel mit Stadtplan, aber die Schrift war so verwittert, daß sie höchstens zur Hälfte zu entziffern war. Das einzige, was man ohne Probleme lesen konnte, war »Stadt Junitaki« und »Nördlichstes Großanbaugebiet für Reis«.

Auf der gegenüberliegenden Seite des Platzes begann eine kleine Einkaufsstraße. Sie war wie alle Einkaufsstraßen, allerdings ungeheuer breit, was die Stadt noch kälter erscheinen ließ. Die Ebereschen zu beiden Seiten der breiten Straße leuchteten in herbstlichem Rot, aber der Kälte tat es keinen Abbruch. Jede von ihnen erfreute sich ihres eigenen Lebens, unabhängig vom Schicksal der Stadt. Nur die dort lebenden Menschen und ihr tägliches Einerlei wurden vollkommen von der Kälte erfaßt.

Ich schulterte meinen Rucksack und lief die fünfhundert Meter Einkaufsstraße einmal bis zum anderen Ende hinunter, um ein Gasthaus zu suchen. Nichts. Bei einem Drittel der Geschäfte waren die Läden dicht. Das Schild des Uhrmachers war an einer Stelle abgerissen und schlug blechern im Wind.

Dort, wo die Einkaufsstraße schlagartig aufhörte, war ein großer, mit Unkraut bewachsener Parkplatz. Ein kremfarbener Nissan *Fairlady* und ein roter Sportwagen, ein Toyota *Celica*, waren dort abgestellt. Beides nagelneue Fahrzeuge. Das Unpersönliche des Neuen paßte komischerweise nicht schlecht zur Leere der Stadt.

Hinter der Einkaufsstraße gab es so gut wie nichts mehr. Die breite Straße verengte sich zu einem leicht abfallenden Weg, der zum Fluß hinunterführte und sich dort nach rechts und links teilte. Beiderseits des Weges standen kleine, einstöckige Reihenholzhäuser, in deren Vorgärten verstaubte Sträucher knochige Zweige zum Himmel streckten. Die Sträucher waren alle irgendwie seltsam beschnitten. Vor jeder Haustür standen der gleiche große Öltank und die gleiche Milchflaschenbox. Jedes Dach war mit einer erstaunlich großen Fernsehantenne versehen. Die Fernsehantennen reckten ihre silbernen Fühler in den Himmel, als wollten sie die hinter der Stadt aufragenden Berge zum Kampf herausfordern.

»So was wie ein Gasthaus gibts hier wohl nicht?« fragte meine Freundin besorgt.

»Keine Sorge, ein Gasthaus gibts in jeder Stadt.«

Wir gingen zum Bahnhof zurück und fragten nach einem Gasthaus. Die beiden Schalterbeamten, die vom Altersunterschied her Vater und Sohn hätten sein können und sich zu Tode zu langweilen schienen, wiesen uns überaus freundlich in die Gasthauslage der Stadt ein.

»Also, es gibt zwei Gasthäuser«, sagte der ältere der beiden. »Das eine ist relativ teuer, das andere relativ billig. Das teure wird benötigt, wenn zum Beispiel ein wichtiger Beamter der Präfekturverwaltung kommt oder wenn ein feierliches Bankett gegeben werden soll.«

»Das Essen ist da ziemlich gut«, fügte der jüngere hinzu.

»In dem anderen übernachten Handelsreisende, junge Leute oder ganz normale Leute. Es sieht zwar furchtbar aus, aber es ist nicht unsauber. Das Bad ist gar nicht schlecht.«

»Aber die Wände sind dünn«, warf der jüngere ein.

Dann diskutierten die beiden eine Weile über die genaue Stärke der Wände.

»Wir nehmen das teure«, erklärte ich. Im Umschlag hatte ich noch Geld genug – mehr als genug; es gab keinen Grund zu sparen.

Der jüngere Schalterbeamte zog ein Blatt von seinem Notizblock ab und zeichnete uns den Weg zum Gasthaus auf.

»Vielen Dank«, sagte ich. »Die Stadt wirkt viel verlassener als vor zehn Jahren, nicht?«

»Ja, das ist wahr«, sagte der ältere. »Es gibt jetzt nur noch ein Sägewerk und keine Ersatzindustrie. Die Landwirtschaft ist auch fast am Ende, und da geht die Bevölkerung natürlich zurück.«

»Man kriegt nicht mal mehr richtige Schulklassen zusammen!« fügte der jüngere hinzu.

»Wieviel Einwohner haben Sie denn jetzt?«

»Man spricht von ungefähr siebentausend, aber in Wirklichkeit sind es bestimmt weniger. Fünftausend dürften der Sache wohl näher kommen«, sagte der jüngere.

»Die Eisenbahnlinie kann auch jeden Tag stillgelegt werden, man weiß nie. Sie steckt von allen Strecken in ganz Japan am drittiefsten in den roten Zahlen«, sagte der ältere.

Demnach gab es zwei Eisenbahnstrecken, die noch verkommener waren als diese. Erstaunlich. Ich bedankte mich und ging.

Das Gasthaus lag am Fluß. Man mußte durch die Einkaufsstraße gehen, dann nach rechts und ungefähr noch dreihundert Meter geradeaus. Es war ein gutes altes Gasthaus, die Fassade stammte aus den Tagen, da noch Lebensgeister in der Stadt gesteckt hatten. Zum Fluß hin gab es einen sorgsam gepflegten Garten. In einer Ecke nahm ein Schäferhundwelpe ein frühes Abendessen ein; sein Kopf verschwand fast im Freßnapf.

»Sind Sie zum Bergsteigen hier?« fragte uns das Dienstmädchen, das uns das Zimmer zeigte.

»Ja«, antwortete ich der Einfachheit halber.

Im ersten Stock gab es lediglich zwei Zimmer, die dafür aber sehr geräumig waren. Vom Flur aus blickte man auf denselben Milchkaffeefluß, den ich schon vom Zugfenster aus gesehen hatte.

Meine Freundin wollte ein Bad nehmen, und deshalb ging ich in der Zwischenzeit alleine zur Stadtverwaltung. Sie befand sich zwei Blocks westlich von der Einkaufsstraße in einer vollkommen verlassenen Gegend, doch der erste Eindruck täuschte: Das Gebäude war relativ neu und stabil.

Am Schalter des Amtes für Viehzucht zeigte ich eine mit dem Namen einer Zeitschrift versehene Visitenkarte vor, die ich vor knapp zwei Jahren einmal benutzt hatte, um mich als freier Journalist auszugeben, und erklärte kurz, ich wolle ein paar Fragen über Schafzucht stellen. Eigentlich eine unglaubwürdige Geschichte, für eine Frauenzeitschrift über Schafe zu recherchieren, aber der Beamte schluckte sie ohne weiteres und führte mich in sein Büro.

»Zur Zeit gibt es zirka zweihundert Schafe in der Stadt, alles Suffolks. Das heißt, Fleischtiere. Das Fleisch wird an die umliegenden Gasthäuser und Restaurants geliefert. Es ist sehr beliebt.«

Ich zog meinen Notizblock aus der Tasche und schrieb in angemessener Weise mit. Der arme Mann würde höchstwahrscheinlich monatelang jede Nummer dieser Frauenzeitschrift kaufen. Ich schämte mich.

»Für die Rezeptseite?« fragte er mich, nachdem er eine Weile über die Situation der Schafzucht berichtet hatte.

»Auch«, sagte ich. »Aber wir wollen eher ein Gesamtbild des Schafs zeichnen.«

»Gesamtbild?«

»Ja, seine Charakteristika, seine Lebensbedingungen, alles.«

»Oh«, sagte mein Gesprächspartner.

Ich klappte mein Notizbuch zu und trank den Tee, den man mir serviert hatte. »Ich habe gehört, oben in den Bergen soll es noch eine alte Schafweide geben?«

»Ja, bis vor dem Krieg war es eine richtige Weide, aber nach dem Krieg wurde sie von der amerikanischen Armee beschlagnahmt. Nach der Rückgabe an den Besitzer wurde das dazugehörige Haus zehn Jahre lang von irgendeinem wohlhabenden Herrn als Landhaus genutzt, aber jetzt kommt schon lange niemand mehr, offensichtlich wegen der äußerst schlechten Verkehrsbedingungen. Es steht leer. Deshalb wurde die Weide an die Stadt verpachtet. Das beste wäre, man würde alles kaufen und eine Touristenattraktion draus machen, aber wir sind ein armes Städtchen, wissen Sie. Die Straßenausbesserungen haben Vorrang.«

»Die Weide wird an die Stadt verpachtet?«

»Ja, im Sommer werden ungefähr fünfzig Schafe der Städtischen Schäferei auf den Berg getrieben. Die Weide dort oben ist ausgezeichnet, und auf der städtischen reicht das Gras nicht. Wenn das Wetter dann langsam schlechter wird, so etwa ab Ende September, bringt man sie wieder herunter.«

»Wissen Sie, von wann bis wann die Schafe oben sind?«

»Das ist von Jahr zu Jahr verschieden, meistens aber von Anfang Mai bis Mitte September.«

»Wie viele Leute bringen die Schafe auf die Bergweide und versorgen sie dort?«

»Nur einer. Seit zehn Jahren schon macht das derselbe Mann.«

»Ich würde ihn gerne einmal sprechen.«

Der Beamte rief für mich bei der Städtischen Schäferei an.

»Wenn Sie jetzt gleich hinfahren, können Sie ihn treffen«, sagte er. »Soll ich Sie mit dem Wagen hinbringen?«

Zuerst lehnte ich ab, begriff aber bald, daß dies die einzige Möglichkeit war, die Weide zu erreichen. In der Stadt gab es weder ein Taxi noch einen Autoverleih, und zu Fuß brauchte man anderthalb Stunden.

In dem Kleinwagen des Beamten fuhren wir an dem Gasthaus vorbei Richtung Westen. Dann überquerten wir eine lange Betonbrücke, die uns über ein kaltes Sumpfgebiet führte, und nahmen einen sanft ansteigenden Weg den Berg hinauf. Unter den Rädern knirschte trocken der Kies.

»Wenn man in Tokyo wohnt, kommt einem dieses Städtchen wahrscheinlich wie ausgestorben vor, nicht wahr?« sagte er.

Ich gab eine unverbindliche Antwort.

»Na ja, aber es stirbt wirklich langsam aus. Solange es die Eisenbahn gibt, gehts ja noch, aber wenn sie nicht mehr ist, wird die Stadt sterben. Komisch, das über eine Stadt zu sagen. Ein Mensch stirbt, das versteht man, aber eine Stadt...«

»Was passiert, wenn eine Stadt stirbt?«

»Tja, was passiert? Das weiß niemand. Alle machen sich ja aus dem Staub, bevor sie es erfahren. Wenn die Einwohnerzahl unter die Tausendergrenze sinkt – was durchaus im Bereich des Möglichen liegt –, wird es für uns Beamte ebenfalls kaum noch Arbeit geben; vielleicht sollten wir auch besser sehen, daß wir von hier wegkommen.«

Ich bot ihm eine Zigarette an und gab ihm mit dem Dupont-Feuerzeug, in das das Schafwappen eingraviert war, Feuer.

»In Sapporo gibt es gute Stellen. Mein Onkel hat da eine Druckerei, aber nicht genügend Arbeitskräfte. Da unter seinen Auftraggebern auch ein paar Schulen sind, ist sein Betrieb ziemlich stabil. Das wäre eigentlich viel besser, als in dieser gottverlassenen Gegend Lasterladungen Schafe oder Kühe zu zählen.«

»Ja«, sagte ich.

»Aber jedesmal, wenn ich denke, so, jetzt gehst du, tu ich es doch nicht. Verstehen Sie das? Wenn die Stadt schon wirklich sterben muß, will ich ihren Tod wenigstens mit eigenen Augen gesehen haben – dieses Gefühl ist stärker als der Drang wegzugehen.«

»Sind Sie hier geboren?« fragte ich.

»Ja«, sagte er nur, weiter nichts. Eine melancholisch verfärbte Sonne verschwand zu einem Drittel hinter den Bergen.

Die Einfahrt der Weide bildeten zwei Masten, die oben ein Schild mit der Aufschrift »Schäferei der Stadt Junitaki« trugen. Unter dem Schild führte ein Weg hindurch, der steil anstieg und in einem herbstlich verfärbten Wäldchen verschwand.

»Hinter dem Wäldchen liegen die Ställe und dahinter das Wohnhaus des Verwalters. Aber wie kommen Sie zur Stadt zurück?«

»Ich laufe zurück, es geht ja bergab. Vielen Dank!«

Als der Wagen verschwunden war, ging ich zwischen den Masten durch den Weg hinauf. Die letzten Sonnenstrahlen gaben den herbstlich gelben Ahornblättern einen Stich ins Rötliche. Durch die hohen Bäume flackerten Lichtsprenkel über den durch das Wäldchen führenden Kiesweg.

Als ich aus dem Wäldchen heraustrat, sah ich den Schafstall, lang und schmal an eine Böschung gebaut. Dann nahm ich auch den Stallgeruch wahr. Das Mansardendach aus rotem Wellblech war mit drei Lüftungsschornsteinen bestückt. Vor dem Eingang zum Stall stand eine Hundehütte. Ein kleinwüchsiger, angeketteter Border Collie sah mich und bellte ein paarmal. Es war ein alter Hund mit müden Augen und ohne Feindseligkeit in seinem Bellen. Als ich ihn kraulte, wurde er sofort ruhig. Vor der Hundehütte standen ein Futter- und ein Wassernapf aus gelbem Plastik. Als ich meine Hand wegnahm, trottete der Hund zufrieden in seine Hütte zurück und legte sich hin, die Vorderpfoten ordentlich nebeneinander.

Im Stall war es dämmerig, der Schäfer nirgends zu sehen. Links und rechts des breiten, betonierten Durchgangs waren die Schafkoben. Zu beiden Seiten des Durchgangs verliefen Abflußrinnen für Harn und Putzwasser. In die Bretterwand waren hier und da Fenster eingelassen, so daß man die Gipfellinie der Berge sehen konnte. Die Abendsonne tauchte die Schafe auf der rechten Stallhälfte in rotes Licht; auf die zur linken fiel mattblauer Schatten.

Als ich den Stall betrat, drehten sich augenblicklich sämtliche zweihundert Schafe nach mir um. Eine Hälfte stand, die andere Hälfte lag auf dem Heu, das auf dem Boden ausgebreitet war. Die unnatürlich blauen Schafaugen wirkten wie aus den Kopfhälften hervorsprudelnde Brunnen; wenn das Licht sie erfaßte, strahlten und funkelten sie wie Glasaugen. Starr glotzten mich die Schafe an. Keines bewegte sich auch nur einen Deut von der Stelle. Einige kauten zwar weiter das Heu, das sie im Maul gehabt hatten, doch außer dem Mahlen der Zähne war nichts zu hören. Einige hatten Wasser getrunken, aber sofort innegehalten und in derselben Körperhaltung zu mir aufgesehen, die Köpfe über den Trögen vor den Koben. Die Schafe schienen als Einheit zu denken. Plötzlich war ich im Eingang aufgetaucht und hatte dieses Denken unterbrochen. Alles stand still, alle behielten sich ihr Urteil vor. Als ich mich wieder bewegte, wurde auch das Denken wieder in Gang gesetzt. Die Schafe in den acht Koben begannen, sich zu rühren. Im Koben für Mutterschafe versammelte sich alles um den Zuchtbock, im Koben für Böcke traten alle geschlossen zurück und hielten die Stellung. Nur einige Schafe, offensichtlich die neugierigsten, blieben am Zaun stehen, um jede meiner Bewegungen zu beobachten.

An den schwarzen Ohren, die lang und dünn von den Köpfen abstanden, trugen die Schafe Plastikmarken. Einige hatten blaue, andere gelbe und wieder andere rote Marken. Auch auf dem Rücken waren sie mit großen, farbigen Zeichen markiert.

Um die Schafe nicht zu erschrecken, bewegte ich mich langsam und möglichst geräuschlos. Ich tat so, als hätte ich nicht das geringste Interesse, näherte mich dem Zaun, streckte vorsichtig die Hand aus und berührte einen jungen Bock. Der zitterte nur erschrocken, lief aber nicht weg. Die anderen Schafe beobachteten uns voller Mißtrauen. Der junge Bock stand da wie ein unsicherer, von der ganzen Herde sachte ausgestreckter Fühler. Steif vor Schreck starrte er mich an.

Suffolks verbreiten eine ganz eigenartige Atmosphäre. Alles an ihnen ist schwarz, nur die Wolle weiß. Die großen Ohren stehen waagerecht ab wie Mottenflügel. Mit ihren blauen Augen und der langen, knochigen Schnauze sehen sie irgendwie exotisch aus. Die Augen leuchteten im Dämmerlicht. Die Schafe lehnten meine Anwesenheit weder ab, noch akzeptierten sie sie. Sie betrachteten mich vielmehr als Schauspiel, dessen Anblick sie zeitweilig ausgesetzt waren. Einige Schafe pißten herzhaft und geräuschvoll. Der Urin floß über den Boden in die Rinne und darin weiter an meinen Füßen vorbei. Die Sonne verschwand gerade hinter den Bergen. Matte Dunkelheit hüllte die Berghänge ein, tiefblau wie sich in Wasser lösende Tinte.

Ich trat aus dem Stall, kraulte den Border Collie noch einmal und atmete tief durch. Dann ging ich um den Stall herum und über eine kleine Holzbrücke, die über einen Bach führte, auf das Wohnhaus des Verwalters zu: ein adretter kleiner Flachbau, an den sich eine riesige Scheune für Heu und landwirtschaftliche Geräte anschloß. Die Scheune war bedeutend größer als das Haus.

Der Verwalter schichtete neben einem ein Meter breiten und ein Meter tiefen Betongraben, der neben der Scheune verlief, Plastiksäcke mit Desinfektionsmittel auf. Als ich auf ihn zuging, sah er von weitem einmal kurz zu mir her, zeigte aber kein sonderliches Interesse und setzte seine Arbeit fort. Erst als ich den Graben erreicht hatte, hielt er schließlich in der Arbeit inne und wischte sich mit dem Handtuch, das um seinen Hals hing, den Schweiß aus dem Gesicht.

»Morgen ist Desinfektionstag«, sagte er. Dann holte er eine zerdrückte Zigarette aus der Tasche seines Arbeitsanzugs, brachte sie mit den Fingern etwas in Form und zündete sie an. »Hier schütten wir die Desinfektionsflüssigkeit hinein und lassen die Schafe eins nach dem anderen durchschwimmen. Sonst kriegen sie während des Winters im Stall alles mögliche Ungeziefer.«

»Machen Sie das alleine?«

»Um Gottes willen, nein. Es kommen zwei Männer, die mir und dem Hund helfen. Am meisten schuftet der Hund. Er hat das Vertrauen der Schafe. Das muß er auch, sonst wäre er kein Hütehund.«

Der Mann war fünf Zentimeter kleiner als ich, aber kräftig gebaut. Er war Ende Vierzig, und sein kurzgeschnittenes Haar stand kerzengerade wie eine Bürste. Er zog sich die Gummihandschuhe von den Händen, als zöge er Haut ab, schlug sie ein paarmal auf den Knien aus und stopfte sie dann in die Hosentasche. Er sah eher nach einem Unteroffizier in einem militärischen Ausbildungslager aus als nach einem Schäfer.

»Sie wollten ein paar Fragen stellen?«

»Ja.«

»Na, dann fragen Sie!«

»Arbeiten Sie schon lange als Schäfer?«

»Zehn Jahre«, sagte er. »Manche nennen das lang, andere kurz. Über Schafe weiß ich jedenfalls Bescheid. Vorher war ich bei den Streitkräften.«

Er legte sich das Handtuch wieder um den Hals und sah in den Himmel.

»Bleiben Sie den ganzen Winter über hier?«

»Ja«, sagte er, »ich bleibe hier. Erstens weiß ich nicht, wo ich sonst hin sollte, und zweitens gibt es gerade im Winter viel zu tun. In dieser Gegend häuft sich der Schnee fast zwei Meter hoch, und wenn man sich nicht drum kümmert, kommt das Dach runter, und die Schafe sind hin. Gefüttert werden müssen sie auch, und der Stall will gesäubert sein. Das läppert sich zusammen.«

»Und im Sommer treiben Sie eine Hälfte der Schafe auf die Bergweide?«

»Ja.«

»Ist es schwierig, die Schafe hochzutreiben?«

»Ganz einfach! Das haben die Menschen schon immer gemacht. Daß Schafe an einem festen Ort gezüchtet werden, ist eine ganz neue Entwicklung. Davor ist man mit den Schafen ständig umhergezogen. Das Spanien des sechzehnten Jahrhunderts hatte ein ganzes Straßennetz, das nur die Schäfer mit ihren Schafen benutzen durften, niemand sonst, selbst der König nicht.«

Der Mann spie auf den Boden und verrieb den Rotz mit seinen Arbeitsschuhen.

»Schafe sind brave Tiere, jedenfalls solange sie nicht in Panik geraten. Sie laufen immer hinter dem Hund her, ohne zu murren.«

Ich zog das Foto, das Ratte geschickt hatte, aus der Tasche und gab es dem Mann. »Das ist die Bergweide, nicht wahr?«

»Ja«, sagte er. »Ohne Zweifel. Und das sind unsere Schafe.«

»Und was ist mit dem da?« Mit der Spitze des Kugelschreibers deutete ich auf das gedrungene Schaf mit der sternförmigen Zeichnung auf dem Rücken.

Der Mann sah sich das Foto eine Weile an. »Das ist ein anderes Schaf. Keines von unseren. Aber komisch. Es kann gar nicht zu den anderen auf die Weide gekommen sein. Sie ist ganz mit Draht umzäunt, und jeden Morgen und jeden Abend überprüfe ich die Schafe einzeln. Die Hunde würden auch merken, wenn ein fremdes Schaf dazukäme, und die Schafe wären unruhig. Aber das allermerkwürdigste ist, ein solches Schaf habe ich mein Lebtag noch nicht gesehen.«

»Ist dieses Jahr von Mai an, als Sie die Schafe auf die Weide oben gebracht haben, bis zu dem Zeitpunkt, da Sie sie wieder herunterführten, irgend etwas Ungewöhnliches passiert?«

»Nein, nichts«, sagte der Mann. »Alles war friedlich, wie immer.«

»Außer Ihnen ist niemand sonst im Sommer über auf dem Berg, nicht wahr?«

»Doch, doch. Alle zwei Tage kommt ein Gehilfe aus der Stadt, und manchmal kommt auch ein Beamter zur Inspektion. Einmal in der Woche fahre ich in die Stadt hinunter, so lange paßt dann jemand anderes auf die Schafe auf. Es muß ja Nachschub für Futter und den anderen Kram geholt werden.«

»Man kann also nicht sagen, daß Sie den ganzen Sommer alleine da oben sind?«

»Nein, das kann man wirklich nicht behaupten. Solange kein Schnee fällt, braucht man mit dem Jeep nur anderthalb Stunden bis zur Weide. Fast ein Spaziergang! Aber sobald der Schnee liegenbleibt, kommt man mit dem Wagen nicht mehr durch, und dann ist man in der Tat den ganzen Winter da oben eingeschlossen.«

»Jetzt ist niemand oben, oder?«

»Nein, außer dem Besitzer des Landhauses niemand.«

»Der Besitzer des Landhauses? Ich habe gehört, das Landhaus stünde schon lange leer!«

Der Verwalter warf seine Kippe auf den Boden und trat sie aus. »Es stand auch lange leer. Aber jetzt wird es wieder benutzt. Man hätte ohnehin jederzeit dort wohnen können. Um die Instandhaltung des Hauses habe ich mich nämlich die ganze Zeit gekümmert. Strom, Gas, sogar Telefon – alles da. Nicht eine einzige Fensterscheibe ist zerbrochen.«

»Auf der Stadtverwaltung sagte man mir, dort hielte sich niemand auf.«

»Ach, es gibt viel, was die nicht wissen. Unabhängig von meiner Arbeit für die Stadt war ich die ganze Zeit bei dem Besitzer des Landhauses angestellt, aber das geht ja niemanden was an. Außerdem hat er mich gebeten, es nicht weiterzusagen.«

Der Mann wollte eine neue Zigarette aus der Tasche seines Arbeitsanzugs nehmen, aber die Packung war leer. Ich gab ihm meine noch halbvolle Packung *Lark* und faltete einen Zehntausender dazu. Er besah sich Schein und Zigaretten eine Weile, nahm dann beides an, steckte sich eine *Lark* zwischen die Lippen und verstaute den Rest in seiner Brusttasche. »Vielen Dank auch.«

»Wann ist der Besitzer denn wieder aufgetaucht?«

»Dieses Frühjahr. Die Schneeschmelze hatte noch nicht eingesetzt, muß wohl im März gewesen sein. Das erste Mal wieder seit mindestens fünf Jahren. Warum er ausgerechnet dieses Jahr kam, weiß ich nicht, aber das ist seine Sache, geht mich nichts an. Er wird schon seine Gründe gehabt haben; er hat mich jedenfalls gebeten, keinem Menschen zu verraten, daß er da ist, und ist seitdem die ganze Zeit oben geblieben. Ich kaufe ihm heimlich Lebensmittel, Benzin und so weiter und bringe die Sachen in kleinen Ladungen mit dem Jeep nach oben. Mit den Vorräten, die jetzt oben sind, könnte er ein ganzes Jahr auskommen.«

»Ist der Mann ungefähr so alt wie ich und trägt einen Bart?«

»Ja, das stimmt«, sagte der Verwalter.

»Na, großartig!« sagte ich. Das Foto konnte ich in der Tasche lassen.

3. Nacht in Junitaki

Dank des Geldes gingen die Verhandlungen mit dem Verwalter zügig voran. Er würde uns um acht Uhr früh am nächsten Morgen abholen und mit dem Wagen bis zur Bergweide fahren.

»Die Schafe desinfiziere ich nach Mittag, müßte noch hinhauen«, sagte der Verwalter. Eine praktische Seele. »Für eines allerdings kann ich nicht garantieren: Der Regen gestern hat den Boden aufgeweicht. Es könnte sein, daß wir an einer Stelle mit dem Wagen nicht durchkommen. Das ist dann nicht meine Schuld.«

»Ist in Ordnung«, sagte ich.

Als ich den Weg bergab wanderte, fiel mir ein, daß Rattes Vater auf Hokkaido ein Landhaus besessen hatte. Ratte hatte früher ein paarmal davon erzählt. Ein altes, zweistöckiges Haus, auf einem Berg, riesige Schafweide. Die wichtigen Sachen fallen mir immer erst hinterher ein. Es hätte mir gleich auffallen müssen, als der Brief ankam. Die Lage herauszufinden wäre dann ein Kinderspiel gewesen.

Ich hätte mir in den Arsch beißen können. Schwerfällig trabte ich den immer dunkler werdenden Weg zur Stadt. In den anderthalb Stunden sah ich ganze drei Fahrzeuge: zwei große Laster, die Stämme geladen hatten, und einen kleinen Traktor. Alle drei fuhren bergab, aber keiner hielt, um zu fragen, ob ich mitwollte. Um so besser.

Als ich nach sieben am Gasthaus ankam, war es schon stockdunkel. Ich fror bis auf die Knochen. Der kleine Schäferhund streckte den Kopf aus seiner Hundehütte und schnüffelte ein paarmal in meine Richtung. Meine Freundin saß in der Automatenecke am Eingang, völlig in ein Videospiel vertieft. Sie hatte Jeans an und einen von meinen Rollkragenpullovern. Die Automatenecke mußte früher mal das Wohnzimmer gewesen sein; den prächtigen Kaminsims hatte man so belassen. Ein Sims für einen richtigen, echten Kamin. In dem Zimmer standen vier Videospielgeräte und zwei Flipper. Billige, alte Maschinen, spanische Modelle, die es nirgendwo mehr gab.

»Ich sterbe vor Hunger«, sagte meine Freundin, offenbar erschöpft von der Warterei.

Ich bestellte das Abendessen, sprang schnell ins Bad und stieg beim Abtrocknen nach langer Zeit mal wieder auf die Waage. Sechzig Kilo, wie vor zehn Jahren. Der Speck um die Hüften war in dieser einen Woche spurlos verschwunden.

Im Zimmer war das Essen schon aufgetragen. Ich langte zu, trank Bier und erzählte dabei von der Schäferei und ihrem Verwalter, dem Ex-Soldaten. Sie bedauerte, die Schafe verpaßt zu haben.

»Immerhin, es sieht so aus, als hätten wir's bald geschafft, nicht wahr?«

»Hoffentlich«, sagte ich.

4. *Die verhexte Kurve*

Am Morgen war es frisch, der Himmel grau bewölkt. Ich bemitleidete die Schafe, die an solch einem Tag durch das kalte Desinfektionsmittel gejagt wurden. Vielleicht machten sie sich aber gar keine Gedanken wegen der Kälte. Nein, wahrscheinlich nicht.

Der kurze Herbst auf Hokkaido ging seinem Ende zu. Die dicken grauen Wolken verhießen Schnee. Der Flug vom septemberlichen Tokyo ins oktoberliche Hokkaido hatte mich fast den gesamten Herbst des Jahres 1978 gekostet. Den Anfang hatte ich erlebt und das Ende; der eigentliche Herbst fehlte.

Um sechs Uhr stand ich auf, wusch mir das Gesicht, setzte mich allein in den Flur und sah, bis das Frühstück fertig war, auf den Fluß. Er führte weniger Wasser als am Tag zuvor und war völlig klar. Jenseits des anderen Ufers erstreckten sich Reisfelder, so weit das Auge sah; im unsteten Morgenwind beschrieben die vollen Ähren seltsame Wellenlinien. Über die Betonbrücke fuhr ein Traktor auf den Berg zu. Lange trug der Wind das Tuckern des Dieselmotors herüber. Aus dem herbstlich verfärbten Birkenwäldchen flogen zwei Krähen auf, kreisten über dem Fluß und ließen sich dann auf dem Brückengeländer nieder. Die Krähen sahen aus wie Gaffer in einem Avantgarde-Stück. Schließlich hatten sie genug von ihrer Rolle, lösten sich nacheinander vom Geländer und flogen flußaufwärts davon.

* * *

Pünktlich um acht Uhr hielt der alte Jeep des Verwalters vor der Herberge. Der Jeep hatte ein kastenförmiges Dach; vermutlich war es ein von den Streitkräften ausgemustertes Stück. Auf der Motorhaube war noch schwach die Nummer der Einheit zu lesen.

»Komisch«, sagte der Verwalter und sah mich dabei an. »Gestern habe ich vorsichtshalber zur Hütte telefoniert, keine Verbindung.«

Ich stieg mit meiner Freundin hinten ein. Im Wagen roch es schwach nach Benzin.

»Wann haben Sie das letzte Mal hochtelefoniert?« fragte ich.

»Wann war das, letzten Monat. Um den zwanzigsten rum. Danach nicht wieder. Er ruft meistens selbst an, wenn er was braucht. Lebensmittel und so.«

»War denn die Leitung frei?«

»Nichts, kein Ton. Muß irgendwo unterbrochen sein. Bei heftigem Schneefall kommt das schon mal vor.«

»Es schneit gar nicht.«

Der Verwalter legte den Kopf in den Nacken und rollte ihn ein paarmal hin und her. »Fahrn wir mal los, jedenfalls. Wir werden ja sehen.«

Ich nickte nur. Der Benzingeruch hatte mich ganz benebelt.

Der Wagen überquerte die Betonbrücke und schlug dann denselben Bergweg ein wie tags zuvor. Als wir an der Weide vorbeifuhren, schauten wir alle drei auf die beiden Masten mit dem Schild. Auf der Weide war es völlig ruhig. Wahrscheinlich beglotzten die Schafe mit ihren blauen Augen ihre eigene Stille.

»Wann desinfizieren Sie? Heute nachmittag?«

»Wenns geht. Hat aber keine Eile. Hauptsache, wir werden fertig, bevor der Schnee einsetzt.«

»Wann setzt er denn so in der Regel ein?«

»Nächste Woche könnt es schon losgehn«, sagte der Verwalter. Dann hustete er eine Zeitlang, den Kopf nach unten, eine Hand auf dem Lenkrad. »So ab Anfang November bleibt er liegen. Haben Sie schon mal einen Winter hier erlebt?«

»Nein«, sagte ich.

»Wenn der Schnee erst mal liegt, gibts kein Halten mehr, wie bei einem Dammbruch. Immer mehr kommt dazu. Dann ist Zapfenstreich, dann können Sie nur noch rein ins Haus und Kopf einziehen. Für Menschen ist das nichts hier.«

»Und Sie? Sie leben doch schon lange hier, oder?«

»Weil ich Schafe mag. Gutmütige Tiere sind das, können sich sogar Gesichter merken. Wenn Sie Schafe halten, vergeht ein Jahr wie nichts, immer der gleiche Kreislauf. Im Herbst paaren sie sich, im Winter tragen sie aus, im Frühjahr lammen sie, und im Sommer gehts auf die Weide. Im Herbst sind die Lämmer groß und paaren sich wieder. Und so fort. Die Schafe wechseln jedes Jahr, nur ich werde älter. Sogar zur Stadt fahren wird lästig.«

»Was machen die Schafe denn den ganzen Winter?« fragte meine Freundin.

Als ob er sie vorher nicht bemerkt hätte, drehte sich der Verwalter, die Hände auf dem Lenkrad, fast ganz zu ihr herum und musterte sie kritisch. Obwohl auf dem schnurgeraden, asphaltierten Weg nicht die Spur eines entgegenkommenden Fahrzeugs zu sehen war, brach mir der kalte Schweiß aus.

»Im Winter«, sagte der Verwalter, nachdem er sich endlich wieder der Straße zugewandt hatte, »stehen die Schafe im Stall und tun nichts.«

»Ist denen dann nicht langweilig?«

»Halten Sie *Ihr* Leben für langweilig?«

»Weiß nicht.«

»Sehn Sie, so gehts den Schafen auch. Die denken über so was nicht nach, und wenn, würden sie es nicht verstehen. Sie fressen ihr Heu, pissen, streiten ein bißchen herum und denken ansonsten an die ungeborenen Lämmer. So vergeht der Winter.«

Langsam wurde es steiler, und die Straße begann weite S-Kurven zu beschreiben. Allmählich ließen wir die Felder hinter uns, und dichter Urwald, der sich zu beiden Seiten der Straße wie Felsen emportürmte, beherrschte die Szenerie. Hin und wieder gab eine Lichtung den Blick auf die Ebene frei.

»Wenn Schnee liegt, kommt man hier mit dem Wagen schon nicht mehr durch«, sagte der Verwalter. »Besteht allerdings auch keine Notwendigkeit dazu.«

»Gibts keine Skilifte oder Bergwanderpfade?« fragte ich.

»Weder noch. Es gibt nichts. Und weil es nichts gibt, kommen keine Touristen. Die Stadt verfällt deswegen immer schneller. Bis Ende der Fünfziger war ziemlich was los, die Stadt *»Model Town* für Landwirtschaft im Kälterandgebiet«. Dann kam der Reisüberschuß, und keiner hatte mehr Lust, sich in einem Kühlschrank abzurackern. Kann man ja verstehen.«

»Was ist denn aus dem Sägewerk geworden?«

»Hat man verlegt, zu wenig Leute. Ein paar kleine Werke gibts noch in der Stadt, aber nichts Besonderes. Das Holz wird gleich vom Berg nach Nayoro oder Asahikawa transportiert. Nur die Straßen werden deshalb immer besser, die Stadt verfällt. Die Riesenlaster ziehen Spikes auf, denen macht eine Schneedecke auf den Straßen nicht viel.«

Ich hatte mir unbewußt eine Zigarette zwischen die Lippen gesteckt, schob sie aber nun wegen des Benzingeruchs wieder in die Schachtel. Statt dessen lutschte ich ein Zitronenbonbon, das ich noch in der Hosentasche gehabt hatte. Zitronengeschmack mit Benzingeruch.

»Die Schafe streiten sich, sagten Sie?« fragte meine Freundin.

»Schafe streiten dauernd«, sagte der Verwalter. »Sie haben eine genau festgelegte Rangordnung, wie alle Herdentiere. Bei einer Herde von fünfzig Kopf hat jedes seine Nummer, von 1 bis 50. Und alle wissen genau, wo sie stehn.«

»Wahnsinn«, sagte meine Freundin.

»Mir erleichtert das natürlich die Arbeit. Man schnappt sich die Nummer eins, und die anderen trotten hinterher.«

»Wenn die Rangordnung feststeht, warum streiten die Schafe dann noch?«

»Wenn sich irgendeins verletzt, zum Beispiel, und seine Kräfte nachlassen, kommt die Rangordnung durcheinander. Das nächstuntere Schaf will hoch auf der Leiter und fordert das verletzte heraus. So geht das dann etwa drei Tage.«

»Das arme Schaf!«

»Wie man's nimmt, das geht reihum. Das Schaf, das die Leiter runterfällt, hat ja, als es jung und stark war, auch welche von ihren Plätzen verdrängt. Die große Eintracht kommt erst im Schlachthaus. Nummer 1 oder Nummer 50, alle das gleiche Barbecue.«

»Furchtbar«, sagte meine Freundin.

»Am ärmsten sind aber die Zuchtböcke dran. Wissen Sie, was ein Schafharem ist?«

Wir verneinten.

»Das Wichtigste bei der Schafzucht ist die Kontrolle der Paarung. Deshalb werden die Böcke und die weiblichen Tiere streng getrennt gehalten, und dann läßt man nur einen Bock zu den Weibchen. Meistens den stärksten, die Nummer 1. Schließlich will man den besten Samen. Nach etwa einem Monat, wenn der Bock seine Arbeit verrichtet hat, wird er wieder zu den anderen Böcken gesperrt. Die haben aber in der Zwischenzeit eine neue Rangordnung ausgekämpft. Der Zuchtbock hat wegen der Rammelei die Hälfte seines Gewichts verloren und kriegt natürlich keinen Stich. Trotzdem muß er gegen jeden anderen Bock antreten. Ein armes Schwein.«

»Wie kämpfen denn die Schafe?«

»Sie rennen sich die Köpfe ein. Schafsschädel sind hart wie Stahl und innen hohl.«

Meine Freundin sagte nichts mehr. Sie schien an irgend etwas zu denken.

Wahrscheinlich stellte sie sich mit gesenkten Schädeln aufeinander zurennende Schafe vor.

Nach etwa einer halben Stunde Fahrt verschwand plötzlich die Asphaltierung, und die Straße war nur noch halb so breit. Wie schwarze Brecher stürzte links und rechts Urwald auf den Wagen zu. Schlagartig wurde es um einige Grade kälter.

Der Weg war eine Katastrophe, und der Jeep schlug aus wie eine Seismometernadel. Unheilvoll klatschte das Benzin in den Plastikkanistern zu unseren Füßen – wie gegen die Schädeldekke knallendes Hirn. Vom bloßen Hinhören bekam ich Kopfschmerzen.

Auf diesem Weg fuhren wir zwanzig oder dreißig Minuten. Ich konnte nicht mal richtig meine Uhr ablesen. Keiner sagte ein Wort. Ich hielt mich an einem im Sitz eingelassenen Gurt fest, meine Freundin klammerte sich an meinen rechten Arm, und der Verwalter konzentrierte sich ganz aufs Lenken.

»Links!« sagte er irgendwann knapp. Ich wußte nicht, was er meinte, sah aber nach links. Die Wand des schwarzfeuchten Urwalds war von der Bildfläche verschwunden, wie weggerissen, die Erde fiel steil ab ins Nichts und gab den Blick frei auf ein riesiges Tal. Die Aussicht war grandios – und kalt wie Eis. Der lotrecht abgeschnittene Fels stand bar allen Lebens, mehr noch, er blies seinen unheilvollen Atem auf die ganze Landschaft ringsum.

Weit vorne rückte talseits ein seltsam glatter, kegelförmiger Berg ins Blickfeld. Die Spitze war verzogen, wie von einer Riesenhand aus der Form gedreht.

Der Verwalter, beide Hände fest um das tanzende Lenkrad geklammert, deutete mit dem Kinn in Richtung Berg. »Um den müssen wir rum.«

Schwerer, aus dem Tal aufkommender Wind bürstete zu unserer Rechten das üppige Gras hangauf. Feiner Sand prasselte gegen die Scheiben des Jeeps.

Wir durchfuhren einige gefährliche Kurven und näherten uns immer mehr der Spitze des Kegels; der Hang zur Rechten wurde immer steiler und felsiger und wandelte sich schließlich zu einer lotrechten Wand. Wir fuhren auf einem gefährlich schmalen, wie aus einer riesigen, glatten Mauer herausgemeißelten Vorsprung.

Das Wetter verschlechterte sich zusehends. Das fahle, stellenweise noch bläuliche Grau des Himmels verfärbte sich, wie seiner eigenen Unbestimmtheit überdrüssig, zu einem dunklen, rußig schwarz durchsetzten Grau und tauchte die Berge ringsum in melancholische Finsternis.

Der Wind drehte wie in einem Mörser und pfiff wie toll. Ich wischte mir mit dem Handrücken den Schweiß von der Stirn. Selbst mein Unterzeug klebte kalt am Körper. Der Verwalter durchfuhr mit fest zusammengepreßten Lippen eine weite Kurve, rechts, rechts. Dann nahm er, den Oberkörper vorgebeugt, als lausche er auf irgend etwas, den Fuß vom Gas, brachte den Wagen an einer Stelle, wo sich der Weg um eine Spur verbreiterte, zum Stehen und stellte den Motor ab. Eisige Stille, nur der Wind pfiff übers Land.

Der Verwalter blieb lange so sitzen, wortlos, beide Hände auf dem Lenkrad. Schließlich stieg er aus und stampfte mit seinen schweren Arbeitsschuhen ein paarmal auf. Ich stieg ebenfalls aus, stellte mich neben ihn und besah mir den Boden.

»Hat keinen Zweck«, sagte der Verwalter. »Ist nasser, als ich dachte.«

So feucht sah der Boden gar nicht aus. Eher trocken sogar, fest.

»Die Feuchte sitzt drunter«, erklärte er. »Der Schein trügt, da fällt jeder drauf rein. 'ne merkwürdige Stelle ist das hier.«

»Merkwürdig?«

Ohne zu antworten, zog er eine Zigarette aus seiner Jackentasche und zündete sie mit einem Streichholz an. »Laufen wir erst mal ein paar Schritte.«

Wir gingen bis zur nächsten Kurve, etwa zweihundert Meter. Ich fror am ganzen Körper. Ich zog den Reißverschluß meiner Windjacke bis zum Kinn zu, aber das Gefühl von Kälte blieb.

An der Kurvenkrümmung blieb der Verwalter stehen und starrte, die Zigarette im Mundwinkel, rechts auf den Felsen. Mitten aus dem Felsen quoll Wasser, formte sich zu einem Bächlein und rann quer über den Weg. Lehm färbte das Wasser bräunlich trüb. Ich strich mit den Fingern über den feuchten Teil des Felsens; das Gestein war poröser, als es aussah, und an der Oberfläche brüchig.

»Eine beschissene Kurve ist das«, sagte der Verwalter. »Der

Boden taugt auch nichts. Aber das ist nicht alles. Die ganze Kurve ist, wie soll ich sagen, verhext. Selbst die Schafe werden hier immer scheu.«

Der Verwalter überließ sich eine Weile seinem Husten, dann warf er die Zigarette auf den Boden. »Tut mir leid, aber mit dem Wagen hat's keinen Sinn.«

Ich nickte.

»Schaffen Sie's zu Fuß?«

»Das Laufen ist kein Problem. Aber was ist mit den Vibrationen?«

Der Verwalter stampfte noch einmal wuchtig auf. Nach einer winzigen Verzögerung hallte es dumpf. Ein Ton, der mich schaudern machte. »Laufen kann man, das trägt.«

Wir gingen zum Jeep zurück.

»Von hier«, sagte der Verwalter, der neben mir ging, »sind's noch ungefähr vier Kilometer. Das schaffen Sie in anderthalb Stunden, auch mit der Frau. Verlaufen können Sie sich nicht, und es geht kaum bergan. Tut mir leid, daß ich Sie nicht den ganzen Weg fahren kann.«

»Das macht nichts. Vielen Dank auch.«

»Wollen Sie lange oben bleiben?«

»Weiß ich noch nicht. Vielleicht komm ich morgen schon wieder zurück, vielleicht dauert's auch eine Woche. Kommt drauf an.«

Er steckte sich wieder eine Zigarette zwischen die Lippen, mußte diesmal aber schon vor dem Anzünden husten. »Passen Sie jedenfalls gut auf. Der Schnee scheint dieses Jahr früh zu sein. Wenn erst mal Schnee liegt, kommen Sie hier nicht wieder runter.«

»Ich werd aufpassen«, sagte ich.

»Wenn niemand da sein sollte: Der Schlüssel liegt im Briefkasten am Eingang. Den können Sie benutzen.«

Unter dem trüb bewölkten Himmel luden wir unser Gepäck aus dem Jeep. Ich zog die dünne Windjacke aus und streifte mir einen warmen Bergsteigerparka über den Kopf. Aber selbst der Parka schützte nicht vor der bis in die Knochen dringenden Kälte.

Der Verwalter hatte große Mühe, auf dem engen Weg zu wenden; ständig stieß er an dem Felsen an. Bei jedem Stoß löste sich Geröll und kollerte zu Boden. Als er es endlich geschafft hatte, hupte er einmal und winkte. Wir winkten auch. Dann verschwand der Jeep in der nächsten Kurve. Wir waren völlig allein, wie ausgesetzt am Ende der Welt.

Wir setzten unsere Rucksäcke ab und starrten auf die Landschaft, jeder mit seinen eigenen Gedanken beschäftigt. Tief unten im Tal schlängelte sich gemächlich ein silbriger Fluß dahin, auf beiden Seiten beschirmt vom dichten Grün der Wälder. Auf der anderen Seite des Tales kräuselten sich niedrige Wellen herbstlich verfärbter Berge, und jenseits lag in leichtem Dunst die Ebene. Hier und da stiegen Rauchsäulen auf: Die Ernte war vorbei, Reisstroh wurde verbrannt. Die Aussicht nahm einem den Atem, stimmte aber, wie lange man auch hinsah, nicht heiter. Alles war kalt, irgendwie ketzerisch sogar.

Der Himmel war völlig verhangen von einer gleichförmigen, dunstiggrauen Wolkendecke. Darunter, dicht über unseren Köpfen und fast zum Greifen nah, zogen schwarze Wolken mit unglaublicher Geschwindigkeit Richtung Osten. Schwere Wolken, die vom chinesischen Festland her das Japanische Meer überquert hatten und nun über Hokkaido zum Ochotskischen Meer wanderten. Je mehr dieser Wolkengruppen wir kommen und wegziehen sahen, desto bedrohlicher prägte sich uns die Unbeständigkeit der Stelle ein, an der wir standen. Eine einzige launische Bö konnte uns mitsamt der an der brüchigen Felswand klebenden Kurve ins Nichts des Tales reißen.

»Wir müssen uns beeilen«, sagte ich und schulterte den schweren Rucksack. Ob Regen oder Schnee, je schneller wir ein Dach über dem Kopf hatten, desto besser. Hier, an diesem hundserbärmlich kalten Platz, hatte ich keine Lust, patschnaß zu werden.

Wir beeilten uns, die »beschissene Kurve« hinter uns zu lassen. Sie hatte tatsächlich, wie der Verwalter gesagt hatte, etwas Verhextes. Man spürte es körperlich, einen betäubenden, unheilvollen Druck, der bis in den Kopf stieg und dort irgendwo Alarm auslöste. Ein Gefühl, wie wenn man einen Fluß durchwatet und plötzlich in einen Strom kälteren oder wärmeren Wassers gerät.

Unsere Schritte verursachten auf der etwa fünfhundert Meter langen Strecke immer wieder andere Geräusche. Mehrfach schlängelten sich Bächlein zusammenfließenden Wassers über den Weg.

Wir behielten, als wir die Kurve hinter uns hatten, unser Tempo unverändert bei. Wir wollten weiter weg davon. Erst nach etwa einer halben Stunde Marsch, als die Felswand nicht mehr ganz so steil aufragte und vereinzelt Bäume ins Blickfeld kamen, wich der Druck von der Seele, atmeten wir auf.

Der Rest des Weges stellte keine großen Anforderungen mehr. Er war eben, die Umgebung nahm freundlichere Züge an und wandelte sich bald zum Bild einer friedlichen Hochebene. Sogar Vögel tauchten auf.

Nach einer weiteren halben Stunde lag der merkwürdige, kegelförmige Berg vollständig hinter uns, und wir erreichten ein weites, tafelflaches Plateau, rings umschlossen von steil aufragenden Gipfeln. Das Ganze sah aus, als ob ein gigantischer Vulkan halb in sich zusammengestürzt wäre. Ein Meer von herbstlich verfärbten Birken erstreckte sich vor unseren Augen, durchsetzt von vielfarbigem Gebüsch und weichem Unterholz; hier und da lagen umgestürzte Stämme von Birken, die der Wind entwurzelt hatte, braun und halb verrottet.

»Ein schönes Fleckchen«, sagte meine Freundin.

Das war es, ohne Frage, nach der Kurve, die wir hinter uns hatten. Ein gerader Pfad führte mitten durch das Birkenmeer. Er war eben breit genug für einen Jeep und so schnurgerade, daß einem schwindelig werden konnte. Keine Kurve, keine steile Steigung. Der Pfad lief schnurstracks in einem Punkt zusammen. Über diesem Punkt thronten schwarze Wolken.

Es war erschreckend still. Selbst die Geräusche des Windes wurden von dem großen Wald verschluckt. Hin und wieder zeigte ein plumper schwarzer Vogel seine rote Zunge und zerschnitt mit gellendem Gekreisch die Luft, doch sobald er verschwand, deckte wieder die Stille alles zu, wie nachrückendes, halbflüssiges Gelee. Das Laub auf dem Pfad war noch naß von dem Regen, der vor zwei Tagen gefallen war. Außer dem Vogel gab es nichts, was die Stille hätte stören können. Endlos erstreckte sich der Birkenwald und endlos mit ihm der schnurgerade Pfad. Selbst die tiefen Wolken, die bis eben noch so beklemmende Gefühle in uns ausgelöst hatten, wirkten vom Wald aus gesehen irgendwie irreal.

Nach ungefähr fünfzehn Minuten Fußweg stießen wir auf einen klaren Bach. Darüber führte eine solide, aus Birkenstämmen gefügte und mit einem Geländer versehene Brücke. Eine kleine Lichtung lud zur Rast. Wir setzten unser Gepäck ab, stiegen zum Bach hinunter und tranken etwas Wasser. So köstliches Wasser hatte ich noch nie getrunken. Es war so kalt, daß es uns die Hände rötete, süß und roch nach weicher Erde.

Die Wolken wanderten unentwegt, aber das Wetter schien sich doch zu halten. Meine Freundin schnürte ihre Bergschuhe nach; ich setzte mich auf das Brückengeländer und rauchte eine Zigarette. Vom Unterlauf her war das Rauschen eines Wasserfalls zu hören, dem Rauschen nach wohl ein eher kleinerer. Von links strich ein verirrter Windstoß über den Weg, kräuselte das Laub auf dem Boden und verlor sich dann rechts.

Als ich meine Zigarettenkippe austrat, erblickte ich gleich daneben eine andere. Ich hob sie auf und sah sie mir aufmerksam an. Es war eine plattgetretene *Seven Star;* die Kippe war trocken, mußte also nach dem Regen geraucht worden sein. Gestern, mit einem Wort, oder heute.

Ich versuchte mich zu erinnern, welche Marke Ratte immer geraucht hatte. Ich wußte es nicht mehr. Ich wußte nicht einmal mehr, ob er überhaupt je geraucht hatte. Mißvergnügt warf ich die Kippe in den Bach. In Null Komma nichts trug die Strömung sie zum Unterlauf.

»Was ist?« fragte meine Freundin.

»Ich habe eine frische Kippe entdeckt«, sagte ich. »Noch vor kurzem muß hier jemand gesessen und wie ich eine Zigarette geraucht haben.«

»Dein Freund?«

»Wer weiß. Möglich wär's.«

Sie setzte sich neben mich aufs Geländer und steckte sich mit beiden Händen das Haar hoch. Sie hatte mir ihre Ohren lange nicht gezeigt. Das Rauschen des Wasserfalls ließ mit einemmal nach, dann setzte es wieder ein.

»Magst du meine Ohren noch?« fragte sie.

Ich lächelte, streckte sacht den Arm aus und berührte mit den Fingerspitzen ihr Ohr. »Ich liebe sie, du weißt es«, sagte ich.

Nach weiteren fünfzehn Minuten hörte der Weg plötzlich auf. Auch das Birkenmeer war zu Ende, wie abgeschnitten. Eine Weide lag vor uns, großflächig wie ein See.

* * *

Um die Weide waren im Abstand von je fünf Metern Pflöcke eingeschlagen, und zwischen den Pflöcken war Draht gespannt. Alter, rostiger Draht. Das mußte die Schafweide sein; wir waren da. Ich drückte einen Flügel des abgenutzten Holztors auf und betrat die Weide. Das Gras war weich, die Erde schwarz und feucht.

Über die Weide zogen schwarze Wolken in Richtung auf ein hoch aufragendes Bergmassiv. Der Blickwinkel stimmte nicht ganz, aber es waren ohne Zweifel dieselben Berge wie auf Rattes Foto. Ich brauchte es gar nicht erst aus der Tasche zu ziehen.

Das war schon merkwürdig, vor meinen eigenen Augen die Landschaft zu haben, die ich Hunderte von Malen auf dem Foto gesehen hatte. Die Tiefe wirkte erschreckend künstlich. Ich hatte weniger das Gefühl, angekommen zu sein, als den Eindruck, jemand hätte die Landschaft eilig dem Foto entsprechend nachgestellt.

Ich lehnte mich an das Tor und seufzte. Wir hatten es jedenfalls gefunden. Was es bedeutete, stand auf einem anderen Blatt, aber wir hatten es gefunden.

»Wir sind da, nicht«, sagte sie und legte ihre Hand auf meinen Arm.

»Ja, wir sind da«, sagte ich. Mehr gab es nicht zu sagen.

Gegenüber, am anderen Ende der Weide, stand ein altes zweistöckiges Holzhaus, amerikanischer Blockhausstil. Das Haus, das der Schafprofessor vor vierzig Jahren gebaut und das Rattes

Vater dann gekauft hatte. Es stand nichts zum Vergleich daneben, so daß die Größe aus der Entfernung nicht genau zu schätzen war, aber es sah untersetzt und ausdruckslos aus. In dem Licht, das der bewölkte Himmel hergab, wirkte der weiße Anstrich unheilvoll düster. Mitten aus dem senf- bis rostiggelben Mansardendach ragte ein viereckiger Ziegelschornstein empor. Statt eines Zaunes breiteten ein paar betagte immergrüne Bäume ihre Zweige aus und schützten das Haus vor Regen, Wind und Schnee. Das Haus machte einen geradezu seltsam unbewohnten Eindruck. Es sah merkwürdig aus. Nicht, daß es abstoßend gewesen wäre oder unheimlich; auch war es weder irgendwie verrückt gebaut noch verfallen. Es war nur – merkwürdig. Es sah aus wie ein riesiges Lebewesen, das gealtert war, ohne sich selbst recht ausdrücken zu können. Ohne recht zu wissen, nicht wie, sondern *was* es eigentlich ausdrücken solle.

Plötzlich roch es nach Regen. Besser, wir beeilten uns. Wir überquerten die Weide in gerader Linie Richtung Haus. Von Westen zogen nicht die bisherigen Dunstfetzen herüber, sondern dicke, schwere Regenwolken.

Die Weide zog sich unsäglich hin. So schnell wir auch liefen, ich hatte nicht das Gefühl voranzukommen. Die Entfernung ließ sich einfach nicht abschätzen.

Mir wurde bewußt, daß ich zum ersten Mal im Leben über so weites, flaches Land lief. Selbst weit entfernte Windbewegungen schienen greifbar nahe. Ein Vogelschwarm flog über uns Richtung Norden, den Zug der Wolken kreuzend.

Als wir nach langer, langer Zeit endlich das Haus erreichten, regnete es bereits in großen Tropfen. Das Haus war wesentlich größer und wesentlich verkommener, als es aus der Ferne den Anschein gehabt hatte. Wie Schorf blätterte überall der weiße Anstrich ab, und die bloßgelegten, vom Regen gepeitschten Stellen hatten sich nach und nach schwarz verfärbt. In diesem Zustand mußte, bevor man an einen neuen Anstrich denken konnte, die alte Farbe erst vollständig entfernt werden. Wer immer das würde tun müssen, er tat mir leid. Unbewohnte Häuser verfallen. Dieses hier hatte ohne Zweifel seinen *point of no return* bereits erreicht.

Im Gegensatz zu dem verfallenden Haus waren die Bäume endlos weitergewachsen; schützend umgaben sie das Gebäude wie das Baumhaus in Wyß' *Schweizerischem Robinson.* Ihre seit langem nicht beschnittenen Äste wucherten wild.

Wenn ich an den gefährlichen Bergweg dachte, konnte ich mir beim besten Willen nicht vorstellen, wie der Schafprofessor vor vierzig Jahren sein Baumaterial hierher transportiert hatte. Wahrscheinlich hatte er seine ganze Arbeitskraft und sein gesamtes Vermögen investieren müssen. Der Gedanke an den in seinem dunklen Zimmer im ersten Stock des Hotels in Sapporo zurückgezogenen Professor gab mir einen Stich ins Herz. Wenn so etwas wie der Undank der Welt existierte, dann war das Leben des Schafprofessors das Paradebeispiel. Ich stand im kalten Regen und schaute am Gebäude hoch.

Genau wie aus der Ferne machte das Haus einen unbewohnten Eindruck. An den hölzernen Läden der schmalen, hohen Doppelfenster klebten verschiedene feine Staubschichten. Der Regen hatte den Staub in merkwürdigen Mustern fixiert, auf denen sich neuer Staub abgesetzt hatte, der dann wieder von neuem Regen fixiert worden war. In die Eingangstür hatte man in Augenhöhe ein zehn mal zehn Zentimeter messendes Fensterchen eingelassen, aber ein Vorhang versperrte den Blick nach innen. Auch der Türknopf aus Messing war dick verstaubt; als ich ihn anfaßte, bröckelten ganze Klümpchen ab. Der Türknopf wackelte wie ein altersschwacher Backenzahn, aber die Tür ging nicht auf. Die alte, aus drei Eichenbohlen zusammengefügte Tür war wesentlich massiver, als sie aussah. Ich schlug ein paarmal mit der Faust dagegen; keine Antwort, wie erwartet. Bloß die Hand tat mir weh. Über unseren Köpfen schwankten die Äste einer riesigen Kastanie im Wind; es rauschte und prasselte, als ob eine Lawine aus Sand niederginge.

Ich tastete, wie der Verwalter geraten hatte, den Boden des Briefkastens ab. Der Schlüssel hing an einem Stück Metallbeschlag der Rückwand. Es war ein altertümlicher Messingschlüssel, am Griff weißlich abgewetzt.

»Ist das nicht unvorsichtig, den Schlüssel einfach immer so offen liegenzulassen?« fragte meine Freundin.

»Glaubst du, irgend jemand würde sich extra zum Klauen herbemühen und mit der Beute auf dem Rücken den ganzen Weg wieder zurücklaufen?« sagte ich.

Der Schlüssel paßte beinahe unnatürlich perfekt ins Schlüsselloch. Ich drehte ihn herum, und mit einem angenehmen Knacken entriegelte sich das Schloß.

* * *

Im Haus war es unnatürlich düster, vielleicht, weil die Fensterläden lange geschlossen gewesen waren; es dauerte eine Zeit, bis sich die Augen an das Dämmerlicht gewöhnt hatten. Die Düsternis war überall.

Das Zimmer war geräumig. Geräumig, ruhig, und es roch wie in einem alten Schuppen. Ein Geruch, den ich aus meinen Kindertagen kannte. Ein Geruch nach vergangener Zeit, wie ihn alte Möbel und weggelegte Decken und Teppiche verströmen. Wir schlossen die Tür hinter uns; vom Wind war nichts mehr zu hören.

»Hallo«, rief ich laut. »Ist jemand da?«

Natürlich war niemand da. Das Rufen war überflüssig. Nur eine Standuhr neben dem Kamin tickte.

Für einige Sekunden wurde mir schwindelig. Die Zeit lief in der Dunkelheit vor und zurück, mehrere Orte überlagerten einander. Unbeholfen brach mein Gedächtnis zusammen wie ein Haufen trockener Sand. Das Ganze dauerte nur einen Moment. Als ich die Augen aufmachte, war alles vorbei. Vor mir lag ein merkwürdig einförmiger, grauer Raum, weiter nichts.

»Alles in Ordnung?« fragte meine Freundin besorgt.

»Alles in Ordnung«, sagte ich. »Laß uns erst mal reingehen.«

Im Halbdunkel sah ich mir, während meine Freundin den Lichtschalter suchte, die Standuhr an. Drei Kettengewichte hielten die Uhr in Gang. Alle drei Gewichte hatten sich schon bis zum tiefsten Punkt abgesenkt, aber die Uhr tickte noch mit der letzten ihr verbliebenen Kraft. Der Kettenlänge nach zu urteilen, brauchten die Gewichte eine Woche, um sich ganz nach unten abzusenken. Noch vor einer Woche mußte also jemand hiergewesen sein und die Uhr aufgezogen haben.

Nachdem ich die Uhr aufgezogen hatte und die Gewichte wieder ganz oben hingen, setzte ich mich auf das Sofa und streckte die Beine aus. Das Sofa war alt, stammte wohl noch aus der Vorkriegszeit, aber es saß sich gut darauf. Das Polster war nicht zu weich und nicht zu hart und paßte sich dem Körper an. Es roch vertraut.

Nach einer Weile gab es ein leises Knacken, das Licht ging an, und aus der Küche tauchte meine Freundin auf. Mit ein paar professionellen Bewegungen durchsuchte sie rasch das Zimmer, setzte sich dann in den Sessel und rauchte eine Mentholzigarette. Ich rauchte auch eine. Seit ich mit ihr zusammen war, begann ich langsam den Mentholgeschmack zu mögen.

»Dein Freund wollte anscheinend hier überwintern«, sagte sie. »Ich hab mich ein bißchen in der Küche umgesehen, da liegen Brennstoff und Lebensmittel für einen ganzen Winter. Ein einziger Supermarkt, alles da.«

»Nur mein Freund nicht.«

»Gehn wir mal in den ersten Stock.«

Die Treppe lag neben der Küche. In der Mitte beschrieb sie einen seltsamen Knick. Die Luft im ersten Stock schien völlig anders.

»Ich hab Kopfschmerzen«, sagte meine Freundin.

»Starke Kopfschmerzen?«

»Nein, es geht, keine Sorge. Ich bin dran gewöhnt.«

Im ersten Stock gab es drei Schlafzimmer. Links vom Flur lag ein großes, rechts zwei kleine. Wir sahen uns die drei Zimmer der Reihe nach an. Alle waren dämmerig und fast leer, nur mit dem Notwendigsten ausgestattet. In dem großen Zimmer standen zwei Bettgestelle und ein Frisiertisch. Es roch nach toter Zeit.

Nur in dem hinteren kleinen Zimmer roch es, als habe dort jemand gewohnt. Das Bett war ordentlich gemacht, das Kissen noch leicht eingedrückt; neben dem Kissen lag zusammengefaltet ein einfarbig blauer Schlafanzug. Auf dem Nachttischchen stand eine altmodische Lampe, daneben lag ein aufgeschlagenes Buch, die Seiten nach unten. Es war ein Roman von Joseph Conrad.

Neben dem Bett stand ein massives Schränkchen aus Eiche; in den Schubladen lag Männerkleidung – Pullover, Hemden, Hosen, Socken, Unterwäsche, alles säuberlich geordnet. Die Pullover und Hemden waren abgetragen, teilweise auch zerrissen, aber von guter Qualität. Ein paar davon hatte ich schon mal gesehen. Das waren Rattes Sachen. Hemden Größe 37, Hosen Größe 73. Kein Zweifel.

Am Fenster standen ein Schreibtisch und ein Stuhl, altes, schlichtes Design, wie man es kaum noch zu sehen bekommt. In der obersten Schreibtischschublade lagen ein billiger Füller, drei Schachteln mit Ersatzpatronen, Briefumschläge und Briefpapier; das Papier war nicht beschrieben. In der zweiten lagen eine halbleere Dose Hustenbonbons und jede Menge Krimskrams. Die dritte war leer. Kein Tagebuch, kein Notizbuch, kein Zettel, nichts. Er mußte nur das Wichtigste mitgenommen haben. Alles war *zu* ordentlich, das gefiel mir nicht. Ich strich mit einem Finger über die Schreibtischplatte: weißer Staub. Nicht viel. Staub von einer Woche.

Ich öffnete das auf die Weide gehende Doppelfenster und drückte die Läden auf. Der Wind, der über die Weide fegte, war stärker geworden, und die schwarzen Wolken hingen eine Spur tiefer. Wie ein Lebewesen wand sich die Weide im Wind. Jenseits davon waren die Birken zu sehen, dahinter der Berg. Das war dieselbe Landschaft wie auf dem Foto. Absolut identisch, nur ohne Schafe.

* * *

Wir gingen hinunter und setzten uns wieder aufs Sofa. Die Standuhr spielte eine kurze Melodie und schlug dann zwölf. Wir saßen still, bis der letzte Gong verklungen war.

»Was willst du nun machen?« fragte meine Freundin.

»Warten, was bleibt mir anderes übrig«, sagte ich. »Bis vor einer Woche war Ratte noch hier. Sogar sein Gepäck ist noch da. Er kommt garantiert wieder.«

»Und wenn vorher der Schnee einsetzt? Dann müssen wir hier überwintern, und deine Frist läuft auch ab.«

Sie hatte recht.

»Was sagen denn deine Ohren?«

»Nichts. Sobald ich sie öffne, kriege ich Kopfschmerzen.«

»Warten wir also auf Ratte. Ganz gemütlich«, sagte ich.

Einen anderen Weg gab es nämlich nicht.

Während sie in der Küche Kaffee kochte, ging ich in dem geräumigen Zimmer herum und sah mir alles aufmerksam an. In der Mitte der Stirnwand war ein richtiger offener Kamin. Nichts deutete darauf hin, daß er in letzter Zeit benutzt worden war, aber alles war so hergerichtet, daß er jederzeit benutzt werden konnte. Ein paar Eichenblätter waren durch die Esse hereingeweht worden. Für weniger kalte Tage, an denen es nicht notwendig war, Brennholz zu verheizen, stand ein großer Ölofen bereit. Die Tankanzeige stand auf voll.

An den Kamin schloß ein eingebauter, mit Glastüren versehener Bücherschrank an, die Regale vollgepfropft mit alten Werken. Ich nahm ein paar heraus und blätterte sie durch; sie stammten alle aus der Vorkriegszeit und hatten so gut wie keinen Wert. Die meisten betrafen Geographie und Naturwissenschaften, Geschichte, Philosophie und Politik und konnten allenfalls dazu dienen, den Bildungsstand des Durchschnittsintellektuellen von vor vierzig Jahren zu dokumentieren. Ein paar Nachkriegsausgaben standen zwar herum, waren aber ebenso wertlos. Nur eine Handvoll belletristischer Werke hatte die Zeitläufte überdauert, darunter Plutarchs *Biographien* und eine *Auswahl griechischer Dramen*. Die mochten immerhin recht hilfreich sein, in einem langen Winter die Zeit totzuschlagen. Wie auch immer: Eine so umfangreiche Sammlung nutzloser Bücher war mir noch nie unter die Augen gekommen.

Neben dem Bücherschrank gab es weitere Einbaufächer mit Tischlautsprechern, wie sie Mitte der sechziger Jahre Mode waren, Verstärker und Plattenspieler. Die etwa zweihundert Platten jedenfalls hatten durchaus ihren Wert, auch wenn sie alle alt und zerkratzt waren. Musik hält sich länger als Philosophie. Ich stellte den Vakuumröhrenverstärker an, griff wahllos eine Platte heraus und plazierte die Nadel. Nat King Cole sang *South of the Border* und versetzte das Zimmer zurück in die Fünfziger.

Der Wand gegenüber reihten sich in gleichmäßigem Abstand vier etwa ein Meter achtzig hohe Doppelfenster. Man sah von dort den grauen Regen auf die Weide niedergehen. Er war stärker geworden; das Bergmassiv lag in dunstiger Ferne.

In der Mitte des Zimmers bedeckte ein etwa zehn Quadratmeter messender Teppich die Dielen; auf dem Teppich standen die Couchgarnitur und eine Stehlampe. In einer Ecke standen ein massiver Eßtisch und Stühle; die Tischplatte war weiß verstaubt.

Das Zimmer wirkte tatsächlich leer.

An der Stirnwand gab es eine unscheinbare Tür, hinter der sich eine etwa zehn Quadratmeter große Abstellkammer verbarg. Sie war vollgestopft mit überflüssigem Mobiliar, Teppichresten und Geschirr, mit Golfschlägern, Zierat, einer Gitarre, Matratzen, einem Mantel, Bergschuhen, alten Zeitschriften. Sogar eine Anleitung zum Bestehen der Aufnahmeprüfung für Mittelschulen und ein Flugzeugmodell mit Fernbedienung lagen herum. Fast alle Sachen stammten aus der Zeit von Mitte der fünfziger bis Mitte der sechziger Jahre.

Die Zeit in diesem Gebäude ging anders. Wie die altmodische, im Zimmer aufgestellte Standuhr. Wenn Leute kamen, zogen sie sie auf. Dann tickte, solange die Gewichte es zuließen, die Zeit. Wenn sie gingen und die Gewichte nicht mehr zogen, stand die Zeit still. Die stillstehende Zeit häufte sich auf dem Boden zu einer Schicht farblosen Lebens.

Ich nahm mir ein paar alte Filmzeitschriften mit ins Zimmer und schlug eine auf. Fotobericht über *Alamo*. John Waynes erster Regiefilm, mit voller Unterstützung, hieß es, von John Ford. John Wayne erzählte, er wolle einen Film drehen, der den Amerikanern ans Herz gehe. Aber die Trappermütze stand ihm überhaupt nicht.

Meine Freundin kam mit dem Kaffee; wir setzten uns zusammen hin und tranken. Von Zeit zu Zeit patschten Regentropfen an die Scheiben. Die Zeit floß immer zäher und vermengte sich mit dem kühlen Dämmer, der im Zimmer herrschte. Das elektrische Licht schwebte im Raum wie gelbe Pollen.

»Müde?« fragte meine Freundin.

»Ein bißchen«, sagte ich, auf die Landschaft draußen starrend. »Erst die lange Sucherei, dann plötzlich Stillstand. Das wird's sein. Nach der ganzen Plackerei kommen wir endlich hier an, und dann sind weder Ratte da noch das Schaf.«

»Leg dich ein bißchen hin. Ich mach inzwischen das Essen.«

Sie holte von oben eine Wolldecke und deckte mich damit zu. Dann machte sie den Ölofen an, steckte mir eine Zigarette zwischen die Lippen und gab mir Feuer.

»Kopf hoch. Bestimmt geht alles gut.«

»Danke«, sagte ich.

Dann verschwand sie in der Küche.

Plötzlich schien mein Körper immer schwerer zu werden. Ich drückte die Zigarette nach zwei Zügen aus, zog mir die Decke bis ans Kinn und schloß die Augen. Es dauerte nur wenige Sekunden, bis ich eingeschlafen war.

5. Sie ist weg – Hunger kommt

Ich erwachte auf dem Sofa, als die Uhr sechs schlug. Das Licht war aus, das Zimmer vom Dunkel des Abends erfüllt. Mein ganzer Körper war bis in die Fingerspitzen wie betäubt. Das tintige Schwarz der Dunkelheit schien durch alle Poren in mich einzudringen.

Der Regen hatte offenbar nachgelassen; durch die Fensterscheiben drang das Gegurre von Nachtvögeln. Merkwürdig hell flackerte auf der weißen Zimmerwand nur der Widerschein der Ölofenflamme.

Ich stand auf, knipste die Stehlampe an, ging in die Küche und trank zwei Glas kaltes Wasser. Auf dem Gaskocher stand ein Topf mit Sahnestew. Der Topf hielt noch eine Spur von Wärme. Im Aschenbecher lagen zwei ausgedrückte Mentholzigaretten meiner Freundin, die Filter gereckt.

Instinktiv ahnte ich, daß sie das Haus verlassen hatte. Sie war weg.

Ich stützte mich mit beiden Armen auf der Anrichte ab und versuchte, meine Gedanken zu ordnen.

Sie war nicht mehr hier, soviel stand fest. Das war keine Theorie und keine Schlußfolgerung, das war harte Realität. Die ganze Atmosphäre, die Leere des Hauses sagten mir das. Eine Atmosphäre, wie ich sie zwei Monate, von dem Augenblick, als meine Frau die Wohnung verließ, bis ich meine Freundin kennenlernte, bis zum Erbrechen gekostet hatte.

Vorsichtshalber stieg ich in den ersten Stock und sah der Reihe nach in alle drei Zimmer, öffnete sogar die Einbauschränke. Sie war nicht da. Auch ihre Umhängetasche und ihre Daunenjacke waren weg. Und am Eingang fehlten ihre Bergschuhe. Sie war weggegangen, kein Zweifel. Überall, wo sie einen Zettel hätte hinlegen können, suchte ich nach einer Notiz. Es war keine da. Der Zeit nach war sie vielleicht schon im Tal.

Ich war noch nicht in der Lage, richtig zu begreifen, daß sie weg war. Es war eben erst passiert, und ich konnte noch nicht klar denken, aber selbst wenn ich hätte klar denken können – die sinnvolle Einordnung all dessen, was sich um mich herum ereignete, überforderte mich längst. Was blieb mir also übrig, als mich einfach dem Strom der Ereignisse zu überlassen.

Ich saß auf dem Sofa und dachte an nichts, als mir plötzlich auffiel, daß ich wahnsinnigen Hunger hatte. Nachgerade absurd großen Hunger.

Von der Küche aus stieg ich die Stufen zu dem Kellerraum hinab, der als Speisekammer und Vorratsraum diente, nahm irgendeinen Rotwein heraus, entkorkte ihn und probierte. Ein bißchen zu kalt, aber sonst nicht schlecht. Wieder in der Küche, schnitt ich Brot und schälte einen Apfel. Bis das Stew warm war, trank ich drei Gläser Wein.

Als das Stew fertig war, stellte ich es mit dem Wein und den anderen Sachen auf den Eßtisch im Wohnzimmer und aß zu Abend; dazu hörte ich mir das Percy Faith Orchestra an, *Perfidia*. Nach dem Essen trank ich den Rest Kaffee, der noch in der Kasserolle war, und legte mit den Karten, die ich auf dem Kaminsims gefunden hatte, eine Patience. Eine, die man im 19. Jahrhundert in England erfunden hatte und die eine Zeitlang populär gewesen, aber schon bald wieder in Vergessenheit geraten war, weil sie einfach zu schwierig war. Irgendein Mathematiker hatte errechnet, daß sie, wenn man sie 250000mal legte, nur ein einziges Mal aufging. Ich versuchte es nur dreimal und hatte natürlich Pech. Ich räumte das Geschirr und die Karten weg und trank den Rest des Weines. Etwa ein Drittel war noch in der Flasche.

Draußen war Nacht. Ich machte die Fensterläden zu, legte mich aufs Sofa und hörte mir ein paar der alten, knisternden Platten an.

Ob Ratte wohl wiederkam?

Wahrscheinlich. Immerhin hatte er hier Lebensmittel- und Brennstoffvorräte für einen ganzen Winter angelegt.

Wahrscheinlich – aber mehr auch nicht. Vielleicht hatte er auch einfach die Nase vollgehabt und war in die »Stadt« zurückgekehrt, oder er hatte beschlossen, mit irgendeinem Mädchen in den Untergrund zu gehen. Ganz auszuschließen war das nicht.

Wenn dem so war, saß ich in der Klemme. Dann würde meine Frist von einem Monat ablaufen, ohne daß ich Ratte oder das Schaf gefunden hätte, und der schwarzgekleidete Mann würde mich mit hinabziehen in seine sogenannte »Götterdämmerung«. Garantiert. Auch wenn es ihm gar nichts brächte, mich mit hinabzuziehen, er würde es tun. Er war der Typ dafür.

Mein Monat war genau zur Hälfte um. Die zweite Oktoberwoche, genau die Zeit, in der die Großstadt am großstädtischsten ist. Wenn diese Sache nicht wäre, säße ich jetzt garantiert irgendwo in einer Bar, äße ein Omelette und tränke Whiskey dazu. Die richtige Jahreszeit, um zur rechten Stunde an einem soliden, aus einem Stamm gehauenen Tresen zu hocken, abends nach dem Regen, Whiskey mit frisch vom Block gehacktem Eis, Stunden, in denen die Zeit gemächlich fließt wie ein stiller Strom.

Als ich mir das so ausmalte, begann ich mir einzubilden, auf der Welt existierte noch ein anderes Ich, säße irgendwo in einer Bar und tränke gemütlich Whiskey. Und je länger ich darüber nachdachte, desto realer erschien mir dieses andere Ich. Irgendwo war irgend etwas schiefgelaufen, und dieses andere Ich war realer geworden als ich, hier.

Ich schüttelte, um wieder klar zu werden, den Kopf.

Draußen in der Nacht gurrten weiter die Vögel.

* * *

Ich stieg hoch in den ersten Stock und machte in dem kleinen Zimmer, das Ratte nicht benutzt hatte, das Bett. Das Bettzeug, Matratze, Laken und Decken, war in dem Einbauschränkchen neben der Treppe verstaut gewesen. Das Mobiliar entsprach genau dem in Rattes Zimmer. Nachtschränkchen, Schreibtisch, Schrank und Lampe. Alles altmodisch, aber solide – Produkte aus einer Zeit, in der man zuallererst an die Funktion gedacht hatte. Nichts Überflüssiges.

Das Fenster am Kopfende des Bettes ging ebenfalls zur Weide. Es hatte vollständig zu regnen aufgehört, und die dicke Wolkendecke begann hier und da aufzureißen. Von Zeit zu Zeit schaute ein schöner Halbmond durch die Wolkenrisse und tauchte die Weide in helles Licht. Es sah aus wie tiefer Meeresgrund im Lichtkegel eines Scheinwerfers.

Ich legte mich, wie ich war, ins Bett und sah lange auf die Landschaft, die verschwand und wieder auftauchte. Darüber legte sich das Bild meiner Freundin, wie sie durch die verhexte Kurve ging und den Berg hinabstieg; danach tauchten eine Herde Schafe auf und Ratte, der sie fotografierte. Als der Mond aber hinter den Wolken verschwand und dann wieder auftauchte, war auch dieses Bild weg.

Im Lampenlicht las ich *Die Abenteuer des Sherlock Holmes*.

6. Ein Fund in der Garage – Gedanken mitten auf der Weide

Ein Schwarm von Vögeln, die ich noch nie gesehen hatte, hockte wie Christbaumschmuck auf der Kastanie vor dem Haus und zwitscherte. Alles ringsum war naß und glitzerte in der Morgensonne.

Ich toastete Brot in dem guten alten, manuellen Toaster, zerließ Butter in der Pfanne, briet Spiegeleier und trank zwei Glas von dem Traubensaft, der im Kühlschrank war. Es war einsam ohne meine Freundin, aber die Tatsache, daß ich es als Einsamkeit empfinden konnte, half mir schon ein bißchen darüber hinweg. Einsamkeit ist nicht das schlechteste Gefühl. Ein Gefühl wie der Baum draußen ohne Vögel.

Nach dem Geschirrspülen wusch ich mir im Badezimmer das Eigelb ab, das mir in den Mundwinkeln klebte, und verwendete volle fünf Minuten aufs Zähneputzen. Dann, nach längerem Hin- und Herüberlegen, rasierte ich mich.

Auf der Spiegelablage fand ich eine Dose Rasierschaum, so gut wie unbenutzt, und Gillette-Klingen. Zahnbürsten waren da, Zahnpasta und Seife, sogar Skin Lotion und Eau de Cologne. Ebenso etwa zehn verschiedenfarbige Handtücher, säuberlich gefaltet und gestapelt. Rattes Gewissenhaftigkeit. Spiegel wie Waschbecken fleckenlos.

Klo und Badewanne boten das gleiche Bild. Die Fugen zwischen den Fliesen waren mit einer alten Zahnbürste und Putzmittel weiß gescheuert. Enorm. Der Duftspender im Spülkasten des Klos verbreitete einen Duft wie teurer *Gin Lime* in einer eleganten Bar.

Ich ging ins Wohnzimmer, setzte mich aufs Sofa und rauchte meine Morgenzigarette. Im Rucksack hatte ich noch drei Päckchen *Lark,* dann war Schluß. Wenn die alle waren, würde ich mich des Rauchens enthalten müssen. Beim Gedanken daran rauchte ich gleich noch eine. Angenehm schien die Morgensonne, und auf dem Sofa saß es sich bequem. So verging im Nu eine Stunde. Die Uhr schlug gemächlich neun.

Irgendwie glaubte ich zu verstehen, warum Ratte im Haus alles aufgeräumt, warum er die Fugen zwischen den Fliesen gescheuert, warum er seine Hemden gebügelt und sich rasiert hatte, obwohl doch mit Besuchern nicht zu rechnen war: Wenn man sich hier nicht ständig in Bewegung hielt, ging jedes vernünftige Zeitgefühl verloren.

Ich stand auf und drehte mit verschränkten Armen im Zimmer eine Runde, aber auf Anhieb fiel mir nichts ein, was ich hätte tun können. Was zu putzen war, hatte Ratte schon geputzt. Er hatte sogar von der hohen Decke den Ruß entfernt.

Mir würde schon noch etwas einfallen, keine Eile.

Ich nahm mir vor, fürs erste einen kleinen Spaziergang ums Haus zu machen. Es war herrliches Wetter. Am Himmel schwebten wie hingebürstet ein paar Wolkenfetzen, und von überall her hörte ich Vögel zwitschern.

Hinter dem Haus war eine große Garage. Vor dem alten, zweiflügeligen Tor lag auf dem Boden eine Zigarettenkippe. Eine *Seven Star*. Diesmal war es eine ziemlich alte, das Papier hatte sich schon vom Filter gelöst. Im Haus, fiel mir ein, gab es nur einen einzigen Aschenbecher, einen alten Aschenbecher, der offensichtlich lange Zeit nicht benutzt worden war. Ratte rauchte nicht! Ich rollte den Filter eine Weile in meiner Hand und warf ihn dann wieder dorthin, wo er gelegen hatte.

Ich schob den schweren Riegel zurück und öffnete das Tor. Die Garage war sehr geräumig; das durch die Ritzen in der Bretterwand einfallende Sonnenlicht malte ein klares Muster paralleler Linien auf den schwarzen Boden. Es roch nach Erde und Benzin.

Der Wagen war ein alter Toyota *Landcruiser*. Weder Chassis noch Reifen waren im geringsten verschmutzt. Der Tank war fast voll. Ich tastete an der Stelle herum, wo Ratte immer seine Autoschlüssel versteckte. Sie lagen da, wie erwartet. Ich ließ den Wagen versuchsweise an; der Motor kam sofort, sonor brummend. Ratte hatte seine Wagen immer mit viel Geschick gepflegt. Ich stellte den Motor ab, legte den Schlüssel an seinen Platz und sah mich vom Fahrersitz aus ein bißchen um. Etwas Besonderes lag im Wagen nicht herum. Eine Straßenkarte, ein Handtuch und eine halbe Tafel Schokolade. Auf dem Rücksitz lagen eine Rolle Draht und eine große Zange. Der Rücksitz war für einen Wagen von Ratte ungewöhnlich schmutzig. Ich öffnete den hinteren Schlag, klaubte, was da am Sitzpolster haftete, in einer Hand zusammen und hielt es in das durch ein Astloch in der Wand einfallende Sonnenlicht. Das Zeug sah aus wie Kissenfüllung. Oder Schafwolle. Ich zog ein Papiertaschentuch aus der Hosentasche, wickelte das Zeug ein und steckte es in meine Brusttasche.

Mir war nicht klar, warum Ratte das Auto nicht benutzt

hatte. Entweder war er ins Tal *gelaufen,* hatte den Wagen also stehenlassen, oder er war *gar nicht* ins Tal hinunter, also noch hier. Beides machte keinen Sinn. Den Felsweg hätte man mit dem Auto noch bis vor drei Tagen problemlos passieren können, und daß Ratte das Haus geräumt hatte und hier oben im Freien übernachtete, konnte ich mir nicht vorstellen.

Ich gab meine Überlegungen auf, machte das Garagentor hinter mir zu und ging zur Weide. Aus unvernünftigen Indizien läßt sich bei allem Nachdenken kein vernünftiger Schluß ziehen.

Dampf stieg von der Weide hoch, je höher die Sonne kletterte. Der Berg dahinter verschwamm im Dunst. Alles roch nach Gras.

Ich lief durch das feuchte Gras bis zur Mitte der Weide. Dort, ziemlich im Zentrum, lag ein alter, ausgedienter Autoreifen. Der Gummi war schon völlig verblichen und rissig. Ich setzte mich auf den Reifen und schaute mich rings um. Das Haus, aus dem ich gekommen war, sah aus wie ein weißer, über das Meer vorspringender Felsen.

Allein inmitten der Weide auf dem Reifen hockend, erinnerte ich mich an die Langstreckenschwimmfeste, an denen ich als Kind oft teilgenommen hatte. Etwa in der Mitte der zwischen zwei Inseln zu durchschwimmenden Strecke hatte ich meistens pausiert und mir die Landschaft angesehen. Und jedesmal hatte mich dabei ein seltsames Gefühl ergriffen. Sich in gleicher Entfernung von zwei Punkten zu befinden war irgendwie merkwürdig, und merkwürdig war auch, daß die Leute in der Ferne auf dem Land weiter ihren alltäglichen Beschäftigungen nachgingen. Am merkwürdigsten aber war, daß die Gesellschaft auch ohne mich reibungslos funktionierte.

Ich blieb eine Viertelstunde müßig auf dem Reifen hocken, schlenderte dann ins Haus zurück, setzte mich im Wohnzimmer aufs Sofa und las weiter in den *Abenteuern des Sherlock Holmes*.

Um zwei Uhr kam der Schafmann.

7. *Der Schafmann kommt*

Die Uhr hatte gerade zwei geschlagen, als es an die Tür klopfte. Zuerst zweimal, dann, nach zwei Atemzügen Pause, dreimal.

Es dauerte eine Weile, bis mir ins Bewußtsein drang, daß es *klopfte.* Ich hatte nicht im Traum daran gedacht, daß jemand hier anklopfen könnte. Ratte würde gewiß einfach so hereinkommen – schließlich war es sein Haus. Der Verwalter würde wohl nur einmal klopfen und dann, ohne auf Antwort zu warten, selbst öffnen. Meine Freundin – nein, das war ausgeschlossen. Sie würde mit einer Tasse Kaffee in der Hand sachte durch die Küchentür treten. Sie war nicht der Typ, der anklopfte.

Ich öffnete; draußen stand ein Schafmann. In einer Pose, als interessiere ihn weder die Tür besonders, die aufgegangen war, noch der, der sie geöffnet hatte, stand er etwa zwei Meter vom Eingang entfernt und beglotzte den Briefkasten, als wäre es ein Wunderding. Der Schafmann war nur eine Idee größer als der Briefkasten. Um die eins fünfzig wohl. Außerdem hatte er einen Buckel und Beine wie Krummsäbel.

Zudem stand ich auf den Eingangsdielen fünfzehn Zentimeter höher als er; es war, als ob ich aus einem Busfenster auf jemanden hinabsähe. Wie zum Ausgleich dieses entscheidenden Höhenunterschieds beglotzte der Schafmann mit schiefgelegtem Kopf eifrig weiter den Briefkasten. Der Briefkasten war natürlich leer.

»Kann ich reinkommen?« haspelte der Schafmann, ohne sich aufzurichten. Er sprach, als ob er sich über irgend etwas aufrege.

»Bitte«, sagte ich.

Er bückte sich und schnürte mit ein paar energischen Bewegungen seine Bergschuhe auf. An den Schuhen haftete Dreck wie Brocken trockenen Brotes. Der Schafmann nahm die Schuhe hoch und schlug sie mit geübten Handbewegungen gegeneinander. Widerstandslos fiel der Dreck in dicken Batzen ab. Dann schlüpfte er in die bereitstehenden Pantoffeln, hüpfte vor, als kenne er das Haus wie seine Westentasche, setzte sich aufs Sofa und machte ein Gesicht wie Regenwetter.

Der gedrungene Rumpf des Schafmanns steckte in einem Schaffell. Das Kostüm saß ihm wie angegossen. Die angestükkelten Ärmel und Beinteile waren aus Lederimitat, ebenso die Kapuze, die er aufhatte. Die beiden gewundenen Hörner oben auf der Kapuze waren allerdings echt. Links und rechts davon standen flach und waagerecht zwei offenbar mit Draht in Form gehaltene Schafohren ab. Die Ledermaske, die die obere Gesichtshälfte des Mannes verdeckte, war schwarz, ebenso die Handschuhe und die Socken. Ein vom Hals bis zum Schritt führender Reißverschluß gewährleistete ein leichtes An- und Ablegen des Kostüms.

Der Schafmann zog eine Packung *Seven Stars* und Streichhölzer aus der ebenfalls mit Reißverschluß versehenen Brusttasche, zündete sich eine an und seufzte tief auf. Ich holte den gespülten Aschenbecher aus der Küche.

»Hätt gern Schnaps«, sagte der Schafmann. Ich ging noch einmal in die Küche und holte eine halbvolle Flasche *Four Roses,* zwei Gläser und Eis.

Wir machten uns jeder einen *On the Rocks* und tranken, ohne uns zuzuprosten. Bis er sein Glas leer hatte, brummelte der Schafmann ständig vor sich hin. Seine überproportional

große Nase blähte sich bei jedem Atemzug, als wüchsen ihr zu beiden Seiten Flügel. Ruhelos tasteten seine von der Maske schwarzumrahmten Augen den Raum ab.

Als er ausgetrunken hatte, wirkte der Schafmann etwas ruhiger. Er drückte seine Zigarette aus, schob beide Hände unter die Maske und rieb sich die Augen.

»Krieg immer Wolle rein«, sagte er.

Ich wußte dazu nichts zu sagen und hielt deshalb den Mund.

»Gestern vormittag hier angekommen, nich?« sagte der Schafmann, sich die Augen reibend. »Habs beobachtet, die ganze Zeit.«

Der Schafmann goß sich über sein halb geschmolzenes Eis gluckernd nach und nahm einen Schluck, ohne umzurühren. »Die Frau ist am Nachmittag weg.«

»Das haben Sie auch beobachtet?«

»Nich beobachtet; hab sie vertrieben.«

»Vertrieben?«

»Hab den Kopf durch die Küchentür gesteckt und gesagt, geh lieber heim.«

»Warum?«

Der Schafmann blieb stumm; er schien zu schmollen. Wahrscheinlich wußte er mit einer Frage wie »Warum?« nichts anzufangen. Aber dann, als ich mir schon eine andere Frage überlegte, kam langsam ein fremdes Glitzern in seine Augen.

»Die Frau ist wieder ins Hotel Delphin«, sagte er.

»Das hat sie gesagt?«

»Hat nix gesagt. Ist bloß wieder ins Hotel Delphin.«

»Woher wollen Sie das wissen?«

Der Schafmann schwieg. Die Hände auf den Knien, starrte er auf sein Glas auf dem Tisch.

»Sie ist also ins Hotel Delphin zurück, ja?« sagte ich.

»Genau. Gutes Hotel, das Delphin. Riecht nach Schafen«, sagte der Schafmann.

Wir schwiegen wieder. Mir fiel auf, daß das Schafkostüm des Mannes fettig war und vor Dreck nur so starrte.

»Hat sie Sie nicht gebeten, mir etwas auszurichten, als sie ging?«

»Nix«, sagte der Schafmann und schüttelte den Kopf. »Hat nix gesagt, hab nix gefragt.«

»Als Sie ihr sagten, sie solle lieber heimgehen, ist sie ohne ein Wort einfach gegangen, ja?«

»Genau. Ich hab gesagt, geh lieber heim, weil, sie wollte weg.«

»Sie wollte doch selbst mit hierher!«

»Gar nicht wahr!« donnerte der Schafmann. »Sie wollte *weg*! Wußtes nur selbst nich, war völlig verwirrt. Deshalb hab ich sie verjagt. Du hast die Frau verwirrt!« Der Schafmann sprang auf und schlug mit der flachen rechten Hand auf den Tisch. Die Whiskeygläser rutschten fünf Zentimeter zur Seite.

Der Schafmann blieb eine Weile so stehen; schließlich ließ das Glitzern in seinen Augen nach, und er setzte sich wie entkräftet wieder aufs Sofa.

»Du hast die Frau verwirrt«, sagte der Schafmann, diesmal leise. »Das ist ganz schlecht. Du hast keine Ahnung. Du denkst nur an dich.«

»Das heißt, sie hätte nicht mit herkommen dürfen?«

»Genau. Die Frau hätte nich mit hierherkommen dürfen. Du denkst nur an dich.«

Ich hockte auf dem Sofa und nippte an meinem Whiskey.

»Kann man nix machen. Jetzt ist es zu spät.«

»Zu spät?«

»Die Frau siehst du nich wieder.«

»Weil ich nur an mich gedacht habe?«

»Genau. Du hast nur an dich gedacht, darum. Das hast du jetzt davon.«

Der Schafmann stand auf, ging zum Fenster, drückte mit einer Hand und einem einzigen Stoß die schweren Flügel auf und atmete tief ein. Der Mann hatte Kraft.

»Bei so schönem Wetter müssen die Fenster auf sein«, sagte der Schafmann. Dann ging er durchs halbe Zimmer, blieb vor dem Bücherschrank stehen und betrachtete sich mit verschränkten Armen die Buchrücken. Am Hinterteil seines Kostüms baumelte gar ein Schwänzchen. Von hinten sah er aus wie ein echtes, auf den Hinterläufen stehendes Schaf.

»Ich suche meinen Freund«, sagte ich.

»Und?« sagte der Schafmann nur, ohne sich zu mir umzudrehen.

»Er muß eine Zeitlang hier gewohnt haben. Bis vor einer Woche noch.«

»Weiß ich nix von.« Der Schafmann blieb vor dem Kamin stehen und flippte geräuschvoll durch die Spielkarten, die auf dem Sims lagen.

»Außerdem suche ich ein Schaf mit einem Stern auf dem Rücken«, sagte ich.

»Nie gesehn«, sagte der Schafmann.

Der Schafmann wußte etwas von Ratte und dem Schaf, soviel war klar. Zu bewußt zeigte er sein Desinteresse. Seine Antworten kamen zu schnell und klangen gekünstelt.

Ich änderte meine Strategie, gähnte, als hätte ich bereits jedes Interesse an ihm verloren, nahm mein Buch vom Tisch und blätterte darin herum. Ein bißchen unsicher kam der Schafmann zum Sofa zurück. Dann sah er mir eine Weile wortlos beim Lesen zu.

»Macht Lesen Spaß?« fragte er.

»Ja«, antwortete ich schlicht.

Der Schafmann stand wieder unschlüssig herum. Ich las weiter, ohne ihn zu beachten.

»Tut mir leid, daß ich vorhin geschrien hab«, sagte der Schafmann leise. »Manchmal kriegt sich das Schaf in mir mit dem Menschen in mir in die Wolle. Das kommt dann bei raus. Habs nich böse gemeint. Du hast mich aber auch in die Enge getrieben.«

»Schon gut«, sagte ich.

»Daß du die Frau nich wiedersiehst, tut mir auch leid. Ist aber nich meine Schuld.«

»Schon gut.« Ich nahm die drei Päckchen *Lark* aus dem Rucksack und gab sie dem Schafmann. Er schien etwas erstaunt.

»Danke schön. Die Marke kenn ich noch nich. Brauchst du sie auch nich?«

»Ich hab das Rauchen aufgegeben«, sagte ich.

»Das ist gut.« Der Schafmann nickte ernst. »Schadet nur der Gesundheit.«

Sorgfältig verstaute er die Schachteln in seinen Ärmeltaschen. Viereckige Polster zeichneten sich ab.

»Ich muß meinen Freund ganz dringend treffen. Ich bin von weit, weit her gekommen, nur deshalb.«

Der Schafmann nickte.

»Das Schaf auch.«

Der Schafmann nickte.

»Sie wissen wirklich nichts?«

Der Schafmann schüttelte traurig den Kopf. Die falschen Ohren flatterten hin und her. Dieses Mal fiel sein Nein schon schwächer aus.

»Hier ist es schön«, wechselte der Schafmann das Thema. »Die Landschaft ist schön, und die Luft ist gut. Es wird dir bestimmt gefallen.«

»Schön ist es«, sagte ich.

»Im Winter ist es noch besser. Überall liegt Schnee und überfriert. Die Tiere schlafen alle, und Leute kommen nich.«

»Sind Sie die ganze Zeit über hier?«

»Ja.«

Ich beschloß, keine Fragen mehr zu stellen. Der Schafmann war wie ein scheues Tier. Wenn ich auf ihn zuging, zog er sich zurück, und wenn ich mich zurückzog, kam er auf mich zu. Wozu die Eile, wenn er den ganzen Winter über hier war. Ich konnte mir Zeit lassen.

Der Schafmann zupfte sich mit der linken Hand den rechten Handschuh ab, Finger für Finger, beim Daumen angefangen. Eine dunkle, schwielige Hand kam zum Vorschein, klein, aber nicht knochig; über den Handrücken lief vom Daumengelenk bis zur Mitte hin eine alte Brandnarbe.

Der Schafmann besah sich seinen Handrücken; dann drehte er die Hand um und besah sich die Innenfläche. Eine alte Gewohnheit von Ratte.

Aber Ratte konnte nicht der Schafmann sein. Er war über zwanzig Zentimeter größer.

»Bleibst du die ganze Zeit hier?« fragte der Schafmann.

»Nein, nur bis ich meinen Freund oder das Schaf gefunden habe. Dafür bin ich hergekommen.«

»Der Winter hier ist schön«, wiederholte der Schafmann. »Alles glitzert weiß. Und alles überfriert.«

Der Schafmann lachte meckernd, daß sich seine Nüstern blähten. Er hatte ein ungepflegtes Gebiß. Zwei Schneidezähne fehlten. Der Schafmann dachte in Sprüngen; die Luft im Zimmer schien sich abwechselnd auszudehnen und zusammenzuziehen.

»Muß langsam gehn«, sagte er plötzlich. »Vielen Dank für die Zigaretten.«

Ich nickte nur.

»Hoffentlich findest du bald deinen Freund und das Schaf.«

»Hoffe ich auch«, sagte ich. »Wenn – wenn du was herausfindest, gib Bescheid, ja?«

Der Schafmann druckste ein bißchen herum. »Mach ich, klar, geb Bescheid.«

Ich mußte das Lachen unterdrücken. Der Schafmann log einfach zu schlecht.

Er zog sich seinen Handschuh an und stand auf. »Ich komm wieder vorbei. In wieviel Tagen, weiß ich noch nich, aber ich komm wieder.« Dann, etwas unsicher: »Ich stör doch nich?«

»Keineswegs.« Eilig schüttelte ich den Kopf. »Jederzeit willkommen.«

»Gut, dann komm ich«, sagte der Schafmann. Dann schlug er die Tür hinter sich zu. Beinahe hätte er sich den Schwanz eingeklemmt.

Ich spähte durch die Ritzen im Fensterladen. Der Schafmann stand wieder wie zuvor vor dem Briefkasten und beglotzte die Box, von der die weiße Farbe abblätterte. Dann richtete er mit ein paar Schlenkern und Renkern sein Kostüm und lief behende quer über die Weide auf den Wald im Osten zu. Die abstehenden Ohren wippten auf und ab wie Sprungbretter im Schwimmbad. Mit zunehmender Entfernung war der Schafmann bald nur noch als weißer, verschwommener Punkt zu sehen, der schließlich zwischen den gleichfarbigen Stämmen der Birken verschwand.

Auch nachdem er nicht mehr zu sehen war, starrte ich noch lange auf die Weide und den Birkenwald. Und je länger ich starrte, desto weniger konnte ich glauben, daß der Schafmann bis eben noch in diesem Zimmer gewesen war.

Aber auf dem Tisch stand noch die Whiskeyflasche, im Aschenbecher lagen ausgedrückte *Seven Stars,* und am Sofa hafteten ein paar Strähnen Schafwolle. Ich verglich sie mit dem Zeug, das ich auf dem Rücksitz des *Landcruiser* gefunden hatte. Es war die gleiche Wolle.

* * *

Nachdem der Schafmann gegangen war, briet ich mir, um meine Gedanken zu ordnen, in der Küche ein paar Frikadellen. Ich schnitt eine Zwiebel klein, taute, während sie in der Pfanne röstete, ein Stück Rindfleisch aus dem Gefrierschrank auf und drehte es durch den Fleischwolf, mittelfein.

Die Küche war eigentlich eher klein, aber ungewöhnlich gut bestückt mit Küchengeräten und Gewürzen. Wenn man nur die Straße anständig ausbaute, ließe sich damit ohne weiteres ein kleines Bergrestaurant eröffnen. Mahlzeiten bei geöffnetem Fenster mit Blick auf Schafe und blauen Himmel, nicht schlecht. Familien mit Kindern könnten auf der Weide mit den Schafen spielen, Pärchen könnten im Birkenwald spazierengehen. Das Ding wäre ein durchschlagender Erfolg.

Ratte wäre Manager, ich würde kochen. Für den Schafmann würde sich bestimmt auch irgendeine Aufgabe finden. Sein närrisches Kostüm würde als ganz natürlich aufgenommen werden. Für die Schafhaltung könnte man den realistischen Verwalter gewinnen. Wenigstens ein Realist sollte schon dabei sein. Ein Hund wäre nötig. Bestimmt käme auch der Schafprofessor mal vorbei.

Das träumte ich so vor mich hin, mit dem Holzspatel die Zwiebeln wendend.

Dann setzte mir drückend der Gedanke zu, daß ich meine Freundin mit den wunderschönen Ohren vielleicht wirklich für immer verloren hatte. Vielleicht hatte der Schafmann recht gehabt. Vielleicht hätte ich allein herkommen sollen. Vielleicht...

ich schüttelte den Kopf. Und beschloß, wieder von dem Restaurant zu träumen.

Jay. Wenn Jay käme, dann ließe sich alles mögliche machen. Er wäre der Dreh- und Angelpunkt. Freund, Vater und Tröster.

Bis die Zwiebeln kalt waren, setzte ich mich ans Fenster und starrte wieder auf die Weide.

8. Eine Passage nur für den Wind

Danach vergingen drei ereignislose Tage. Nichts passierte. Auch der Schafmann tauchte nicht auf. Ich kochte, aß, las, trank, wenn die Sonne unterging, einen Whiskey und ging schlafen. Morgens stand ich um sechs Uhr auf, joggte im Viertelkreis um die Weide, duschte danach und rasierte mich.

Mit jedem Morgen wurde es auf der Weide rapide kühler. Das heitere Herbstlaub der Birken wurde täglich spärlicher, der erste Winterwind stahl sich durch die kahlen Zweige und strich südostwärts übers Land. Wenn ich beim Joggen in der Mitte der Weide pausierte, drangen mir die Geräusche des Windes deutlich ans Ohr. Es gibt kein Zurück, schien er zu singen. Der kurze Herbst war unwiderruflich vorbei.

Aus Bewegungsmangel und da ich nicht mehr rauchte, hatte ich in den ersten drei Tagen zwei Kilo zugenommen, ein Kilo aber dank des Joggens wieder verloren. Ohne Zigaretten auskommen zu müssen fiel mir nicht leicht, aber ohne Tabakladen im Umkreis von dreißig Kilometern gab es nur eins: Durchhalten. Jedesmal, wenn ich Lust auf eine Zigarette hatte, dachte ich an meine Freundin und ihre Ohren. Verglichen mit dem, was ich schon alles verloren hatte, schien mir der Verlust der Zigaretten dann nicht mehr der Rede wert. Und so war es ja auch.

Zum Zeitvertreib kochte ich die verschiedensten Gerichte. Einmal im Ofen sogar Roast Beef. Ich taute gefrorenen Lachs auf, schnitt ihn in dünne Scheiben und marinierte sie: *Saumon mariné*. Da es an frischem Gemüse fehlte, suchte ich die Weide nach eßbaren Kräutern ab und kochte sie mit Brühe auf. Ich legte Kohl ein, ein einfaches *Kimchi*. Für den Fall, daß der Schafmann kam, bereitete ich eine Reihe von Kleinigkeiten zum Whiskey vor. Aber der Schafmann tauchte nicht auf.

Den größten Teil der Nachmittage verbrachte ich damit, auf die Weide zu starren. Wenn ich lange genug hinstarrte, hatte ich jedesmal die Vision, daß jemand aus dem Birkenwald heraus- und quer über die Weide auf mich zustürzte. Meistens war es der Schafmann, manchmal auch Ratte oder meine Freundin. Bisweilen auch das Schaf mit dem Stern.

Tatsächlich aber tauchte niemand auf. Nur der Wind blies über die Weide. Es kam mir so vor, als wäre die Weide eine Passage eigens für den Wind. Er fegte darüber hinweg, als habe er eine schwere Mission zu erfüllen, eilig immer nach vorn, ohne sich umzusehen.

Am siebten Tag nach meiner Ankunft fiel der erste Schnee. Seit dem Morgen war es an diesem Tag ungewöhnlich windstill gewesen, bleigrau hingen schwere Wolken am Himmel. Nach dem Joggen und Duschen, ich trank gerade Kaffee und hörte Schallplatten, begann es zu schneien. Schwere, längliche Flokken pochten dumpf an die Fensterscheiben. Wind kam auf und wehte den Schnee in schrägen Linien von etwa dreißig Grad mit ziemlicher Geschwindigkeit zu Boden. Eine hübsche Schraffierung wie auf Geschenkpapier, anfangs, als die Flocken noch spärlicher fielen, aber schon bald wurde der Schnee dichter, färbte alles weiß und nahm die Sicht auf den Berg und den Wald. Das war kein Verlegenheitsschnee, wie er bisweilen in Tokyo fällt, das war richtiger, echter Nordlandschnee. Schnee, der alles bedeckt und das Land frieren macht bis ins Mark.

Schon bald schmerzten mir vom Hinsehen die Augen. Ich zog die Vorhänge zu, setzte mich neben den Ölofen und las. Als die Platte abgelaufen und der Arm mit der Nadel automatisch zurückgeschwenkt war, war alles still, fürchterlich still geradezu. Stille wie nach dem Tod allen Lebens. Ich legte mein Buch beiseite und wanderte ohne besonderen Grund durch das ganze Haus. Vom Wohnzimmer ging ich in die Küche, untersuchte die Kammer, das Bad, die Dusche und den Keller, machte im ersten Stock alle Zimmertüren auf. Es war niemand da. Nur die Stille war in alle Ecken und Winkel gekrochen wie zerlaufendes Fett. Und überall, je nach Größe des Zimmers, schlug sie mir anders entgegen.

Ich war allein, so allein, wie ich mich noch nie in meinem Leben allein gefühlt hatte. Seit zwei Tagen verspürte ich erstmals wieder unbändige Lust auf eine Zigarette, aber ich hatte natürlich keine.

Statt dessen trank ich Whiskey pur. Wenn ich so den ganzen Winter durchzumachen hätte, würde ich noch zum Alkoholiker. Allerdings war gar nicht genug Alkohol im Haus, um süchtig zu werden. Drei Flaschen Whiskey, eine Flasche Kognak und zwölf Kartons Dosenbier, das war alles. Ratte hatte bestimmt den gleichen Gedanken gehabt.

Ob mein Partner wohl noch soff? Ob er es wohl schaffte, klar Schiff zu machen und die Firma, wie geplant, auf das kleine Maß des guten, alten Übersetzungsbüros zurückzustutzen? Wahrscheinlich. Und mit der Zeit würde es auch ohne mich immer besser gehen. Früher oder später wäre es ohnehin so gekommen. Sechs Jahre, und jetzt standen wir beide wieder am Anfang.

Nach Mittag hörte es auf zu schneien. Der Schnee ließ so plötzlich nach wie er eingesetzt hatte. Hier und da rissen die vollen Wolken auf wie Lehm, und einfallendes Sonnenlicht überflutete in prächtigen Säulenbündeln die Weide. Ein herrlicher Anblick.

Ich trat vors Haus. Die ganze Erde war wie mit kleinen, harten Zuckerkörnchen bestreut, jedes einzelne fest am andern hängend, als wolle es sich gegen das Schmelzen wehren. Aber als die Uhr drei schlug, war der Schnee schon fast ganz geschmolzen. Der Boden war durchnäßt, und gegen Abend hüllte die Sonne die Weide in sanftes Licht. Vögel begannen zu zwitschern, wie befreit.

* * *

Nach dem Abendessen lieh ich mir aus Rattes Zimmer ein Buch mit dem Titel *Brotbacken leichtgemacht,* dazu den Roman von Conrad, setzte mich im Wohnzimmer aufs Sofa und las. Ich hatte ungefähr ein Drittel des Romans gelesen, als ich auf einen etwa zehn mal zehn Zentimeter großen Zeitungsausschnitt stieß, den Ratte als Lesezeichen eingelegt hatte. Das Datum war nicht vermerkt, aber von der Farbe des Papiers her mußte er aus einer jüngeren Ausgabe stammen. Es ging um Lokalnachrichten. In einem Hotel in Sapporo sei ein Symposium zu Problemen der Überalterung der Gesellschaft eröffnet worden, in der Nähe von Asahikawa werde ein Langstrecken-Staffellauf ausgetragen, etc. Daneben wurde auf eine Vortragsveranstaltung zur Krise im Mittleren Osten hingewiesen. Nichts, rein nichts war dabei, was Ratte oder auch mich hätte interessieren können. Auf der Rückseite standen Annoncen. Ich gähnte, klappte das Buch zu, ging in die Küche und wärmte mir einen Rest Kaffee auf.

Nachdem ich nach langer Zeit mal wieder ein Stück Zeitung in der Hand gehabt hatte, fiel mir erst auf, daß ich seit über einer Woche so gut wie von der Welt abgeschnitten war. Ich hatte weder Radio noch Fernsehen, keine Zeitung, keine Zeitschriften. Möglicherweise wurde Tokyo gerade von einer Atombombe zerstört, oder in der Unterwelt herrschte die Pest. Vielleicht hatten auch die Marsmenschen Australien besetzt. Wenn, würde ich es jedenfalls nicht erfahren. Ich hätte in die Garage gehen und Autoradio hören können, aber es drängte mich gar nicht dazu. Wenn es auch ohne Nachrichten ging, bestand kein Anlaß, mir welche zu beschaffen, und Sorgen hatte ich selbst schon genug.

Aber mein Gefühl sagte mir, daß da noch irgend etwas war. Ein Gefühl, wie man es hat, wenn man in Gedanken ist und etwas nicht richtig wahrnimmt, obwohl es gleich unter der Nase an einem vorüberhuscht. Und dann brennt sich um so fester ins Gedächtnis, *daß* da etwas vorübergehuscht ist. Ich stellte meine Tasse in die Spüle, ging ins Wohnzimmer zurück und sah mir den Zeitungsausschnitt noch einmal an. Da war es, was ich suchte, auf der Rückseite:

Ratte, bitte melden!
Dringend!!
Dolphin Hotel, Zimmer 406

Ich legte den Ausschnitt ins Buch zurück und ließ mich in die Polster sinken.

Ratte hatte gewußt, daß ich ihn suchte! Frage: Wie war er an den Zeitungsausschnitt gekommen? Hatte er die Annonce zufällig gesehen, als er im Tal war? Oder hatte er etwas gesucht und zielstrebig die Zeitungen mehrerer Wochen durchgesehen?

Wie auch immer – er hatte sich jedenfalls nicht gemeldet. (Vielleicht war ich auch schon nicht mehr im *Delphin* gewesen, als ihm die Annonce in die Hände fiel. Oder aber er wollte sich melden, und das Telefon war schon tot.)

Nein, nein. Es war nicht so, daß er sich nicht hätte melden können: Er hatte sich nicht melden *wollen*. Er wußte, daß ich im Hotel Delphin war, und konnte sich ausrechnen, daß ich hierher kommen würde. Wenn er mich hätte treffen wollen, hätte er gewartet oder zumindest eine Nachricht dagelassen.

Ratte hatte also aus irgendeinem Grund vermeiden wollen, mich zu sehen. *Gleichzeitig* aber stieß er mich auch nicht zurück. Denn wenn er mich nicht hätte hierhaben wollen, wäre es ihm ein leichtes gewesen, mich auf die eine oder andere Weise zurückzuhalten. Schließlich gehörte das Haus hier ihm.

Ich beobachtete, diese beiden Theoreme im Kopfe hin- und herwälzend, wie der große Zeiger der Uhr langsam über das Ziffernblatt kroch. Aber auch nachdem er seine Runde vollendet hatte, war mir nicht klar, was diese beiden Sätze verband.

Der Schafmann wußte etwas. Soviel war klar. Dieselbe Person, die mein Kommen so genau bemerkt und verfolgt hatte, konnte unmöglich Ratte nicht kennen, der fast ein halbes Jahr hier verbracht hatte.

Je länger ich darüber nachdachte, desto stärker wurde mein Eindruck, daß sich im Verhalten des Schafmanns der Wille Rattes widerspiegelte. Der Schafmann hatte meine Freundin zurück ins Tal gejagt, damit ich alleine sei. Sein Auftauchen war Vorbote dessen, was sich hier langsam aber sicher über mir zusammenbraute. Ruhe vor dem Sturm.

Ich löschte das Licht, ging nach oben und betrachtete den Mond, den Schnee und die Weide. Zwischen den Wolken lugten kalt die Sterne hervor. Ich öffnete das Fenster und sog den

Geruch der Nacht in mich auf. Von fern her mischte sich unter das Rascheln der Blätter Geheul, ein merkwürdiges Geheul – nicht wie Tiere heulen und nicht wie Vögel kreischen.

So ging der siebte Tag auf dem Berg zu Ende.

* * *

Aufstehen, joggen, duschen, frühstücken. Ein Morgen wie jeder andere. Der Himmel war bewölkt wie am Tage zuvor, aber es war etwas wärmer. Es sah nicht nach Schnee aus.

Ich zog Jeans und Pullover an, darüber meinen Anorak, schlüpfte in leichte Turnschuhe und überquerte die Weide. Ungefähr da, wo der Schafmann verschwunden war, schlug ich mich am Ostrand in den Wald und wanderte ein bißchen umher. Es gab weder einen richtigen Weg, noch waren menschliche Fußspuren zu sehen. Vereinzelt lagen umgestürzte alte Birken quer. Der Boden war eben, aber hier und da von einem etwa einen Meter breiten Graben durchzogen. Wie ein trockenes Bachbett oder ein alter Schützengraben schlängelte er sich kilometerlang durch den Wald, mal tiefer, mal flacher, knöcheltief mit welkem Laub gefüllt. Der Graben mündete schließlich auf einen Grat, dessen sanfte Hänge zu beiden Seiten in trockene Senken übergingen. Ein laubfarbener, plumper Vogel fuhr raschelnd auf, kreuzte den Weg und verschwand am Hang im Gebüsch. Feuerrote Azaleen säumten den Waldrand.

Nach kaum einer Wegstunde hatte ich bereits völlig meinen Orientierungssinn verloren. So würde ich den Schafmann nie finden. Ich lief die trockene Senke entlang, bis ich Wasserrauschen hörte, dann, als ich den Bach entdeckte, dort entlang, immer mit der Strömung. Wenn mich meine Erinnerung nicht täuschte, mußte ich so auf den Wasserfall stoßen, und in der Nähe des Wasserfalls verlief der Weg, den ich auf dem Hinweg mit meiner Freundin genommen hatte.

Nach zehn Minuten Fußweg hörte ich den Wasserfall. Der Bergbach sprang von Fels zu Fels, stets die Richtung ändernd, hier und da eiskalte Tümpel bildend. Fische waren nicht zu sehen; auf den Tümpeln kreisten träge ein paar welke Blätter.

Ich balancierte von Vorsprung zu Vorsprung die Felsen hinab, kletterte einen glitschigen Hang hinauf und stieß auf den Weg, den ich kannte.

Auf der Brücke saß der Schafmann und sah zu mir herüber. Er hatte einen großen Leinensack voll Brennholz geschultert.

»Mach nur weiter so, dann hat der Bär sein Opfer«, sagte er. »Einer hat sich hierher verirrt. Hab gestern nachmittag Spuren gesehen. Wenn du unbedingt rumlaufen willst, häng dir wenigstens ein Glöckchen um, wie ich.« Der Schafmann brachte ein Glöckchen zum Klingeln, das in Hüfthöhe mit einer Sicherheitsnadel an seinem Kostüm festgesteckt war.

»Ich hab dich gesucht«, sagte ich, als ich wieder bei Atem war.

»Weiß ich«, sagte der Schafmann. »Hab dich suchen sehen.«

»Warum hast du denn nicht gerufen?«

»Dachte, du willst mich allein finden, deshalb.«

Der Schafmann zog die Zigaretten aus der Ärmeltasche und steckte sich genüßlich eine an. Ich setzte mich neben ihn.

»Hier in der Gegend wohnst du?«

»Ja«, sagte der Schafmann. »Sag das aber keinem. Weiß nämlich niemand.«

»Außer meinem Freund, oder?«

Schweigen.

»Das ist ganz wichtig.«

Schweigen.

»Wenn du ein Freund von meinem Freund wärst, wären wir beide auch Freunde, nicht?«

»Denke, ja«, sagte der Schafmann vorsichtig. »Dann schon.«

»Und wenn du mein Freund wärst, würdest du mich nicht anlügen, oder?«

»Nein«, sagte der Schafmann verlegen.

»Willst du mir nicht sagen, was du weißt, von Freund zu Freund?«

Der Schafmann leckte sich über die trockenen Lippen. »Kann ich nich. Tut mir furchtbar leid, aber geht nich. Ich darf nich.«

»Jemand hat dich verdonnert, still zu sein?«

Der Schafmann versank in Schweigen wie eine Auster. Durch die kahlen Bäume pfiff der Wind.

»Wir sind ganz allein«, sagte ich behutsam. »Niemand kann uns hören.«

Der Schafmann sah mir in die Augen. »Du hast keine Ahnung von dieser Gegend, nich?«

»Nicht die geringste.«

»Hör zu, das ist kein Platz wie jeder andere. Das wenigstens merk dir.«

»Neulich hast du noch gesagt, hier wär es schön.«

»Für unsereinen«, sagte der Schafmann. »Für unsereinen gibt es keinen andern Platz zum Leben. Wo könnte ich hin, wenn man mich von hier vertreiben würde?«

Der Schafmann verstummte. Mehr würde ich aus ihm nicht herauslocken können. Ich sah auf das Brennholz in seinem Leinensack: »Damit heizt du im Winter?«

Der Schafmann nickte nur.

»Ich hab gar keinen Rauch gesehen.«

»Ich heiz noch nich. Erst wenn Schnee liegt. Aber wenn ich dann heize, siehst du auch keinen Rauch. Das geht.« Bei diesen Worten grinste der Schafmann stolz.

»Ab wann wird denn Schnee liegen?«

Der Schafmann sah zum Himmel, dann blickte er mich an. »Dies Jahr kommt er früher. In zehn Tagen ungefähr.«

»Der Weg wird also in zehn Tagen vereist sein?«

»Wahrscheinlich. Keiner kommt mehr hoch, keiner kommt mehr runter. Gute Jahreszeit.«

»Lebst du schon lange hier?«

»Schon lange«, sagte der Schafmann. »Sehr lange.«

»Wovon ernährst du dich denn?«

»Farne, Lattich, Nüsse, Eckern, fang auch Vögel, kleine Fische, Krebse.«

»Frierst du nicht?«

»Im Winter, sicher.«

»Wenn du was brauchst, könnte ich dir was abgeben.«

»Danke. Im Moment brauch ich nix.« Abrupt stand der Schafmann auf und lief los in Richtung Weide. Ich erhob mich auch und ging ihm nach.

»Warum hältst du dich eigentlich hier oben so versteckt?«

»Du darfst aber nich lachen«, sagte der Schafmann.

»Ich lache bestimmt nicht«, sagte ich. Ich konnte mir beim besten Willen nicht vorstellen, was er Lustiges zu sagen haben würde.

»Du sagst es nich weiter?«

»Ehrenwort.«

»Ich wollte nich in den Krieg.«

Eine Weile liefen wir stumm nebeneinander her. Der Kopf des Schafmanns wackelte neben mir in Schulterhöhe.

»In welchen Krieg?« fragte ich.

»Keine Ahnung.« Der Schafmann hustete. »Jedenfalls will ich nich in den Krieg. Deshalb bin ich hier, als Schaf. Als Schaf kann ich nich weg.«

»Kommst du aus Junitaki?«

»Ja, aber sag das ja nich weiter.«

»Keine Angst«, sagte ich. »Magst du die Stadt nicht?«

»Unten die?«

»Ja.«

»Nich besonders. Zu viele Soldaten.« Der Schafmann hustete wieder. »Wo kommst du denn her?«

»Aus Tokyo.«

»Was vom Krieg gehört?«

»Nein, nichts.«

Damit verlor der Schafmann sein Interesse an mir. Bis zur Weide sprachen wir kein Wort mehr.

»Kommst du einen Sprung mit rein?« lud ich den Schafmann ein.

»Muß Vorbereitungen für den Winter treffen«, sagte er. »Viel zu tun. Nächstes Mal wieder.«

»Ich möchte meinen Freund treffen«, sagte ich. »Ich *muß* ihn aus bestimmten Gründen innerhalb der nächsten sieben Tage treffen, unbedingt.«

Der Schafmann schüttelte traurig den Kopf. Seine Ohren flappten hin und her. »Tut mir leid, aber ich kann da nix machen. Sagte ich schon.«

»Sag ihm nur Bescheid, das genügt.«

»Okay«, sagte der Schafmann.

»Vielen Dank«, sagte ich.

Damit trennten wir uns.

»Vergiß ja nich das Glöckchen, wenn du wieder draußen rumläufst«, rief der Schafmann noch.

Dann lief ich geradewegs auf das Haus zu, und der Schafmann verschwand wie zuvor im östlichen Wald. Zwischen uns lag winterlich still das Grün der Weide.

* * *

Am Nachmittag buk ich Brot. *Brotbacken leichtgemacht,* das Buch, das ich in Rattes Zimmer gefunden hatte, war sehr benutzerfreundlich. Auf dem Umschlag stand: »Sie können lesen? Dann können Sie auch Brot backen! Alle Rezepte gelingen!« Das war nicht zuviel versprochen. Ich folgte genau den Anweisungen, und es gelang. Im ganzen Haus verbreitete sich der würzige Duft von Brot und schuf eine warme, wohlige Atmosphäre. Das Brot schmeckte ziemlich gut, fürs erste Mal. In der Küche lagerte so viel Mehl und Trockenhefe, daß ich mir wenigstens, wenn ich denn hier überwintern müßte, um Brot keine Sorgen zu machen brauchte. Reis und Spaghetti waren auch in rauhen Mengen da.

Zu Abend aß ich Brot mit Eiern und Speck, dazu Salat, und zum Nachtisch Pfirsiche aus der Dose.

Am nächsten Morgen kochte ich Reis und röstete ihn dann in Butter, mit Dosenlachs, grünem Tang und Pilzen: Pilaf.

Zu Mittag taute ich aus der Tiefkühltruhe Käsekuchen auf und trank dazu starken Milchtee.

Am Nachmittag aß ich Haselnußeis mit Cointreau.

Abends briet ich mir im Ofen ein Hähnchen; dazu gab es Suppe aus der Dose, *Campbell's.*

* * *

Ich nahm wieder zu.

* * *

Am neunten Tag kurz nach Mittag sah ich mir noch einmal die alten Bücher an und entdeckte, daß eines davon offenbar in jüngster Zeit gelesen worden war. Es war das einzige ohne Staub auf dem Schnitt, und der Rücken stand ein wenig aus der Reihe vor.

Ich zog das Buch vom Regal, setzte mich in den Sessel und blätterte darin herum. *Die Entstehung des Großasiatischen Reiches,* während des Krieges gedruckt. Das Papier war von fürchterlicher Qualität und verbreitete Schimmelgeruch. Der Inhalt, man befand sich im Krieg, war einseitiger Blödsinn und dazu so langweilig, daß ich alle drei Seiten gähnen mußte. Gleichwohl waren noch einige Stellen geschwärzt. Vom Militärputsch am 26. Februar 1936 kein Wort.

Ich blätterte in den Seiten, ohne eigentlich zu lesen, und fand ziemlich am Ende des Buches ein eingelegtes weißes Blatt Papier. Nach den vielen alten, vergilbten Seiten stach mir das Weiß dieses Blattes wie ein Wunder ins Auge. Es lag vor dem Anhang – einer Namensliste aller sogenannten Pan-Asiatisten, inklusive Geburtsdaten und Herkunft. Ich ging die Liste von oben nach unten durch; etwa in der Mitte stieß ich auf den Namen des Alten, des »schafbesessenen« Chefs, in dessen Sache ich hier war. Er stammte aus Hokkaido – aus *Junitaki*.

Eine Weile saß ich nur so da, das Buch auf den Knien. Lange konnte ich keinen klaren Gedanken fassen. Ich war wie betäubt, als hätte man mir mit Wucht auf den Kopf geschlagen.

Ich hätte es wissen müssen. Von Anfang an. Als ich zum ersten Mal hörte, daß er aus Hokkaido stammte, aus einer armen Bauernfamilie, hätte ich nachforschen müssen. Und es hätte garantiert einen Weg gegeben, das herauszufinden, wie geschickt der Alte auch immer die Spuren seiner Vergangenheit zu löschen gesucht hatte. Der schwarze Sekretär hätte mir diese Information in Null Komma nichts besorgt.

Nein, nein, falsch, ganz falsch. Ich schüttelte den Kopf.

Es konnte gar nicht sein, daß der Sekretär *nicht* nachgeforscht hatte. Er war nicht der Typ, so nachlässig zu arbeiten. Er checkte jede Kleinigkeit, wie trivial sie auch scheinen mochte. Genauso gründlich, wie er mich gecheckt hatte, mein Tun und meine Reaktionen.

Er hatte bereits alles gewußt.

Eine andere Erklärung gab es nicht. Und doch hatte er sich die Mühe gemacht, sich die Zeit genommen, mich zu überreden, vielmehr zu erpressen, mich auf die Suche zu schicken. Warum? Er hätte ohne Zweifel alles rascher und besser erledigen können als ich. Den Ort wenigstens hätte er mir verraten können, selbst wenn er mich denn aus welchen Gründen auch immer *brauchte*.

Nach der Verwirrung kam der Zorn. Das alles war grotesk, nichts paßte zusammen. Ratte wußte etwas. Und der schwarze Sekretär wußte auch etwas. Nur ich stand da, zwischen den beiden, und hatte so gut wie keine Ahnung, was los war. Ich dachte in völlig falschen Bahnen, und alles, was ich unternahm, lief an der Sache vorbei. Natürlich war das mein ganzes Leben so gewesen. In diesem Sinne konnte ich niemandem die Schuld geben. Aber sie hätten mich wenigstens nicht auf diese Weise *benutzen* sollen. Sie hatten mich ausgenutzt, hatten mich geschlagen und den letzten, den wirklich allerletzten Tropfen Selbstwertgefühl aus mir herausgequetscht.

Am liebsten hätte ich alles stehen und liegen lassen und wäre sofort runter ins Tal, aber das ging nicht. Dazu steckte ich schon viel zu tief in der Sache drin. Das einfachste wäre gewesen, laut loszuheulen. Aber das ging auch nicht. Da lag, hatte ich das Gefühl, noch etwas vor mir, über das ich wirklich würde weinen müssen.

Ich holte die Whiskeyflasche und ein Glas aus der Küche und goß mir fünf Zentimeter hoch ein. Außer Whiskey trinken fiel mir nichts ein.

9. Was sich spiegelt – und was nicht

Am Morgen des zehnten Tages beschloß ich, alles zu vergessen. Was ich zu verlieren hatte, hatte ich bereits verloren.

Während meines Morgenjoggings fiel zum zweiten Mal Schnee. Nasser, matschiger Schneeregen, der in regelrechte Eisflocken überging, bevor er sich zu undurchsichtigem Schnee verdichtete. Der Schnee war unangenehm, anders als der erste; er pappte am ganzen Körper.

Ich gab das Joggen auf, ging ins Haus zurück und machte Badewasser heiß. In der Zwischenzeit setzte ich mich an den Ofen, um mich aufzuwärmen. Umsonst; die feuchte Kälte war mir bis in die Knochen gedrungen. Als ich die Handschuhe auszog, gelang es mir nicht, die Finger zu krümmen, und meine Ohren brimmsten, als wollten sie jeden Moment abfallen. Ich fühlte mich am ganzen Körper rauh wie Sandpapier.

Nach dreißig Minuten im heißen Bad und einem anschließenden Tee mit Kognak ging es mir wieder einigermaßen passabel, aber noch zwei Stunden lang überfielen mich in unregelmäßigen Abständen Kälteschauer. Das war also der Winter auf dem Berg.

Es schneite bis zum Abend; die ganze Weide trug Weiß. In der Dämmerung ließ der Schneefall nach, und wie Nebel senkte sich wieder jene tiefe Stille herab, Stille, der ich nicht entrinnen konnte. Ich schaltete den Plattenspieler auf Autorepeat und hörte mir sechsundzwanzigmal Bing Crosbys *White Christmas* an.

Natürlich blieb der Schnee nicht ewig liegen. Wie der Schafmann vorhergesagt hatte, würde es noch ein bißchen dauern, bis der Boden überfror. Am nächsten Tag klarte es vollständig auf, und unter den Strahlen der lange vermißten Sonne schmolz der Schnee langsam dahin. Die Weide bekam Flecken, und dann reflektierten nur noch vereinzelte Schneereste grell das Sonnenlicht. In großen Schollen rutschte der Schnee von den Schrägen des Mansardendaches; geräuschvoll trafen sie auf dem Boden auf und zerbrachen. Vor den Fenstern tropfte Schmelzwasser vom Dach. Alles glänzte und funkelte. Die Eiche vor dem Haus glitzerte, als ob auf jedem einzelnen Blatt ein Wassertröpfchen säße.

Die Hände in den Hosentaschen, stand ich im Wohnzimmer am Fenster und besah mir lange diese Szenerie. Ein Schauspiel, das sich ohne mein Zutun vollzog, eines, das mich nicht brauchte, das niemanden brauchte. Der Schnee fiel, der Schnee schmolz.

Das Knistern schmelzenden und das Poltern in sich zusammenfallenden Schnees im Ohr, begann ich zu putzen. Der Schnee vereitelte, daß ich mich sportlich betätigte, und da ich mich schon einfach in einem fremden Haus eingenistet hatte, konnte ich es wenigstens sauberhalten. Außerdem war ich Kochen und Putzen noch nie abgeneigt gewesen.

Das große Haus gründlich rein zu machen war allerdings härtere Arbeit, als ich gedacht hatte. Zehn Jogging-Kilometer waren nichts dagegen. Erst staubte ich überall ab, setzte anschließend den großen elektrischen Staubsauger in Betrieb, dann wischte ich feucht die Dielen und bohnerte sie spiegelblank. Mitten in der Arbeit ging mir die Puste aus. Nicht auf unangenehme Weise, nicht, als ob etwas im Halse steckte; ich rauchte ja nicht mehr. Ich ging in die Küche, trank kalten Traubensaft und bohnerte, als ich wieder bei Atem war, in einem Rutsch den Rest; vor Mittag war ich fertig. Ich öffnete die Fenster und stieß alle Läden weit auf: Das ganze Zimmer glänzte. Es roch angenehm nach feuchter Erde und Bohnerwachs, wie in alten Zeiten.

Nachdem ich die sechs alten Lappen, die ich zum Bohnern benutzt hatte, gewaschen und draußen zum Trocknen aufgehängt hatte, setzte ich Wasser auf und kochte Spaghetti. Viel Rogen und Butter, Weißwein, Sojasauce. Nach langer Zeit mal wieder ein richtiges gemütliches Mittagessen. Nahe im Wald zwitscherten ein paar Buntspechte.

Nach dem Essen und Spülen machte ich mich wieder ans Putzen. Ich reinigte die Badewanne, das Waschbecken, die Toilette, polierte die Möbel. Dank Rattes Pflege fiel da kaum Arbeit an, ich brauchte nur Möbelpolitur aufzusprühen. Danach spritzte ich mit einem langen Gummischlauch von außen die Fensterläden ab. Gleich wirkte das ganze Haus adretter. Dann putzte ich die Fenster noch von innen, fertig. Die zwei Stunden, die bis zum Abend blieben, verbrachte ich damit, Schallplatten zu hören.

Als ich mir am Abend ein neues Buch aus Rattes Zimmer holen wollte, fiel mir auf, daß der große Spiegel unten an der Treppe fast blind war vor Schmutz. Ich sprühte Glasreiniger auf und polierte ihn mit einem Lappen. Umsonst; das Glas war völlig verschmiert. Warum Ratte nur diesen einen Spiegel hatte verdrecken lassen, wollte mir nicht in den Kopf. Ich holte einen Eimer lauwarmes Wasser, schrubbte mit einer harten Bürste den Fettfilm ab und polierte dann mit einem sauberen Tuch nach. Das Wasser im Eimer war pechschwarz vor Dreck.

Der kunstvolle Holzrahmen wies den Spiegel als teures, antikes Stück aus; das Glas zeigte nach dem Polieren nicht den kleinsten blinden Fleck. Der Spiegel war weder verzogen noch verkratzt und gab mein Bild vom Scheitel bis zur Sohle getreulich wieder. Ich blieb eine Weile davor stehen und betrachtete mein Spiegelbild. Nichts Auffälliges. Ich war ich, und das eher gelangweilte Gesicht war das, das ich immer machte. Nur, dem Bild im Spiegel fehlte die Flachheit, wie sie Spiegelbildern sonst eigen ist, es war *zu* klar, beinahe dreidimensional. Ich hatte eher den Eindruck, daß nicht ich mein Spiegelbild betrachtete, sondern daß das Bild im Spiegel mein wahres Ich sei, betrachtet von einem flachen Abbild meiner selbst. Ich hob den rechten Arm und wischte mir mit dem Handrücken über den Mund. Mein Ich im Spiegel tat dasselbe. Oder hatte ich nur eine von dem Ich im Spiegel ausgeführte Bewegung nachgemacht? Ich war mir nicht mehr sicher, ob ich mir wirklich selbst und aus freiem Willen mit dem Handrücken über den Mund gewischt hatte.

»Freier Wille« – mit diesem Wort im Kopf faßte ich mir mit Daumen und Zeigefinger der linken Hand ans Ohr. Mein Ich im Spiegel tat dasselbe. Es schien das gleiche Wort im Kopf zu haben – »freier Wille«.

Ich hatte genug und ging vom Spiegel weg. Ich im Spiegel ging auch vom Spiegel weg.

* * *

Am zwölften Tag schneite es zum dritten Mal. Es schneite schon, als ich morgens aufstand. Fast heimlich leiser Schnee, nicht hart, nicht pappig. Die Flocken tanzten gemächlich herab und schmolzen, noch bevor sie zu einer Decke zusammenfanden. Schnee so still wie sanftes Augenschließen.

Ich holte die alte Gitarre aus der Rumpelkammer hervor, stimmte sie mühsam und zupfte ein paar alte Songs. Über meinen Fingerübungen zu Benny Goodmans *Airmail Special* wurde es Mittag; ich schnitt dicke Scheiben Schinken, belegte damit das schon hart gewordene, selbstgebackene Brot und trank eine Dose Bier dazu.

Eine halbe Stunde später, ich übte wieder, kam der Schafmann. Leise fiel immer noch der Schnee.

»Wenn ich stör, komm ich ein andermal wieder«, sagte der Schafmann und blieb in der offenen Tür stehen.

»Nein, komm rein. Ich hatte bloß Langeweile«, sagte ich und legte die Gitarre auf den Boden.

Wie beim vorigen Besuch schlug der Schafmann draußen erst die Erde von den Schuhen, bevor er eintrat. Im Schnee saß ihm sein dickes Kostüm wie eine zweite Haut. Er setzte sich mir gegenüber aufs Sofa, stützte beide Hände auf und rutschte ein paarmal unruhig hin und her.

»Der wird nicht liegenbleiben, oder?« fragte ich.

»Nein«, antwortete der Schafmann. »Es gibt Schnee, der liegenbleibt, und Schnee, der schmilzt. Der hier schmilzt.«

»Hmm.«

»Der andere fällt nächste Woche.«

»Trinkst du ein Bier mit?«

»Danke. Wenns geht, wär mir ein Kognak lieber.«

Ich ging in die Küche und holte Kognak für ihn, Bier für mich und Käse-Sandwiches für uns beide.

»Du hast Gitarre gespielt«, sagte der Schafmann anerkennend. »Ich hör auch gern Musik. Kann selber zwar nich spielen.«

»Ich auch nicht. Ich hab fast zehn Jahre nicht mehr gespielt.«

»Trotzdem, spiel doch was vor.«

Um den Schafmann nicht zu verärgern, spielte ich einmal *Airmail Special,* improvisierte dann noch ein bißchen, kam aber schon bald aus dem Takt und gab auf.

»Du spielst gut«, lobte der Schafmann ernst. »Selber spielen macht großen Spaß, was?«

»Wenn man gut ist. Aber um richtig gut zu werden, muß man

sein Gehör trainieren, und wenn man dann ein gutes Gehör hat, kann man sein eigenes Gezupfe nicht mehr ertragen.«

»Tatsächlich, ja?« sagte der Schafmann.

Er goß sich Kognak ins Glas und nippte daran; ich riß mein Bier auf und trank direkt aus der Dose.

»Ich konnt es ihm nich ausrichten«, sagte der Schafmann.

Ich nickte stumm.

»Ich wollt es dir nur gesagt haben.«

Ich sah auf den Kalender an der Wand. Das Datum, an dem meine Frist ablief, hatte ich rot markiert; mir blieben noch drei Tage. Aber das war mir mittlerweile scheißegal.

»Die Lage hat sich geändert«, sagte ich. »Ich hab Wut im Bauch. Wut wie noch nie in meinem ganzen Leben.«

Der Schafmann schwieg, das Kognakglas in der Hand.

Ich griff mir die Gitarre und schmetterte sie mit Wucht gegen den Kamin. Eine laute Disharmonie, und der Boden war hin. Der Schafmann sprang vom Sofa hoch. Seine Ohren zitterten.

»Auch ich habe das Recht, wütend zu sein«, sagte ich. Ich sagte es eher zu mir selbst. Auch ich hatte das Recht, wütend zu sein.

»Ich konnte nix für dich tun. Tut mir leid, aber du mußt das verstehn. Nich, daß ich dich nich mag.«

Eine Zeitlang sahen wir hinaus auf den Schnee. Es schüttete weichen Schnee, als ob jemand die Wolken aufgeschlitzt hätte.

Ich ging zur Küche, um mir ein neues Bier zu holen. An der Treppe sah ich in den Spiegel. Mein anderes Ich war auch gerade unterwegs, ein neues Bier zu holen. Wir sahen uns an und seufzten. Wir lebten in verschiedenen Welten und dachten das gleiche. Wie Groucho und Harpo in *Duck Soup*.

Hinter mir spiegelte sich das Wohnzimmer. Vielmehr hinter *ihm*. Das Wohnzimmer hinter mir war dasselbe wie das hinter ihm. Das Sofa, der Teppich, die Uhr, die Bilder, der Bücherschrank, alles gleich. Ein geschmackloses Wohnzimmer, wenn auch nicht ganz ungemütlich. Aber irgend etwas stimmte nicht. Vielmehr, ich hatte den Eindruck, daß irgend etwas nicht stimmte.

Ich holte ein neues Löwenbräu aus dem Kühlschrank; auf

dem Rückweg, die blaue Dose in der Hand, sah ich mir noch einmal das Spiegelwohnzimmer an, dann das richtige. Der Schafmann saß nach wie vor auf dem Sofa und schaute nach draußen auf den Schnee.

Ich suchte den Schafmann im Spiegel. Er war nicht da. Das Wohnzimmer war leer, auf dem Sofa saß niemand. In der Spiegelwelt war ich ganz allein. Mich packte das kalte Grausen.

* * *

»Du siehst blaß aus«, sagte der Schafmann.

Ich nahm ohne ein Wort Platz, riß das Bier auf und trank einen Schluck.

»Du hast dich bestimmt erkältet. Man muß sich an die Kälte hier erst gewöhnen. Die Luft ist auch feucht. Geh heute lieber früh zu Bett.«

»Heute nicht«, sagte ich. »Heute geh ich gar nicht ins Bett. Ich warte hier auf meinen Freund.«

»Kommt er denn heute?«

»Er kommt«, sagte ich. »Er kommt heute abend um zehn.«

Der Schafmann sah mich wortlos an. Seine maskierten Augen verrieten nicht die geringste Emotion.

»Ich packe heute abend, morgen bin ich weg. Sag ihm das, wenn du ihn siehst. Ich glaube allerdings nicht, daß das nötig ist.«

Der Schafmann nickte. »Wird einsam sein ohne dich. Naja, was sein muß, muß sein. Übrigens, kann ich mir ein Käse-Sandwich mitnehmen?«

»Sicher.«

Der Schafmann wickelte eins in eine Papierserviette, steckte es in die Tasche und zog seine Handschuhe an.

»Hoffentlich kommt er«, sagte er zum Abschied.

»Er kommt«, sagte ich.

Der Schafmann lief in östlicher Richtung über die Weide. Schließlich verschwand er im Schleier des Schnees. Dann war alles still.

Ich goß zwei Zentimeter hoch Kognak ins Glas des Schafmanns und trank es in einem Zug aus. Hitze in der Kehle, dann im Magen. Dreißig Sekunden später hörte mein Körper auf zu zittern. Nur das Ticken der Standuhr hallte mir übertrieben laut im Kopf.

Ich legte mich besser hin.

Ich holte mir eine Wolldecke aus dem ersten Stock und legte mich aufs Sofa. Ich war erschöpft wie ein Kind, das drei Tage allein im Wald umhergeirrt ist. Kaum hatte ich die Augen zugemacht, übermannte mich auch schon der Schlaf.

Ich hatte einen furchtbaren Traum. So furchtbar, daß ich mich hinterher nicht mehr daran erinnern konnte.

10. Und die Zeit vergeht

Durch die Ohren kroch die Dunkelheit in mich hinein wie Öl. Jemand versuchte, mit einem Riesenhammer die zu Eis erstarrte Erde zu zertrümmern. Der Hammer schlug genau achtmal zu. Aber die Erde zerbrach nicht. Sie bekam nur ein paar Risse.

Acht Uhr, acht Uhr abends.

Ich schüttelte den Kopf, bis ich wach war. Meine Glieder waren noch taub, und mein Kopf schmerzte, als ob man mich mit Eiswürfeln in einen Shaker gesteckt und wie wild durchgeschüttelt hätte. Es gibt nichts Schlimmeres, als im Dunkeln aufzuwachen. Alles und jedes muß von Beginn an neu durchgekaut werden. Man fühlt sich nach dem Aufwachen, als lebte man das Leben eines andern. Und es dauert seine Zeit, bis man es mit seinem eigenen in Einklang gebracht hat. Merkwürdige Sache, das eigene Leben als das eines Fremden zu sehen. Man wundert sich, daß so einer überhaupt lebt.

Ich wusch mir in der Küche das Gesicht und trank bei der Gelegenheit gleich zwei Glas Wasser. Das Wasser war eiskalt, aber mein Gesicht glühte weiter. Ich setzte mich noch einmal aufs Sofa und suchte die Bruchstücke meines Lebens zusammen. Glanzstücke waren es nicht, aber immerhin kam mein Leben dabei heraus. Nach und nach fand ich wieder zu mir selbst. Jemandem zu erklären, daß ich ich selbst bin, ist nicht einfach. Aber vermutlich will das gar niemand wissen.

Ich hatte das Gefühl, beobachtet zu werden, aber es kümmerte mich nicht besonders. Ein Gefühl, wie man es eben hat, wenn man in einem großen Zimmer allein ist.

Ich dachte an die Zellen. Am Ende geht alles dahin, wie meine Frau gesagt hatte. Sogar man selbst. Ich stützte den Kopf in beide Hände. Das Gesicht, das die Hände in der Dunkelheit umfaßten, schien nicht das meinige zu sein. Es war das Gesicht eines anderen, mit meinen Zügen. Selbst mein Gedächtnis bot keinen Halt. Die Namen der Dinge lösten sich auf und wurden in die Dunkelheit gesogen.

Im Finstern schlug es halb neun. Es hatte aufgehört zu schneien, aber am Himmel hingen noch die gleichen dicken Wolken. Die Dunkelheit war perfekt. Ich saß lange einfach nur da und kaute am Daumennagel. Ich konnte nicht einmal die Hand vor den Augen richtig erkennen. Der Ofen war aus, das Zimmer eiskalt. Ich wickelte mich fester in die Decke und starrte einfach nur ins Dunkel. Mir war, als hockte ich auf dem Grunde eines tiefen Brunnens.

Die Zeit verging. Die Partikel der Dunkelheit malten mir wundersame Bilder auf die Netzhaut. Nach einer Weile fielen sie lautlos in sich zusammen und neue entstanden. Der Raum ruhte wie Quecksilber; nur die Dunkelheit bewegte sich.

Ich stellte alles Denken ein und überließ mich dem Strom der Zeit. Die Zeit trug mich mit sich fort. Eine neue Dunkelheit malte neue Bilder.

Die Uhr schlug neun. Als der neunte Schlag in der Dunkelheit verhallte, rückte Stille nach.

»Können wir reden?« fragte Ratte.

»Sicher«, sagte ich.

»Sicher«, sagte ich.

»Ich bin eine Stunde zu früh«, sagte Ratte entschuldigend.

»Macht nichts. Du weißt ja, ich habe sowieso nichts zu tun.«

Ratte lachte leise. Er befand sich hinter mir. Mir war, als säßen wir Rücken an Rücken.

»Fast wie früher«, sagte Ratte.

»Wir können anscheinend nur offen miteinander reden, wenn wir beide nichts zu tun haben«, sagte ich.

»Sieht ganz so aus.« Ratte lächelte. Es war stockdunkel, und wir saßen Rücken an Rücken; aber ich wußte, daß er lächelte. Eine winzige Bewegung der Luft, allein die Atmosphäre sagten mir genug. Wir waren einmal Freunde gewesen. Irgendwann, vor langer Zeit.

»Der Weise sagt: Ein Freund, mit dem man Zeit totschlägt, ist ein wahrer Freund«, sagte Ratte.

»Das stammt von dir, stimmt's?«

»Du und deine Intuition! Stimmt.«

Ich seufzte. »Aber in dieser verworrenen Sache hier hat sie mich völlig im Stich gelassen. Mein Gott, was war ich blöd! Am liebsten würde ich mich begraben lassen. Dabei habt ihr so viele Hinweise gegeben.«

»Mach dir nichts draus. Du hast dich noch gut geschlagen.«

Wir schwiegen. Ratte betrachtete anscheinend wieder seine Hand.

»Ich hab dir ganz schönen Ärger gemacht. Das tut mir wirklich leid. Aber mir blieb nichts anderes übrig. Außer dir hätte ich niemanden bitten können. Ich hab's dir ja geschrieben.«

»Genau darüber möchte ich was hören. Da mußt du schon genauer werden.«

»Werd ich«, sagte Ratte, »ich erzähl dir alles. Aber laß uns vorher ein Bier trinken.«

Ich wollte aufstehen, aber Ratte hielt mich zurück.

»*Ich* hol es«, sagte er. »Schließlich bin ich der Hausherr.«

Ich hörte, wie Ratte sicheren Schrittes in der Dunkelheit zur Küche ging und einen ganzen Arm voll Dosenbier aus dem

Kühlschrank nahm. Ich öffnete und schloß dabei abwechselnd die Augen. Die Dunkelheit bei offenen Augen unterschied sich farblich kaum von der bei geschlossenen.

Ratte kam mit den Dosen zurück und stellte sie auf den Tisch. Ich tastete nach einer, riß sie auf und trank sie zur Hälfte aus.

»Schmeckt gar nicht nach Bier, wenn man nichts sieht«, sagte ich.

»Tut mir leid, aber dunkel muß es sein.«

Eine Weile tranken wir nur unser Bier.

»Gut«, sagte Ratte schließlich und hüstelte. Ich stellte meine leere Dose auf den Tisch zurück und wartete, in die Decke gewickelt, daß er begann. Aber es folgte nichts. Ich hörte nur, wie Ratte sein Bier in der Hand kreisen ließ, um festzustellen, wieviel noch in der Dose war. Eine alte Gewohnheit von ihm.

»Gut«, sagte er noch einmal. Dann trank er in einem Zug aus und stellte die Dose geräuschvoll auf dem Tisch ab. »Beginnen wir damit, warum ich überhaupt hierher kam. Einverstanden?«

Ich sagte nichts. Ratte wartete, bis er sicher war, daß ich nicht antworten wollte, und fuhr dann fort: »Mein Vater kaufte das Stück Land hier 1953. Ich war damals fünf. Warum er ausgerechnet hier Land kaufte, weiß ich nicht. Wahrscheinlich hat er es billig von der US-Army übernommen. Die Verbindung zum Tal ist, wie du gesehen hast, katastrophal, schon im Sommer, und im Winter, wenn Schnee liegt, absolut blockiert. Die Amerikaner wollten anscheinend die Straße ausbauen und hier eine Radarstation errichten, ließen den Plan aber schließlich aus Zeit- und Kostengründen fallen. Die Stadt war natürlich zu arm, die Straße auszubauen. Wozu auch eine Straße, die niemandem nützt? Man ließ also alles einfach so, wie es war.«

»Wollte der Schafprofessor denn nicht hierher zurück?«

»Der Schafprofessor lebt in seinen Erinnerungen. Der will nirgendwo mehr hin.«

»Das kann sein«, sagte ich.

»Trink noch ein Bier«, sagte Ratte.

»Nein danke«, sagte ich. Da der Ofen aus war, fror ich bis ins Mark. Ratte riß sich eine neue Dose auf und trank alleine.

»Meinem Vater gefiel es hier. Er besserte die Straße ein bißchen aus und renovierte das Haus. Das hat ziemlich viel gekostet, glaub ich. Danach ließ sich hier, wenn man motorisiert war, im Sommer wenigstens gut leben. Heizung, Waschgelegenheit, Klo, Dusche, Notstromaggregat, alles da. Wie der Schafprofessor hier früher leben konnte, ist mir ein Rätsel.«

Ratte machte ein seltsames Geräusch; es war weder Rülpsen noch Seufzen.

»Von 1955 bis 1963 kamen wir jeden Sommer hierher. Mein Vater, meine Schwester, ich und ein Mädchen, das im Haushalt half. Das war, wenn ich's recht bedenke, die schönste Zeit meines Lebens. Die Weide hatten wir – wie auch jetzt noch – der Stadt verpachtet, und im Sommer wimmelte es nur so von Schafen. Schafe, überall Schafe. Sommer, das hieß für mich immer Schafe.«

Ein Landhaus haben – was das bedeutete, konnte ich nicht ermessen. Und würde es wohl mein Lebtag nicht können.

»Ab Mitte der Sechziger allerdings kamen wir fast gar nicht mehr her. Wir hatten noch ein anderes Landhaus, näher an zu Hause, meine Schwester heiratete, ich kam nicht mehr so gut mit der Familie klar, mein Vater hatte eine Zeitlang Probleme mit der Firma, all so was eben. Jedenfalls, das Land wurde wieder sich selbst überlassen. Das letzte Mal war ich, glaub ich, 1967 hier. Allein. Ich verbrachte hier alleine einen Monat.«

Ratte verstummte, als ob er sich an etwas erinnere.

»Warst du einsam?« fragte ich.

»Einsam? Nein. Am liebsten wäre ich für immer geblieben. Aber das ging nicht. Das Haus gehört meinem Vater. Und von meinem Vater wollte ich nichts nehmen.«

»Wie heute noch, nicht?«

»Ja«, sagte Ratte. »Deshalb wollte ich auch überall hin, bloß nicht hierher. Aber dann, als ich in Sapporo, in der Lobby des *Delphin*, zufällig das Foto sah, zog es mich wieder her; einmal noch wollte ich einen Blick auf die Landschaft werfen – aus reiner Sentimentalität. Du weißt, was ich meine.«

»Ja«, sagte ich. Ich dachte an mein Stück Meer, das man aufgeschüttet und zugebaut hatte.

»Und dann kam der Schafprofessor, die ganze Geschichte. Die Geschichte von dem Traumschaf mit dem Stern auf dem Rücken. Du kennst sie, ja?«

»Zur Genüge.«

»Den Rest kann ich kurz machen«, sagte Ratte. »Nachdem ich das alles gehört hatte, wollte ich plötzlich den Winter hier verbringen. Der Gedanke ging mir einfach nicht aus dem Kopf. Vater hin, Vater her, das war mir mit einemmal scheißegal. Ich packte zusammen, was ich brauchte, und kam her – wie von irgend etwas magisch angezogen.«

»Und trafst das Schaf, richtig?«

»Richtig«, sagte Ratte.

* * *

»Der Rest ist bitter und schwer zu erzählen«, sagte Ratte. »Wie immer ich mich ausdrücke, du wirst diese Bitterkeit doch nicht verstehen.«

Ratte drückte mit den Fingern seine zweite leere Dose ein. »Könntest du mir nicht Fragen stellen? Du weißt doch ungefähr Bescheid.«

Ich nickte stumm. »Aber ich kann nicht der Reihe nach fragen. Macht dir das was?«

»Das ist in Ordnung.«

»Du bist schon tot, nicht wahr?«

Es dauerte entsetzlich lange, bis Ratte antwortete. Vielleicht schwieg er nur ein paar Sekunden, aber für mich war es eine Ewigkeit. Mein Mund war trocken wie Stroh.

»Ja«, sagte Ratte ruhig. »Ich bin tot.«

12. Ratte und die Uhr

»Ich hab mich an dem Balken in der Küche erhängt«, sagte Ratte. »Der Schafmann hat mich neben der Garage begraben. Das Sterben war gar nicht so schlimm – falls du dir darum Gedanken machen solltest. Aber das spielt wirklich keine Rolle.«

»Wann?«

»Eine Woche, bevor du kamst.«

»Und vorher hast du die Uhr aufgezogen?«

Ratte lachte. »Kaum zu glauben, was? Du lebst dreißig Jahre, und deine letzte, deine allerletzte Handlung besteht darin, die Uhr aufzuziehen. Warum sollte einer mit dem Tod vor Augen noch die Uhr aufziehen? Wirklich sonderbar.«

Als Ratte schwieg, herrschte Stille ringsum; nur das Ticken der Uhr war zu hören. Alle anderen Geräusche schluckte der Schnee. Mir war, als wären wir die beiden letzten Überlebenden im All.

»Wenn ...«

»Spar dir die Mühe«, unterbrach Ratte mich. »Es gibt keine Wenns mehr. Und du weißt es, oder?«

Ich schüttelte den Kopf. Ich wußte nichts.

»Wenn du eine Woche früher gekommen wärst, wäre ich auch schon tot gewesen. Wir hätten uns dann vielleicht früher getroffen, und es wäre vielleicht heller und wärmer gewesen. Aber das bleibt sich gleich. Ich hätte auf jeden Fall sterben müssen. Es wär nur bitterer gewesen. So bitter, daß ich es gewiß nicht ertragen hätte.«

»Warum mußtest du denn unbedingt sterben?«

Ich hörte, wie Ratte im Dunkeln die Hände aneinander rieb.

»Davon möchte ich nicht reden. Es würde auf eine Rechtfertigung meiner selbst hinauslaufen. Kannst du dir etwas Schäbigeres vorstellen als einen Toten, der sich selbst rechtfertigt?«

»Wenn du es mir nicht sagst, werde ich es nie erfahren.«

»Trink noch ein Bier.«

»Mir ist kalt.«

»So schlimm ist es nicht mehr.«

Mit zitternden Fingern zog ich den Verschluß einer Dose auf und nahm einen Schluck. Danach war mir tatsächlich nicht mehr so kalt.

»Gut, ich mach's kurz. Aber nur, wenn du versprichst, es niemandem zu erzählen.«

»Wem sollte ich das schon erzählen? Denkst du, mir würde einer glauben?«

»Wohl kaum«, sagte Ratte lachend.

»Solchen Unsinn glaubt keiner, sag ich dir!«

Die Uhr schlug halb zehn.

»Macht's dir was aus, wenn ich die Uhr anhalte?« fragte Ratte. »Sie stört mich.«

»Nur zu. Ist schließlich deine Uhr.«

Ratte stand auf, klappte die Tür der Standuhr auf und hielt das Pendel an. Alles Geräusch und alle Zeit verschwanden vom Antlitz der Erde.

»Einfach ausgedrückt, bin ich mit dem Schaf in mir gestorben. Ich hab gewartet, bis das Schaf fest eingeschlafen war, hab dann ein Seil um den Balken in der Küche gebunden und mich daran erhängt. Zur Flucht hat es für den Bastard nicht mehr gereicht.«

»Gab es wirklich keinen anderen Weg?«

»Nein, einen anderen Weg gab es nicht. Ein bißchen später, und das Schaf hätte mich völlig in seiner Gewalt gehabt. Es war meine letzte Chance.«

Ratte rieb noch einmal die Handflächen gegeneinander. »Ich wollte dir als ich selbst entgegentreten. Mit *meinen* Erinnerungen und mit *meinen* Schwächen. Ich als ich selbst. Deshalb hab ich dir auch dieses kryptische Foto geschickt. Wenn der Zufall dich herführen sollte, dachte ich, würde ich am Ende gerettet.«

»Und, bist du gerettet worden?«

»Ja«, sagte Ratte ruhig. »Ich bin gerettet.«

* * *

»Die Schwäche, das ist der Schlüsselpunkt«, sagte Ratte. »Damit fängt alles an. Ich glaube nicht, daß du das verstehst.«

»Alle Menschen sind schwach.«

»Keine Gemeinplätze«, sagte Ratte und schnippte ein paarmal mit den Fingern. »Mit Gemeinplätzen allein kommt der Mensch nicht weiter. Ich rede von mir, ganz konkret von mir.«

Ich schwieg.

»Die Schwäche sitzt mitten im Körper und fault und breitet sich aus. Wie ein Geschwür. Ich hab sie gespürt, seit ich fünfzehn war. Deshalb war ich auch immer so gereizt. Weißt du, was es heißt, etwas in sich zu haben, das mit tödlicher Sicherheit vor sich hin fault, mehr noch, was es heißt, sich dessen ständig bewußt zu sein?«

Ich saß in meine Decke gewickelt und schwieg.

»Wahrscheinlich nicht«, fuhr Ratte fort. »Diese Seite ist dir nicht eigen. Wie auch immer, das jedenfalls ist Schwäche. Mit der Schwäche verhält es sich wie mit einer Erbkrankheit. Du weißt, daß du sie hast, aber du kannst dich selbst nicht davon heilen. Sie vergeht auch nicht einfach irgendwie. Sie wird nur immer schlimmer.«

»Schwäche in bezug auf was?«

»In bezug auf alles. Moralische Schwäche, Willensschwäche, Existenzschwäche an sich.«

Ich lachte. Ein richtiges Lachen, diesmal gelang es mir. »Wenn du es so ausdrückst, gibt es keinen Menschen, der nicht schwach wäre.«

»Laß doch die Gemeinplätze. Ich sagte es schon. Natürlich haben alle Menschen ihre Schwächen. Aber echte Schwäche findest du ebenso selten wie echte Stärke. Du kennst die Schwäche nicht, die einen pausenlos in den Abgrund zieht, du weißt nicht einmal, daß sie existiert. Nicht alles und jedes läßt sich mit Gemeinplätzen erklären!«

Ich sagte nichts.

»Deshalb bin ich auch weg aus der Stadt. Ich wollte nicht, daß die Leute mich sähen, wenn ich weiter herunterkam. Du eingeschlossen. Allein in einer unbekannten Gegend würde ich wenigstens niemandem zur Last fallen. Daß ich ...« Ratte verfiel eine Weile in düsteres Schweigen. »Daß ich dem Schaf am Ende nicht entrinnen konnte, liegt auch an dieser Schwäche. Ich konnte einfach nichts dagegen tun. Ich hätte wahrscheinlich auch nichts dagegen tun können, wenn du sofort zu diesem Zeitpunkt aufgetaucht wärst. Selbst wenn ich mich entschlossen hätte, ins Tal zu gehen. Ich wäre garantiert wieder hergekommen. Das ist Schwäche, genau das.«

»Was wollte das Schaf von dir?«

»Alles. Es wollte mich mit Haut und Haar. Meinen Körper, mein Gedächtnis, meine Schwäche, meine Widersprüche ... das

Schaf ist ganz wild auf so was. Der Bastard hat tausend Fühler, steckt sie dir wie Strohhalme durch die Ohren, durch die Nasenlöcher und saugt dich aus. Der bloße Gedanke daran macht einen fertig, nicht wahr?«

»Und die Gegenleistung?«

»Etwas fast zu Großes, zu Prächtiges für einen wie mich. Nicht, daß das Schaf es mir in konkreter Form gezeigt hätte. Ich habe höchstens einen Bruchteil davon gesehen. Dennoch...«

Ratte schwieg.

»Dennoch, es reichte, mich ihm auszuliefern. Willenlos. Ich kann es nicht mit Worten beschreiben. Es ist wie ein Schmelztiegel, in dem *alles* zusammenläuft. Von betaubender Schönheit und dämonischer Schlechtigkeit. Du tauchst hinein, und alles verschwindet. Bewußtsein, Werte, Gefühle und Qualen – alles. Es ist von einer Dynamik und Energie wie jener eine Punkt im Universum, von dem einst alles Leben seinen Ursprung nahm.«

»Und doch hast du dich widersetzen können.«

»Ja, ich habe mich widersetzt. Es ist mit mir, in meinem Körper begraben. Noch eines bleibt zu tun, und es wird für alle Ewigkeit begraben sein.«

»Noch eines? Was?«

»Noch eines. Das wirst du für mich erledigen müssen. Aber davon später.«

Wir tranken gleichzeitig Bier. Langsam wurde mir wärmer.

»Der Tumor wirkt wie eine Peitsche, nicht wahr?« fragte ich. »Eine Peitsche, mit der das Schaf seinen Wirt manipuliert.«

»Ganz recht. Wenn der Tumor einmal da ist, gibt es kein Entkommen mehr.«

»Welches Ziel hatte der Alte eigentlich?«

»Der war verrückt. Er konnte garantiert den Blick in diesen Schmelztiegel nicht aushalten. Das Schaf hat ihn nur benutzt, um diese gigantische Machtmaschinerie aufzubauen. Es hat sich seines Körpers bemächtigt und dann ex und hopp. Intellektuell war der Mann eine Null.«

»Und du warst der nächste, nicht? Du solltest, wenn der Alte stirbt, für das Schaf die Machtmaschine weiterführen.«

»Genau.«

»Und dann? Worauf sollte das alles hinauslaufen?«

»Auf ein Imperium der reinen Anarchie. Mit allen Gegensätzen in sich aufgehoben. Im Zentrum das Schaf und ich.«

»Warum hast du dich widersetzt?«

Die Zeit lag im Sterben. Und über die sterbende Zeit häufte sich geräuschlos Schnee.

»Ich mag meine Schwäche. Ich mag meine Beschwerden und die Bitterkeit. Das Licht des Sommers, den Geruch des Windes, das Zirpen der Zikaden, ich mag das. Ich kann nicht anders, ich mag es. Ich mag, mit dir Bier zu trinken und...« Ratte verschluckte den Rest. »Ach, ich weiß nicht.«

Ich suchte nach Worten. Aber mir fiel nichts Passendes ein. In die Decke gewickelt, starrte ich ins Dunkel.

»Wir hatten beide das gleiche Material und haben doch jeder was völlig anderes daraus gemacht«, sagte Ratte. »Glaubst du, die Welt entwickelt sich zum Guten?«

»Gut oder böse – wer kann das schon auseinanderhalten?«

Ratte lachte. »Wenn es ein Königreich der Gemeinplätze gäbe, wärst du der König!«

»Für Schafe Zutritt verboten.«

»Für Schafe Zutritt verboten.« Ratte trank in einem Zug sein drittes Bier aus und stellte die Dose geräuschvoll auf dem Boden ab.

»Sieh zu, daß du so früh wie möglich wieder ins Tal kommst. Bevor der Schnee alles versperrt. Es sei denn, du willst den ganzen Winter hier verbringen. Der Schnee kommt wahrscheinlich in vier, fünf Tagen, und über den vereisten Bergweg abzusteigen ist Knochenarbeit.«

»Was wird aus dir?«

Ratte lachte amüsiert. »Für mich gibt es kein ›Werden‹ mehr. Ich vergehe mit dem Winter. Wie lang er sein wird, weiß ich nicht. Aber ein Winter ist ein Winter. Ich bin froh, daß ich dich treffen konnte. Wenn mir auch ein wärmerer, hellerer Ort lieber gewesen wäre.«

»Jay läßt dich schön grüßen.«

»Grüß ihn bitte auch von mir, ja?«

»Die Frau hab ich übrigens getroffen.«

»Und?«

»Es geht ihr gut. Arbeitet immer noch in derselben Firma.«

»Sie hat also noch nicht geheiratet?«

»Nein«, antwortete ich. »Sie wollte von dir wissen, ob es aus sei oder nicht.«

»Es ist aus«, sagte Ratte. »Auch wenn ich's nicht aus eigener Kraft hab beenden können, es ist jedenfalls aus. Mein Leben hatte keinen Sinn. Andererseits hat natürlich, wenn ich einen deiner geliebten Gemeinplätze benutzen darf, niemandes Leben einen Sinn. Stimmt's?«

»Stimmt«, sagte ich. »Zwei Fragen noch zum Schluß.«

»Bitte.«

»Die erste betrifft den Schafmann.«

»Der Schafmann ist in Ordnung.«

»Aber der Schafmann, der mich hier besucht hat, warst du, richtig?«

Ratte rollte seinen Kopf, daß es knackte. »Richtig. Ich hab seine Gestalt angenommen. Du hast es also gemerkt?«

»Anfangs nicht«, sagte ich. »Erst mittendrin.«

»Als du die Gitarre zertrümmert hast, hab ich mich, um ehrlich zu sein, furchtbar erschrocken. So wütend hatte ich dich noch nie gesehen, und die Gitarre war meine allererste. Ein billiges Stück, aber ich hab sie mir selbst gekauft.«

»Tut mir leid«, entschuldigte ich mich. »Ich dachte, wenn ich dich erschrecke, könnte ich dich aus der Reserve locken.«

»Macht nichts. Alles vergeht mit der Zeit«, sagte Ratte schlicht. »Zu deiner zweiten Frage. Sie betrifft deine Freundin, nicht wahr?«

»Ganz recht.«

Ratte war lange still. Ich hörte, wie er die Hände gegeneinander rieb und dann seufzte. »Mir wäre lieber, wenn wir nicht über sie reden müßten. Sie war nicht eingeplant.«

»Nicht eingeplant?«

»Ich wollte eine Party im kleinen Kreis. Dann war auf einmal sie da. Wir hätten sie nicht mit hineinziehen dürfen. Das Mädchen verfügt, wie du weißt, über ganz erstaunliche Fähigkeiten, kann alles mögliche an sich ziehen. Aber hierher hätte sie nicht kommen dürfen. Was hier abläuft, übersteigt auch ihre Fähigkeiten bei weitem.«

»Was ist mit ihr passiert?«

»Sie ist okay, keine Angst. Es geht ihr gut«, sagte Ratte. »Nur – sie hat nichts mehr, was dich anziehen könnte. So leid mir das tut.«

»Weshalb?«

»Es ist weg. Es war in ihr, und jetzt ist es weg.«

Ich wußte nicht, was ich sagen sollte.

»Ich weiß, wie du dich fühlst«, fuhr Ratte fort. »Aber es wäre sowieso passiert, irgendwann, früher oder später. Immer zerbricht etwas, immer geht etwas weg, in dir, in mir, in den Frauen, die wir mögen.«

Ich nickte.

»Ich muß gehen«, sagte Ratte. »Zu lange darf ich nicht bleiben. Irgendwann sehen wir uns wieder, bestimmt.«

»Bestimmt«, sagte ich.

»Am besten, wenn es heller ist. Sommer wäre nicht schlecht«, sagte Ratte. »Zum Schluß noch eins: Ich möchte, daß du morgen früh um neun die Standuhr stellst und dann die Drähte, die auf der Rückseite herausschauen, miteinander verbindest. Den grünen mit dem grünen, den roten mit dem roten. Und dann mach dich um halb zehn auf den Weg ins Tal. Punkt zwölf Uhr gebe ich hier für jemanden eine kleine Teeparty. Alles klar?«

»Wird gemacht.«

»Es war schön, dich zu sehen.«

Einen Augenblick hüllte uns Schweigen ein.

»Leb wohl«, sagte Ratte.

»Bis bald«, sagte ich.

Fest in die Decke gewickelt, schloß ich die Augen und spitzte die Ohren. Gedämpfte Schritte. Ratte durchquerte langsam das Zimmer und öffnete die Tür. Ein Hauch wie Eis wehte herein. Kein Wind; ein schwerer, kalter Hauch, der alles durchdrang.

Ratte blieb eine Zeitlang auf der Schwelle stehen, die Tür offen. Er schien etwas anzustarren, nicht die Landschaft draußen, nicht das Zimmer, nicht mich. Irgend etwas völlig anderes.

Es hätte der Türgriff, es hätten auch seine eigenen Schuhspitzen sein können. Dann, als schlösse er die Pforten der Zeit, ließ er leise die Tür ins Schloß fallen.

Danach war Stille, und außer der Stille war nichts.

13. Der grüne und der rote Draht – Froststarre Möwen

Als Ratte weg war, packte mich unerträglicher Schüttelfrost. Ich versuchte, mich über dem Waschbecken zu erbrechen, aber alles, was kam, war heiseres Geröchel.

Ich ging nach oben, zog meinen Pullover aus und legte mich ins Bett. Abwechselnd überfielen mich Frösteln und Fieber, und im gleichen Rhythmus weitete sich das Zimmer und schrumpfte dann wieder zusammen. Meine Unterwäsche und die Decke waren schweißnaß und machten mich vor Kälte zittern.

»Um neun Uhr die Uhr aufziehen«, flüsterte es nahe an meinem Ohr. »Der grüne Draht auf den grünen Draht... der rote Draht auf den roten Draht... um halb zehn hier weg...«

»Keine Bange«, sagte der Schafmann. »Das geht schon gut.«

»Die Zellen erneuern sich«, sagte meine Frau. In der rechten Hand hielt sie einen weißen Spitzenslip.

Unbewußt warf ich den Kopf hin und her.

Den roten Draht auf den roten... den grünen auf den grünen...

»Du verstehst wirklich gar nichts«, sagte meine Freundin. Genau, ich verstand wirklich gar nichts.

Wellenrauschen. Schwere Winterwellen. Bleiernes Meer mit weißem Gekräusel. Froststarre Möwen.

Ich bin im hermetisch verschlossenen Ausstellungsraum des Ozeanariums. Ein Walpenis neben dem anderen. Drückende Schwüle macht das Atmen schwer. Mach doch jemand das Fenster auf!

»Nein!« sagte der Fahrer. »Einmal offen, geht es nicht wieder zu. Und dann sterben wir alle!«

Jemand macht das Fenster auf. Es ist furchtbar kalt. Möwengeschrei. Das Kreischen reißt mir die Haut in Fetzen.

»Wissen Sie noch, wie der Kater heißt?«

»Bückling«, antworte ich.

»Nein, nicht Bückling«, sagt der Fahrer. »Der Name hat sich geändert. Namen ändern sich schnell. Sie kennen doch nicht einmal Ihren eigenen Namen!«

Es ist furchtbar kalt. Und die Zahl der Möwen zu groß.

»Mittelmäßigkeit muß leiden«, sagte der schwarzgekleidete Mann. »Den grünen Draht auf den roten Draht, den roten auf den grünen.«

»Was vom Krieg gehört?« fragte der Schafmann.

Airmail Special setzte ein, gespielt vom Benny Goodman Orchestra. Ein langes Solo von Charlie Christian. Er hat einen kremfarbenen Schlapphut auf. Das war das letzte Bild, das ich sah.

14. Die verhexte Kurve, zweiter Besuch

Vogelgezwitscher.

Das durch die Ritzen in den Fensterläden einfallende Sonnenlicht malte ein Streifenmuster aufs Bett. Meine Armbanduhr, die auf dem Boden lag, zeigte sieben Uhr fünfunddreißig. Mein Unterhemd und die Decke troffen vor Schweiß, als hätte man einen guten Eimer Wasser über mich ausgeleert.

Ich war noch wie benebelt, aber das Fieber war weg. Draußen vor dem Fenster lag die Landschaft im Schnee. Die Weide strahlte silbern im Licht des neuen Morgens. Die kalte Luft tat gut.

Ich ging nach unten und duschte heiß. Ich war abscheulich blaß, die Wangen in einer Nacht eingefallen. Ich verteilte dreimal soviel Rasierschaum wie sonst auf der Haut und rasierte mich sorgfältig. Dann ließ ich Wasser, unglaublich viel Wasser.

Nach dem Pinkeln war ich so fertig, daß ich mich noch im Bademantel erst einmal für eine Viertelstunde aufs Sofa legen und ausruhen mußte.

Die Vögel zwitscherten weiter. Der Schnee begann zu schmelzen; Wasser tropfte von der Regenrinne. Ab und zu war ein fernes Krachen und Knirschen zu vernehmen.

Halb neun. Ich trank zwei Glas Traubensaft und aß einen Apfel aus der Hand. Dann packte ich meine Sachen zusammen. Aus der Vorratskammer nahm ich mir eine Flasche Weißwein, eine große Tafel *Hershey's*-Schokolade und zwei Äpfel mit.

Ohne meine Sachen sah das Zimmer verloren aus. Alles ging seinem Ende zu.

Neun Uhr. Ich sah noch einmal auf meine Armbanduhr, zog dann die Gewichte der Standuhr hoch und stellte die Zeiger auf neun. Dann rückte ich die schwere Uhr von der Wand ab und verband die hinten herausschauenden Drähte miteinander. Den grünen Draht auf... den grünen Draht. Dann den roten auf den roten.

Die elektrischen Drähte kamen aus vier in die Rückwand der Uhr gebohrten Löchern. Oben zwei und unten zwei. Festgeklemmt waren sie mit dem gleichen Eisendraht, der auf dem Rücksitz des Jeeps gelegen hatte. Ich schob die Uhr wieder an die Wand, trat vor den Spiegel und bot mir einen letzten Gruß.

»Hoffentlich geht alles gut«, sagte ich.

»Hoffentlich geht alles gut«, sagte der im Spiegel.

* * *

Ich ging quer über die Weide denselben Weg zurück, den ich gekommen war. Unter meinen Sohlen knirschte der Schnee. Die Weide lag unberührt wie ein silberner Kratersee. Hinter mir führten meine Fußspuren zum Haus. Die Linie, die sie zeichneten, war erstaunlich krumm. Gerade gehen ist gar nicht einfach.

Aus der Ferne wirkte das Haus fast wie ein Lebewesen. Es kauerte sich zusammen, um den Schnee abzuschütteln. In Schollen rutschte er die Schrägen des Daches hinab und krachte zu Boden.

Ich setzte meinen Weg über die Weide fort. Dann ging ich durch den endlos langen Birkenwald, passierte die Brücke, umrundete den Kegelberg und stieß auf die berüchtigte Kurve.

Der Schnee dort war Gott sei Dank noch nicht vereist. Aber wie sehr ich auch auf meine Schritte achtete, das drohende Gefühl, jeden Moment in die Tiefe gerissen zu werden, ließ mich nicht los. Eng an die bröckelnde Felswand gedrückt, brachte ich die Kurve hinter mich, nassen Angstschweiß unter den Armen. Ein einziger Alptraum aus Kindertagen.

Rechter Hand kam die Ebene in Sicht. Auch dort lag Schnee. Mitten in der Ebene strahlte hell der Lauf des Junitaki. Mir war, als tönte in der Ferne eine Dampfsirene. Wunderbares Wetter.

Ich atmete tief ein, schulterte meinen Rucksack und ging den leicht abschüssigen Weg hinab. Hinter der nächsten Kurve parkte ein mir fremder, nagelneuer Jeep. Vor dem Jeep stand der schwarze Sekretär.

15. Teeparty um zwölf

»Ich habe auf Sie gewartet«, sagte der schwarze Mann. »Kaum zwanzig Minuten allerdings.«

»Wie kamen Sie darauf?«

»Auf was? Auf den Ort? Auf die Zeit?«

»Auf die Zeit natürlich«, sagte ich und stellte meinen Rucksack ab.

»Was, glauben Sie, hat mich zum Sekretär des Chefs gemacht? Strebsamkeit? IQ? Organisationstalent? Weit gefehlt. Ich bin einfach fähig, mein Freund. Intuition, um es mit Ihren Worten zu sagen.«

Der Mann trug eine beigefarbene Daunenjacke und Skihosen und hatte eine Sonnenbrille mit grünen Gläsern auf.

»Der Chef und ich hatten vieles gemein. Vieles, was über Vernunft, über Logik und Moral hinausgeht, meine ich.«

»*Hatten* gemein?«

»Der Chef ist vor einer Woche gestorben. Ein prächtiges Begräbnis. In Tokyo ist der Streit um die Nachfolge gerade in vollem Gange: Die Mittelmäßigkeit führt ihren Affentanz auf. Das kommt mir gelegen.«

Ich seufzte. Der Mann zog ein silbernes Zigarettenetui aus der Jackentasche, entnahm ihm eine filterlose Zigarette und zündete sie sich an.

»Mögen Sie eine?«

»Danke, nein«, sagte ich.

»Sie haben sich hervorragend geschlagen. Besser als ich dachte. Um der Wahrheit die Ehre zu geben: Ich bin geradezu erstaunt. Ursprünglich hatte ich ja vor, Ihnen hier und da, wenn Sie nicht mehr weiterkämen, ein paar Tips zu geben. Wie auch immer. Das Treffen mit dem Schafprofessor war Ihr Meisterstück, einfach großartig. Ich wünschte fast, Sie würden ständig für mich arbeiten.«

»Sie kannten die Weide von Anfang an, nicht wahr?«

»Selbstverständlich. Wofür halten Sie mich?«

»Gestatten Sie mir eine Frage?«

»Bitte«, sagte der Mann gutgelaunt. »Machen Sie's kurz.«

»Warum haben Sie mir nicht gleich gesagt, wo ich suchen muß?«

»Ich wollte, daß Sie freiwillig herkommen, aus freien Stükken. Und daß Sie ihn dann aus seiner Höhle locken.«

»Höhle?«

»Aus seiner mentalen Höhle. Menschen reagieren, wenn sie vom Schaf besessen werden, zunächst mit einer Art Autismus. Stellen Sie sich ein Bombentrauma vor. Ihre Aufgabe war, ihn davon zu befreien, ihn aus sich herauszulocken. Dazu mußte er Ihnen vertrauen, und deshalb durften Sie nicht *zu* viel wissen. Ganz einfach, nicht wahr?«

»Ganz einfach.«

»Wenn die Saat einmal liegt, ist alles einfach. Das Programmieren ist die Kunst! Der Computer rechnet nur, menschliche Gefühle kann er nicht kalkulieren; feinste Handarbeit ist das. Und wenn dieses mühsam erstellte Programm dann reibungslos läuft – es gibt nichts Erhebenderes.«

Ich zuckte die Achseln.

»Nun denn«, sagte der Mann. »Die Jagd nach dem Schaf geht ihrem Ende zu. Dank meinen Berechnungen und Ihrer Naivität. Ihr Freund gehört mir. Nicht wahr?«

»Scheint so«, sagte ich. »Er wartet dort oben. Er sagte, Teeparty, Punkt zwölf.«

Der Mann und ich sahen gleichzeitig auf unsere Armbanduhren. Zehn Uhr vierzig.

»Ich gehe besser«, sagte der Mann. »Es wäre unhöflich, zu spät zu erscheinen. Lassen Sie sich mit dem Jeep runterfahren. Ach ja, hier, Ihr Honorar.«

Der Mann zog einen Scheck aus der Brusttasche und gab ihn mir. Ich steckte ihn ein, ohne auf den Betrag zu sehen.

»Sie prüfen ihn nicht einmal?«

»Ich glaube nicht, daß das nötig ist.«

Der Mann lachte amüsiert. »Es war ein Vergnügen, mit Ihnen zu arbeiten. Übrigens, Ihr Partner hat die Agentur aufgelöst. Wirklich schade, bei den Aussichten, die Sie hatten. Das Werbegeschäft geht in Zukunft erst richtig los. Stellen Sie allein was auf die Beine!«

»Sie sind verrückt«, sagte ich.

»Bis bald mal wieder«, sagte der Mann. Dann lief er los, Richtung Hochplateau.

* * *

»Bückling geht's gut«, sagte der Fahrer, den Jeep steuernd. »Er ist richtig dick geworden.«

Ich saß auf dem Beifahrersitz. Ohne sein Ungeheuer von Auto war der Fahrer wie ausgewechselt. Er erzählte alles mögliche vom Begräbnis des Chefs und von Bückling, aber ich hörte kaum hin.

Es war elf Uhr dreißig, als der Jeep vor dem Bahnhof hielt. Die Stadt lag wie ausgestorben da. Ein alter Mann schaufelte vor dem Bahnhof Schnee. Ein magerer Hund neben ihm wedelte mit dem Schwanz.

»Vielen Dank«, sagte ich zum Fahrer.

»Nichts zu danken«, sagte er. »Übrigens, haben Sie den lieben Gott mal angerufen?«

»Nein, hatte keine Zeit.«

»Seit der Chef tot ist, krieg ich keine Verbindung mehr. Was da bloß los ist?«

»Er wird zu tun haben«, sagte ich.

»Könnte sein«, sagte der Fahrer. »Also, leben Sie wohl!«

»Auf Wiedersehen!« sagte ich.

* * *

Mein Zug fuhr Punkt zwölf Uhr. Auf dem Bahnsteig war keine Seele, und im ganzen Zug saßen nur vier Personen – mich eingerechnet. Dennoch erleichterte es mich, diese Menschen zu sehen. Ich hatte es geschafft, ich war wieder unter den Lebenden, in meiner Welt. Sie mochte langweilig sein und mittelmäßig, aber es war meine.

Ich kaute an meiner Schokolade, als das Signal zur Abfahrt ertönte. Als es verklang und der Zug in Position ruckte, hörte ich eine ferne Explosion. Ich zog wuchtig das Fenster herunter und beugte mich hinaus. Zehn Sekunden später folgte ein zweiter Knall. Der Zug fuhr an. Drei Minuten später sah ich in der Gegend des Kegelbergs eine schwarze Rauchsäule gen Himmel steigen.

Volle dreißig Minuten starrte ich wie gebannt auf den Rauch. Dann schwenkte der Zug in eine Rechtskurve ab.

»Es ist vorbei, nicht wahr?« sagte der Schafprofessor. »Es ist alles vorbei.«

»Ja«, sagte ich.

»Ich glaube, ich bin dir zu Dank verpflichtet.«

»Ich habe viel verloren.«

»Nein.« Der Schafprofessor schüttelte den Kopf. »Dein Leben fängt doch erst an.«

»Sie haben recht«, sagte ich.

Als ich das Zimmer verließ, sank der Schafprofessor am Schreibtisch in sich zusammen und schluchzte lautlos. Ich hatte ihn seiner verlorenen Zeit beraubt. Ob das recht war, wußte ich bis zuletzt nicht zu beantworten.

* * *

»Sie ist weg«, sagte der Inhaber des Hotel Delphin mit trauriger Stimme. »Wohin, hat sie nicht gesagt. Es schien ihr ziemlich schlecht zu gehen.«

»Schon gut«, sagte ich.

Ich nahm das Gepäck entgegen und schrieb mich im selben Zimmer ein wie vorher. Das Fenster bot immer noch denselben Blick auf jenes seltsame Firmenbüro. Die Sekretärin mit dem großen Busen war nirgends zu sehen. Zwei junge Männer saßen an ihren Schreibtischen und arbeiteten; sie rauchten dabei. Einer las laut Zahlen vor, der andere übertrug sie mit Hilfe eines Lineals auf ein großformatiges Blockdiagramm. Ohne die Sekretärin mit dem großen Busen machte die Firma einen völlig anderen Eindruck. Nur daß ich nach wie vor nicht die geringste Ahnung hatte, was man dort eigentlich machte. Um sechs Uhr gingen die Angestellten alle, die Lichter im Gebäude erloschen.

Ich sah mir die Fernsehnachrichten an. Über die Explosion auf dem Berg kein Wort. Richtig, die Explosion war ja gestern. Wo war ich denn den ganzen Tag gewesen, was hatte ich gemacht? Ich versuchte mich zu erinnern, bekam aber nur Kopfschmerzen.

Jedenfalls war ein Tag vergangen.

Tag für Tag wird meine Erinnerung nun blasser werden – bis sich irgendwann wieder eine schwache Stimme aus dem Dunkel meldet.

Ich stellte den Fernseher ab, legte mich mit den Schuhen aufs Bett und starrte einsam auf die vielen Flecken an der Decke. Sie erinnerten mich an vor langer, langer Zeit gestorbene, von aller Welt vergessene Menschen.

Neonreklame tauchte das Zimmer in buntes Licht. An meinem Ohr das Ticken der Armbanduhr. Ich löste das Band und warf die Uhr auf den Boden. Fernes Autogehupe. Ich versuchte zu schlafen, aber es ging nicht. Wer kann schon schlafen, wenn Empfindungen auf der Seele lasten, die sich nicht in Worte fassen lassen.

Ich zog einen Pullover über, verließ das Hotel, ging in die erstbeste Diskothek, die ich sah, und trank zu *Nonstop Soul Music* drei doppelte Whiskey on the Rocks. Danach ging es mir ein bißchen besser, fast normal. Ich mußte *normal* werden. Alle Welt verlangte das von mir.

Als ich ins Hotel Delphin zurückkam, saß der Besitzer im Sessel und sah sich die Spätnachrichten an.

»Morgen früh um neun reise ich ab«, sagte ich.

»Fahren Sie nach Tokyo zurück?«

»Nein«, sagte ich. »Ich muß vorher noch woanders hin. Wecken Sie mich bitte um acht.«

»Geht in Ordnung«, sagte er.

»Vielen Dank für alles.«

»Keine Ursache.« Der Hotelbesitzer seufzte. »Mein Vater ißt nichts mehr. Wenn er so weitermacht, stirbt er.«

»Es war nicht leicht für ihn.«

»Ich weiß«, sagte der Besitzer traurig. »Aber er hat mir noch kein Wort erzählt.«

»Es wird schon werden, bestimmt«, sagte ich. »Geben Sie ihm etwas Zeit.«

* * *

Das Mittagessen des nächsten Tages nahm ich im Flugzeug ein. Die Maschine landete kurz in Haneda zwischen und hob dann wieder ab. Rechts glitzerte die ganze Zeit das Meer.

Jay schälte wie immer Kartoffeln. Die Aushilfe, ein junges Mädchen, wechselte das Blumenwasser und wischte die Tische ab. In der Stadt war es noch herbstlich. Rot und gelb leuchtete der Berg, den man vom Fenster der Bar aus sah. Ich hockte mich an den guten alten Tresen und trank ein Bier. Mit einer Hand knackte ich Erdnüsse; die Schalen brachen mit einem angenehmen, frischen Knispern.

»Ist gar nicht einfach, immer so frische Erdnüsse zu kriegen«, sagte Jay.

»Tatsächlich?« sagte ich, die Nüsse kauend.

»Bist du wieder auf Urlaub?«

»Ich hab gekündigt.«

»Gekündigt?«

»Lange Geschichte.«

Jay wusch die geschälten Kartoffeln in einem großen Küchensieb und ließ sie abtropfen. »Was willst du nun machen?«

»Keine Ahnung. Erst mal bekomme ich ja eine Abfindung plus ein bißchen für die Abtretung meines Anteils an der Agentur, wenn's auch nicht viel ist. Außerdem habe ich noch das hier.«

Ich zog den Scheck aus der Tasche und reichte ihn Jay, ohne auf den Betrag zu sehen. Jay sah ihn sich kopfschüttelnd an.

»Wahnsinn, ein Vermögen – aber wenn du mich fragst: Es stinkt.«

»Ganz recht: Es stinkt.«

»Aber eine lange Geschichte, was?«

Ich lachte. »Heb den Scheck für mich auf. Tu ihn in deinen Safe.«

»Siehst du hier einen Safe?«

»Dann leg ihn in die Kasse.«

»Ich werd ihn in mein Bankfach legen«, sagte Jay beunruhigt. »Aber was willst du damit machen, Mensch?«

»Die neue Bar hier hat doch eine Menge gekostet, Jay, oder?«

»Kann man wohl sagen.«

»Schulden?«

»Natürlich.«

»Würde der Scheck dafür reichen?«

»Da krieg ich noch was raus. Aber...«

»Wie wär's? Dafür machst du Ratte und mich zu Teilhabern. Dividenden und Zinsen kannst du vergessen. Nur unsere Namen ins Register.«

»Das kann ich nicht annehmen, unmöglich.«

»Du kannst. Nur – wenn Ratte oder ich in Schwierigkeiten sind, können wir immer zu dir her.«

»Das konntet ihr doch immer.«

Mein Bier in der Hand, sah ich Jay fest an: »Ich weiß. Trotzdem.«

Jay steckte den Scheck in seine Schürze und lachte. »Ich weiß noch genau, wie du das erste Mal besoffen warst. Wie lang ist das gleich her?«

»Dreizehn Jahre.«

»Dreizehn Jahre, mein Gott!«

Jay erzählte über eine halbe Stunde von früher, etwas, was er selten tat. Als es langsam voll wurde in der Bar, stand ich auf.

»Du bist doch gerade erst gekommen!« sagte Jay.

»Ein braver Junge hockt nicht bis nachts in der Kneipe«, sagte ich.

»Hast du Ratte getroffen?«

Ich stützte beide Arme auf den Tresen und atmete tief durch. »Ja, hab ich.«

»Wieder eine lange Geschichte, was?«

»So lang, wie du in deinem ganzen Leben noch keine gehört hast.«

»Kannst du sie nicht *kurz* erzählen?«

»Kurz macht sie keinen Sinn.«

»Geht's ihm gut?«

»Ja. Er hat dich vermißt.«

»Kommt er noch mal?«

»Sicher. Schließlich ist er dein Teilhaber. Dieses Geld, Jay, haben Ratte und ich gemeinsam verdient.«

»Das freut mich, wirklich.«

Ich stieg von meinem Hocker und sah mich noch einmal in Ruhe um. Die gute alte Kneipe.

»Ach, übrigens, als Teilhaber hätte ich gerne einen Flipper und eine Jukebox.«

»Stehen schon so gut wie da«, sagte Jay.

* * *

Ich ging den Fluß entlang bis zur Mündung, setzte mich an den Strand, die fünfzig Meter Sandstrand, die man verschont hatte, und weinte, zwei Stunden lang. Ich weinte, wie ich noch nie in meinem Leben geweint hatte. Nach zwei Stunden gelang es mir, wieder aufzustehen. Wohin, wußte ich nicht, aber ich stand jedenfalls auf, klopfte mir den Sand von der Hose und lief los.

Es war stockduster, und hinter mir rauschten leise die Wellen.

MODERNE JAPANISCHE LITERATUR
in den Verlagen Insel und Suhrkamp

Abe Kōbo: Die vierte Zwischeneiszeit. Roman. Aus dem Japanischen von Siegfried Schaarschmidt. st 2530

Die Erotik des Pfirsichs. Japanische Schriftsteller und Schriftstellerinnen, porträtiert von Manfred Osten. Mit Fotografien von Mario Ambrosius. st 2515

Furui Yoshikichi: Der Heilige. Roman. Aus dem Japanischen übersetzt und mit einem Nachwort versehen von Ekkehard May. Leinen

Ibuse Masuji: Pflaumenblüten in der Nacht. Erzählungen. Ausgewählt, aus dem Japanischen übertragen und mit einem Nachwort versehen von Jürgen Berndt. Leinen

Inoue Yasushi: Die Berg-Azaleen auf dem Hira-Gipfel. Erzählungen. Aus dem Japanischen von Oscar Benl. BS 666 und IB 1098

– Die Eiswand. Roman. Aus dem Japanischen von Oscar Benl. st 551

– Die Höhlen von Dun-Huang. Roman. Aus dem Japanischen von Siegfried Schaarschmidt. Leinen und st 1692

– Das Jagdgewehr. Erzählung. Aus dem Japanischen von Oscar Benl. BS 137

– Meine Mutter. Erzählungen. Aus dem Japanischen von Oscar Benl. Leinen und st 1775

– Shirobamba. Roman. Aus dem Japanischen von Richmod Bollinger. Leinen

– Der Stierkampf. Erzählung. Aus dem Japanischen von Oscar Benl. BS 273 und st 944

– Der Sturm. Roman. Aus dem Japanischen von Andreas Mrugalla. Leinen

Ishikawa Takuboku: Trauriges Spielzeug. Gedichte und Prosa. Ausgewählt, aus dem Japanischen übertragen und mit einem Nachwort versehen von Wolfgang Schamoni. Leinen

Ishimure Michiko: Paradies im Meer der Qualen. Ins Deutsche übertragen von Ursula Gräfe. Mit einer Einleitung von Irmela Hijiya-Kirschnereit und einem Nachwort der Autorin. Leinen

Kawabata Yasunari: Die schlafenden Schönen. Roman. Aus dem Japanischen von Siegfried Schaarschmidt. BS 1165

Kōno Taeko: Riskante Begierden. Roman. Aus dem Japanischen übertragen von Sabine Mangold und Hayasaki Yukari. Mit einem Nachwort von Irmela Hijiya-Kirschnereit. Leinen

Mensch auf der Brücke. Zeitgenössische Lyrik aus Japan. Herausgegeben von Eduard Klopfenstein und Cornelius Ouwehand. Leinen

Mishima Yukio: Nach dem Bankett. Roman. Aus dem Japanischen von Sachiko Yatsushiro. BS 488

121/1/10.95

MODERNE JAPANISCHE LITERATUR
in den Verlagen Insel und Suhrkamp

Mori Ogai: Im Umbau. Gesammelte Erzählungen. Herausgegeben, aus dem Japanischen übertragen und mit einem Nachwort versehen von Wolfgang Schamoni. Leinen
– Die Tänzerin. Aus dem Japanischen von Wolfgang Schamoni. BS 1159
– Die Wildgans. Roman. Aus dem Japanischen übersetzt und mit einem Nachwort versehen von Fritz Vogelgsang. BS 862

Murakami Haruki: Hard-boiled Wonderland und das Ende der Welt. Roman. Aus dem Japanischen übertragen von Annelie Ortmanns und Jürgen Stalph. Mit einem Nachwort von Jürgen Stalph. Leinen
– Wilde Schafsjagd. Roman. Aus dem Japanischen von Annelie Ortmanns-Suzuki und Jürgen Stalph. Leinen

Nagai Kafu: Romanze östlich des Sumidagawa. Aus dem Japanischen übertragen und mit einem Nachwort versehen von Barbara Yoshida-Krafft. Leinen

Ōba Minako: Tanze, Schneck, tanz. Erinnerungen. Aus dem Japanischen übertragen und mit einem Nachwort versehen von Irmela Hijiya-Kirschnereit. Leinen
– Träume fischen. Roman. Aus dem Japanischen übertragen von Bruno Rhyner. Leinen und st 2390

Ōe Kenzaburō: Der Fang. Erzählung. Aus dem Japanischen von Tatsuji Iwabuchi. BS 1178
– Eine persönliche Erfahrung. Roman. Aus dem Japanischen von Siegfried Schaarschmidt. Leinen und st 1842
– Stille Tage. Roman. Aus dem Japanischen von Wolfgang E. Schlecht und Ursula Gräfe. Mit einem Nachwort von Irmela Hijiya-Kirschnereit. Leinen
– Der Tag, an dem Er selbst mir die Tränen abgewischt. Roman. Aus dem Japanischen von Siegfried Schaarschmidt. BS 396

Ōoka Shōhei: Feuer im Grasland. Roman. Aus dem Japanischen von G. S. Dombrady und Oscar Benl. Mit einem Nachwort von Irmela Hijiya-Kirschnereit. Leinen

Shimazaki Tōson: Ausgestoßen. Roman. Aus dem Japanischen übersetzt und mit einem Nachwort versehen von Jürgen Berndt. Leinen

Tanikawa Shuntarō: Picknick auf der Erdkugel. Gedichte. Ausgewählt, aus dem Japanischen übertragen und mit einem Nachwort versehen von Eduard Klopfenstein. Leinen

Tanizaki Junichirō: Die geheime Geschichte des Fürsten von Musashi. Roman. Aus dem Japanischen von Josef Bohaczek. Mit einem Nachwort von Irmela Hijiya-Kirschnereit. Leinen

121/2/10.95

MODERNE JAPANISCHE LITERATUR
in den Verlagen Insel und Suhrkamp

Traumbrücke ins ausgekochte Wunderland. Ein japanisches Lesebuch. Herausgegeben von Irmela Hijiya-Kirschnereit. Mit zahlreichen Farb- und Schwarzweißabbildungen. Kartoniert

Uno Chiyo: Die Geschichte einer gewissen Frau. Aus dem Japanischen übertragen und mit einem Nachwort versehen von Barbara Yoshida-Krafft. Leinen

121/3/10.95

KLASSISCHE JAPANISCHE LITERATUR
in den Verlagen Insel und Suhrkamp

Als wär's des Mondes letztes Licht am frühen Morgen. Hundert Gedichte von hundert Dichtern aus Japan. Herausgegeben und übertragen von Jürgen Berndt. Leinen

Bambusregen. Haiku und Holzschnitte aus dem *Kageboshishu*. Aus dem Japanischen übersetzt und herausgegeben von Ekkehard May und Claudia Waltermann. Mit 26 Abbildungen. IB 1124

Die Geschichte vom Prinzen Genji wie sie geschrieben wurde um das Jahr Eintausend unserer Zeitrechnung von Murasaki, genannt Shikibu, Hofdame der Kaiserin von Japan. Nach der englischen Übertragung von Arthur Waley, deutsch von Herberth E. Herlitschka. 2 Bände in Kassette. it 1003 und it 1659

Das Ise-monogatari. Kavaliersgeschichten aus dem alten Japan. Aus dem Original übertragen und kommentiert von Siegfried Schaarschmidt. Mit Illustrationen nach einer japanischen Ausgabe des frühen 17. Jahrhunderts und Erläuterungen zu den Bildern von Irmtraud Schaarschmidt-Richter. Leinen

Japanische Märchen. Herausgegeben und frei aus dem Japanischen übertragen von Yasuko Asaoka. Leinen

Yoshida Kenkō: Betrachtungen aus der Stille. Das Tsurezuregusa. Aus dem Japanischen übertragen, erläutert und mit einem Nachwort versehen von Oscar Benl. Leinen, st 1227 und it 1370

Santō Kyōden: Die Geschichte der schönen Sakurahime. Eine Erzählung von unheilbringender Liebe, Eifersucht und der seltsamen Verwandlung einer Frau. Aus dem Japanischen übertragen und mit einem Nachwort versehen von Bruno Lewin. Leinen

Meister Seami: Die geheime Überlieferung des Nō. Aufgezeichnet von Meister Seami. Aus dem Japanischen übertragen und erläutert von Oscar Benl. Leinen

Das Kopfkissenbuch der Dame Sei Shonagon. Auswahl, Anordnung und Nachwort von Helmut Brode. Illustrationen von Irmtraud Schaarschmidt-Richter. IB 998

Traumbrücke ins ausgekochte Wunderland. Ein japanisches Lesebuch. Herausgegeben von Irmela Hijiya-Kirschnereit. Mit zahlreichen Farb- und Schwarzweißabbildungen. Kartoniert

Ueda Akinari: Erzählungen beim Frühlingsregen. Aus dem Japanischen übertragen und mit einem Nachwort versehen von Wolfgang E. Schlecht. Leinen

Die vertauschten Geschwister. Ein höfischer Roman aus dem 12. Jahrhundert. Aus dem Japanischen übertragen und eingeleitet von Michael Stein. Leinen

120/1/10.95

KLASSISCHE JAPANISCHE LITERATUR
in den Verlagen Insel und Suhrkamp

Vierundzwanzig Nō-Spiele. Ausgewählt und aus dem Japanischen übertragen von Peter Weber-Schäfer. Leinen

Zen. Aussprüche und Verse der Zen-Meister. Auswahl und Nachwort von Peter Weber-Schäfer. IB 798

120/2/10.95

suhrkamp taschenbücher
Eine Auswahl

265/1/11.93

265/2/11.93

suhrkamp taschenbücher
Eine Auswahl

Handke: Die linkshändige Frau. st 560
– Die Stunde der wahren Empfindung. st 452
– Versuch über den geglückten Tag. st 2282
– Versuch über die Jukebox. st 2208
– Versuch über die Müdigkeit. st 2146
– Wunschloses Unglück. st 146
Hesse: Gesammelte Werke. 12 Bde. st 1600
– Demian. st 206
– Das Glasperlenspiel. st 79
– Klein und Wagner. st 116
– Klingsors letzter Sommer. st 1195
– Knulp. st 1571
– Die Morgenlandfahrt. st 750
– Narziß und Goldmund. st 274
– Die Nürnberger Reise. st 227
– Peter Camenzind. st 161
– Schön ist die Jugend. st 1380
– Siddhartha. st 182
– Der Steppenwolf. st 175
– Unterm Rad. st 52
– Der vierte Lebenslauf Josef Knechts. st 1261
Hettche: Ludwig muß sterben. st 1949
Hildesheimer: Marbot. st 1009
– Mitteilungen an Max über den Stand der Dinge. st 1276
– Tynset. st 1968
Hohl: Die Notizen. st 1000
Horváth: Gesammelte Werke. 15 Bde. st 1051-1065
– Jugend ohne Gott. st 1063
Hrabal: Ich habe den englischen König bedient. st 1754
– Das Städtchen am Wasser. st 1613-1615
– Tanzstunden für Erwachsene und Fortgeschrittene. st 2264
Hürlimann: Die Tessinerin. st 985
Inoue: Die Eiswand. st 551
– Der Stierkampf. st 944
Johnson: Das dritte Buch über Achim. st 169
– Mutmassungen über Jakob. st 147
– Eine Reise nach Klagenfurt. st 235
Jonas: Das Prinzip Verantwortung. st 1085
Joyce: Anna Livia Plurabelle. st 751
Kaminski: Flimmergeschichten. st 2164
– Kiebitz. st 1807
– Nächstes Jahr in Jerusalem. st 1519
Kaschnitz: Liebesgeschichten. st 1292
Kiefer: Über Räume und Völker. st 1805
Kirchhoff: Infanta. st 1872
– Mexikanische Novelle. st 1367
Koch: See-Leben. st 783
Koeppen: Gesammelte Werke in 6 Bänden. st 1774
– Jakob Littners Aufzeichnungen aus einem Erdloch. st 2267
– Tauben im Gras. st 601
– Der Tod in Rom. st 241
– Das Treibhaus. st 78
Konrád: Der Komplize. st 1220
– Melinda und Dragoman. st 2257
Kracauer: Die Angestellten. st 13
– Kino. st 126

265/3/11.93

suhrkamp taschenbücher
Eine Auswahl

Oz: Black Box. st 1898
– Eine Frau erkennen. st 2206
– Der perfekte Frieden. st 1747
Paz: Essays. 2 Bde. st 1036
– Gedichte. st 1832
Penzoldt: Idolino. st 1961
Percy: Der Idiot des Südens. st 1531
Plenzdorf: Legende vom Glück ohne Ende. st 722
– Die neuen Leiden des jungen W. st 300
Poniatowska: Stark ist das Schweigen. st 1438
Praetorius: Reisebuch für den Menschenfeind. st 2203
Proust: Auf der Suche nach der verlorenen Zeit. 10 Bde. suhrkamp taschenbücher
Puig: Der Kuß der Spinnenfrau. st 869
– Der schönste Tango der Welt. st 474
Ribeiro: Brasilien, Brasilien. st 1835
Rochefort: Zum Glück gehts dem Sommer entgegen. st 523
Rodoreda: Auf der Plaça del Diamant. st 977
Rothmann: Stier. st 2255
Rubinstein: Nichts zu verlieren und dennoch Angst. st 2230
Russell: Eroberung des Glücks. st 389
Sanzara: Das verlorene Kind. st 910
Semprún: Die große Reise. st 744
– Was für ein schöner Sonntag. st 972
Sloterdijk: Der Zauberbaum. st 1445
Späth: Stilles Gelände am See. st 2289
Sternberger: Drei Wurzeln der Politik. st 1032
Strugatzki / Strugatzki: Die häßlichen Schwäne. st 1275
– Eine Milliarde Jahre vor dem Weltuntergang. st 1338
Tendrjakow: Die Abrechnung. st 965
Unseld: Der Autor und sein Verleger. st 1204
– Begegnungen mit Hermann Hesse. st 218
Vargas Llosa: Der Geschichtenerzähler. st 1982
– Der Hauptmann und sein Frauenbataillon. st 959
– Der Krieg am Ende der Welt. st 1343
– Lob der Stiefmutter. st 2200
– Tante Julia und der Kunstschreiber. st 1520
– Wer hat Palomino Molero umgebracht? 1786
Walser, Martin: Die Anselm Kristlein Trilogie. (Halbzeit, Das Einhorn, Der Sturz). st 684
– Brandung. st 1374
– Ehen in Philippsburg. st 1209
– Ein fliehendes Pferd. st 600
– Jagd. st 1785
– Jenseits der Liebe. st 525
– Liebeserklärungen. st 1259
– Lügengeschichten. st 1736
– Das Schwanenhaus. st 800
– Seelenarbeit. st 901
– Die Verteidigung der Kindheit. st 2252
Walser, Robert: Der Gehülfe. st 1110

265/5/11.93

suhrkamp taschenbücher
Eine Auswahl

Walser, Robert: Geschwister Tanner. st 1109
– Jakob von Gunten. st 1111
– Der Räuber. st 1112
Watts: Der Lauf des Wassers. st 878
– Vom Geist des Zen. st 1288
Weber-Kellermann: Die deutsche Familie. st 185
Weiß, Ernst: Der Augenzeuge. st 797
Weiss, Peter: Das Duell. st 41
Winkler: Friedhof der bitteren Orangen. st 2171
Zeemann: Einübung in Katastrophen. st 565
Zweig: Brasilien. st 984

265/6/11.93

Ddorf, 8.3.01